KB120360

육유의 향촌세계

本书受到"中华学术外译项目Chinese Fund for the Humanities and Social Sciences 资助" (20WZWB004)
이 도서는 중국 정부의 중화학술외역프로젝트에 선정되어 중화사회과학기금(Chinese Fund for the Humanities and Social Sciences)의 지원을 받아 번역 출판되었습니다. (20WZWB004)

死後元知萬事空
但悲不見九州同
王師北定中原日
家祭無忘告乃翁

육유의 향촌세계
陸游

바오웨이민 지음
이 영 남 옮김

學古房

방옹(放翁) 선생의 초상

청두(成都) 두보초당(杜甫草堂), 홍원(洪文) 촬영

그림 1 유리중(劉履中), 『전준취귀도(田畯醉歸圖)』

전준(田畯)은 선진(先秦) 시기 농사일을 독려하던 하급 관리였다. 그러나 송나라 시기에 농촌에서 소작을 위주로 경작했으니 '전준'이란 관직이 있을리 없다. 화가는 이 제목을 빌어 농사일을 잘 끝낸 소작농들이 함께 모여 술을 마시며 서로 축하하며 즐겁게 보내는 장면을 보여주려 했을 것이다.

자료 출처: 저장대학교 중국고대서화연구센터(浙江大學中國古代書畫研究中心) 엮음, 『송화전집(宋畫全集)』 제1권 제2책, 저장대학교 출판사(浙江大學出版社), 2009, 142쪽, 그림 29.

그림 2 화가 미상, 『경확도(耕獲圖)

이 그림은 강남수향(江南水鄕)의 농촌에서 계절에 따라 벼 생산 과정의 노동 장면을 집중적으로 그림 한 장에 담아 보여준 것으로, 산회(山會)평원의 일상을 어느 정도 반영하기도 한다. 그림 상단 오른쪽 초가집 아래에 노인 한 명이 지팡이를 짚고 유유자적하고 있다. 가끔 논에 나가서 농사일을 독려하던 육유의 모습이 바로 이런 모습이지 않았을까?
자료 출처: 『송화전집』 제1권 제7책, 37쪽, 그림 145.

그림 3 마원(馬遠), 『답가도(踏歌圖)』

경도(京都) 근교의 연기와 안개가 지욱하고 가을비 그친 하늘이 막 개이기 시작하는 모습이다. 그림 한 쪽에 잘 여문 벼는 수확을 기다리는 중이다. 화가 마원은 남송의 수도 임안(臨安)에서 태어나서 자랐기에 양절(兩浙)의 향촌생활에 익숙했다. 그림 속 멀리 있는 산과 커다란 바위가 산회평원의 실제 모습을 그대로 그리지 않았을 수도 있지만 '풍년 맞아 사람들 일을 즐기니 밭두렁 위에서 답가행 들려오네(豐年人樂業，壠上踏歌行)'라는 시구와 이 장면은 너무나 조화를 잘 이룬다. 자료 출처: 『송화전집』 제1권 제4책, 160쪽, 그림 60.

그림 4 왕거정(王居正), 『방차도(紡車圖)』

육유는 「초겨울에 이웃에게 보이다(初寒示鄰曲)」라는 시에서 "마을 북쪽과 남쪽에 가옥 수십 채가 있고, 휑한 골짜기를 따라 강물이 겹겹이 에워싸고 흐르는데, 물억새의 어그러진 곳에 어화가 보이고, 문 닫힌 초가에서 물레소리 들려오네(村北村南數十家, 陂池重複穀谽谺. 荻叢缺處見漁火, 蓬戶閉時聞紡車)"라고 했는데 이 그림이 바로 시에 묘사된 장면을 재현한 것은 아닐까?

자료 출처: 『송화전집』 제1권 제1책, 108쪽, 그림 11.

王居正拙之子也俗以其小字呼為憨哥學丹青有父風師周昉士女略得其妙嘗於苑圃寺觀衆游之處必據高隙以觀士女格態凡欲命筆則沈秘思慮故於形似為得

右聖朝名畫評按王拙河東人也大中祥符間父子以畫馳名海內

延祐四年七月予客燕都有持此卷相示者因以五十金購之乃賈師相故物也圖雖尺許而氣韻雄壯命意高古精采飛動真可謂神品者矣是歲中秋日松雪道人

趙孟頫識

春風楊柳色麗日何清明田家作苦餘軋軋繰車鳴母子勤紡績不羨羅綺榮童稚猶自樂小尨恬不驚緬思全盛日萬物遂所生王郎

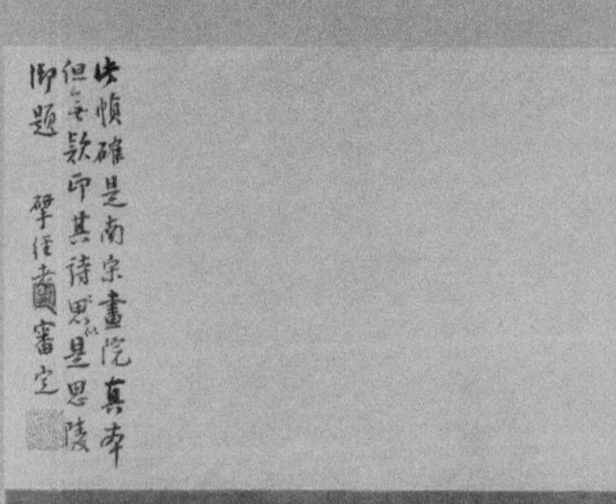

그림 5 화가 미상, 『사륜도축(絲綸圖軸)』

면화가 아직 보급되지 않았던 남송 중기에 생산된 방직물은 사와 마 위주였다. 산회지역의 농촌도 예외는 아니었다. 『사륜도축(絲綸圖軸)』에서 보여주는 것은 단오절을 전후하여 "마을 곳곳에서 사람들이 맑은 날씨를 틈타 보리를 거두고, 이웃 사람들은 정오에 누에고치를 말린다(山村處處晴收麥, 鄰曲家家午曬絲)"는 모습을 그린 한 장면이다.

자료 출처: 『송화전집』 제1권 제6책, 194쪽, 그림 111.

그림 6 화가 미상, 『어락도(漁樂圖)』

감호(鑒湖)가 끝없이 넓고 아득하여 어부들은 배를 집으로 삼았다. 이러한 장면은 육유의 시에서도 자주 언급되었다. "맑은 산이 짙푸르고 물에는 쪽빛이 일렁이며, 고깃배 서너척이 만났다 헤어지네(晴山滴翠水挼藍, 聚散漁舟兩復三)"라는 시구에서 보여주다시피 많은 배들이 삼산별장 근처에 정박하곤 했다. 그 광경은 아마 그림 속의 물 위를 떠도는 어가의 생활 장면과 큰 차이가 없었을 것이다.

자료 출처: 『송화전집』 제1권 제7책, 29쪽, 그림 139.

그림 7 화가 미상, 『유계조정도(柳溪釣艇圖)』

육유는 관직에서 파직되어 향촌에서 은거하며 스스로 낚시를 즐기는 삶을 살았다. 그림에는 초가집 옆 강가에 버들가지가 가느다랗게 늘어져 있고 물과 하늘이 잘 어우러져 있는 것이 가물가물 어렴풋하게 보인다. 물 위에 떠 있는 거룻배에서 노옹이 낚시하는 모습도 보이는 이 그림에는 화가의 진실한 감정이 담겨 있어 사람들로 하여금 육유의 향촌세계로 실제 들어간 듯한 느낌을 준다.

자료 출처: 『송화전집』 제1권 제7책, 7쪽, 그림 119.

그림 8 이동(李東), 『설강매어도(雪江賣魚圖)』

그림 속 작은 주막은 산을 등지고 물을 끼고 있다. 나뭇잎 모양의 거룻배 위에서 추위를 막기 위해 도롱이를 입은 어부가 주막에 물고기를 팔고 있는 모습을 그리고 있다. 이 그림을 보면 육유의 시구가 자연스레 생각이 난다. "호상태 밑에서 거룻배와 비를 맞고 있는데, 산 밑 길가 나무에는 주막 등이 걸려 있네(湖桑埭下漁舟雨，道樹山前野店燈)"

자료 출처: 『송화전집』 제1권 제5책, 3쪽, 그림 82.

그림 9 화가 미상, 『강정만조도(江亭晩眺圖)』

드넓은 수면에 일엽편주 떠 있고, 저 멀리 모래사장이 보일 듯 말 듯하다. 가까운 둑 위에는 큰나무와 대나무가 무성한데 울타리와 외나무 다리 옆에는 한 노인이 강가 정자에 앉아 펼쳐진 노을을 바라보고 있다. 아마도 육유가 "기나긴 세월 겨우 버텨내고, 서글픈 마음으로 이른 가을을 바라네...물가에 외로이 홀로 앉아서, 멀리서 오는 시선을 기다리네(枝梧長日過, 悵望早秋來... 惟應水邊坐, 待得市船回)"라는 시구에서 묘사한 장면이 바로 이것이 아닐까 싶다.

자료 출처: 『송화전집』 제3권 제2책, 227쪽, 그림 29.

그림 10 이숭(李嵩), 『화랑도(貨郎圖)』

화랑도는 송나라 때 흔히 볼 수 있는 풍속화다. 화가 이숭은 남송(南宋) 임안(臨安) 출신이라 그가 그려낸 화면은 육유의 향촌세계와 매우 흡사하다. 이 그림은 아마도 육유가 이야기하던 "푸르고 빨간 떡을 메고 다니며 판다(擔頭粔籹簇青紅)"는 '시담(市擔, 짐장수)'의 모습이 아닌가 싶다.

자료 출처: 『송화전집』 제1권 제4책, 114쪽, 그림 55.

그림 11 화가 미상 (이당(李唐)의 작품이라는 설이 있다), 『춘사취귀도(春社醉歸圖)

마을에서 춘사(春社, 봄에 지내는 제사)를 지낼 때 촌민들이 모여 빚은 술을 마시고 취한 노인이 소를 타고 돌아가는 모습을 그린 그림이다. 육유가 자주 마을을 돌아다니며 술을 마시고 취하여 "미친 척하는 것이 영웅호걸의 일이니, 술 취해 소를 타고 장에서 돌아오네(陽狂自是英豪事, 村市歸來醉跨牛)"라고 읊은 시구와 너무 비슷하지 않은가?

자료 출처: 『송화전집』 제8권 제1책, 72쪽, 그림 8.

그림 12 화가 미상, 『노동팽다도(盧仝烹茶圖)』

소나무와 대나무에 가려진 낡은 집이 보이고 그 안에 누군가 침대에 앉아 있다. 방 한 구석에서 시종이 차를 끓이니 연기가 모락모락 피어오른다. 화가는 그림 속의 인물이 당나라 시인인 노동이라고 했지만 사실은 남송 시기 시골에 은거하며 산수에 감정을 의탁했던 육유처럼 스스로 차와 술로 인생을 즐기는 은사(隱士)의 모습을 그린 게 아닌가 싶다.

자료 출처: 『송화전집』 제1권 제6책, 104쪽, 그림 107.

그림 13 하전(何荃), 『초당객화도(草堂客話圖)』

초가집 여러 채와 그 앞에 소나무와 버드나무가 서로 어우러진 모습이 돋보이는 그림이다. 집 뒤에는 짙푸른 대나무와 세차게 흐르는 시냇물 그리고 들쑥날쑥한 바위들이 보인다. 대문가에는 어떤 늙은이가 동자를 데리고 찾아왔고 대청마루에서는 두 사람이 이야기를 나누고 있다. 이러한 광경은 육유가 삼산별장에 찾아온 손님을 접대하는 장면과 비슷하다.

자료 출처: 『송화전집』 제1권 제5책, 23쪽, 그림 88.

그림 14 화가 미상, 『유당독서도(柳堂讀書圖)』

시골에 은거한 선비(士人)는 친구와 더불어 시와 술을 즐기는 것 외에 주로 글을 읽으며 조용히 시간을 보낸다. 이 그림에서 보여주다시피 호숫가 정원에는 초가집과 기와집이 들쑥날쑥하게 들어선 모습이 보인다. 푸른 소나무와 버드나무에 가려진 집 안에서 선비가 공부에 전념하고, 집 밖에서는 동자가 시중을 들고 있다. 이 그림을 통해 삼산별장에서 지내던 육유의 삶을 상상해 보는 것도 괜찮을 것 같다.
자료 출처: 『송화전집』 제1권 제7책, 54쪽, 그림 160.

그림 15 화가 미상, 『산거설청도(山居說聽圖)』

정자 앞에는 시냇물이 흐르고 그 옆에는 나무가 무성하다. 정자 안에서는 두 사람이 차의 맛을 음미하면서 담소를 나누고 그 옆에는 시종이 부채를 들고 서 있다. 두 사람은 무슨 이야기를 나누고 있을까? 화가가 그림에서 밝히지는 않았지만 아마도 육유처럼 은거중인 선비를 찾아온 손님에게 벗의 안부와 조정의 소식을 묻고 있는 건 아닐까?

자료 출처: 『송화전집』 제1권 제7책, 31쪽, 그림 140.

| 목차 |

1

필자는 젊은 시절, 중국 남송(南宋) 시기 저명한 시인 육유(陸遊, 1125~1210)의 절필 시 「아들에게(示兒)」를 즐겨 읽었다. “죽고 나면 만사가 헛됨을 알고 있지만, 구주가 하나 됨을 보지 못해 한스럽구나. 폐하께서 군사를 일으켜 중원을 평정할 제, 제사 때 잊지 말고 네 아비에게 알려라(死後元知萬事空, 但悲不見九州同. 王師北定中原日, 家祭無忘告乃翁)”[1]라는 시구를 보면서 그의 강인한 애국심에 감동했을 뿐만 아니라 시인이 ‘죽고 나면 만사가 헛됨을 알고 있지만, 구주가 하나 됨을 보지 못해 한스럽다’고 말한 ‘응원통달(凝遠通達)’ 함에 탄복하였다. 나이가 들면서 점차 육유의 다른 명작인 「서촌을 노닐며(游山西村)」를 좋아하게 되었는데 작품 속 자연 풍경에 빠져들게 되었고, 명리에는 관심이 없는 담담함과 잔잔하고 깊은 여운을 주는 고상한 인격에 깊이 감동하게 되었다. 특히 800년 전, 저장성 동부 지역 사람들의 순박함과 돈독함을 묘사한 “농가의 섣달 술이 탁하다 웃지 마오. 풍년이라 손님 대접할 닭고기와 돼지고기 넉넉하네(莫笑農家臘酒渾, 豊年留客足雞豚)”라는

1) 육유(陸遊) 저, 첸중롄(錢仲聯) 주석, 『검남시고교주(劍南詩稿校注)』(이하 『시고』로 약칭) 권85, 가정(嘉定) 2년 겨울 12월 산음(山陰)(이하 동문. 산음이 아닌 다른 곳에서 지은 시편에 대해서만 장소 따로 밝힘), 상하이 고적출판사(上海古籍出版社), 2005, 제8책, 4542쪽.

시구와 인간사회와 자연의 조화를 묘사한 "산 첩첩 물 겹겹, 길이 없는 듯싶더니 버드나무 짙푸르고 꽃 활짝 핀 곳에 또 다른 마을이 있구나(山重水複疑無路, 柳暗花明又一村)"[2]라는 시구는 지금까지도 여운이 남아 있다. 이는 아마도 오랜 세월을 경험하면서 일상적 삶의 의미를 제대로 느낄 수 있었기 때문일 것이다. 또한 수년간 역사 연구에 종사하면서 지금의 역사 지식으로 당시 사람들의 진실한 삶을 느낄 수 없는 것에 대한 불만이 커진 것이 그 이유가 아닌가 싶다.

우리 조상들은 자신들이 경험한 삶을 후손들에게 이야기해 줌으로써 그들이 현실생활에서 도움을 받을 수 있게 한다. 이는 사학의 기원이 되는 동시에, 사학의 기본 특징인 스토리텔링의 근거가 된다. 근대에 들어오면서 사학의 연구방법이 사회과학의 연구방법으로 진화하여 사학은 역사 속에 존재하는 인류사회를 해부하고 분석하는 것을 사명으로 삼았다. 이는 고대사회를 인식하는 데 많은 도움을 주었지만, 인류사회를 내재된 '특징'이나 '구조'와 같은 개념으로 설정하고 역사 속에 머물게 하여 허공에 떠 있는 듯한 불안감을 느끼게 하였고 인류사회의 역사적 진실에 대해서 다소 생소한 느낌이 들게 한다. 이를테면, 대표적인 사학 이론에서는 역사가 일반 민중들에 의해 창조되었음을 강조하지만, 실제 연구를 살펴보면 지금까지 보존된 사료의 대부분이 상류층에 속한 관료와 제왕에 관한 내용이고 일반 민중에 관한 내용은 모호하고 뚜렷하지 않아서 사람들에게 잊혀져가고 있다. 따라서 역사를 창조한 민중은 불행하게도 말없이 침묵하는 경우가 대부분이었다.

이러한 현실은 필자로 하여금 역사 속 민중의 삶을 돌아볼 수 있는 향촌사회를 주목하게 하였다.

2) 『시고』 권1, 건도(乾道) 3년 봄, 제1권, 102쪽.

역사적으로 현(縣)이라는 지방 행정기관에 귀속되어 왔던 중국의 향촌사회를 관찰하고 분석하는 것은 결코 쉬운 일이 아니다. 사실상 사학계에서는 줄곧 향촌사회에 대한 연구를 중시해 왔었다. 특히 10세기에서 13세기까지 중국 전통사회의 전환을 의미하는 북송, 남송 시기는 더욱 그러했다. 하지만 목판인쇄술의 보급을 통해 후세에 전해진 서적들이 어느 왕조 때보다도 훨씬 더 많았음에도 불구하고 현실적으로 찾아볼 수 있는 농촌 사회에 대한 기록은 여전히 매우 제한적이다. 깊이 있게 논의되고 있는 부분조차도 국가제도와 같은 내용에만 집중되어 있다. 예컨대, 호적부를 만드는 것이나 지방 자치 민병 단체를 만드는 것, 국세와 부역을 징발하는 것 등에 대한 연구가 이 범위에 속한다. 이에 비해, 향촌 사회생활 즉 농민들의 일상을 심도 있게 다루지 못하고 있는 현실은 다소 실망스럽다. 후기 역사에 대한 연구나 현실생활에서 받은 계시를 통해 10세기에서 13세기까지의 송나라 향촌사회에 현저한 지역적 차이가 존재했음이 밝혀지기도 했지만, 이 또한 표면적 논의에 그치고 말았다.

이토록 곤혹스러운 연구 현실은 우리의 시각을 바꾸어 놓았다. 이론적으로 '문제'를 해결하려던 전통적 사고방식에 국한되지 않고 가급적이면 사학 본연의 시각으로 되돌아가 분석 위주에서 서술 위주로 바꾸는 것이다. 이렇게 되면 적어도 일부 특정된 분야에서 양송 시기 농민들의 삶을 복원하는 작업은 가능할 것이다. 하물며 송나라 문인들이 남긴 수많은 전원시가 우리들에게 다량의 역사적 정보를 제공해 주고 있다. 이것이 바로 필자가 육유(1125~1210)를 주목하게 된 이유다.

육유는 중국 역대 시인들 중, 현재까지 가장 많은 작품을 남긴 시인으로 지금까지 전해진 시 작품만 9,362수에 달한다. 총 72권인 『전송시(全宋詩)』에는 9천여 명 시인의 27만여수의 작품이 수록되어 있는데 그중,

육유의 시 작품만 세 권에 달하며 이는 전체 작품수의 3.4%를 차지한다. 육유는 주로 저장성 동부의 향촌에 거주했기에 그의 시는 대부분 그곳의 향촌생활을 소재로 삼고 있다. 이는 해당 지역의 향촌사회를 연구하는 데 있어 소중한 자료가 된다.

2

우선, 육유의 삶에 대하여 간단히 살펴보고자 한다.

육유는 자는 무관(務觀), 호는 방옹(放翁)이며 1125년, 선화(宣和, 송휘종의 연호) 7년 음력 10월 17일에 회하(淮河)를 항행하던 관선(官船)에서 태어났다. 당시 회남로전운부사(淮南路轉運副使)로 재임 중이던 육유의 부친 육재(陸宰, 1088~1148)가 업무보고 차 황제의 명을 받들고 수로를 통해 개봉부로 가는 길에 부인 당씨가 아들을 낳았기에 이름을 육유라고 지었다고 한다. 육재의 셋째 아들로 태어난 육유는 "10월 17일은 내가 태어난 날이다. 어느 외딴 마을에 비바람만 쓸쓸한 날 우연히 절구시 두 수를 지었다(十月十七日, 予生日也. 孤村風雨蕭然, 偶得二絕句)"라고 운을 뗀 후 자신의 출생에 대하여 다음과 같이 말했다. "나는 회수에서 태어났네. 새벽에 바람이 세차게 불고 큰비가 내리자 모두 놀랐고, 이 몸이 세상에 태어나자 비바람이 그쳤다네(予生於淮上, 是日平旦, 大風雨駭人, 及予墮地, 雨乃止)". 그리고 다른 시에서는 "소부가 조칙을 받아 경사로 가던 중, 회하의 배 위에서 이 몸이 태어났네. 그때는 의화 7년 겨울인 10월이라, 중원은 아무 사건 없는 태평한 때였네(少傅奉詔朝京師, 艤船生我淮之湄. 宣和七年冬十月, 猶是中原無事時)"[3]라고 했는데 시의 내용을 보면 육유가 나중에 집안 어른들로부터 들었던 바를 기록한

3) 『시고』 권33, 경원(慶元) 원년 겨울, 제4책, 2199쪽.

것이다.

육유의 집안은 강남 월주(越州, 지금의 저장 사오싱)의 산음(山陰)에서 명망 있는 가문이었다. 전하는 말에 의하면, 그의 선조는 오대(五代) 시기에 가흥(嘉興)에서 항주(杭州)로 이사 갔다가 후에 전당강(錢塘江)을 건너 월주 산음현에 들어갔다고 한다. 그 후에 데릴사위로 산음성 서쪽 노허(魯墟)촌에 정착해 대대로 농사를 지으며 살았다고 한다. 육씨 집안은 육유의 고조부 육진(陸軫, 생몰연대 미상)이 송진종 조항(趙恒)의 대중상부(大中祥符) 5년(1012)에 진사에 합격하면서 흥하기 시작했다. 근 200년이 지난 후, 아들들에게 쓴 시에서 육유는 당시 상황에 대해 이렇게 적었다. "서쪽의 우두산을 바라보니 하늘 끝 아득한데, 선조께서 집안을 일으켰을 때를 오래도록 생각하노라(西望牛頭渺天際, 永懷吾祖起家初)"[4). 산음의 육씨 집안은 후에 대대손손 관직에 있었는데 자손들은 과거를 보거나 문음제도(門蔭制度)를 통해 조정의 관리가 되었으며 유명한 관리가 많이 배출되었다. 그중 가장 높은 벼슬을 한 사람은 육전(陸佃, 1042~1102)으로, 송신종(宋神宗) 희녕(熙寧) 3년(1070)에 진사가 되었으며 왕안석(王安石)으로부터 유가 경전을 공부하기도 했다. 송휘종 조길(趙佶)이 황위를 계승한 건중정국(建中靖國) 초년(1101), 육전은 상서우승상(尙書右丞)으로 승진했으며 몇 달 후, 좌승상으로 승진하고 집정(執政, 부재상)의 자리에 올랐다고 한다. 육유의 부친 육재는 육전의 다섯째 아들로 문음제도를 통해 벼슬을 했으며 이부상서(吏部尙書) 자리까지 올랐고 남송의 임시 수도 임안부에서 지부(知府)직을 맡기도 했다. 산음 육씨네 집안에서 유명한 문인이 탄생한 것은 육유가 처음이

4) 『시고』 권46, 「집 서쪽의 해가 저무는 것을 바라보며 아들 자율에게 가르치다(舍西晩眺示子聿)」, 가태(嘉泰) 원년 여름, 제5책, 2829쪽.

었다.

육유가 태어날 당시, 북송은 금나라의 침략으로 멸망의 위기에 처해 있었다. 금나라가 송나라와 해상지맹(海上之盟)을 맺고 연합하여 요나라를 멸망시킨 후, 선화 7년(1125) 10월 남쪽으로 출병하여 송나라에 귀환했던 연경부(燕京府)를 공격하면서 금나라와 송나라의 전쟁이 시작되었다. 두 차례의 포위 공격을 당한 뒤, 송흠종 정강(靖康) 2년(1127) 음력 2월 병인일에 송휘종과 송흠종 두 황제가 포로가 되면서 북송은 멸망하였다. 당시 어린 육유는 수주(壽州, 지금의 안후이 서우현)에서 부친과 함께 살았으며 이듬해 부모를 따라 월주성에 있는 고향집으로 돌아갔다.

1127년 음력 5월 1일, 송휘종의 아홉째 아들 조구(趙構, 1107~1187)가 남은 병력을 이끌고 남경 응천부(應天府, 지금의 허난성 상치우시)에서 황위에 올랐다. 그는 견염(建炎)이라는 연호를 사용하였고 남송의 첫 번째 황제가 되었다. 건염 3년(1129) 10월, 금나라 군대는 남송을 철저히 멸망시키기 위해 다시 출병하여 남침을 감행하였으며 그해 11월, 조구를 잡기 위해 장강을 건너 건강부(建康府, 지금의 장쑤 난징), 임안부(臨安府, 지금의 저장 항저우), 명주(明州, 지금의 저장 닝보)까지 쳐들어갔다. 전란을 피하기 위해 육재는 연로한 모친과 여섯 살 된 육유 등 가족을 거느리고 남쪽의 무주 동양현(婺州東陽縣, 지금의 저장 진화 둥양)에 있는 깊은 산속으로 피신했다. 그리고 4년이 지나서야 다시 고향으로 돌아갔는데 그때 육유의 나이는 9살이었다. 혼란한 시국에 태어나 전란을 겪으면서 유년시절을 보낸 육유는 북벌을 통해 잃어버린 땅을 되찾으려는 애국사상을 갖게 되었다.

송나라 시기에는 고관직 관리의 자손은 일정한 절차를 거치면 직접 관리가 될 수 있는 제도가 있었는데 이를 문음(門蔭)이라고 했다. 소흥

6년(1136), 12살이 된 육유는 부친의 문음으로 등사랑(登仕郎)이라는 하급 관직을 받게 되었는데 구체적인 직무는 없었다. 당시 육유와 같은 사대부 집안 자제들은 과거시험에 급제하여 관리가 되는 것을 인생의 가장 큰 목표로 삼았었다. 어릴 때부터 문장을 잘 쓰기로 유명했던 육유는 동양에서 월주로 피난 간 후에도 어려움을 견디면서 학문에 전념했고 소흥 10년(1140), 16살이 되던 해부터 과거에 응시했지만 벼슬길이 결코 순탄하지 못했다.

19살에 육유는 외사촌 당완(唐婉)과 결혼해 금슬 좋게 살다가 모친의 반대로 4년 만에 이혼하게 된다. 그리고 이듬해(소흥 17년, 1147), 모친의 의사에 따라 왕씨를 아내로 맞아들이게 되면서 육유는 극심한 정신적 고통에 시달리게 된다. 그는 시 여러 수를 지어 당완에 대한 그리움과 자신의 슬픔을 표현했는데 대표적 작품은 「채두봉(釵頭鳳)」이다.

소흥 24년(1154) 30살이 된 육유는 예부에서 주도하는 과거시험에 응시했다. 하지만 1차 시험에서 재상 진회(秦檜)의 손자 진훈(秦塤)보다 성적이 좋은데다가 북벌하여 빼앗긴 땅을 되찾아야 한다고 주장하는 바람에 진회의 심기를 건드려 시험에 떨어지게 된다.[5] 이 시험을 끝으

5) 『시고』 권40 「진부경 선생은 양절전운사 시험관으로, 진 승상의 손자가 우문전수찬으로 시험을 보러 왔다. 부경은 나의 답안지를 받고 나를 일등으로 뽑았다. 그러자 진씨는 크게 노했다. 나는 이듬해에 임용되지 못했고 선생도 이 일로 위기를 몇 번이나 겪었다. 나중에 진공이 우연히 세상을 떠나게 되면서 없는 일로 넘어갈 수 있었다. 만년에 고서를 정리할 때 선생의 수첩을 보면서 옛날을 회상하고, 그 일을 기억하기 위해 장문을 지어 얼마나 억울하고 분했는지를 토로해 본다(陳阜卿先生為兩浙轉運司考試官, 時秦丞相孫以右文殿修撰來就試, 直欲首選. 阜卿得予文卷, 擢置第一. 秦氏大怒. 予明年既顯黜, 先生亦幾蹈危機. 偶秦公薨, 遂已. 予晚歲料理故書, 得先生手帖, 追感平昔, 作長句以識其事, 不知衰涕之集也)」, 경원(慶元) 5년 가을, 제5책, 2530-2531쪽 참고.

로 육유는 더는 과거 시험을 보지 않았다. 이듬해 진회가 병으로 죽고 남송의 정치 구도에 변화가 생기자 육유는 다른 사람의 천거를 통해 관리가 될 수 있었다. 어떤 학자는 육유가 관직을 맡은 것은 소흥 26년(1156) 겨울부터 27(1157)년까지 온주 서안현(溫州瑞安縣) 주부로 있을 때였다고 하지만 육유 본인은 자신의 시에서 소흥 28년(1158), 즉 34살 되던 해 복건 영덕현(福建寧德縣) 주부를 지낼 때부터였다고 한다.[6)]

육유는 36살이 되던 소흥 30년(1160) 5월, 복주(福州) 사법참군(司法參軍)으로 있다가 조정의 명을 받들어 칙영소산정관(敕令所刪定官)으로 부임하게 되었는데 이는 육유가 임안부에서 처음으로 맡은 관직이었다. 육유는 임안부에서 3년을 생활했다. 소흥 22년(1162) 6월, 송고종 조구가 황제 자리에서 물러나 태상황이 되고 의자 조춘(趙春, 1127~1194)이 황위를 계승했는데 그가 바로 송효종이다. 그해 9월, 칙영소가 편류성정소(編类聖政所)로 명칭이 바뀌면서 육유는 추밀원(樞密院) 편수관(編修官) 겸 편류성정소 검토관(檢討官)이라는 직책을 맡게 되었다. 성정소는 황제의 '뛰어난 정치 업적'을 편찬하는 곳으로 송나라 역사서 편찬을 담당하던 곳 중의 하나였다. 이로써 육유는 처음으로 조정에서 '사관'직을 맡게 되었다.

황위를 계승한 송효종은 무턱대고 화친을 추구하던 조구와는 달리 금나라에 반기를 들고 송나라의 위세를 떨치고자 했다. 그리하여 그는 북벌과 '항금(抗金)'을 주장하는 사대부들을 임용하기 시작했는데 '열심히 공부하고 사리에 맞는 말을 하는' 육유에게 진사 신분을 하사하였

6) 『시고』 권66 「처음에 영덕현 주부로 임명되어... 감탄해 마지않았다(予初仕為寧德縣主簿...覺而感歎不已)」, 개희 원년 가을, 제7책, 356쪽. 권64 「소흥에서 처음에 영덕현 주부로 임명되어...당시에는 이를 숭상했다고 한다.(紹興中予初仕為寧德主簿... 當時所尚也)」, 개희 원년 겨울, 제7책, 3654쪽.

다.[7] 이로써 육유는 마침내 공명을 이루게 되었다. 하지만 이듬해 송효종에 의해 진강부(鎭江府, 지금의 장쑤성에 속함) 통판(通判, 주와 부 등 지방의 부장관)으로 강직된다. 그 이유로는 송효종이 육유가 세도를 부린다며 못마땅하게 여겼기 때문이다. 3년 후, 육유는 융흥부(隆興府, 지금의 장시 난창) 통판으로 관직을 옮겼으나 얼마 지나지 않아 장준(張浚)에게 군사를 출동하게 했다는 등의 이유로 파면되어 산음으로 돌아가 3년을 지내게 되었다.

45살이 되던 건도(乾道, 송효종의 두 번째 연호) 5년(1169) 연말, 육유는 좌봉의랑(左奉議郎) 신분으로 기주(夔州, 지금의 충칭 펑제) 통판에 임명되며 이듬해 음력 5월 가족을 이끌고 사천(四川)으로 갔다. 당시 기주에 머물며 생활한 8년간은 육유의 벼슬생활에 있어서 가장 중요한 시기였다. 그동안 육유는 관직을 몇 차례 옮겼으며 전방과 가장 가까운 곳에서 벼슬을 하기도 했는데 건도 8년(1172) 3월부터 10월까지 흥원부(興元府, 지금의 스촨 한중 난지오)에 설치된 사천 선무사사(宣撫使司)에서 판공사 겸 검법관을 지내기도 했다. 선무사사는 사천 지역에서 행정직급이 가장 높은 군사, 정치 기구였다. 이곳에서 육유는 처음으로 군인 생활을 체험하였고 위풍당당하고 활달한 사람으로 변했다. 이 시기는 육유의 일생에서 가장 자랑스러운 시기였다.

순희(淳熙, 송효종의 세 번째 연호) 5년(1178) 2월, 조정의 명을 받은 육유는 가족을 거느리고 임안부로 돌아가 복건로(福建路)와 강서로(江西路)의 상평차염공사(常平茶鹽公事)직을 맡았다. 순희 7년(1180) 11월, 조정에 소환될 무렵, 간관(諫官)의 탄핵을 받고 산음 고향집으로 돌아가

7) 『송사(宋史)』 권395 「육유전(陸遊傳)」, 중화서국(中華書局), 1959, 1977, 제37책, 12057쪽.

게 되었으며 당시 관례에 따라 의무적으로 도교 사원을 관리하는 '봉사'(奉祠)라는 사관(祠官)직을 맡는다. 순희 9년(1182), 육유는 다시 조봉대부(朝奉大夫)로 발탁되어 성도부(成都府) 옥국관(玉局觀)을 관리하게 되었고 봉록을 받으며 고향에서 지냈다.

4년 후, 육유는 다시 엄주(嚴州, 지금의 저장성 메이청진) 지부를 맡게 되며 임안부 군기소감(軍器少監)과 예부낭중(禮部郞中)으로 있다가 순희 16년(1189) 12월, 탄핵을 당해 해직되어 고향으로 돌아간다. 그리고 이듬해, 중봉대부(中奉大夫) 관직에서 파면당해 건녕부(建寧府, 지금의 푸젠 지앤시) 무이산(武夷山) 충우관(冲祐觀)을 관리하게 되었다.

가태(嘉泰, 송녕종의 두 번째 연호) 2년(1202) 6월, 조정에서 다시 육유에게 임안부 비서감(秘書監)을 제수하고 국사 편찬직을 맡겼다. 당시 육유는 이미 78세 고령이었다. 이듬해 4월, 육유는 편찬한 「효종실록(孝宗實錄)」 500권과 「광종실록(光宗實錄)」 100권을 조정에 올리고 벼슬을 그만두었다. 그때로부터 가정(嘉定, 송녕종의 네 번째 연호) 3년(1210), 향년 86세의 나이로 세상을 뜰 때까지 육유는 한 번도 산음 농촌을 떠나지 않았다.

결론적으로 보면 34세에 조정에서 관직을 맡기 시작하고부터 86세에 세상을 떠날 때까지 52년 동안, 육유가 관직에 있던 시간은 고향에서 한가롭게 지낸 시간보다 짧았다. 외지에서 관리로 지낸 시간은 22년이 채 안 되지만 10곳에서 지방관리직을 맡았었다. 육유는 그중, 사천에 머무르며 지냈던 8년을 가장 중요하게 여겼다. 그리하여 자신의 문집을 『위남(渭南)』, 시집을 『검남(劍南)』이라고 이름 지었다. 육유는 임안부에서 세 번이나 관직을 지냈는데 주로 사관(史官)을 역임했었다. 세상 뜨기 전 지은 「잔국(殘菊)」이라는 시에서 육유는 "나는 3대조에 걸쳐 사관을 지냈다(我是三朝舊史官)"[8]고 하면서 이를 자랑스럽게 여겼다.

육유는 타향에서 벼슬한 시간을 제외한 긴 시간을 산음 향촌에서 한가하게 지냈다. 가태 2년(1202), 「자조(自嘲)」라는 시에서 육유는 "평생 반궁사(半宮祠)를 역임하였다(平生揚歷半宮祠)"는 구절로 자신의 삶을 평가하면서 "거의 50년을 숭도, 옥국, 무이에서 관직을 지냈으며 지금 또 외람되게 신우관사의 직을 받았다(予仕官幾五十年矣, 曆崇道、玉局、武夷, 今又忝佑神之命)"[9]고 설명을 붙이기도 했다. 도교 사원을 관리한 30년과 조정에 들어가기 전에 살았던 시간까지 합치면 육유가 산음 향촌에서 지낸 시간은 거의 60년이 된다.

현재 남아 있는 육유의 작품 중 산문에 속하는 부분을 살펴보면, 표(表), 전(箋), 계(啟), 첩(帖), 명(銘), 찬(贊) 등과 같은 예외적 문장이 상대적으로 많고 주(奏), 찰(札), 기(記), 문(文), 서(書), 신(信)과 같은 사실을 적은 문장은 별로 많지 않다. 그중에서도 국가 정사를 논하고 문인들 사이의 왕래를 다룬 내용이 많고 향촌의 일상생활을 기록한 내용은 많지 않으며 「가세구문(家世舊聞)」이나 「방옹가훈(放翁家訓)」과 같은 수필에서만 나타날 뿐이었다. 반면, 남송 시기 저장 동부의 향촌에 대한 세밀한 관찰은 그의 시에서 많이 보이는데, 벼슬하기 전 작품까지 합치면 60~70%에 달하는 작품이 향촌생활과 관련되어 있다.

이 책을 쓸 수 있게 된 것은, 육유의 시집 『검남시고(劍南詩稿)』가 잘 편집되어 있기 때문이다. 『검남시고』의 전 20권은 육유가 엄주 지부를 역임한 시기에 직접 정리하여 간행한 것이고 나머지 65권은 육유가 세상을 떠난 지 10년 만에 맏아들 육자우(陸子虡)가 최종 편찬했는데 모두 육유가 생전에 직접 교정한 자료들이다.[10] 이 두 가지를 합치면

8) 『시고』 권85, 가정 2년 겨울, 제8책, 4525쪽.

9) 『시고』 권25 「자조(自嘲)」, 가태 2년 겨울, 임안, 제6책, 3089쪽.

10) 『검남시고 강주간본 육자거발(劍南詩稿江州刊本陸子虡跋)』, 『시고』 제8책,

『검남시고』는 총 85권에 달한다. 작품들이 순서에 따라 분명하고 정확하게 배열되었고 관련 학자들의 끊임없는 연구를 통해 시가 창작 시간과 장소가 명확한 것은 사학 연구에 필요한 선제조건을 마련해 주었다. 또한 육유의 생애, 문학 사상, 예술 풍격 등에 관한 선행 연구에서도 풍부한 경험을 제공해 육유의 '향촌세계'를 들여다보는 데 도움이 되었다.

육유의 '향촌세계'는 육유의 시에 대한 집중적인 해석을 통해 그의 눈으로 본 남송 시기 저장성 동부의 농촌 사회를 살피는 것을 주요 내용으로 한다.

3

육유가 마음속으로 그렸던 향촌세계는 우리의 기대에 비해 많은 차이가 있었다.

우선, 시는 마음에서 우러나오는 것을 적은 것이기에 기록문과는 많이 다르다. 시를 통해 묘사되는 향촌 마을은 당시 현실 세계와는 선명한 차이가 있었다. 이 때문에 문인들이 과장과 상상을 통해 표현한 시에서 유용한 정보를 찾아내 역사의 모습을 재현하는 것은 결코 쉬운 일이 아니었다. 다행히 육유의 시는 사실주의적 특징을 가지고 있었다. 어떤 학자는 "육유는 일기를 쓰듯 시를 지었다"[11]고 평가했는데 이는 육유의

4545쪽.

11) 린옌(林岩), 「만년 육유의 전원생활과 자아의식-남송 시기 '퇴거형 사대부'의 제기를 겸하여 논함(晚年陸遊的鄉居與自我意識-兼及南宋"退居型士大夫"的提出)」, 131쪽, 중국육유연구회와 소흥시 육유연구회 편, 『육유와 남송 사회-육유 탄신 890주년 기념 국제 학술 회의 논문집(陸遊與南宋社會-紀念陸遊誕辰890周年國際學術研討會論文集)』, 중국사회과학출판사, 2017, 94-134쪽. 린옌은 "이 인식에 대해 자신만의 방법인 줄 알았으나 일본학자 요시카와 코지로(吉川幸次郎)가 그 전에 제기했었다. "라고 설명했다. [일]요시카

시를 해석할 수 있는 가능성을 열어주었다.

다음으로 육유의 시를 통해 그의 마음속 '향촌세계'를 이해하는 것은 전면적이지 못할 수 있다. 시골에서 한가로운 생활을 누린 관료의 관심사와 그가 접촉했던 사람들과 교감했던 사물들이 소재가 된 시는 주제 선택에 있어 주관적이고 편향적일 수밖에 없다. 다시 말하면, 육유의 향촌생활과 보통 농민들의 일상생활을 비교했을 때 생활 방식이나 개인의 입장 등 여러 방면에서 확연한 차이가 존재한다. 따라서 육유의 시에서 보여지는 향촌 사회의 모습도 전면적이지 못할 수밖에 없다. 다행히 본인도 자신의 생활이 일반 농민들의 생활과 다르다는 것을 알고 있었기에 "궁핍한 백성은 풍년이 들어도 먹지 못할 수 있으니 이런 일은 예전에도 있었고 지금도 본다네. 하지만 나는 배불리 먹고도 고기 생각을 하니 남들이 비웃지 않아도 절로 알리라(民窮豐歲或無食, 此事昔聞今見之. 吾儕飯飽更念肉, 不待人嘲應自知)"[12]는 시를 지어 근신하기도 했다. 육유는 당시 향촌생활, 특히 가난한 사람들의 어려움을 보여주는 시를 많이 썼다. 이처럼 의도적으로 기울어진 것을 바로잡으려 했던 그의 노력은 우리가 논의하고자 하는 내용에 가능성을 더해준다. 종합해보면, 『육유의 향촌세계』는 어느 정도 모습을 제대로 갖춘, 역사 기록 중의 빛나는 한 조각일 뿐일 수도 있겠지만 그 가치는 매우 소중하다.

향촌 생활은 다채롭고 풍부하며 사회 계층이 복잡했다. 송나라 때 향촌에서 한가하게 지내는 관리들을 우공(寓公)이라고 했는데 이들이 농촌 사회의 상류층을 이룬 것은 주목할 만하다. 학계에서도 송나라 때 향촌 권세가들의 사회적 역할에 대한 논의가 있었는데 일부 학자들은

와 코지로, 『송원명 시의 개론(宋元明詩概說)』, 리칭(李慶)외 옮김, 중주고적출판사(中州古籍出版社), 1999, 118쪽.

12) 『시고』 권38 「점심밥(午飯)」(제2수), 경원(慶元) 4년 겨울, 제5책, 2445쪽.

이들을 횡포를 일삼는 유형과 덕망 있는 유형으로 나누었다. 물론 이러한 분류는 후세 사람들이 역사를 살펴보는 과정에서 개념 식으로 정리한 부분일 뿐, 현실 생활 속에서 인간의 성격은 다면성과 복잡성을 지닌다. [13]육유는 당연히 덕망 있는 부류에 속한다. 학자들이 더 큰 관심을 보인 것은 향촌사회의 구체적 운영방식과 송나라 때 향촌 권세가들의 활동을 통해 본 세습관리층의 형성 과정 등이다. 이러한 문제는 육유의 시를 통해 답을 얻을 수 있는 부분은 그다지 많지 않다. 남송 시기 저장성 동부의 향촌을 이해함에 있어 육유의 '향촌세계'는 다음과 같은 세 가지 측면에서 필요한 정보를 제공해 준다. 첫째, 육유는 저장성 동부 향촌에서 비교적 잘살았던 우공의 모델이다. 둘째, 육유는 향촌에 거주한 선비들의 사회적 역할을 간접적으로 보여주었다. 셋째, 육유가 몸소 느끼고 묘사한 향촌 사회는 당시와 또 다른 향촌사회의 모습이었다.

이 책에서는 주로 위의 세 가지 측면에 대하여 살펴보고자 한다. 결과적으로 보면, 유기적으로 연결된 사례를 가지고 추상적인 방법으로 '송나라 때 농촌'의 제반 모습을 그려내는 작업은 역사의 단편에 대한 단순한 묘사에 그칠 수도 있다. 하지만 역사를 서술하는 입장에서 볼 때, 우리가 상상하는 '송나라 때 농촌'에 몇 가지 이론적 근거만이라도 제공할 수 있다면 이 책을 쓰는 목적을 달성한 셈이다.

13) 량경야오(梁庚堯), 「행패를 부리는 자 및 어른: 남송 관리와 신비 귀향의 두 가지 이미지(豪横與長者: 南宋官戶與士人居鄉的兩種形象)」, 타이베이(臺北) 『신사학(新史學)』제4책 제4기에 처음으로 등재되었으며, 후에 『남송 시대의 농촌 경제(南宋的農村經濟)』(하)로 다시 등재되었다. 타이베이, 연경출판사업회사(聯經出版事業公司), 1984, 474-536쪽.

/ 제1장 /

지역개발: 산과 호수 곳곳에 시재(詩材)가 있다

백사장이 맑았다 흐렸다를 반복하고, 고깃배 날마다 오락가락하네.
마을마다 모두 그림 같이 아름다워, 곳곳에서 시가 흘러나오네.
저녁밥 짓는 농가에선 연기가 모락모락 피어오르고, 소를 부르는 피리 소리 구슬프게 들리네.
평생 동안 쳐다봐도 싫증을 모르는데, 두건을 위로 젖히니 정취 또한 아련하네.

沙路時晴雨，漁舟日往來。
村村皆畫本，處處有詩材。
炊黍孤煙晚，呼牛一笛哀。
終身看不厭，岸幘興悠哉！
(「배 안에서 짓다(舟中作)」)

1. 산회평원

육유가 생활했던 곳은 첸탕강 남쪽 연안에 있는 월주, 즉 지금의 중국 저장성 사오싱 지역으로 진나라와 한나라 때부터 회계군(會稽郡)에 속해 있었다. 진나라 때 회계군청은 오현에 있었으며 지금의 장쑤성 남쪽 지역과 저장성 일대 지역을 관할했다. 동한 영건(永建, 동한 제8대 황제 순제의 첫 번째 연호) 4년(129), 회계군은 두 개로 나뉘어 장쑤성 남쪽

지역과 장시성 서쪽 지역은 별도로 설치된 오군(吳郡)이 관할하고 첸탕강 이남 지역은 회계군이 관할했으며 군청은 산음현으로 옮기게 되었다. 그 후, 행정 구역이 여러 차례 변경되면서 수나라 대업(大業, 수양제 양광의 연호) 원년(605), 지금의 사오싱 지역에 월주군을 설치했다. 남송 건염 4년(1130) 4월, 바닷길을 통해 피난 온 송고종 조구는 임안부에 돌아가는 것이 두려워 월주에 잠깐 머물기도 했다. 이듬해 설날, 조구는 소조중흥(紹祚中興) 즉 '황위를 계승하고 쇠퇴해진 송나라를 다시 일으킨다'는 의미에서 연호를 소흥으로 바꿀 것을 명했다. 월주의 관리와 백성들은 당나라 덕종이 흥원 초년(784) 양주에 행차하여 양주를 흥원부로 바꾼 선례를 들면서, 월주의 이름을 새로운 연호로 대체해야 한다는 상소문을 올려 황제 조구의 허락을 받았다. 그 후 월주는 사오싱으로 이름이 바뀌었고 원래 지방 행정구역이던 주(州)는 부(府)로 승격되었다.

남송 때 소흥부는 8개 현을 관할하였으며 성 안과 주변의 농촌은 산음과 회계의 관할 범위 안에 있었다. 두 현은 성곽을 기준으로 동쪽은 회계현, 서쪽은 산음현에 속했다. 산음과 회계 남쪽에는 회계산맥이 있었고 북쪽은 당시 후해(後海)라고 불린 항주만과 가까웠으며 그 사이에는 넓은 평원이 있었다. 회계산맥은 넓은 구릉과 산지로 이루어졌는데 동서 길이는 약 50km에 달하며 남동쪽으로부터 북서쪽까지의 거리가 약 100km에 달했다. 구릉은 복잡하게 분포되었으며 방향도 매우 다양했다. 산지에는 남에서 북으로 흐르는 수십 갈래의 계류가 있는데 평원지대를 지나 후해로 흘러들었다. 이 지류를 속칭하여 삼십육원(三十六源)이라고 한다. 평원 양쪽에는 회계산 동쪽 줄기에서 흐르는 조아강(曹娥江)과 서쪽 줄기에서 흐르는 포양강(浦陽江)이 있다. 강을 거슬러 올라가면 회계산 산줄기가 있는데 산회지역을 동쪽의 제기(諸暨), 포강(浦

江)현과 서쪽의 상우(上虞), 승(嵊)현으로 갈라놓았다. 동쪽으로 조아강을 건너면 용강(甬江), 여요강(余姚江)과 봉화강(奉化江) 등 수로의 영향으로 형성된 삼강평원(三江平原)이 있는데 산회평원과 함께 영소평원(寧紹平原)으로 불렸다.

산과 바다 사이에 있는 산회평원은 호수와 강물이 교차되는 소택지에 불과했었다. 역도원(酈道元)은 『수경주·면수(水經注·沔水)』에서 산회지역에 대해 "남동쪽은 지대가 낮아 온갖 물줄기가 모여 들어서 조수와 호수가 넘실거리고, 닿는 곳마다 냇가를 이루며, 나루를 세워 도랑을 갈랐는데 명문세가들이 많이 살고 있었다(東南地卑, 萬流所湊, 濤湖泛決, 觸地成川, 枝津交渠, 世家分夥)"[1]고 묘사했다. 산회평원은 따뜻하고 습윤한 아열대 기후대에 위치해 있으며 소택지의 퇴적 작용으로 인해 토질이 비옥하여 첸탕강 양안에서 가장 먼저 개발된 지역이다. 지세가 남에서 북으로 기울어 '산-평원-바다'의 형태를 이루었으며 계단식 해변충이 형성된 평원의 모습을 갖추었다. 연간 강수량이 충분하지만 회계산 계류가 흐르는 과정에 삼십육원 물길의 경사도가 커서 물이 쉽게 모이지 못한다. 이 때문에 제방을 쌓아 물을 저장하는 것은 이 지역 농업 발전에 있어서 선제조건이 되었다. 동한 이전, 산회지역은 발전이 느리고 "땅이 넓고 사람이 적으며 쌀을 주식으로 하고, 생선을 부식으로 하는 곳(地廣人稀, 飯稻羹魚)"[2]이었다. 산음은 옛날부터 회계군에 속한 평범한 지역이었다. 『한서지리지(漢書·地理志)』에 의하면, 회계군에는 26개의 현이 있었는데 총 인구는 22만 3천여 가구였으며 한 개 현의 인구는 4만 명도 채 되지 못했다.[3] 동한시기 순제 영화 5년(150), 회계군

1) 역도원(酈道元) 저, 천차오이(陳橋驛) 교정, 『수경주교증(水經注校證)』 권29 「면수(沔水)」, 중화서국(中華書局), 2007, 688쪽.

2) 『사기(史記)』 권129 「화식열전(貨殖列傳)」, 중화서국, 1959, 3270쪽.

태수(太守)직을 맡은 마진(馬臻, 88~141)은 현지의 농지와 수리 공사에 대한 조사를 마친 후, 백성들을 통솔하여 제방을 쌓아 삼십육 원의 물을 한 곳에 모았다. 이로써 고대 강남 지역에서 규모가 가장 큰 수리공사가 준공되었고 산회평원의 농업도 발전을 이룩할 수 있게 되었다. 이 수리 공사가 바로 역사적으로 유명한 감호(鑒湖, 경호鏡湖 라고도 함)이다. 감호는 당시에 동쪽의 호구두문(蒿口鬪門, 지금의 상위이시 하오바진)에서 서쪽의 광릉두문(廣陵鬪門, 지금의 사오싱시 커차오구 난첸칭촌)까지의 길이만 해도 100여 리(1리는 500미터)에 달했으며 총 길이는 300리에 달해 9,000여 경(1경은 2만여 평)에 달하는 논을 관개할 수 있었다고 한다. 산회지역은 지형이 비탈져 남에서 북으로 '산-호수-논밭-바다'의 구조가 형성되어 "호수의 지세가 논밭보다 높고 논밭이 강과 바다보다 높아 물이 많을 때는 논밭의 물이 강과 바다로 흘러들게 하고 물이 적을 때는 호수의 물로 논밭을 관개했다(湖之勢高於民田, 田高於江海, 故水多則泄民田之水人於江海, 水少則泄湖之水以漑民田)"[4]고 한다. 감호는 산회평원 농업생산에 있어서 수리시설의 중추 역할을 했다.

감호라는 이름이 붙여진 것은 호수의 수면이 거울처럼 고요했기 때문이다. 동진 때 왕희지(王羲之)는 "산음의 길을 걷는 것은 거울 위를 걷는 것 같았다(山陰道上行, 如在鏡中遊)"[5]고 말한 적이 있다. 처음에는 '경호'라고 불렀는데 '경'과 '감'이 모두 거울이라는 뜻을 가지고 있어

3) 『한서(漢書)』 권28상 「지리지상(地理誌上)」, 중화서국, 1962, 1590쪽.

4) 서자탁(徐次鐸), 『복호의(復湖議)』, 시숙(施宿) 외,『가태회계지(嘉泰會稽誌)』 권13 「경호(鏡湖)」 인용, 『송원방지총간(宋元方誌叢刊)』 제7책, 중화서국, 1980, 가경(嘉慶) 13년(1808) 영인본, 6943쪽.

5) 왕무(王楙), 『야객총서(野客叢書』 권7 「손익전인시언(損益前人詩語)」, 정밍(鄭明), 왕이야오(王義耀) 교정 · 수정, 상하이 고적출판사(上海古籍出版社), 1991, 90쪽.

'감호'라고 부르기도 했으며 지금은 '감호'라는 이름으로 불리고 있다. 이 책에서는 직접 인용한 문장은 '경호'라고 하고 그 외의 것은 '감호'라고 하기로 한다.

수당 시기에 이르러, 산회평원 북부가 신속히 개간되면서 바다와 인접한 마을이 형성되었는데 이는 방파제 건설을 촉진하였다. 기원 8세기를 전후하여, 비교적 완벽한 방파제가 형성되면서 산회평원은 하천으로 역류하는 해수의 영향에서 벗어날 수 있었다. 수로망이 신속히 정리되고 가두어 놓은 물이 북쪽으로 흘러들면서 감호의 기능은 북부 평원에 흩어져 있던 큰 수로망에 의해 일부 대체되기도 했다. 감호 근처는 지표면의 수분과 토사 유실 등으로 인해 토사가 침적되고 더 나아가 지역개발과 더불어 인구가 증가되면서 '사람-땅-물'의 관계가 평형을 잃게 되었다. 호수 주변에 제방을 쌓고 논밭을 개간하는 현상이 심각해져 호수 면적이 적어지고 감호의 관개 기능은 악영향을 받게 되었다. 지방지의 기록에 따르면, 북송 전기 송진종 대중상부(大中祥符, 송진종의 세 번째 연호) 4년(1011), 산음과 회계의 총 인구는 36,247가구였으나 남송 송녕종 가태 초년(1201)에는 72,058 가구로 증가했다고 한다.[6)] 한 가구당 다섯 명으로 계산하면 가태 초년, 산음과 회계 지역의 총 인구는 36여 만 명이지만 지방지는 세금과 부역을 징수하는 가구에 한했기 때문에 누락된 부분이 있었다.

송효종 순희(淳熙) 8년(1181), 주희(朱熹, 1130~1200는 이재민들의 구제 업무를 주관하는 절동로(浙東路)의 상평관(常平官)이 되었다. 당시 이 지역에 홍수가 범람하였는데 조정에 제출한 수해복구 상황 보고서에는 산음, 회계 두 현의 4등급과 5등급 빈곤호가 "총 34만 명에 달했으며

6) 시숙 외, 『가태회계지』 권5 「호구(戶口), 『송원방지총간』 제7권, 6887-6788쪽.

그중 4등급에 속하지만 그나마 자급할 수 있는 사람과 3등급에 속하는 사람은 포함되지 않았다(計三十四萬口, 四等之稍自給及上三等者不預焉)"[7] 라고 적혀 있다. 이 기록은 이재민을 구제하기 위해 제출한 통계 수치였기에 일부 과장된 측면이 있었을 것이다. 송나라 때 농촌 가구는 재산이 많고 적음에 따라 5등급으로 나뉘었는데 만약 주희의 말대로 1등급에서 3등급까지 집계되지 않은 가구와 타지에서 이사 온 사람 그리고 도시 인구까지 합치면 산음과 회계 인구는 50만~60만 명으로 추산된다. 따라서 현지의 쌀 생산량은 전체 인구의 수요에 비해 턱없이 부족할 수밖에 없었다. (자세한 상황은 다음과 같다) 일부 학자는 남송 초기, 북방에서 내려온 이민자들 때문에 식량 부족 문제가 생겼다고 하지만 사실상 결정적 원인은 지역 인구의 자연증가라고 할 수 있다.

사람과 토지 비율의 불균형으로 인해 구릉과 산지가 개간, 개발되고 호수를 메워 밭을 만드는 현상이 근절되지 않았다. 북송 대중상부(1008~1016) 연간에 이르러, 일부 부잣집들에서 호수를 메워 밭을 만들기 시작하면서 상황은 걷잡을 수 없게 되었고 육유가 생활했던 남송 시기에는 이런 적폐를 청산할 수 없을 정도였다. 송영종 경원 2년(1196), 회계현 현위 서차택(徐次鐸)이 "밭을 개간해 호수가 피폐해지고 물길이 막혀 거의 쓸 수 없게 되니 물이 흘러가는 곳에 겨우 종횡으로 지류가 생겨 배가 지나다닐 수 있을 뿐이다(蕩地故湖廢塞殆盡, 而水所流行僅有從橫支港, 可通舟行而已)"[8] 라고 말한 것처럼 햇빛에 물결 반짝이고 끝없이 넓게 펼쳐졌던 호수는 거의 사라졌으며 배 하나 지나갈 수 있을

7) 주희(朱熹), 『회암선생 주문공 문집(晦庵先生朱文公文集)』 권16 「구황 상황을 아뢰다(奏救荒事宜狀)」, 『주자전서(朱子全書)』, 상하이 고적출판사, 안후이교육출판사(安徽教育出版社), 2010년 수정판, 제20권, 763쪽.

8) 서자탁, 『복호의』, 시숙 외, 『가태회계지』 권13 「경호」 인용, 6945쪽.

정도의 항로와 지류만 남게 되었다. 물론 과장된 부분이 있을 수 있으나 지금 남아있는 감호의 수면을 감안하면 충분히 이해할 수 있다. 우리가 보통 말하는 감호는 고대 감호의 동, 서 두 부분 중, 서호의 나머지 부분을 가리킨다. 중심부는 동쪽의 소흥 월성구 정산향에서 서쪽의 가교구 후탕향까지이며 그 길이는 22.5㎞에 달한다. 감호에서 폭이 가장 넓은 곳은 300m 이상이며 가장 좁은 곳은 10m 정도로 평균 폭이 108.4m에 달하고 평균 수심은 2.77m에 달한다. 감호는 넓었다 좁았다를 반복하는 하천 물길처럼 보이는데 이는 일부 작은 호수와 물길이 연결되었기 때문이다. 1989년의 불완전한 통계에 따르면, 감호 동쪽의 남은 부분까지 포함한다면 고대 감호의 면적은 30.44㎢에 달했음을 알 수 있다. 평균 수심을 2m로 계산하면 감호의 정상 저수량은 약 6,000만㎥에 달한다.[9] 후에 토사가 충적되고 호수의 일부가 밭으로 개간된 점을 감안하면 남송 중기의 감호 면적은 지금보다 훨씬 컸을 것이다. 당시 감호 북쪽으로부터 해안에 이르는 산호평원의 논의 크기에 대해 "경호로부터 바다까지 논이 까마득하게 펼쳐져 있다(鏡湖下至海, 凡種稻九千頃)"[10]고 했다. (그림 1-1, 1-2, 1-3, 1-4 참조)

9) 성홍랑(盛鴻郎), 추즈룽(邱誌榮), 「옛 감호에 대한 새로 고증(古鑒湖新證)」, 성홍랑 편, 『감호 및 소흥 수리(鑒湖與紹興水利)』, 중국서점(中國書店), 1991, 12~32쪽 참조.

10) 『시고』 권45 「쌀밥(稻飯)」, 경원(慶元) 6년 겨울, 제5권, 2758쪽, 육유가 시의 끝에 주석을 덧붙임.

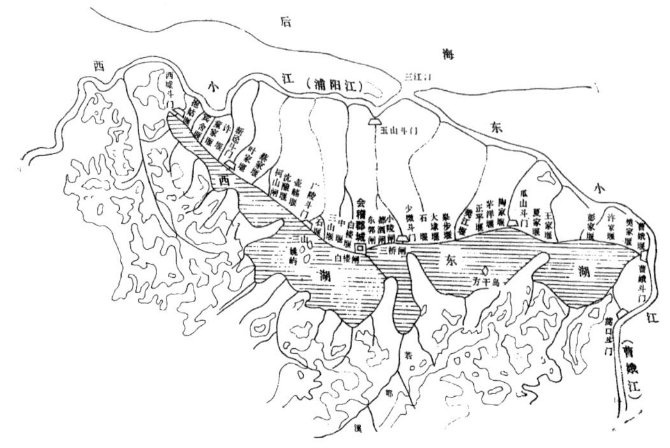

그림 1-1 북송 감호 안내도

출처: 저우쿠이이(周魁一), 장차오(蔣超)「옛 감호의 흥폐 및 역사의 교훈(古鑒湖的興廢及其歷史教訓)」, 성훙랑(盛鴻郎) 주필,『감호 및 소흥 수리(鑒湖與紹興水利)』에 등재, 중국서점(中國書店), 1991, 36쪽.

그림 1-2 남송 이후 산회평원 수로망 안내도

출처: 천차오이(陳橋驛),『고대 감호의 흥폐 및 산회평원 논밭 수리(古代鑒湖興廢與山會平原農田水利)』,『지리학보(地理學報)』 1962년 제3기, 196쪽.

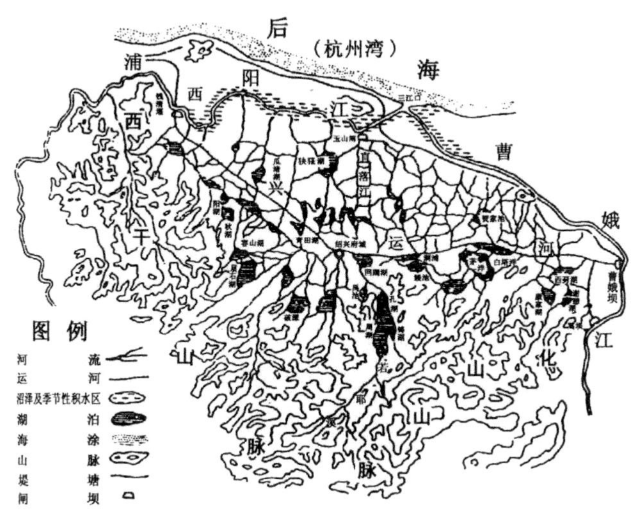

그림 1-3 양송 이후 산회평원 수로망 안내도

출처: 처웨차오(車越喬), 천차오이(陳橋驛), 『소흥의 역사 및 지리(紹興歷史地理)』, 상하이 서점 출판사(上海書店出版社), 2001, 133쪽.

그림 1-4 감호

출처: 여화룡(呂華龍), 『강희 회계현지(康熙會稽縣誌)』 권수.

감호를 간척한 사람들은 큰 이익을 얻었으나 산회평원의 많은 농경지는 수리 시설의 혜택을 받지 못한 채 큰 피해를 입게 되었다. 따라서 북송 중기부터 간척을 금지하고 호수를 회복하자는 주장이 꾸준히 제기되어 왔지만 별다른 효과가 없었다. 감호 연안에서 오랫동안 생활한 육유는 간척을 극구 반대해 왔었다. 그는 일찍 순희 13년(1186), 다음과 같은 시를 써서 간척 행위를 규탄하였다. "호수 삼백 리는 한나라 때부터 당나라 때까지 천 년 동안 제방이 뚫린 적 없었네. 장성 같이 우뚝 솟아 오랑캐를 경계했고 색부(관리)가 차례로 쌓아 무너지면 또 세웠네. 가뭄에 관개시설이 있으니 물이 무슨 상관이랴. 월주 땅은 해마다 풍년이었네. 오늘날 호수가 범람하니 누구의 책임인가? 아녀자들은 조밥만 지겹게 먹었다네(湖三百裏漢訖唐, 千載未嘗廢陂防. 屹如長城限胡羌, 嗇夫有秩走且僵. 旱有灌註水何傷, 越民歲歲常豐穰. 泆湖誰始謀不臧? 使我婦子厭糟糠)".[11] 몇 년 후 육유는 「길 옆의 벽에 쓰다(題道傍壁)」라는 시에서 "호수가 파괴되어 재산이 2에서 3할밖에 남지 않았다(湖廢財存十二三)"[12]고 했는데 이는 그의 신분과 관직으로는 해결할 수 있는 부분이 아니었다.

다른 측면에서 보면, 산회평원의 기타 자연조건은 전반적으로 농업생산, 특히 벼농사에 유리한 것으로 나타났다. 신생대 이래 이곳 지층은 호성층과 해성층으로 이루어져 땅이 중토이고 비옥할 뿐만 아니라 지세

11) 『시고』 권18 「병오년 5월 큰비가 5일 동안 그치지 않아 경호가 묘연하여 호수가 폐지되지 않았던 때를 생각하며 느낀 바 있어 부를 지음.(丙午五月大雨, 五日不止, 鏡湖渺然, 想見湖未廢時, 有感而賦)」, 순희(淳熙) 13년 여름, 제3책, 1380쪽.

12) 『시고』 권72 「길 옆 벽에 쓰다(題道傍壁)」(제2수), 개희(開禧) 3년 가을, 제7책, 3988쪽.

는 평평하고 수로망이 조밀하며 지하수 수위도 비교적 높았다. 이 지역은 아열대 계절풍 기후에 속하며 겨울과 여름에 계절풍의 교차가 뚜렷하다. 연평균 기온이 적당하고 사계절이 뚜렷하며 강우량이 충분하여 공기가 따뜻하고 습윤하다. 햇볕이 잘 들어 열량이 충족하며 한여름을 제외한 봄과 초여름에는 아침, 저녁으로 벼가 여무는 데 충족한 햇빛을 공급받을 수 있어 농작물 생장에도 유리하다. 상온에서 자랄 수 있는 농작물의 연평균 생장기간은 330일 이상이고 10°C 이상에 이르는 연평균 성장이 활발한 기간은 235-240일이며 냉해가 없는 시기는 약 275일에 달한다. 연평균 강수량은 1,500~1,600㎜ 이상이며 간혹 2,000㎜에 달할 때도 있다. 이 지역에는 기후 또는 강수나 유량으로 인해 농업에 불리한 요소들도 있다. 이를테면, 겨울이나 여름에 부는 계절풍의 세기와 그 시간의 변화 때문에 비정상적인 기온 변화와 강수량으로 인한 재해가 발생하는가 하면 겨울 한파에 의한 저온냉해, 가을에 생기는 가뭄현상과 우기에 발생하는 홍수 및 여름과 가을에 찾아오는 태풍, 우박, 강풍 등으로 농업생산이 불리해진다. 하지만 이런 재해성 기후현상은 자주 나타나는 것은 아니었다.

산회지역은 전당강 유역에서 제일 먼저 농업관개가 시작되었다. 월족(越族)은 일찍부터 이곳의 구릉과 경사진 땅을 개간했고 농업 발전과 더불어 평원지역으로 농업생산을 확대하면서 자신의 삶의 터전도 산지에서 평원지역으로 확장했다. 육유가 생활했던 남송 시기, 산과 바다 사이에 있던 습지는 개간을 거쳐 비옥한 땅이 되었다. 그리고 장기간의 관개와 배수, 거름주기와 경작 및 윤작과 같은 농업생산 활동 그리고 복합적인 작용을 거쳐 경작에 적합한 토양으로 바뀌었으며 벼의 성장에 적합한 농토로 변했다. 물론 명청 시기 농업발전과 신간척지의 발견에 따른 새로운 작물의 도입에 비해 남송 시기 산간 지역은 개발할 공간이 많이 남아 있었다. 육유의 시에는 수림속의 맹수들이 인간의 생활에 주는 영향이 기록되어 있다.[13] 총체적으로 보면, 남송 시기 산회지역에 대한 개발로 이곳은 산간지역보다 농업발전에 더 좋은 조건을 갖출 수 있었다.

감호의 역사에서 산회지역의 개발 과정이 순탄했던 것만은 아니었으며 굴곡과 갈등으로 가득 찬 과정임을 보여준다. 전반적으로 보자면, 사람과 토지 소유 비율의 불균형과 같은 모순이 생겨난 것은 당시 기술 상황에서 산회지역의 경제 발전이 농업을 중심으로 성숙했음을 보여준다. 당시 사람들은 하늘 아래 가장 풍요로운 곳은 장쑤 남부와 저장 북부의 오중(吳中) 지역이고 저장 동부는 이 지역들보다 못하다고 여겼다. 하지만 이를 일반화해서는 안 된다. 구릉지대와 달리 산회평원은 오중 지역과 마찬가지로 남송 시기 가장 발달한 지역 중의 하나였다. 이곳은 산지와 평원이 서로 연결되어 수역(水域)이 풍부하며 촌락이 많고 경치가 아름답고 사람들의 삶도 상대적으로 풍족해 '마을마다 그림의 풍경과 같고, 곳곳에 시재가 가득 넘치는 곳(村村皆畫本, 處處有詩材)" 이었다. 따라서 예술적 안목과 관찰력 그리고 뛰어난 표현력을 가진 시인이라면 육방옹(陸放翁)처럼 아름다운 시를 남길 수 있었다.

---

13) 『시고』 권61 「산기슭 마을에 호랑이가 내려왔다고 들었다(聞山步有虎)」, 개희(開禧) 초년 봄, 제7권, 3515쪽, 같은 권의 「호랑이를 잡으러 간다(捕虎行)」, 개희 초년 여름, 제7권, 3521쪽. 「호랑이를 잡으러 간다(捕虎行)」라는 제목 아래에 육유는 "작년부터 세 마리의 호랑이가 상고의 천의산곡에서 나타나서 인근의 사람들을 위협하고 있었지만 결코 잡지 못했다(自故歲有三虎出上皋天衣山谷, 近者尤為人害, 捕之未獲)"라는 주석을 덧붙임.

2. 전야와 촌락

농경사회에서 편안한 생산과 생활을 위해 전야에 집을 짓고 살게 되면서 규모와 형태가 다른 마을들이 형성되었고 각기 다른 시기의 마을 형태도 조금씩 변화된 모습을 보였다.

산회지역에 제일 먼저 생활했던 부족은 월족이었다. 이들 중 일부가 후에 다른 지역으로 이주하였고 이곳은 북방이나 다른 지역 유민들이 계속 유입되면서 끊임없는 교류와 발전이 이루어졌고 유민들은 이곳에서 정착생활을 시작하였다. 그들의 농업과 수렵 그리고 채집활동은 월족의 사회경제 생활에서 중요한 우선순위를 차지하였다. 부족 구성원들은 대부분 회계산 구릉지역과 경사진 비탈지역에서 생활했으며 처음에는 잦은 이동생활을 하다가 이후에는 점차 정착된 생활을 하기 시작했다. 이러한 현상은 『월절서(越絕書)』와 같은 문헌자료들을 통해서 그 근거를 찾을 수 있다. 정착화된 삶은 농업의 발전을 이끌었으며 사람들의 주거 중심도 산지에서 평원지역으로 확장되어 대부분 사람들이 평원지역에 정착해 살게 되었다.

학자들의 연구에 따르면, 북송 이전의 촌락은 주로 산회평원 북부지역에 분포되어 있었으며, 남송 때에 이르러 감호의 대부분 지역이 논으로 바뀌면서 관개 기능은 북부평원에 분산되었고 광대한 수로망들이 그 관개 기능을 대체했다. 원래 호수였던 산회평원 남쪽도 신속히 개간되어 식량 생산이 가능해지면서 마을들이 생겨났다. 후세에 이르면서 마을들은 더욱 밀집된 양상을 보였지만 규모는 그다지 확대되지 못했다. 그 이유는 당시 상황으로 비추어 최대한 경작지와 가까운 곳에 집터전을 잡아야 일하기 편했기 때문이다. 이와 관련한 선배 학자들의 논의는 주로 명청 시기의 사료들에 근거한 것이었으나 역사의 연속성으로 볼 때 남송 때에 이미 기본 특징을 가졌음을 알 수 있다.

대체적으로 보면, 남송 시기 산회평원에 분포된 마을들은 강남의 다른 농촌들과 비슷한 모습을 보이고 있어 그 속에 다른 차이가 존재한다고 보기는 어렵지만, 인구 증가의 추이에 따른 자연적 확산세임을 알 수 있다. 명나라 때 왕서등(王穉登)은 "저녁에 담계를 지났다...... 나무 열 그루마다 마을 하나가 있고, 나무 다섯 그루마다 언덕이 하나 있으며, 문은 대나무로 엮었고, 사람들의 얼굴 반푸른 것에 고향 같은 정취를 느꼈다(暮過郯溪⋯⋯十樹一村, 五樹一塢, 門扉隔竹, 人面半綠, 憶若吾鄉義興)."[14]는 말로 농촌마을을 묘사했다. 소주 출신 왕서등은 담계(郯溪)를 따라 펼쳐져 있는 월중(越中)의 마을들은 장쑤 태호 서안에 있는 의흥(宜興)의 것과 비슷한 모습을 보였는데 남송 때에도 이러한 공통점을 가지고 있었을 거라고 짐작된다. 이를테면, 남송의 지방지에서는 상숙(常熟) 지역과 관련하여 "이어진 밭두렁이 백 리에 평탄하게 뻗어 있고 마을마다 시장이 열려 이웃 마을들을 서로 이어 놓았다(田疇鱗次, 平衍百裏, 村市裏分, 連絡四郊)"[15]고 묘사하였는데 산회평원도 이와 비슷했을 것이다.

평원지역 드넓은 평야에 자리한 촌락의 개발 과정과 발전 양상에 대해 푸쥔(傅俊)은 대략적으로 이렇게 예측했다. 당시의 부락들은 대부분 산천의 하곡지대에 집중되었는데 송나라와 원나라 때에 이르러 해안에

---

14) 왕치등(王穉登), 『객월지(客越誌)』 권 상, 『왕백곡집(王百穀集)』 19종 40권, 명각본, 『총서집성속편(叢書集成續編)』, 상하이서점(上海書店), 1994, 제65책, 166쪽 하.

15) 상유(桑瑜), 『홍치상숙현지(弘治常熟縣誌)』 권1 「형승(形勝))」 "옛 현지를 이용함(引舊志)", 『사고전서존목총서(四庫全書存目叢書)』 사(史)부 제185권, 제로서사(齊魯書社), 1997, 12쪽 상.

방파제를 쌓으면서 점차 연해지역으로 확장되었고 명나라 때에 이르러서는 이미 형성되었거나 발전 초기단계에 있던 지역을 개발하여 한층 발전된 양상을 보여주었다고 했다. 이를 종합하면, 미시적 또는 거시적 시각으로 볼 때 송나라 때에 이미 전통 촌락의 분포 구도가 완성되었으며 이는 후세의 발전에 기반을 마련해 주었음을 알 수 있다.[16] 푸쥔은 남송 후기의 인구 밀도와 관련한 통계를 근거로 "평강부는 거의 1㎢마다 마을이 있었고, 마을마다 경작지가 있었으며 마을과 마을은 거의 다 연결되어 있었다. 또한 온주와 태주 지역에도 2, 3㎢마다 마을이 하나씩 있었다(在平江府, 幾乎每一平方公裏上即有一个村落, 村落一田地一村落, 几近相接; 而在溫, 臺地區, 約每二, 三平方公裏亦有一村落)"[17]고 했다. 여기서 말하는 평강부는 지금의 장쑤성 쑤저우시이다. 산회평원은 이보다 일찍 개발되었는데 북송 시기 이전에 이미 해안에 방파제를 쌓아 연해지역으로 확장하기 시작했고 남송 시기에 이르러서는 발전 수준이 소남평원 못지않았다. 이는 육유가 시에서 보여주었던 자신의 주거 환경과 주변 마을에 대한 묘사를 통해서도 어느 정도 그 내용을 증명할 수 있다.

쩌우즈팡(鄒志方)의 연구에 따르면[18], 소흥성에 있는 옛집 외에 육유

16) 천차오이(陳橋驛)의 「역사시기 소흥 지역 마을의 형성과 발전(歷史時期紹興地區聚落的形成與發展)」, 『지리학보(地理學報)』 1980년 제1기, 14-23쪽. (일본) 요시노부(斯波義信), 『송나라의 강남 경제사에 대한 연구(宋代江南經濟史研究)』, 팡젠(方健)과 허중리(何忠禮) 옮김, 장쑤인민출판사(江蘇人民出版社), 2001, 375-402쪽.

17) 푸쥔(傅俊), 『남송의 촌락 세계(南宋的村落世界)』, 저장대학교 박사학위논문, 2009, 43쪽.

18) 쩌우즈팡(鄒志方), 『육유에 대한 연구(陸遊研究)』, 인민출판사(人民出版社), 2008.

는 운문(雲門)과 매산(梅山), 석범(石帆), 삼산(三山)과 시골에서도 지낸 적이 있었다. 이 중, 운문정사와 석범별장은 회계현 경내에 있었고, 매산 우소와 삼산별장은 산음현 경내에 있었다. 그는 운문과 매산에서 지낼 때면 절 근처에 처소를 마련했는데 운문사 옆에는 자신이 거처할 집을 지었고 매산에서는 본각사(本覺寺)에 얹혀 지내기도 했다. 송효종 건도 원년(1165), 육유는 당시 진강부통판으로 있으면서 받은 봉록으로 감호 연안에 삼산별장을 짓기 시작했다.[19] 그 이듬해 육유는 새집으로 이사해서 정착했으며 15, 16년쯤 지나서 소흥부 남동쪽에 있는 석범산 부근의 석범마을에 또 다른 별장을 마련하였다. 우묘(禹廟)에서 멀지 않은 것으로 보아 규모는 삼산별장보다 작았을 것으로 짐작된다. 육유는 가끔 석범별장에 머물기도 했지만 대부분 시간은 삼산별장에서 보냈다.[20] 그의 작품은 주로 삼산별장에서 창작되었다.

삼산별장은 소흥성의 서쪽, 감호의 북쪽 연안에 자리 잡고 있었다. 이곳은 산음현에서도 수로가 많기로 유명한 지역이며 남쪽으로는 감호를 사이에 두고 산과 인접해 있다. 삼산별장과 소흥성과의 거리에 대해 육유는 "뱃길과 수렛길이 십리가 넘으니 왕래하며 다니기가 어찌 이리도 길단 말인가(舟車皆十裏, 來往道豈長)"[21]라고 했으며 "막다른 골목에 다달았어도 빠져나가는 길목이 있으니 성읍 서쪽 십리 밖 마을에 작은 집을 지었네(窮途敢恃舌猶存, 小築城西十裏村)"[22]라고 묘사했다. 구체적

19) 『시고』 권38 「삼산에 산 지 이미 33년이 되는 지금 집은 누추하나 땅이 남아서 여러 세대 후에 마을이 될 수 있다. 오늘 병으로 잠깐 쉬며 후세에 알리려고 시를 지어 기록한다.(三山卜居今三十有三年矣, 屋陋甚而地有餘, 數世之後當自成一村. 今日病少間, 作詩以示後人)」, 경원(慶元) 4년 겨울, 5권, 2465쪽.

20) 위 내용은 쩌우즈팡(鄒志方)의 『육유에 대한 연구』 참조, 55-126쪽.

21) 『시고』 권55 「성안에 들어가지 않고 짧은 시로 마음을 달래다(不入城半年矣作短歌遣興)」, 가진(嘉秦) 3년 겨울, 제6권, 제3242-3243쪽.

으로 마을 이름을 밝힌 자료는 따로 없으며 "늙고 병이 들어 세상을 등지고 삼가촌에 그 자취를 감추었네(老病與世絕, 屛跡三家村)"[23]라는 시를 비롯하여 일부 작품에서 '삼가촌(三家村)'이 등장할 뿐이다. 사실상 '삼가촌'은 마을 이름을 가리키는 것이 아니라 작은 마을을 비유적으로 이른 말이었다. '삼산'은 별장이 위치한 지역을 둘러싸고 있는 동산(韓家山, 한가산)과 서산(行宮山, 행궁산), 석언산(石堰山)을 말하는데, 한가산에서 행궁산까지는 500m밖에 되지 않았고, 석언산까지는 1km 정도 떨어져 있을 정도로 산들이 가까운 곳에 위치해 있었다. 지방지에는 "삼산은 현성에서 서쪽으로 9리 떨어진 곳에 있으며, 지리가(지관)들은 용이 엎드려 있는 산세로서 산들이 서로 이어져 있다고 한다(三山, 在縣西九裏, 地理家以為與臥龍岡勢相連)"[24]는 기록이 있다. 육유는 시에서 가끔 자신을 산옹(山翁)이라 칭했고 자신의 별장이 있는 마을을 산촌이라고 불렀다.[25] 삼산별장이 위치한 곳을 보면, 한가산이나 행궁산 또는 석언산이 평지에 우뚝 솟아 있고 사방 길이가 20~30m 정도였으며 주변에 평지가 넓게 펼쳐져 있어 구릉이나 산지가 있는 곳과 많이 달랐다. 때문에 별장은 '삼산' 사이에 있었지만, 결국 감호를 낀 넓은 평원지대에 있는 것과 마찬가지다(그림 1-5를 참조). 육유는 "남쪽은 경호요, 북쪽은 택지다(南並鏡湖, 北則陂澤)"[26]라는 시구로 삼산별장을 노래했

22) 『시고』 권26 「자책(自責)」, 소희(紹熙) 3년 겨울, 4권, 1842쪽.

23) 『시고』 권28 「감회(感懷)」, 소희(紹熙) 4년 가을, 4권, 1922쪽.

24) 시숙(施宿) 외, 『가태회계지(嘉泰会稽志)』 권9 『산·산음현(山·山陰縣)』, 6867쪽. 삼산(三山) 및 별장의 구체적인 위치에 대한 정보는 쩌우즈팡(鄒志方)의 『육유에 대한 연구』를 참고, 79~87쪽.

25) 『시고』 권75 「야채밥(蔬飯)」, 가정(嘉定) 3년 봄, 8권, 4138-4139쪽.

26) 『시고』 권22 「내 집의 남쪽은 경호요, 북쪽은 소택지다. 여러 번 바다에 닿았으니 배가 가는 대로 놓아두어 며칠이 지나서야 돌아왔다(予所居南並鏡湖,

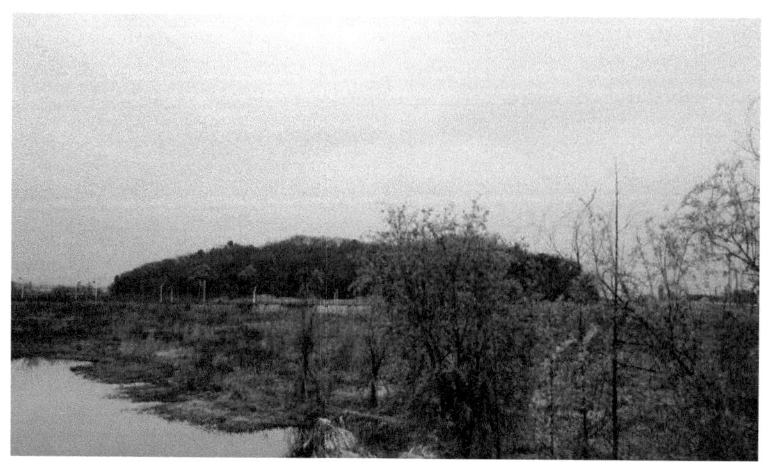

그림 1-5 한가산

복원한 육유의 옛집에서 바라보는 삼산의 하나인 한가산은 외로워 보인다.

다. 별장이 행궁산에서 조금 서쪽으로 떨어져 있고 남쪽은 감호의 둑을 따라 낸 길과 연결되어 있었기에 육유는 "내 오두막은 관도와 가까운 곳에 있다(吾廬近在官道傍)"[27]고 하기도 했다. 이를 통해 보면 육유가 사는 곳은 외출하기 매우 편했음을 알 수 있다.

최근 들어, 사오싱시 정부에서는 육유의 시 내용에 따라 세 개의 산 중 행궁산에 가까운 곳에 '육유의 옛집'을 복원하고 관광명소로 지정했다. 비록 제대로 복원되었는지는 확인할 수 없으나 위치는 거의 정확하다. 육유는 자신의 처소가 감호와 매우 가까운 곳에 있다면서 "집을 나서 십 보 떨어진 곳에 호수의 아름다운 풍경이 펼쳐져 있었다(出門十步

北則陂澤, 重複抵海, 小舟縱所之, 或數日乃歸)」, 소희(紹熙) 2년 여름, 4권, 1678쪽.

27) 『시고』 권36 「엄거후가 벼슬을 버리고 건양의 시냇가 별장으로 돌아가는 걸 전송하며(送严居厚弃官归建阳溪庄)」, 경원(慶元) 3년 가을, 5권, 2333쪽.

即煙波)"[28], "집을 나서면 눈에 가득 보이는 것은 푸른 벼 이삭과 흰 물결이다(舍外彌望皆青秧白水)"[29]라고 묘사했다. 이와 달리, 현재 복원한 '옛집'은 감호와 적어도 200여m 떨어졌으며 그 사이에 승리서로(勝利西路)라는 도로가 나 있는데 이는 감호가 전에 비해 많이 줄어들었기 때문이다. 별장 북쪽에 있는 택지들이 대부분 육지로 변한 것만 봐도 그럴 가능성이 충분하다. (그림 1-6 참조)

육씨 집안 조상이 대대로 살았던 산음 노허는 지금의 사오싱시 월성구 동포거리에 있는 노동(魯東)촌을 말하는데 삼산별장에서 북쪽으로 5리쯤 떨어져 있다. (그림 1-7 참조) 육유가 고향을 떠나 남쪽에 정착해 살았다는 것은 감호가 개발되면서 산회의 남부 평원에 사람들이 모여들었음을 말해준다. 당시 주변에는 삼산별장뿐만 아니라 다른 마을들도 많았다.

28) 『시고』 권46 「연일 큰비가 내려 문밖 경호의 풍경이 아득하게 느껴졌다(連日大雨門外湖水渺然)」, 가진(嘉泰) 1년 여름, 6권, 2819쪽.

29) 『시고』 권51 「집 밖에 한눈에 보이는 것은 모두가 푸른 벼이삭과 흰 물이라 기쁨에 못 이겨 시를 지었다(舍外彌望皆青秧白水喜而有賦)」, 가진(嘉泰) 2년 봄, 6권, 3025쪽.

그림 1-6 옛 감호를 본떠서 만든 오솔길

복원한 육유의 옛집 옆에 남아 있는 감호 수면. 옛 감호를 본떠서 만든 오솔길은 사람들이 휴식하는 장소가 되었다.

그림 1-7 육가네 고향인 노허촌(지금의 루둥촌) 지명 표지판

육가네 고향인 노허촌은 바로 지금의 사오싱시 웨청구 둥푸거리에 위치해 있는 루둥촌이다. 현재는 마을이 이미 도시화되었기에 옛마을의 정취는 더 이상 느낄 수 없음에도 불구하고 이 지명 표지판만이 자신의 역사를 보여주고 있다.

육유는 특별한 일이 없으면 평소에 돌아다니기를 좋아했다. "귀와 눈이 밝고 손과 발이 가벼워 마을과 저자거리를 자주 돌아다닌다(耳目康寧手足輕, 村墟草市遍經行)"[30]는 시에서도 알 수 있다시피, 그는 가까운 곳은 물론 먼 곳까지도 두루 돌아다니면서 발자취를 남겼다. 이를테면, 삼산별장에서 동쪽으로 멀지 않은 곳에 '동촌'이라는 작은 마을이 나오는데 육유의 작품에서도 등장했었다. 쩌우즈팡의 고증에 따르면, 이곳은 지금의 당만촌(塘灣村)으로 두 곳 사이의 거리는 1.5km밖에 되지 않았다. 육유는 시에서 "발길 닿는 대로 시골 길을 거닐다가 돌아오니 해가 아직 중천에 걸려 있었네(信腳村墟路, 歸來日未西)"[31]라고 했으며, 나이 들어 몸이 허약해지면 늙은 몸으로 빗길을 걷는 것이 힘들다고 하면서 "동쪽 마을은 멀지 않은데 다리에 힘이 없어 다 구경할 수 없네(東村未爲遠, 腳力不濟勝)"[32]라고 신세타령을 하기도 했다.

삼산별장에서 서쪽으로 멀지 않은 곳에 유고묘(柳姑廟)라는 작은 사당 하나가 있었으며, 그 사당은 아직까지 남아 있다. 동쪽으로 행궁산과 가까워 복원된 '육유의 옛집'과 1,200m 정도 떨어졌다. 한때는 "젊은 무당이 여러 번 춤을 추고 늙은 무당이 노래를 하며, 사람들이 참배하니 서로 어깨가 부딪치네(小巫屢舞大巫歌, 士女拜祝肩相摩)"[33]라고 할 정도로 유고묘에 찾아오는 참배자가 꽤 많았는데 육유도 가끔 거기까지 산책하기도 했다(그림 1-8 참조). 더 서쪽으로 가면 호상태(湖桑埭)촌이라

30) 『시고』 권57 「길을 걷다 가까운 마을에 이르다(野步至近村)」, 가진(嘉泰) 4년 3월, 6권, 3318-3319쪽.

31) 『시고』 권65 「동쪽 마을(東村)」, 개희(開禧) 2년 봄, 제7책, 3688쪽.

32) 『시고』 권14 「비가 개어 산속 정자를 거닐다가 동쪽 마을에 가서 노닐고 싶었으나 결국 가지 못했다(雨晴步至山亭欲遂遊東村不果)」, 순희(淳熙) 8년 11월, 제3책, 1093쪽.

33) 『시고』 권37 「추새(秋賽)」, 경원 4년 가을, 제5책, 2403쪽.

는 마을이 있었으며, 육유는 항상 이 마을을 동촌과 대응하여 서촌(西村)이라고 불렀다. 때론 "인정은 순박하고 옛 풍속이 남아 있으며, 해질 무렵 물가에 있는 삼가촌을 지났네(人情簡樸古風存, 暮過三家水際村)"[34]라는 시처럼 삼가촌이라고도 부르기도 했다. 이를 통해 당시 호상태촌의 규모가 크지 않았을 것으로 추정된다. 그리고 서촌이라고 불렀던 호상태촌은 삼산별장과의 거리가 1리(裏)나 되었을 만큼[35] 동촌보다 가까워서 육유는 평소에 걸어서 서촌으로 갔다. 이와 관련하여 "비가 10일 동안 내렸는데 겨우 날이 개었으니 지팡이를 짚고 서촌으로 걸어 갔네(十日苦雨一日晴, 拂拭拄杖西村行)"[36]라고 묘사하기도 했다. 또한 「삼가촌까지 산책하며(散步至三家村)」라는 시에서 육유는 "호상태는 서촌의 이름이다(湖桑埭, 西村名)"라는 주석을 덧붙이기도 했다. 사실 호상태는 감호 및 주변 수로를 통하도록 하는 여러 방죽 중의 하나로 일명 호상언(湖桑堰)이라고도 불렀다. 교통이 편리하고 사람들이 모여 살아 마을이 자연스레 형성되었다. 호상태촌은 산삼별정과 가까워서 때때로 배들이 방죽을 지나다닐 때면 시끄러운 소리가 들렸는데, 이에 대해 육유는 "진경의 그윽한 정취에 방해될까 걱정했는데 배가 방죽을 지나다니는 소리가 저녁 무렵이면 한참을 시끄럽게 하네(尚嫌塵境妨幽致, 過埭船聲暮正喧)"[37]라고 묘사하였다. 명나라 때에 민간전설에 따르면 명나

34) 『시고』 권39 「삼가촌까지 산책하며(散步至三家村)」, 제목 아래에서 "호상태, 서촌의 이름이다(湖桑埭, 西村名)"라는 주석을 덧붙임, 경원 5년 여름, 제5책, 2507쪽.

35) 『시고』 권75 「봄추위(春寒)」 "호상태는 집에서 1리나 떨어져 있다(湖桑埭去弊廬裏許)"라는 주석을 덧붙임, 가정 원년 봄, 제8책, 4099쪽.

36) 『시고』 권1 「비가 개이니 나가서 노닐며 짓다(雨霽出遊書事)」, 건도 3년 봄, 제1책, 104쪽.

37) 『시고』 권75 「봄추위(春寒)」, 제7책, 4099쪽.

라 개국 공신인 유기(劉基, 1311~1375)가 이곳에서 술에 취하여 황제가 준 술주전자를 물속에 떨어뜨렸기에 그때부터 호상태는(湖桑埭) 호상태(壺觴埭, 壺觴은 술병과 술잔을 가리킴)라는 이름으로 바뀌었다고 한다. 현재 이 마을은 지금의 사오싱시 웨청구 둥푸진 후상촌(壺觴村)이며, 복원된 육유의 옛집에서 1리(裏) 떨어져 있다. (그림 1-9 참조)

그림 1-8 유고묘 편액

육유는「초여름(初夏)」이라는 시에서 "묘연하고 황량한 방죽 동쪽에 작은 유고묘가 숲속에 있네. 이 몸이 노쇠하여 지팡이를 짚은 채, 촌민들을 따라가 풍년을 기원했네(渺渺荒陂古埭東, 柳姑小廟柳陰中. 放翁老憊扶藜杖, 也逐鄉人禱歲豐)"라고 말했다. 산삼별장 옆에 위치한 이 사당은 지금까지 남아 있지만 매우 한적하다. 사람들의 발길도 행궁묘(行宮廟)보다 많이 뜸했다. 후세 사람들이 '姑'를 '古'로 잘못 쓰다 보니 편액에는 '柳古廟'로 적혀 있었다.

별장이 마을과 조금 떨어져 있어 육유는 당나귀를 타거나 배를 타고 다녔으며, 때로는 걸어서 주변을 돌아다녔는데 대부분 5km 미만의 거리였다. 규모가 비교적 큰 마을은 육유의 작품에서 묘사의 대상이 되었으나 길가의 작은 마을들은 "촌락들을 자주 지났으나 그 이름은 알지 못한다(村墟頻過不知名)"[38]는 시구처럼 구체적으로 이야기되지 않았다. "호당 서쪽으로 인가 두, 세 채가 나오는데 지팡이 짚고 지나니 해가 벌써 지려 하네(湖塘西去兩三家, 杖屨經行日欲斜)"[39]라는 시를 보면, 삼산별장에서 5km쯤 떨어진 호상태(湖桑埭) 서쪽에 호당촌이라는 마을이 있었으며 그 이름은 지금까지도 전해지고 있다. 육유는 "멀리 호당을 바라보니 횃불이 보였으나 마을에 들어서니 비가 쏟아졌다(遙望湖塘炬火迎, 才歸村舍雨如傾)"[40]라고 호당촌을 묘사하기도 했다. 당시 호당촌으로 가려면 배를 이용해야 했다. 동촌(塘灣, 당만)에서 삼산별장에 가는 길에 호상태와 호당촌이라는 마을이 있었는데 모두 감호 북쪽 연안에 있었으며 1, 2km 정도를 사이에 두고 크고 작은 마을이 자리 잡고 있었는데 이는 마을들의 밀집된 분포양상을 보여준다. "성근 나뭇잎은 더디 떨어지고, 먼 시골의 등불은 더욱 밝네(疏樹葉遲落, 遠村燈更明)"[41]라는 시에서는 저녁이면 집집마다 등불을 밝혔다고 묘사하였다. '멀리 떨어진 마을'이라고 했지만 사실상 '성기다'거나 '멀다'라는 말로 자신의 평온한 심정을 말해주었을 뿐 실제 거리는 그렇게 멀지 않았다.

38) 『시고』 권80 「겨울밤 배 안에서 짓다(冬夜舟中作)」, 가정(嘉定) 원년 겨울, 제8책, 4313쪽.

39) 『시고』 권13 「서쪽 마을(西村)」, 순희(淳熙) 8년 9월, 제3책, 1065쪽.

40) 『시고』 권15 「작은 배로 호수를 건너고 밤에 돌아오다(小舟航湖夜歸) (제3수)」, 순희(淳熙) 10년 8월, 제3책, 1182쪽.

41) 『시고』 권68 「추회(秋懷)」, 개희(開禧) 2년 가을, 제7책, 3801쪽.

그림 1-9 육유가 자주 다녔던 호상태촌(지금의 후상촌)의 지명 표지판

육유가 자주 들렸던 호상태촌(서촌)은 삼산별장에서 1리(裏)가량 떨어져 있었고 나중에 후상촌으로 이름을 바꾸었다. 현재는 완전히 도시화가 되어 후상촌은 그 이름만 표지판으로 남아 사람들에게 이 마을의 역사를 말해주고 있다.

삼산별장 북쪽에도 마을이 밀집되어 있었는데 육유의 시에는 '북촌(北村)'이라는 이름이 자주 등장한다. "시든 풀 뽑아 남쪽 언덕과 통하게 하고 우연히 대숲을 정리하니 북촌이 보이는구나(因鋤衰草通南阜, 偶洗叢篁見北村)"라는 시구처럼 그는 집에서도 북촌을 바라볼 수 있었다. "낚싯대를 펼쳐 놓고 누각에 누워서 서쪽 개울에서 전해오는 빗소리 들었고, 집에서 바둑을 두면서 멀리 북촌의 등불을 쳐다보네(釣閣臥聽西澗雨, 棋軒遙見北村燈)"에서 보여주다시피 북촌은 그리 멀지 않았다.[42] 하지만 한가할 때 자주 다녀갔다는 기록이 없는 것으로 보아 강을 사이에 두고 있어 교통이 불편했을 것으로 보인다.[43]

42) 『시고』 권13 「유거(幽居)」, 순희(淳熙) 8년 10월, 제3책, 1082쪽. 또한, 『시고』 권24 「범참정의 서회에 차운하다(次韵范参政书怀)(제10수)」, 소희(紹熙) 3년 봄, 제4책, 1754쪽.

43) 『시고』 권23 「7월 1일 밤 집 복쪽의 물가에 앉아서 시를 짓다(七月一日夜坐

북쪽으로 계속 더 가면 감호 북안과 평행을 이루는 또 다른 수로가 나오는데 이는 바로 북동쪽으로 흐르는 절동운하(浙東運河, 조하(漕河라고도 부른다)이다. 절동운하와 감호 사이에는 연결된 지류가 많다. 호당(湖塘) 북쪽으로도 한 갈래 지류가 흐르고 있었는데 절동운하와 연결된 하구에 유명한 '매시(梅市)'촌이 있었다. 매시촌 동쪽에는 노허가 있었고 서쪽에는 가교가 있었으며 둘 다 어느 정도의 규모를 갖추었다. 삼산별장에서 운하를 따라 북동쪽으로 첸탕강을 건너면 임안부에 이른다. "옛 절간 같은 법운사 서쪽으로 전당 가는 길 있네. 돛대 그림자는 매시 다리에 너울거리고 사람들 말소리는 아산에 모여 있네(法雲古蘭若, 西走錢塘路. 帆影梅市橋, 人語柯山聚)"[44)]라는 시처럼 손님을 마중하고 송별하는 육유의 시에서 '매시(梅市)'가 자주 언급된다. 소희 4년(1193), 장남 자거(子虡)가 회남(淮南)에서 관직에 등용되자 육유는 "아들이 회연으로 간다기에 매시 다리에서 전송하네(吾兒適淮壖, 送之梅市橋)"[45)]라는 송별시를 썼다. 개희 2년(1206), 일곱째 아들 자휼(子遹)이 영평전감(永平錢監)으로 자리를 옮길 때 육유는 그를 전송하면서 「아들 자휼이 매시로 돌아가는 것을 전송하며(送子遹至梅市而歸)」라는 제목으로 시를 지었는데 그 내용은 다음과 같다. "매시의 긴 제방 이별의 정으로

舍北水涯戲作)」, 소희(紹熙) 2년 가을, 4권, 1686쪽. 또한, 『시고』 권66 「노를 저어 인근 마을 근처로 가서 다른 사람과 술을 마시다(泛舟至近村茅徐兩舍勞以尊酒)」라는 시에서 "배를 타니 느긋하고 즐거운데, 멀리 북촌까지 가서 술을 사서 돌아왔네. 산봉우리에 나무가 들쑥날쑥 자라고, 강물은 굽이굽이 감도네(小舸悠揚亦樂哉, 迢迢故取北村回. 山從樹外參差出, 水自城陰曲折來)"라고 말했다. 개희(開禧) 2년 여름, 제7책, 3748쪽.

44) 『시고』 권73 「법운사 (法雲寺)」, 개희(開禧) 3년 겨울, 제7책, 4034쪽.

45) 『시고』 권28 「자거(子虡)에게 보내다(寄子虡)」, 소희(紹熙) 4년 겨울, 제4책, 1943쪽.

서글프나 노로로 돌아가는 길 한가하게 걷게 되리(梅市長堤愴別情, 魯墟歸路當閑行)"[46] 매시에서 삼산별장으로 돌아가려면 노허를 지나야 했다.

이로써 당시 평원지역에 분포된 마을들은 개발 시간과 인구의 자연 증가 및 지형 지세 등 여러 가지 영향을 많이 받았기에 특정된 규칙이 없이 발전되었다. 하지만 저장성 동부의 산회평원은 수로망이 조밀한 지대로 마을들이 대부분 물길 근처에 분포되어 교통여건이 좋았다. 특히 규모가 크고 중개시장 역할을 했던 마을들은 교통 요로로서의 우세를 차지했다. 육유의 여행 노선을 보면, 감호 북쪽 연안을 따라 동촌에서 서촌까지, 멀리는 호당마을까지 많이 다녔던 것으로 보인다. 감호를 건너면 남쪽 연안에 신당마을이 있는데 육유는 "서촌을 지나 신당에 점점 가까워지자 잠자는 새들도 날아와서 나뭇가지에 가득 깃들었네(西村漸過新塘近, 宿鳥歸飛已滿枝)"[47]라고 묘사했다. 감호 북쪽에서 조하 즉 절동운하 쪽으로 가면 가교, 매시, 노허와 같은 마을이 나온다.

남으로 감호를 건너 회계산 쪽으로 가면 육유의 시에서 언급된 난정(蘭亭)이나 평수(平水), 항리(項里)와 같은 중요한 마을들이 약야계(若耶溪) 즉 평수강(平水江)과 같은 수계를 따라 분포되어 있다. 이런 마을에 대해 묘사를 보면, "난정의 북쪽은 차시장이요, 아교의 서쪽엔 노 젓는 소리 시끄러워라(蘭亭之北是茶市, 柯橋以西多櫓聲)"[48]라는 시가 대표적이다. 그중 다수의 마을이 중간시장의 역할을 했는데 주로 삼산별장 주변의 마을을 잇는 연계 역할을 했다. 육유의 삼산별장은 이런 촌락과

46) 『시고』 권67 「매시로 돌아가는 아들 자휼을 전송하며(送子遹至梅市而歸)」, 개희(開禧) 2년 여름, 제7책, 3764-3765쪽.

47) 『시고』 권60 「사음(社飮)」, 가태(嘉泰) 4년 겨울, 제7책, 3469쪽.

48) 『시고』 권42 「호수 위에서 짓다(湖上作)」, 경원(慶元) 6년 봄, 제5책, 2648쪽

감호를 사이에 두고 있었기에 "사는 집이 난정과 떨어져 있고 가는 길 또한 매우 멀다(弊居去蘭亭, 項裏皆甚遠)"[49]라고도 했다.

마을의 규모는 지리의 영향을 많이 받으며 그 발전도 역시나 지역의 영향을 많이 받는다. 사람들은 우선 교통이 편리한 곳을 선택하고 생활하기 좋아하는데 지역이 개발되고 인구가 늘어나면서 거주지는 점차 주변으로 확장하게 된다. 남송 시기에 이르러 산회평원의 교통 요충지에 자리 잡은 촌락들은 사람들이 모이면서 규모도 점차 커졌다. 따라서 "깊은 골목으로 사람들이 돌아갈 때 개들이 뒤를 따르는(深巷人歸有犬隨)"[50] 모습을 보이기도 했지만 궁벽한 지역이나 여건이 별로 안 좋은 지역은 반대로 나쁜 영향을 받기도 했다.

이를테면, 소흥 부근의 광녕교(廣寧橋) 부근은 "조하가 이곳에 이르면서 넓은 지역을 형성하였으나(漕河至此頗廣)" 수로가 넓어 오히려 양안 사이의 소통이 원활하지 못한 불리한 조건으로 인해 사람들의 생활이 불편했다. 이 때문에 이곳은 "선비들만 몇 집에 살고 있을 뿐 사람들이 모여들지 않았다(居民鮮少, 獨士人數家在焉)"[51]라고 할 정도로 마을 규모가 형성되지 못했다.

결론적으로, 마을의 분포 양상을 보면 남송 시기의 산회평원은 인구가 밀집되고 농업경제도 신속하게 발전하는 성숙된 양상을 보이고 있었다.

49) 『시고』 권65 「자하(自賀)」, 개희(開禧) 원년 겨울, 제7책, 3675쪽.

50) 『시고』 권57 「저녁에 호숫가를 거닐다(晩行湖上)」, 가태(嘉泰) 4년 봄, 제6책, 3307-3308쪽.

51) 시숙(施宿) 외, 『가태회계지(嘉泰會稽志)』 권11, 「교량 · 부성 · 광녕교(橋梁 · 府城 · 廣寧橋)」, 6915쪽.

3. 별장과 정원

남송 시기 산회평원에 바둑판처럼 펼쳐진 마을들의 주거환경과 자연경관은 어떠했을까?

풍토가 다르면 주거환경과 마을의 자연경관에도 차이가 존재하게 된다. 하지만 적어도 평원에 위치한 산천에는 많은 공통점이 있다. 푸쥔(傅俊)은 송나라 때 사람들은 띠로 이은 울타리와 대나무로 지은 집을 '향촌 가옥 모습(田舍間氣象)'의 전형적인 모습으로 인식하고 있었다고 한다. 그는 북송 때 왕희맹(王希孟)이 그린 「천리강산도(千里江山圖)」 속의 마을 경관을 보고 유추하자면 이 시기에 "누각과 화원의 조합으로 구성된 규모가 큰 일부 주택을 제외하면, 많은 사람들이 단순하게 지어진 규모가 작은 집에서 생활했다. 보통 두 세 칸 방으로 이루어진 집들이 모여 있거나 흩어져 있었다(除卻個別由樓閣, 花園等組合而成的大型住宅外, 民居一般小而簡單, 只有三間兩椽, 布置方式或集中, 或散列)"고 하면서 그 분포가 아주 구획적이라고 했다. 이러한 보편적 특징만 보더라도 육유가 생활했던 남송 시기 산회지역 민가들은 많은 면에서 비슷했음을 알 수 있다.

추상적 귀납에서 구체적인 사례분석에 이르기까지의 과정은 결코 쉽지 않았다. 육유의 시구에는 마을 경관에 대해 감탄하는 내용이 많기는 하지만 역사적 현실을 재현하는 데 필요한 구체적 자료는 여전히 제한적이었다.

초가집과 낮은 울타리

북송 신종 희녕 5년(1072), 일본 승려 성심(成尋, 1011~1081)이 경전을 구하고자 상선을 타고 주산군도(舟山群島)를 통해 중국에 들어왔다. 그는 소균산(小均山)이라는 작은 섬에서 보고 들은 것을 기록으로 남겼는데, 열한 가구가 사는 한 마을에 큰 기와집 두 채를 제외하면 전부가 초가집이었다고 했다.[52] 남송 말년 방회(方回, 1227~1305)의 기록에서도 오농지야(吳儂之野, 저장 서부평원이라고도 함)는 "초가집에 피어나는 밥 짓는 연기 궁색하기 이를 데 없으니, 이들은 모두다 소작농이라네(茅屋炊煙, 無窮無極, 皆佃戶也)"[53]라고 묘사하고 있다.

육유의 산회평원 또한 이러한 모습으로 대부분 대나무 울타리로 둘러싸인 초가집들이었을 것이다. 그는 "매화나무 한 그루가 성긴 대나무 속에서 빛나고, 초가삼간은 낮은 울타리로 둘러있네(梅花一樹映疏竹, 茅屋三間圍短籬)"[54]라는 말로 자신의 시골생활을 묘사했는데 이는 자신을 낮추는 자세에 빗대어 얘기한 것이었다. 당시 낮은 초가집과 이를 둘러싼 짧은 울타리는 마을을 조성하는 주요한 형태였다. 시골집은 모옥(茅屋), 모첨(茅簷), 모재(茅齋), 모당(茅堂) 이라고 불렀으며 시골 점포는 모점(茅店)이라고 불렀다. 산회평원 남쪽에 위치한 산지 및 구릉과 가까운 지역에서는 현지에서 조달이 가능한 재료로서 띠 대신 가느다란 대나무(조릿대)로 지붕을 덮어 비를 막았는데 이를 두고 "마을 사람들이 대나무로 지붕을 덮었다(村人以篠覆屋如茅)"라고 했다. 다른 시를 보면 "도둑을 막으려 탱자나무로 울타리 두르고, 비를 가리려 대나무를 기와 대신 엮었네"라는 묘사와 함께 "지붕은 대나무로 덮었고 대문은 가시나

52) [일] 성심(成尋), 『천대오대산기를 참조한 신교주본(新校參天臺五臺山記)』 권1, 왕리핑(王麗萍) 교점, 상하이 고적출판사(上海古籍出版社), 2009, 11쪽.

53) 방회(方回), 『속고금고(續古今考)』 권18 「반고가 정전 백무를 경작해 생계로 삼았다는 이야기를 부론함(附論班固計井田百畝歲入歲出)」(5), 『경인문연각사고전서(景印文淵閣四庫全書)』, 타이베이(臺北), 타이완상무인서관(臺灣商務印書館), 1983, 제853책, 368쪽.

54) 『시고』 권74 「초봄(初春)」(제2수), 가정(嘉定) 원년 봄, 제7책, 4091쪽.

무로 만들었네(覆筱初成屋, 編荊旋作門)"[55]라고 묘사하고 있는데 이는 아마도 풀보다 조릿대가 더 오래도록 견딜 수 있기 때문이었을 것이다.

산회평원 지역에 사는 사람들이 대나무 벽체를 만들어 보온 효과를 높였다는 기록은 상대적으로 적다. 대신 흙벽돌로 벽을 쌓고 이를 '토원(土垣)'이라고 불렀다는 기록이 많이 나오는데, "뽕과 대숲이 마을을 덮었는데 사립문은 흙담으로 막아 놓았네(桑竹穿村巷, 衡茅隔土垣)"[56]라고 묘사한 시가 있는가 하면 장마가 지면 벽이 쉽게 무너지는 상황을 설명한 "그 동안 장마로 담장이 허물어져, 동쪽 언덕의 대나무 잘라 울타리 만들었네(邇來久雨牆垣壞, 斫竹東岡自作籬)"[57]라는 시도 있다.

농가들은 마을을 이루고 모여서 살았는데, 보통 3~5세대가 서로 이웃하고 살았다. 이렇게 하면 도둑을 막을 수 있었고 서로 도우며 지낼 수도 있었기 때문이다. 이러한 모습을 두고 육유는 "띠풀로 초가지붕 엮고 가시나무로 울타리를 만들었으니, 집집마다 밥짓는 연기 피어오르고, 서로를 의지하며 살았네(生草茨廬荊作扉, 數家煙火自相依)"[58]라고 했다. 육유는 시 「촌거(村居)」에서도 비슷한 모습을 그리고 있다. "집 뒤에 높은 언덕 있고, 집 앞에 평야가 펼쳐졌는데 도둑 막으려 탱자나무

55) 『시고』 권62 「촌거(村居)」, 개희(開禧) 원년 여름, 제7책, 3551쪽, 같은 책 권75 「한가한 중에 재미로 마을 풍경을 읊다(閑中戲賦村落景物)」(제2수), 가정(嘉定) 원년 봄, 제8책, 4121쪽.

56) 『시고』 권40 「아들과 더불어 동쪽 마을을 거닐다가 부로를 만나 담소를 나누며 시를 짓다(與兒子至東村遇父老共語因作小詩)」, 경원 5년 가을, 제5책, 2548쪽.

57) 『시고』 권77 「가을이 되어 몸은 말랐지만 더욱 건강해져서 재미삼아 시를 짓다(秋來瘦甚而益健戲作)」, 경원(慶元) 원년 가을, 제7책, 4214쪽.

58) 『시고』 권69 「밤에 산속의 민가에 머물다(夜投山家)」, 개희(開禧) 2년 겨울, 제7책, 3852쪽.

로 울타리 만들고, 비를 가리려 대나무로 지붕 엮었네. 서너 집이 서로 의지해 살면서, 모든 것을 서로 빌려도 괜찮다네. 밭 갈고 나무하다 날이 저물면 사립문 아래 서로 담소를 나누네(舍後盤高岡, 舍前面平野. 防盜枳作藩, 蔽雨筱代瓦. 數家相依倚, 百事容乞假. 薄暮耕樵歸, 共話衡門下)"[59]라는 시인데 시를 통해 알 수 있듯이 대나무 울타리와 사립문 그리고 성긴 울타리는 당시 농촌의 건축양상에서 자주 나타나는 모습들이었다. 다시 말하면, 육유가 살았던 산회지역 농촌은 집집마다 울타리를 둘렀기 때문에 크고 작은 마당이 생기게 되었던 것이다. 이를 통하여 당시 저장성 남동부 지역의 마을 경관을 미루어 짐작할 수 있으니, 가옥들이 지금처럼 비좁지 않고 비교적 널찍하게 지어졌을 것으로 추정된다.

육유의 시구에는 농가집 울타리에 관한 묘사가 유독 많이 나온다. "쓸쓸한 강촌에 서너 집 울타리 둘러있고, 우리 집에도 어느새 가을빛이 물들었네(寂寂江村數掩籬, 吾廬又及素秋時)"[60]라는 시가 있는가 하면, "문득 이웃에 사는 베틀의 여인을 연모하여, 울타리 너머로 서로를 부르며 잠관에게 제사 지내네(卻羨村鄰機上女, 隔籬相喚祭蠶官)"[61]라고 읊은 시도 있다. 울타리 안에 작은 정원을 만들어 채소를 심고 때로는 기이한 꽃과 과일을 심는 것도 향촌의 정취이다. 육유가 「어쩌다 민가의 작은 정원을 거닐다보니 차꽃이 벌써 만발했네(人日偶游民家小園有山茶方開)」라는 시에서 읊었던 것처럼 "주막의 술은 향기롭게 익어가고 봄나물 푸릇푸릇 소반에 가득하네. 산중의 차가 눈에 좋다지만 바다와 구름까지 볼 수는 없으리(社酒香浮甕, 春蔬綠滿盤. 山茶雖慰眼, 不似海雲看)"[62]

59) 『시고』 권62 「촌거(村居)」, 제7책, 3551쪽.

60) 『시고』 권77 「농가(農家)」, 가정(嘉定) 원년 가을, 제7책, 4219쪽.

61) 『시고』 권17 「초봄(新春)」, 순희(淳熙) 13년 봄, 제3책, 1342쪽.

라는 시구에 정취가 그대로 잘 드러난다. 당시의 울타리는 대나무로 만들기도 하고 흙벽돌로 만들기도 했다. “마을을 지나던 젊은 아낙네 담장에 기대어서 절에 들어가는 옛 정인의 옷섶을 잡아당기네(過村小婦憑牆看, 入寺高人攬裓迎)”[63]라는 시에서 나오는 ‘담벼락에 기댄다’는 표현은 바로 흙으로 쌓은 토담에 기댄다는 말이다. 이웃 마을 젊은 여자가 작은 정원 담벼락 위로 머리를 내밀고 한가롭게 노니는 육방옹을 바라본다. 대나무 울타리로 만든 토담은 일반적으로 가옥보다 낮기 때문에 “뉘라서 농가의 즐거움을 그릴 수 있나? 삐걱삐걱 고치 켜는 물레 소리 낮은 담장 너머로 들리네(何人畫得農家樂? 咿軋繅車隔短牆)”[64]라는 말처럼 ‘낮은 울타리’로 되어 있었다. 호상태서촌(湖桑埭西村)에는 ‘호숫가 길 작은 시장에 서낭당이 있고 제방 서쪽 마을에 야트막한 담장과 키 큰 버드나무가 있다(小市叢祠湖上路, 短垣高柳埭西村)”[65]라는 표현이 나오기도 한다. 사람들은 지역에 따라 때로는 냇가의 돌을 주워다 담장을 쌓기도 했는데 이를 두고 “누런 띠로 지붕을 덮고 냇가의 돌을 옮겨 담장을 만들었네(黃茆持覆屋, 溪石運作垣)”[66]라고 묘사하기도 했다. 때로는 가시나무류의 식물을 심어 울타리를 둘러 막기도 했는데 이는 “탱자나무 심어 낮은 울타리 만들고 돌을 쌓아 높은 담을 만들었다(種枳作

62) 『시고』 권16, 순희(淳熙) 11년 정월, 제2책, 1253쪽.

63) 『시고』 권66 「나가서 노닐며(出遊)」(제4수), 개희(開禧) 2년 봄, 제7책, 3715쪽.

64) 『시고』 권37 「동창에서 술을 마시며(東窗小酌)」(제1수), 경원(慶元) 4년 여름, 제5책, 2374쪽.

65) 『시고』 권75 「가마를 타고 호상태에 이르다(肩輿至湖桑埭)」, 가정(嘉定) 원년 봄, 제8책, 4134쪽.

66) 『시고』 권39 「원차산...이웃에게 보여주다(予讀元次山... 亦以示予幽居鄰里)」 제3수 「길가에는 기다란 대나무가 많았다(夾路多修竹)」, 경원(慶元) 5년 여름, 제5책, 2518쪽.

短籬, 疊石成高垣)"67)는 묘사에서 잘 볼 수 있다. 따라서 이렇게 만들면 당연히 대나무 울타리보다 더 튼튼했던 것이다.

우공의 별장

농가의 초가집을 둘러싼 낮은 울타리와는 달리, 부자들이 살았던 저택의 울타리는 높고 컸다. 이와 관련하여 육유의 삼산별장을 통해 그 모습을 볼 수 있다. (그림 1-10, 1-11 참조)

그림 1-10 복원된 육유의 옛집 전경

67) 『시고』 권58 「가을밤의 감회 10수 "외딴 마을에 개 한 마리 짖어대는 건, 새벽달 아래에 사람 몇이 지나는 건지"라는 구절에 운하다(秋夜感遇十首以孤村一犬吠殘月幾人行為韻)」(제2수), 가태(嘉泰) 4년 가을, 제6책, 3373쪽.

그림 1-11 새로 조성된 육유의 옛집 앞문과 육유의 조각상

산음의 육씨 집안은 소흥의 큰 가문으로 육유의 고조부 육진이 북송 대중상부(大中祥符) 연간에 "진사에 합격하면서 가문이 흥하기 시작했다(以進士起家)"[68]고 전한다. 육유의 할아버지 육전은 관직 마지막에는 집정(송나라 때 재상 바로 밑 관직)의 자리까지 올랐다고 한다. 육유에 따르면 "태부(육진)는 조정에서 벼슬한 지 40여 년이 되었지만, 평생 많은 재산을 모으지 않았다(太傅出入朝廷四十餘年, 終身未嘗為越產)"라고 했다. 이는 물론 고관대작의 시각에서 본 것이고 일반 관리와는 비교가 안 되었다. 이어 "물려받은 유산이 중산층의 재산과 맞먹어 집안이 그다지 빈곤하지 않았다(餘承先人遺業, 家本不至甚乏, 亦可為中人之產)"[69]

68) 육유 저, 마아중(馬亞中), 투샤오마(塗小馬) 주석, 『위남문집교주(渭南文集校注)』 권35 『봉직대부 육공 묘지명(奉直大夫陸公墓志銘)』, 저장고적출판사(浙江古籍出版社), 2015, 제4책, 105쪽. 이하 『문집 교주』로 약칭.

69) 육유, 「방옹가훈(放翁家訓)」, 상하이 사범대학고 적정리연구소(上海師範大

라고 육유 자신도 인정하였다.

여기서 '중산층의 재산'은 주로 가옥과 전답(田地)같은 부동산이겠지만 확실하고 더 구체적인 내용을 밝혀줄 문헌자료가 부족하여 추정에 의한 판단을 내릴 수밖에 없다. 만년에 접어들어 육유는 자주 집안이 가난하다고 우는 소리를 했다고 한다. 심지어 "황폐된 전답은 두, 세무요, 허름한 집은 여덟 아홉 칸뿐(荒園二三畝, 敗屋八九間)"[70]이라고 탄식하는가 하면 "내 팔십이 넘어 일찍이 관을 마련해 두었고, 열 칸 초갓집에서 지내니 바다처럼 넓다네(年齡過八十, 久已辦一棺. 結廬十餘間, 著身如海寬)"[71]라고 신세타령을 하기도 했다. 당시 육유는 나이가 들어서도 뜻을 이루지 못한 마음을 토로한 시구들인데, 이 중에서 숫자는 자신의 가난을 표현한 것일 뿐, 숫자를 그대로 이해할 필요는 없다.

젊었을 때 조상으로부터 받은 유산은 육유의 주요한 가산으로 되었다. 육유는 "젊어서 재산관리를 제대로 하지 않았다(少不治生事)"[72]고 스스로를 평가했다. 중년 이후에는 봉록을 받아 여유 돈이 생기자 전답이나 집을 구매하기도 했다. 주로 머물던 삼산별장 외에도 육유는 나이가 들어서 소흥부 남동쪽에 위치한 석범산(石帆山) 아래에 석범별장을 짓기도 했는데 사천에서 데려온 후첩 양씨를 위해 거처를 마련해 준 것이기도 했지만 이 일대에 전답이 있었기 때문에 집을 지었을 수도 있다. 때문에 그는 나중에 이곳에 밭갈이 소도 추가로 사 놓았다. "만전

學古籍整理研究所) 엮음, 『전송필기(全宋筆記)』, 대상출판사(大象出版社), 2012, 제5편 제8책, 150쪽.

70) 『시고』 권75 「집을 수선하며 시를 지어 스스로를 경계하다(修居室賦詩自警)」, 가정 원년 봄, 제7책, 4125쪽.

71) 『시고』 권64 「과거에 대한 감회(感遇)」, 개희 원년 겨울, 제7책, 3648쪽.

72) 『문집교주』 권20 「거실기(居室記)」, 제2책, 274쪽.

을 써서 석범산 아래 경작을 위한 소를 사들였네(老子傾囊得萬錢, 石帆山下買烏犍)"[73]라는 시구에서 잘 보여준다. 또한 "어제 저녁 경호 북쪽에서 낚시하고, 오늘 아침 석범산 동쪽에서 약초를 캤네(昨暮釣魚天鏡北, 今朝采藥石帆東)"[74]라는 구절이 있듯이, 육유는 시구에서 석범별장 부근에서 약초를 캐던 일을 자주 언급했다. 다른 산이나 밭을 가지고 있었는지는 알 수 없지만 호숫가에 있는 논을 어느 정도 보유하고 있었던 것은 확실하다. "석범산 기슭에 마름 세 무를 심었다(石帆山腳下, 菱三畝)"[75]라는 시구를 통해 이를 잘 보여준다. 이와 더불어 육유는 물고기를 잡고 땔나무를 하는 즐거움을 노래할 때도 석범별장과 더 많이 연관시켰는데 자신을 "석범산 기슭의 어부(石帆山下一漁翁)"[76]라고 칭하기도 했다. 그는 "석범산 기슭에서 누구와 함께 즐길까나? 팔 척이나 되는 배 넓은 호수에 떠 있네(石帆山下樂誰如? 八尺輕舠萬頃湖)"[77]라고 지은 걸 보면 아마도 전답과 연관이 있을 것으로 짐작된다. 앞에서도 언급하다시피 육유는 주로 소흥의 서쪽에 위치한 삼산별장에 거주했는데 이 별장과 관련하여 쩌우즈팡이 이미 자세히 기술한 만큼 여기서는 일부만 보충하고자 한다.

육유는 건도 원년부터 삼산별장을 짓기 시작했다. 육유의 말처럼 최대한 빨리 완공하려 했다. "옛날에 집을 지을 땐 비바람만 막으려 했네.

73) 『시고』 권36 「잡감(雜感)」(제8수), 경원 4년 봄, 제5책, 2356쪽.

74) 『시고』 권78 「회계산으로 가는 길에서(稽山道中)」, 가태 원년, 제8책, 4237쪽.

75) 육유 저, 첸중련(錢仲聯), 천구이성(陳桂生) 주석, 『방옹사교주(放翁詞校注)』 권 상 『황은에 감격하여-가을 하늘에 기댄 작은 누각을 보며(感皇恩-小閣倚秋空)』, 『육유전집교주(陸遊全集校注)』 제8책, 저장 교육출판사(浙江教育出版社), 2011, 397쪽.

76) 『시고』 권68 「배 안에서 꿈을 적다(舟中記夢)」, 개희 2년 가을, 제7책, 3836쪽.

77) 『시고』 권54 「촌거(村居)」(제4수), 가태 3년 가을, 제6책, 3183쪽.

띠로 지붕을 덮어 추위는 절로 물러가고 나뭇가지가 가늘어도 서로를 지탱했네(昔我作屋時, 趣欲庇風雨. 茆茨寒自刈, 條枚細相拄)"라는 시구처럼 그는 건축재료를 그다지 따지지 않았다. 그러나 이웃들이 경솔히 결정하지 말라고 권장했지만 그대로 따르지 않은 부분도 있었다. "거처에서 편하게 지낼 수 있게 제대로 지으라며 단단한 흙으로 기와를 굽고 근처에서 나무도 쉽게 구할 수 있다고 내게 권장하네(鄰父為我言, 努力謀安處. 土堅瓦可陶, 步近木易取)"[78]라고 했지만 육유는 이보다 뭔가를 더하여 계속 집을 지었던 것이다. 이를 보면 육유가 이웃들의 조언을 모두 받아들이지 않았음을 추정할 수 있다.

육유의 시구에 담긴 정보에 따르면 육유의 삼산별장은 남쪽에 남당(南堂)이라는 초가집이 있었고, 남당 뒤에는 거실이 있었으며, 동서 양쪽에 각각 동재(東齋), 서재(西齋)라는 재옥(齋屋, 사람이 사는 방)이 있었다고 한다. 그리고 남당의 앞뒤에는 마당이 있었는데, 그중 뒷마당에는 응접실(中庭)이 있었고, 그 뒤에 본채가 있었다. 응접실이나 본채 외에 소헌(小軒, 작은 집)이 따로 있었다. 소헌은 여러 채였던 것으로 짐작된다. 육유의 시구에는 소헌을 동헌(東軒)이나 남헌(南軒)으로 나누어 묘사한 부분이 있다. 소헌보다 더 작은 집도 있었는데 독립적인 작은 집들을 노학암(老學庵), 귀당(龜堂), 도실(道室), 산방(山房) 등으로 불렀으며, 난간이나 복도로 이런 집들을 하나로 연결시켰다. 이런 장소들은 육유가 주거생활을 하고, 글을 읽거나 문장을 짓는 곳으로 사용하면서, 그의 시구에서 자주 등장한다. 그 외에 주목할 만한 부분도 있었는데 다음과 같은 부분들이다.

78) 『시고』 권23 「시골의 작은 집을 수선하다(小葺村居)」, 소희 2년 가을, 제4책, 1700쪽.

첫째, 별장의 핵심 부분은 왕씨 부인이 거주한 안채로 이루어졌을 것이고, 그 규모가 다른 집보다 조금 컸고 다층으로 되어 있었는데, 이는 당시 촌락들에서는 보기 드문 모습이었다. 이 건물과 관련하여 육유는 "작은 누각에서 달이 보이고 피리소리 들렸으며, 깊은 정원에는 바람이 자니 차를 가는 모습 구경하네(小樓有月聽吹笛, 庭深無風看磓茶)"[79]라고 했고, "석양이 질 무렵 누각에 올라 잠깐 거닐었더니, 열흘 넘게 술을 끊었으나 스스로 얼굴이 붉어졌네(薄暮上樓聊試步, 經旬止酒自酡顔)"[80]라고 했다. 또한 "밤에 송아지를 타고 마을 장터에서 돌아와 다시 누각으로 올라 난간에 기대어 섰네(村市夜騎黃犢還, 卻登小閣倚闌幹)"[81]라는 구절에서 보여주듯이 안채의 건물 밖에는 올라갈 수 있는 누각도 있었다.

둘째, 육유의 부인과 첩은 육유를 위해 7남 1녀를 낳았고, 아들들이 결혼한 후 자손들이 많아지면서 수십 명으로 이뤄진 가족들은 각각 상대적으로 독립된 침실과 서재를 갖추고 있었을 것이다. 경원 5년(1199), 차남 자룡(子龍)이 거실 서쪽에 연우헌(煙雨軒)을 짓자 육유는 아래와 같이 시를 지었다.

규모는 조어암과 비슷한데, 겨우 두세 명이 모여 술을 마실 수 있네.
그 모습 동편의 참의 서재와 비슷하니,
이곳의 정취 또한 깊고 그윽하네.
(規模正似釣魚庵，把酒才容客二三。若比東偏參倚室，此中猶自覺耽耽。)

79) 『시고』 권66 「초여름 한가롭게 지내며(初夏閒居)」(제6수), 개희 2년 여름, 제7책, 3737쪽.

80) 『시고』 권48 「재실에서 잡다한 즐거움을 읊다(齋中雜興)」, 가태 원년 겨울, 제5책, 2925-2926쪽.

81) 『시고』 권16 「밤에 취해서 마을 장터에서 돌아오다(醉中夜自村市歸)」, 순희 11년 가을, 제3책, 1278쪽.

그리고 시 마지막에 “참의는 자율의 서재이다(參倚: 蓋子聿書室名也)”[82]라는 주석을 추가했다. 여기서 자룡의 연우헌은 육유의 막내아들 자율(子聿, 즉 자휼子遹)의 참의헌(參倚軒)과 같이 모두가 서재의 역할을 했던 것을 알 수 있다. 다른 아들들도 상황이 비슷할 것으로 추정된다.

셋째, 위 내용을 통해 알 수 있듯이, 육유는 건도 원년에 삼산별장을 지은 뒤 가끔씩 건물을 늘려 나갔다. 자손들이 살고 있는 집은 육유가 자주 드나들지 않았을 터이니 앞에서 언급한 건물 외에 또 다른 일부 건물들이 있었으나 육유의 시에서 나타나지 않았을 수도 있다. 경원 6년(1200), 육유는 자신을 위한 거실을 증축하고 『거실기(居室記)』를 지어 자세히 기록했는데 이 『거실기』에서 별장에 관한 일부 구체적인 정보를 찾아낼 수 있다.

> 육유는 대청 북쪽에 거실을 지었다. 거실 남북의 길이는 28척, 동서 너비는 17척이다. 동쪽, 서쪽, 북쪽 세 방향에 모두 창문을 내고 발을 쳐 놓았다. 햇빛이 쬐는 상황과 날씨 및 온도에 따라 창문을 열거나 창문의 발을 친다. 거실 남쪽에는 대문이 있고 남서 쪽에는 작은 문이 있어 겨울이면 작은 문으로 응접실과 침실을 둘로 나누어 안쪽은 안채로 활용하는데 여름이면 응접실과 안채가 하나로 통합되어 시원한 바람이 잘 통하도록 작은 문을 열어놓는다. 연말이면 서리와 이슬을 피하고 한기를 막기 위해 파손된 기와를 바꾸고 틈새를 잘 메워야 한다.
>
> 陸子治室於所居堂之北, 其南北二十有八尺, 東西十有七尺, 東西北皆為窗, 窗皆設簾障, 視晦明寒燠為舒卷啟閉之節. 南為大門, 西南為小門, 冬則析堂與室為

82) 『시고』 권40 「자룡이 연우헌을 위한 시를 구하기에 즉흥으로 절구를 읊었다(子龍求煙雨軒詩口占絕句)」(제2수), 경원 5년 가을, 제5책, 2571-2572쪽.

二，而通其小門以為奧室．夏則合為一室而辟大門，以受涼風，歲莫必易腐瓦，補罅隙，以避霜露之氣[83)]

송나라 때의 1척이 지금의 길이로 환산하면 약 31cm 정도이니 육유의 거실은 길이가 약 8.68m, 너비가 약 5.3m에 달했는데 그리 넓지는 않았다. 이 거실은 육유가 혼자서만 지내던 삼산별장 중의 건물 한 칸에 불과했다.

넷째, 또한 『거실기』를 통해서 육유의 거실은 기와집으로 되어 있음을 알 수 있다. 별장 건물의 지붕재료에 대해 육유는 시에서 자주 언급했다. 「초라한 집(弊廬)」이라는 제목의 시에서 육유는 가옥에 대해 “열 칸이나 기울어졌고 그중 반은 풀더미에 덮혀 있었다(欹傾十許間，草覆實半之)”[84)]라고 쓰여 있기는 하지만, 더 많은 자료들에 따르면 삼산별장의 주요 건물들은 일반 농가와 같은 초가지붕이 아닌 기와지붕이었음을 추정할 수 있다. 순희 10년(1183) 6월 큰비가 내린 어느 날 밤, 육유는 “소나기가 강물처럼 쏟아져 기와를 따라 흘러내리는데, 텅 빈 집에 누워 가물가물한 등잔불과 마주하네(急雨如河瀉瓦溝，空堂臥對一燈幽)”[85)]라는 시구를 읊었는데, 그의 거실이 아직 지어지지 않았음을 감안하면, ‘기와(瓦溝)’가 있는 건물은 아마도 별장의 안채였을 것으로 짐작된다. 개희 3년(1207) 11월 11일에도 큰비가 내린 날 밤, 육유는 “오늘 밤 또한 여느 밤처럼 소나기가 기와를 울리네(今夕複何夕，急雨鳴屋瓦)”[86)]라는

83) 『문집교주』 권20 「거실기」.

84) 『시고』 권48 「초라한 집(弊廬)」, 가태 원년 가을, 제6책, 2904쪽.

85) 『시고』 권14 「비 오는 밤(雨夜)」, 제3책, 1165쪽.

86) 『시고』 권73 「11월 11일 밤 빗소리를 듣다(十一月十一日夜聞雨聲)」, 제7책, 4052쪽.

시구를 지었는데 이번에는 아마 별장안의 모든 집을 통틀어 말한 것으로 짐작된다. 거실에 관해서는 기문에 쓰여진 바와 같이 육유는 가태 4년(1204) 겨울에 「초한(初寒)」이라는 제목의 시의 주석에서 "올해 초겨울 작은 거실에 기와 삼백 개를 얹었고, 삼면의 창문에 모두 선지로 발을 쳤다(小室今年冬初增瓦三百個, 三面窗皆設紙簾)"[87]라고 특별히 설명하고 있다. 이는 역시 "연말에 반드시 파손된 기와를 바꾸어야 한다"는 구절에서 보여주듯 연말이면 파손된 기와를 바꾸고 기와의 틈 사이를 흙으로 메우는 일은 당시 건물의 유지와 관리를 위한 필수적인 작업이었다. 물론 별장 중에는 남당과 같은 초가집도 있었는데 이는 부속 건물에 불과했다.

결론적으로 육유의 삼산별장은 "여덟, 아홉 칸 정도의 허물어진 집"이나 "십여 채의 초갓집"이 다가 아닌 상당한 규모로 이루어진 건축군이었음을 알 수 있다. 이에 대해 육유가 비교적 사실적인 기술을 한 바 있다. 가태 3년(1203) 육유는 「집에서 스스로 경계하다(家居自戒)」라는 제목의 시에서 이렇게 적고 있다. "과거에 경구에서 봉록을 받아 비로소 호숫가에 정착해 살게 되었네. 처음에는 가옥이 십여 칸이었으나 몇년 뒤엔 배로 늘었네(曩得京口俸, 始卜湖邊居. 屋財十許間, 歲久亦倍初)"[88] 이처럼 10여 칸의 건물이 배로 늘면 적어도 20여 칸이 된다. 따라서 육유는 집에 대해 "넉넉하게 짓지도 않았고 꼼꼼하게 꾸미지도 않았다(並不寬裕, 亦不講究)"[89]는 것을 알 수 있다.

가옥 외에도 육유의 시에는 별장의 원림에 대해 언급한 부분도 적지 않다. 원림의 크기와 관련하여 육유는 "병이 깊어 호숫가 다섯 무의 정

87) 『시고』 권59 「초겨울(初寒)」(제2수), 제7책, 3428쪽.

88) 『시고』 권56 「집에서 스스로를 경계하다(家居自戒)」, 제6책, 3271쪽.

89) 쩌우즈팡, 『육유에 대한 연구(陸遊硏究)』, 87쪽.

원에 머무는데, 밤새 눈바람이 불어 갈대 울타리 무너졌네(病臥湖邊五畝園, 雪風一夜坼蘆藩)"[90]라고 했고, "집 외도 땅 열 무가 있으나 가꿀 줄 몰라 잡초만 무성하네(舍外地十畝, 不藝凡草木)"[91]라고 했다. 물론 시구에서 땅의 크기에 대한 취급은 상징적 의미를 부여하기 위한 것이었다. 쩌우즈팡에 따르면 육유의 원림에는 동, 남, 서, 북 네 곳에 텃밭이 있었는데, 동쪽과 남쪽의 텃밭에는 꽃을 심었고, 서쪽 텃밭에는 약초를 심었으며, 북쪽 텃밭에는 채소를 심었다. 텃밭에는 농막이나 울바자가 둘러 있기도 했다. 그 외에 북쪽 산비탈에는 차밭이 있었다고 했다. 이 설명에 따르면 동, 남, 서, 북 4개의 텃밭들은 꼭 서로 떨어져 있었던 것은 아니고 하나의 정원으로 연결되어 있었을 가능성이 크다. 다만 육유는 농장마다 서로 다른 작물을 심었기 때문에 꽃밭, 약초밭과 채소밭 등 서로 다른 이름이 생기게 되었고, 삼산별장의 건축군 역시 이 원림 안에 있었을 것으로 짐작된다.

육유의 시에서는 가끔 여러 텃밭 부지에 관한 기록이 보이기도 했다. 기록에 따르면 육유가 가장 심혈을 기울였던 텃밭은 동쪽과 남쪽에 위치한 꽃밭이었던 것 같다. 소희 5년(1194) 겨울, 육유는 "동쪽의 텃밭 한 무를 취해 꽃 수십 송이를 심다(取捨東地一畝種花數十)"라는 제목의 시를 짓게 된다. 여기서 말한 꽃밭은 바로 나중에 증축한 거실 옆에 있었을 것으로 짐작된다. 그리고 그 전해인 소희 4년(1193)에도 『감회(感懷)』라는 시에서 "한 무 밖에 안 되는 텃밭 작은 땅에 꽃들이 곱게 피었

90) 『시고』 권60 「눈 오는 밤(雪夜)」, 가태 4년 겨울, 제7책, 3471쪽.

91) 『시고』 권47 「"가을의 회포를 읊다" 제10수는 "대나무와 약초를 정원 깊숙한 곳에 심고, 거문고와 술을 마시기 위해 소헌을 열었네"라는 문구를 차운한 것이다(秋懷十首以竹藥閉深院琴樽開小軒為韻)」, 가태 원년 가을, 제6책, 2881쪽.

네(小園財一畝, 粲粲萬蹢蕚)"[92]라고 적었는데 나중에 동쪽 텃밭의 꽃밭이 확장되었는지는 확인할 길이 없지만 시에서는 "동쪽 텃밭의 땅 두 무에 겹겹이 울타리를 쳤다(東園二畝地, 重重作藩籬)"[93]고 표현하기도 했다. 또한 육유는 "소나무와 국화는 겨우 세 무밖에 안 되지만 정원을 꾸미기에 충분하네(松菊僅三畝, 作園真強名)"[94]라고 하거나 "겨우 세 무밖에 안 되는 작은 텃밭에 손수 아름답고 귀한 나무를 심었네(小園財三畝, 手自藝嘉木)"[95]라고 한 것을 보면 자신의 꽃밭이 세 무나 됨을 거듭 강조하고 있었다. 물론 여기서 남쪽의 텃밭을 따로 가리켰는지는 확인할 길이 없다.[96] 요컨대 육유는 항상 꽃밭이 얼마 되지 않는다고 불평을 토로했지만 삼산별장에는 꽃밭이 여러 무에 달해 마음을 즐겁게 할 수 있는 곳으로써 육유의 우아한 정취를 반영했을 뿐 아니라 그의 상당한 재력을 보여주기도 했다.

동쪽과 남쪽의 꽃밭에 비해 서쪽과 북쪽에 있는 약초밭과 채소밭은

92) 『시고』 권28 「감회(感懷)」(제3수), 1923쪽.

93) 『시고』 권79 「겨울제를 지내던 도중에 읊다(冬日齋中即事)」(제6수), 가정 원년 겨울, 제8책, 4299쪽.

94) 『시고』 권16 「작은 농장에서(小園)」, 순희 11년 봄, 제3책, 1260쪽.

95) 『시고』 권69 「서의(書意)」(제2수), 3876쪽.

96) 육유는 경원 4년 겨울에 지은 「초겨울 한가롭게 지내며 짓는다(閒居初冬作)」라는 시에서 남쪽 농장이 꽃밭임을 확실하게 밝히고 있다. "향로와 방석을 새롭게 바꾸니 천장은 이곳에서 한가로이 지내네. 내일 아침 동쪽의 창호지 바꾸고 남쪽 농장에 꽃과 농작물 옮겨 심어야 하네. 아녀자는 아침밥 짓기 위해 물을 길어다 쌀을 씻으며, 어린아이는 밤중에 글을 읽어 이웃을 시끄럽게 하네. 마을의 즐거움이 무궁할 줄 알았더라면 평생을 후회 없이 두건 하나로 족하겠네(香碗蒲團又一新, 天將閑處著閑身. 東窗換紙明初日, 南圃移花及小春. 婦女晨炊動井臼, 兒童夜誦聒比鄰. 早知閭巷無窮樂, 悔不終身一幅巾)" 『시고』 권37, 제5책, 2425쪽.

더욱 실용적인 의미를 지니고 있다. 그중 "북쪽 텃밭은 채소밭으로 만들었다(舍北作蔬圃)"[97]라는 시구에서 언급한 채소밭의 크기는 육유가 다른 작품에서 보다 뚜렷하게 묘사하고 있다. 삼산별장을 처음 짓기 시작할 때 "산옹은 늙어서도 농사짓는 법을 배우고 싶은데, 어찌 그리 어리석은지 스스로 웃고 말았네. 세 무밖에 안 된 거친 땅을 노비 두 명이 부지런히 가꾸었네(山翁老學圃, 自笑一何愚. 磽瘠財三畝, 勤劬賴兩奴)"[98]라는 시에서 알 수 있듯이 그 땅은 세 무밖에 안 되었다. 경원 5년(1199)에 이르러서는 "새로 만든 두 무 채소밭과 세 칸짜리 낡은 초가집(二畝新蔬圃, 三間舊草堂)"[99]이라는 구절에서 보여주는 채소밭의 크기는 두 무였다. 그리고 "채소밭이 다섯 무나 되어 가을이면 낮에는 호미 메고 농사를 짓네(五畝畦蔬地, 秋來日荷鋤)"[100]라는 시도 있다. 물론 세 무나 다섯 무는 채소밭의 대략적인 면적을 나타내는 숫자에 불과했다. 또한 육유는 시에서 채소밭에 다양한 종류의 채소를 심었다고 설명하기도 했다. 이를테면 순희 8년 10월 지은 「채소밭절구(蔬圃絶句)」에 보면 배추, 순무 등 다양한 채소들이 언급되기도 한다.[101] "황량한 텃밭에서 아욱과 갓을 수확하고 부근의 장터에서 닭과 돼지를 사 왔네(荒園摘葵芥, 近市買雞豚)"[102]라는 시구에서 보여주듯 채소밭에 심은 채소들은 가족들이 주로 먹었을 뿐만 아니라 "항상 채소와 쌀을 이웃에게 나누어주었네(時分菜把餉比鄰)"[103]라는 시구처럼 제철 채소를 이웃들에게 나

97) 『시고』 권39 「촌사잡서(村舍雜書)」(제3수), 경원 5년 여름, 제5책, 2511쪽.
98) 『시고』 권13 「채소밭(蔬圃)」, 순희 8년 10월, 제3책, 1079쪽.
99) 『시고』 권39 「자술(自述)」, 경원 5년 겨울, 제5책, 2523쪽.
100) 『시고』 권68 「호미를 들고(荷鋤)」, 개희 2년 가을, 제7책, 3806쪽.
101) 『시고』 권13 「채소밭절구(蔬圃絶句)」, 순희 8년 10월, 제3책, 1077-1078쪽.
102) 『시고』 권60 「아들, 손자와 술을 마시며(與兒孫小飮)」, 가태 4년 겨울, 제7책, 3445쪽.

누어 주기도 했다. 만약 자급자족하다가 여유가 생기면 "꽃을 꺾어 술과 바꾸고, 채소를 심어 팔아 가계에 보탰네(折花持博酒, 種菜賣供家)"[104]라는 시에서처럼 가끔 내다 팔기도 했다.

하지만 서쪽의 약초밭의 크기가 얼마나 되는 지는 육유의 시에서 따로 언급한 부분이 없다. 육유는 "다행히 이곳에서는 한가할 시간이 없었으니 땅을 고르고 약초밭을 개간했다(幸茲身少閑, 治地開藥圃)"[105]라고 말하기도 했다. 약초밭에서 수확한 약재는 가족들이 주로 소비했고 남은 것은 내다 팔아서 가계에 보탰다. 따라서 자세한 내용은 아래에 설명하고자 한다.

만년에 접어들어 육유는 늘 자신을 노농(老農)이라 칭했고 직접 농사를 지었다고 자랑했는데 사실 대규모로 되는 농사를 직접 했을 리는 없었으니 기껏해야 평소에 '지팡이를 짚고 농사일을 구경(倚杖看農耕)'하는 정도에 불과했을 것이다.[106] 물론 가끔 원림에서 하인 옆에서 거들어 주면 잔일을 하거나 밭에 물을 주고 풀을 뽑는 것을 소일 삼았는데, 독서 외의 취미생활로 삼았을 것이다. 그래서 육유는 "봄이면 열 무의 땅을 손수 갈았고, 달팽이집 같은 오두막은 경호의 서쪽에 보이네(十畝春蕪手自犁, 瓜牛廬在鏡湖西)"[107]라고 자랑스럽게 말하기도 했다. 또한 "정원에서 햇볕이 쨍쨍 내리쬐는 걸 고민하고 있는데, 문득 물결을 바라보니 비구름이 서쪽에서 몰려왔네. 소나기 무릅쓰고 호미로 약초밭 흙

103) 『시고』 권34 「배민(排悶)」, 경원 2년 봄, 제5책, 2243쪽.

104) 『시고』 권48 「시골살이의 정취(村興)」, 가태 원년 가을, 제6책, 2891쪽.

105) 『시고』 권25 「약초밭(藥圃)」, 소희 3년 가을, 제4책, 1775쪽.

106) 『시고』 권75 「산수에서 노닐며 지은 잡부(出行湖山間雜賦)」, 가태 4년 봄, 제6책, 3303쪽.

107) 『시고』 권34 「취해서 돌아오다(醉歸)」, 경원 2년 여름, 제5책, 2262쪽.

을 뒤집으니 흙에서는 약초의 향이 느껴지네(庭中正苦日卓午, 水面忽看雲過西. 老子不辭沖急雨, 小鋤香帶藥畦泥)"[108]라는 시구에서 보여주다시피 약초밭은 육유가 가장 신경 써서 경작한 텃밭임을 알 수 있다.

다른 한편으로 농촌사람들의 경제생활을 살펴보자면 채소와 과일수를 심었을 뿐만 아니라 가축을 기르기도 했는데 이 모든 것은 다 살림에 보탬이 되게 하기 위해서였다. 따라서 육유 역시 마찬가지였다. 이와 관련하여 육유는 "마당에는 닭과 오리떼 돌아다니고 연못에는 물고기와 게들이 가득하네(既畜雞鶩群, 複利魚蟹賤)"[109]라는 시가 있는가 하면 "서너 고랑에는 채소를 심고 돼지 예닐곱 마리를 키우네(種菜三四畦, 畜豚七八個)"[110]라고 읊은 시도 있었다. 때로는 집에서 기르는 가축이 부족한 상황도 있었는데 이때는 마을 장터에서 사다 먹기도 했다.

요컨대, 삼산별장의 원림은 마음을 즐겁게 하는 장소일 뿐 아니라 더욱이는 가족 경제에 도움을 주는 중요한 구성 요소이기도 했다.

종합하자면, 육유의 삼산별장은 면적이 꽤 넓은 마을 정원이었는데 수십 칸의 기와집을 중심으로 주변에는 텃밭이 십여 무에 달했다. 이 별장은 문인 사대부의 정취를 자연스럽게 사람들의 마음속에 남겨 주었으며 동시에 남송 시기 동남 수향(水鄕)의 평원지역의 농촌 부잣집 정원의 일반적 특징을 다양한 측면에서 보여주기도 했다.

108) 『시고』 권62 「빗속에서 약초를 캐며(雨中鋤藥)」, 개희 원년 여름, 제6책, 3539쪽.

109) 『시고』 권62 「살생하지 말거라(戒殺)」, 개희 원년 여름, 제6책, 3551쪽.

110) 『시고』 권28 「유거(幽居)」(제4수), 소희 4년 겨울, 제4책, 1935쪽.

/ 제2장 /

촌락 공동체: 장정들이 모여 밭을 갈다

창호지에 화롯불 빨갛게 물들고
화로 옆엔 수의와 점쟁이 둘러앉았네.
술잔이 오가며 익숙해지니
아침과 저녁엔 소금과 유장 가리지 않았네.
남자들은 모여서 밭을 갈고
여자들은 모여서 길쌈을 하네.
무료함 달랠 길 없던 이 몸
손님이 간 뒤에 스스로 학문에 진력하네.

紙窗百衲地爐紅, 圍坐牛醫卜肆翁.
時節杯盤來往熟, 朝晡鹽酪有無通.
男丁共結春耕耦, 婦女相呼夜績同.
老子頽然最無事, 客歸自策讀書功
(「(村舍書事)」

1. 가정과 국가 사이에서

육유와 같이 관직에 몸을 담았던 은사나 돈 많은 지주 그리고 일반적인 농부들은 남송의 백성으로서 국가에 토지세를 납부하고 부역을 담당해야 했다. 그렇다면 군주제를 실시했던 봉건국가에서 산회평원의 각 지역에 떨어져 살던 농민들을 어떤 방식으로 관리했을까? 이 문제는 당시 농촌을 단위로 한 관리제도와 관련되어 있다.

국가기구는 상부 구조이기 때문에 정상적으로 작동하려면 반드시 상응한 인적·물적 지원이 있어야 가능하다. 인력과 재력은 일반 민중에서 비롯됨으로 정치체제의 유지는 반드시 기층사회를 단단히 통제할 수 있어야 살아남을 수 있다. 이 때문에 옛 사람들은 "백성은 나라의 근본이니 근본이 튼튼해야 나라가 태평하다(民惟邦本, 本固邦寧)"라고 하기도 했다. 진(秦)나라가 군주제도를 세울 때부터 고대 중국에서는 중산층이 폐지되었고, 대신 중앙정부는 '편호제민(編戶齊民, 호적을 만들고 백성을 편입시켜 동등하게 대우함)'이라는 호적제도 확립을 통해 일반 민중을 직접 통제했다. 이렇게 함으로써 "이 세상에는 호적에 편입되지 않는 이가 없게(普天之下, 誰不編戶)"[1] 하려고 했다. 하지만 전국에 널려 있는 민중(民戶)을 어떻게 호적에 빠지지 않게 효과적으로 편입시키고 관리할 수 있었을까? 그 답은 향리(鄕里) 제도에 있었다.

진한(秦漢) 이후로 군주국가는 각 지역의 민가 수를 통계하고 일정한 체계를 세워 통합시킨 다음이 기층사회에 대한 통제를 실시했다. 이는 당시 사회적 조건에 적합한 것이었다. 왜냐하면 당시의 생산자원인 토지는 상대적으로 넉넉했으나 이를 경작할 노동력은 턱없이 부족했기 때문이다. 그렇기 때문에 노동력에 대한 통제가 가능해야 국가의 세금과 부역을 통한 수입을 확보할 수 있다. 동한(東漢)의 서간(徐幹, 170~217)은 천하에서 가장 중요한 일은 "민가 수를 확인하는 것(其惟審民數乎)"[2]이라고 주장했는데, 이는 바로 호적제도를 통해 전국의 노동력 숫자를 통계해야 함을 강조한 것이라고 볼 수 있다. 남송의 주희(朱

1) 『위서(魏書)』 권14 「원지전(元志傳)」, 중화서국, 1974, 363쪽.

2) 서간(徐幹) 저, 『중론(中論)』 하 「민수 제20(民數第二十)」, 『사부총간(四部叢刊)』 초판, 45쪽 A면.

熹, 1130~1200)가 주장했던 것도 바로 "민가를 서로 연결하는 것(聯比居民)"[3]이 관건이라고 강조했는데 이는 곧 민가 수를 관리하기 위한 방법이라고 할 수 있다.

'민가를 서로 연결하는 것'에 관하여 시대마다 방법이 좀 다르지만 기본적으로는 향(鄕)과 리(裏) 두 단계로 나누어 진행되었다. 후에 송나라에 직접적인 영향을 주었던 당나라 제도로는 "100호를 1리로 하고, 5리를 1향으로 한다(百戶為裏, 五裏為鄕)"[4]는 제도이다. 다시 말하자면 민가 100가구를 1리(裏)로 하고, 5리를 1향(鄕)으로 편성한 다음, 리와 향에 행정수장을 두어 나라를 대신해 관리하게 했다. 이런 행정수장은 보통 향호(鄕戶)에서 선출하는데 관청에서 임명한 정식 관리는 아니었다. 향 위에 현(縣)이 있고, 현 위에 주(州)가 있는데 이는 조정에서 정식으로 관리하는 부서였다. 이렇게 향리(鄕裏)와 주현(州縣)에서 조정(朝廷)에 이르는 통치시스템이 이루어지게 되었다. 이 체계는 민가를 핵심으로 재산과 부역을 비롯한 관련 요소들을 해당 민가의 명의로 등재하기 때문에 '연대조직(聯戶組織)'이라고 불리기도 했다. 이 때문에 조정에서는 민가만 잘 관리한다면 나라의 모든 것을 통제할 수 있었다.

그렇다면 무엇 때문에 "민가 100호를 1리, 5리를 1향"으로 규정했을까? 그 이유는 바로 기층조직의 운영에 필요한 비용과 효율성을 따져 그 균형을 고려해야 했기 때문이다. 만약 그 규모가 너무 크게 되면 행정관리 비용 충당에는 문제가 없지만 통제효과는 오히려 떨어질 수 있다. 반면에 그 규모가 너무 작게 되면 관리하기 쉽고 효과도 좋을 수 있지만 행정비용이 더 많이 들 수 있었다. 때문에 "민가 100호를 1리,

3) 주희(朱熹) 저, 『회암선생 주문공 문집(晦庵先生朱文公文集)』 권21 「부역의 손익을 논한 글(論差役利害狀)」, 952쪽.

4) 『구당서(舊唐書)』 권48 「식화지상(食貨志上)」, 중화서국, 1975, 2088~2089쪽.

5리는 1향"으로 규정된 이 규모는 오랜 세월을 실행해 온 결과물로서 비용과 효율성의 균형이 가장 잘 이루어진 구조라고 할 수 있었다. 하지만 인구는 늘 서서히 증가했고, 때로는 여러 이유로 일부 지역의 인구는 감소하기도 했다. 그렇게 되면 민가의 수에 유동적인 변화가 생기게 되면서 원래의 조직 규모도 이에 맞춰 변하게 되었다. 따라서 이론적으로는 향리(鄕裏) 기층 조직은 인구의 변화에 따라 제때 조정해야 한다. 기존의 자료에 의하면 당송 연간 적지 않은 지역들에서 현 아래에 설치된 향·리의 숫자가 계속 변하고 있음을 알 수 있다.

물론 "민가 100호를 1리, 5리를 1향"이라고 하는 것은 제도를 설명하기 위한 숫자일 뿐이고 실제 실행 과정에서는 기층조직의 규모가 꼭 그대로 되어 있진 않았다. 대부분의 경우는 자연적으로 형성된 전야나 마을의 규모와 크기가 서로 다르긴 하지만 향리(鄕裏) 체계의 실행 과정에서는 반드시 실제상황에 따라 구체적으로 조절해야 했다. 그러다 보니 작은 촌락 몇 개가 합쳐서 1리를 이루기도 했고, 민가가 수백호가 넘는 촌락을 2~3개의 리로 나누는 상황도 있었는데, 이른바 민가 100호가 1리라는 것은 그저 대략적인 숫자 기준에 불과했다.

학자들의 통계에 따르면 8세기 중반까지만 해도 향의 평균 호수(戶數)는 500호 좌우였다고 한다.

이는 당나라의 향리(鄕裏)제도가 여전히 "연호조직"의 형식으로 실행되고 있음을 말해준다. 하지만 그 뒤로 상황이 점점 달라지기 시작했다. 한편으로 토지합병과 대량의 농민 탈출로 국가의 인구 통제력은 점점 약해졌고 그러다 보니 부세(賦稅) 제도를 부단히 개혁할 수밖에 없었다. 당덕종(唐德宗) 건중(建中) 원년(780)에는 정신(丁身, 16세부터 60세까지의 성인 남녀)을 기본으로 하는 조용조제(租庸調製)가 자산을 기본으로 하는 양세제(兩稅制)로 대체되기도 했다. 이는 물론 인구 증가에 따라 인구보다는 토지가 더 중요한 생산 자원이 되었다는 것을 의미하기도 했다. 그러므로 조정에서는 민가 대신 토지('자산')를 통제함으로써 세금을 충당하게 되었다. 한편, 특히 당나라 말기와 오대십국(五代十國) 시대에 이르러 국가의 행정 통제력이 약화되면서 인구의 변화에 따라 제때 향리(鄕裏)조직을 조절할 수 없게 되었고, 결국 향리조직은 점차 일종의 '지방 단체'로 고착화되었다. 즉 향(鄕) 또는 리(裏)는 더 이상 일정한 민가 숫자를 의미하지 않게 되었고 대신 지역 행정구역으로 자리 잡게 되었다. 또한 적지 않은 리(裏)의 이름은 그대로 촌락의 이름으로 불리기도 했다. 이런 가운데 향과 리의 민가 수는 계속 늘어나면서 그 숫자가 제도가 규정한 숫자를 훨씬 초과하게 되었다. 그리하여 향리조직은 원래의 민호수만 확인하던 일원체계에서 점점 호적등기와 토지와 인구 관리라는 이원체계로 바뀌게 됐다. 이는 나라의 토지장악에도 불구하고 실제 토지의 소유자 수에 따라 부역을 징발해야 하므로 결국 토지와 민호 중 그 어느 것도 폐지해서는 안 되는 지경에 이르렀기 때문이다. 이 과정은 긴 시간이 흘러 북송 중기에 이르러서야 완성되었다. 기존의 자료에 따르면 11세기 중반에는 각 향에서 관리하는 민가 수는 무려 2,500호에 달했는데 이는 당나라 중기에 비해 5배가 늘어난 것이다.

하지만 당시 향의 성격에도 많은 변화가 생겼다. 이상하게도 당시 치주의 장산현(淄州長山縣)이나 악주의 임상현(嶽州臨湘縣)과 같은 일부 현(縣)에는 향이 하나밖에 없었다. 만약 여전히 원래대로 조직을 관리한다면 차라리 하나밖에 없는 향을 현아(縣衙)로 대체하는 게 더 낫지 않을까? 물론 그렇게 간단한 일은 아니었다. 건중 원년 양세법 제도에 따르면 전년도 전국 세수입 총액을 기준으로 각 주와 현에 세금을 부담하게 한 다음, 각 현에서 다시 하위 구조인 향에 세금을 부담시킨다고 했다. 다시 말하자면 모든 향은 전년도의 국가 세수 총액과 전답의 숫자 및 등급에 따라 1무(畝)에 매겨진 세금에 따라 상응한 세금을 납부해야 했다. 그렇다면 세금을 부담하게 되는 행정 단위를 왜 좀 더 크게 정하지 않았을까? 주희의 말을 빌리자면 "그 숫자가 너무 많아서 균등하게 하기 어렵기(算數太廣, 難以均數)"[5]때문으로 보인다. 이로 인해 현에서는 물론 주까지도 세금을 균등하게 부담할 수 없었다. 이렇다 보니 향은 실제로 세율을 계산하는 단위나 다름없게 되었다. 예컨대 갑이라는 향과 을이라는 향에서 같은 등급의 토지일지라도 납부해야 하는 세금이 다를 수 있었다. 향은 원래의 관리 기능이 없어지고, 현의 관리(縣吏)가 그 역할을 담당하게 되면서 해마다 장부에 근거하여 세금을 부과하는 향서수(鄕書手)가 더 생겼고 민가의 숫자가 변함에 따라 토지의 수량도 달라지면서 향의 경계가 명확해지기 시작하면서 '향계(鄕界)'라는 개념이 생기게 되었다. 이렇게 되면서 완전히 지역화된 향은 관할범위 내의 전답의 부적(簿籍)을 관리하고 국세와 부역을 징발하는 행정적 기능을 수행하게 되었다. 그리고 향에는 해당 토지와 관련된 장부를 가지고 있었는데 대표적인 것이 바로 명나라 초기에 널리 알려진 "어린도책(魚鱗圖冊, 토지 대장의 일종으로 토지를 세분한 모양이 어린(魚鱗)", 즉 물고기 비늘과 같다고 해서 이 이름이 나왔다)"의 체계이다.

당나라 말기에는 많은 세율이 같은 향들이 점차 통합되기 시작했다. 천보(天寶) 원년(742)만 해도 전국에는 1만 6,829개에 달하는 향이 있었는데 북송 원풍(元豐) 연간(1078~1085)에 이르러서는 6,514개밖에 남지 않았다. 이는 그 전에 비해 4할도 미치지 못하는 숫자다. 그 때문에 일부

5) 주희(朱熹) 저, 『회암선생 주문공 문집(晦庵先生朱文公文集)』 권19 「경계의 상황을 조목별로 아뢰는 글(條奏經界狀)」, 제20책, 87쪽.

현들은 통합을 거쳐 향이 하나밖에 남지 않더라도 향이 가지고 있는 특정된 관리기능 때문에 쉽게 폐지할 수 없었다. 나중에는 서로 세율이 다르거나 또는 기타 원인으로 통합하기 어렵게 되면서 그대로 유지해 왔던 향의 숫자에는 큰 변화가 없었다. 세율이 낮은 향과 통합하는 것은 세율이 높은 향의 바람이었지만 세율이 낮은 향이 어떻게 동의할 수 있었겠는가? 이러한 모순 때문에 그때부터는 향을 조정하는 것은 점점 어려워지게 되었다. 따라서 소흥부에 속해있던 회계현과 산음현의 경우가 대표적인 예이다. 당나라 원화(元和) 연간(806~820)에 회계현에는 총 26개의 향이 있었는데, 북송 초년 태평흥국(太平興國) 연간에는 18개, 남송 때에 이르러서는 14개만 남게 되었다. 산음현의 경우, 당나라 때 향의 수는 거의 변화가 없었고 북송 태평흥국 연간에는 15개의 향이 있다가 남송 때에 이르러서는 하나가 없어지고 14개만 남게 되었다. 남송 이후 산음현의 영지(靈芝), 온천(溫泉) 등 2개의 향은 청나라 강희(康熙) 연간에 다시 각각 동향, 서향으로 나뉘었을 뿐 다른 향들은 그대로 유지되었다. 청나라 말기 신규 정책을 실행하기 전까지 회계와 산음 두 현에 속한 향의 수는 장기간 그대로 유지되면서 변하지 않았다.

그렇다면 육유의 삼산별장이 위치한 촌락은 산음현의 어떤 향에 속했을까? 역사자료에 확실한 기록이 없기에 대략적으로 추론할 수밖에 없다. 사오싱현 혁명위원회(紹興縣革命委員會)가 1980년에 편찬·발행한 『저장성 사오싱현 지명지(浙江省紹興縣地名志)』에 따르면 삼산은 1949년 세워진 젠후(鑒湖, 감호)향에 속했다고 했다. 또한 삼산은 1958년 인민공사제가 실행될 당시 젠후(대)공사(鑒湖(大)公社)에 속했다가 1961년에는 젠후공사(鑒湖公社)에 속하게 되었다고 했다. 젠후공사의 동쪽에는 링즈공사(靈芝公社)가 인접해 있다. 링즈(靈芝, 영지)라는 지명은 역사적으로 영지향에서 유래했을 것이다. 앞에서 언급하다시피 남송 때 소흥부 관할 범위 안에 있었던 회계현과 산음현은 후에 청나라 때에 이르러 각각 동, 서 두 부분으로 나뉘었는데 『가태 회계지(嘉泰會稽志)』에 따르면 영지향은 "현 북서쪽으로 25리 되는 지점에 있었다(縣西北二十五裏)"라고 했는데 이는 영지향 중심지역을 가리킨 것으로 추정된다. 산음현의 14개의 향 중 영지향보다 소흥성에 더 가까운 향이 없고 게다가 현대에 세워진 링즈공사(靈芝公社)는 삼산의 동쪽에 위치해 있다는 기록을 통해 삼산별장은 당시 영지향에 속했을 거로 추정할 수 있다.

2. 향촌의 정장(亭長)

앞서 설명한 바와 같이 늦어도 북송 중기까지 향은 전 왕조의 기층 관리조직에서 일종의 세율 기본계산 단위로 발전하여 향의 토지 장부를 관리하는 역할을 수행했다. 그럼에도 불구하고 조정의 토지에 대한 통제가 가능해진 뒤에도 실제 토지의 소유량에 따라 세금과 부역을 징수해야 했기에 결국 토지와 민가에 대한 통제를 폐지해선 안 되었다. 또한 기층사회의 안보, 민정 등 여러 가지 업무도 폐지해서는 안 되는 상황에 처하다보니 향 외에도 현에는 전 왕조에서 내려온 민가 통제를 위한 기층관리조직기구가 행정책임을 수행하게 되었다. 구체적으로 말하면 이 조직 체계는 당나라 때부터 전해진 리제(裏制)와 촌정(村正), 방정(坊正) 등 제도에서 점차 발전해 온 것이다.

당나라 때에는 기층관리기구로서 향과 리(裏) 외에도 마을 맞춤형 관리조직이 따로 있었다. 이 조직이 바로 향촌의 촌정(村正)과 성곽(城郭)의 방정(坊正) 조직체계이다. 당나라의 제도에 따르면 향과 리(裏)가 "호구조사와 농업진흥 및 위법행위를 감찰하고 세금과 부역을 독촉했다(掌

按比戶口, 課植農桑, 檢察非違, 催驅賦役)" 이 중에서 중요한 책임은 농가를 상대로 세금과 부역을 독촉하는 일이었고 "읍에 거주하는 자들을 방(坊)으로 나누고 따로 방정(坊正) 한 명을 두어 방문(坊門)의 대문열쇠를 관장하고 위법행위를 감독·단속하게 함과 동시에 본인의 부역을 면제해 주었다. 농촌에 거주하는 자들은 촌(村)으로 나누고 따로 촌정(村正) 한 명을 두었다(在邑居者為坊, 別置正一人, 掌坊門管鑰, 督察奸非, 並免其課役。在田野者為村, 別置村正一人)"[6]라고 규정했는데, 여기서 촌정(村正)이나 방정(坊正) 체계는 향리 체계와는 달리 지역, 즉 마을과 성읍을 기반으로 설치되었고, '위법행위를 감독하고 단속하는(督察奸非)' 임무인 치안을 주요책임으로 하였다. 하지만 이 중에서 향리 체계가 더 중요했기 때문에 더 많은 주목을 받은 것은 물론이다.

당나라 때부터 송나라 때까지 향제(鄉制)가 점차 발전하면서 세금과 부세를 독촉하는 일은 향 아래에 설치한 민가 연합 관리조직인 관(管)으로 이양되었다. 송나라 초기에 조정에서 내린 조서(詔書)에 따르면 "향에 리정(裏正)을 두어 주로 세금과 부세를 받는 일을 수행하게 했고, 주·현의 성읍에 방정(坊正)을 두어 세금을 거두는 일을 수행하게 했다(諸鄉置裏正〔主〕賦役, 州縣郭內舊置坊正, 主科稅)"고 하였다.[7] 이는 실제로 전 왕조의 제도를 거듭 천명한 것이라고 할 수 있다. 송태조(宋太祖) 개보(開寶) 7년(974), 조정에서는 다시 새로운 제도를 반포하며 원래의 리(裏)를 취소하고 대신 각 향에 관(管)과 기(耆) 두 가지 관리 시스템을

6) 두우(杜佑), 『통전(通典)』 권3 「식회전·향당(食貨典·鄉黨)」, 중화서국, 1988, 제1책, 63쪽.

7) 서송집(徐松輯), 『송회요집고·직관(宋會要輯稿·職官)』 48-25 A면 「양조 국사지(兩朝國史志)」 인용, 류린(劉琳) 외 교정, 상하이 고적출판사, 2014, 제7책, 4321쪽.

설치했다. 그중 관(管)에는 "세금 징수를 수행하는(主納賦)" 호장(戶長)을 두었고, 기(耆)에는 "도둑을 잡고 송사를 판결하는 일을 맡는(主盜賊, 詞訟)"[8] 기장(耆長)을 두었다. 이는 대체로 당나라 때 향리(鄉裏)·촌정(村正)·방정(坊正) 제도를 그대도 계승한 것이라고 할 수 있다. 따라서 학계에서는 보통 북송 전기의 두 가지 관리 시스템을 합쳐서 '향관제(鄉管制)'라고 부른다. 하지만 일각에서는 관(管) 제도가 전면적으로 보급되지 못했고 대부분 지역에서 여전히 리정(裏正)이 세금과 부세를 독촉하는 일을 수행하고 있었을 뿐이라고 주장하기도 한다.

북송 초기부터 중기까지는 관(管)이나 리(裏)의 제도는 약간의 변화가 있었으나 실제 마을의 관리 체계에 깊이 영향을 미친 제도는 보갑제(保甲制)이었다.

송나라 신종(宋神宗, 1067년 1월~1085년 4월 재위)이 즉위한 뒤 부진한 세금징수와 재정상황을 근본적으로 개선하기 위해 재상 왕안석(王安石, 1021~1086)을 중용하여 신법(新法)을 시행하였다. 마을 관리 측면에서는 희녕(熙寧) 3년(1070)부터 점차 보갑제(保甲制)를 실행하여 안보의 책임을 다하게 했다. 또한 보갑을 상대로 군사훈련을 진행함으로써 점차 "모병제(募兵制)"를 대체할 수 있는 전 왕조의 "병농합일(兵農合一, 농사철에는 집에서 농사를 짓고 농한기에는 훈련을 받거나 정해진 장소로 가서 군복무를 하는) 제도"를 부활시키는 데 목적을 두었다. 하지만 보갑제가 예상대로 발전하지 못하는 바람에 이 목표는 달성하지 못하고 말았다. 사실 보갑제는 민가 중심의 신규 '민가 연결조직'이었다. 보갑제의 규정에 따르면 현지인이든 아니든 다른 곳에서 이민 온 사람이든지를 막론하고 각 지역의 농촌 거주자들을 10가구당 1보(保), 5보당 1대

8) 동상

보(大保), 10대보당 1도보(都保)로 나누고 대보장(大保長), 도보정(都保正) 및 부보정(副保正)을 따로 두었다. 이들은 농한기가 되면 보정(保丁)을 모아 군사훈련을 하게 하고, 야간에는 순번으로 치안을 유지하는 역할을 담당하게 했다. 바로 이러한 연대성으로 인해 이 제도는 후에도 계속 발전할 수 있었다.

송나라 신종 황제와 왕안석은 희녕 4년(1071)에 모역법(募役法)을 시행했다. 면역법(免役法)이라고도 불렸던 모역법은 기층 관리조직의 우두머리 역학을 면제해 주는 조건으로 면역전(免役錢)을 내게 하고, 지방 관아는 그 돈으로 다시 사람을 고용하여 해당 직책을 담당하게 하는 제도였다. 그러나 면역전과 같은 막대한 액수의 재정수입이 관청에 넘어가게 되면 처음 정해진 대로 비용이 사용되지 않는 경우가 있었으며, 해당 비용은 관청의 뜻에 따라 그 사용 용도가 변경됐을 뿐만 아니라 자신들이 원하는 곳에 사용하기도 했다. 이는 봉건사회의 전제국가에서 자주 볼 수 있는 보편적인 현상이라고 할 수 있다. 결국 모역법이 시행된 지 불과 3년 만에 면역전은 그중 일부가 벌써 다른 곳에 사용되기 시작했다. 호장(戶長)이나 방정(坊正)에게 지불해야 했던 면역적은 더 이상 지불되지 않았고, 대신 이, 삼십 가구를 1갑으로 편성하고, 해마다 가구들 중에서 윤번으로 갑두(甲頭, 우두머리)를 뽑아서 남은 가구들의 세금을 징수하는 일을 맡게 했다. 이듬해부터는 많은 지역에서 도부보정(都副保正)이나 대보장(大保長)이 면역전으로 고용해야 했던 기장(耆長)이나 보정(壯丁)을 대신하게 되면서 응당 지출해야 할 면역전을 절약하여 그 돈을 다른 행정지출에 사용하거나 '봉장(封椿, 저축)'하곤 했다. 이렇게 보갑조직은 점차 직역(職役) 중 하나인 향역(鄕役)체계에 귀속되면서 비용을 지급할 필요가 없게 된 보정장(保正長, 보장과 대보장 그리고 도보정을 통틀어 이른 말)이 모든 기층 단위의 사무를 담당하는 새로운 방식인 '보갑향역(保甲鄕役)'이 형성되기 시작했다. 원래는 50가구가 1대보로 편성되었는데 세금과 부세를 거두어들이는 조직의 규모가 큰 만큼 대보장의 부담도 그 만큼 과중하게 되자 1대보의 규모를 25가구로 줄이게 되었다. 남송 시기에는 영남(嶺南, 중국 남부의 오령五嶺 이남 지역) 등 일부 지역들도 도보(都保) 내에서 30가구를 1갑(甲)으로 편성한 다음 주민들이 차례로 갑두(甲頭)가 되어 세금을 거두는 일을 담당했는데, 그 규모는 대보(大保)와 비슷했다. 지속적으로 호장(戶長), 기장(耆長)을 모집하는 지역도 있었지만 소흥부가 위치한 저장 동부 지역은 모두가 대보장(大保長)이 세금을 거두는 일을 담당했다고 한다. 이는 바로 주희가 말한 "강남동로(江南東路), 강남서로(江南西路), 양절동로(兩浙東路)와 양절서로(兩浙西路) 등 이 지역의 보정이 주요한 역할을 담당하고 보장이 세금을 거두는 일을 맡았다(至如江浙等處, 則遂直以保正承引, 保長催稅)"[9]고 하는 말과 부합되며, 남송의 학자 진부량(陳傅良, 1137~1203)이 평가한 "보갑법이 실시되면서 역법이 혼란스러워졌다(以保甲法亂役法)"[10]라는 평가와 일치한다.

따라서 육유가 생활했던 남송 시기에 이르러 촌락 기층관리제도는 전체적으로 보면 현 아래에 향을 두어 토지와 호적관리 및 세금 징수를 담당하게 했으며, 향 아래에 연대성을 가진 보갑을 두어 일정한 주민 수량에 따라 대보와 도보로 나누어 주민들을 관리하게 하였으며, 주로 납세를 독촉하고 사회치안을 책임지도록 했다. 이러한 제도를 학계에서는 '향도제(鄕都制)'라고 불렀다.

---

9) 주희(朱熹) 저, 『회암선생 주문공 문집(晦庵先生朱文公文集)』 권21 「부역의 손익을 논한 글(論差役利害狀)」.

10) 진부량(陳傅良) 저, 『진부량선생 문집(陳傅良先生文集)』 권21 「부역법을 논한 편지를 전하다(轉對論役法劄子)」, 저장대학출판사, 1999, 289쪽.

대부분 연대 책임의 원칙에 따라 구축되고 규범화된 보갑조직이 어떻게 규모가 달랐는지와 여러 곳에 흩어져 있는 마을에 맞게 보급되었는지를 알아볼 수 있는 문헌자료가 적어서 관련 정보들이 별로 없다. 그러므로 대략적으로 추측해보자면 대보(大保)가 자연적으로 형성된 촌락과 그 규모가 비슷했다고 볼 수 있다. 하지만 규모가 100호 정도인 촌락일 경우에는 대보를 두 개 또는 세 개로 나누기도 했다. 반면에 "선비 몇 집만 산다(獨士人數家在焉)"라고 표현할 정도로 규모를 형성하지 못할 정도로 분산된 마을의 경우에는 비슷한 마을들을 통합하여 하나의 "행정촌"으로 만들었다. 여기서 확실한 것은 도보정이 있는 곳은 주로 중간시장 역할을 했던 마을 공동체였으며, 도(都)내의 핵심 역할을 하는 마을이라는 점이다.[11] 이런 마을을 당시에는 '보정소(保正所)'라고도 불렀다.[12]

육유는 삼산별장이 위치한 마을을 '삼가촌(三家村, 작고 외딴 마을)'이라고 낮춰서 불렀다. 하지만 그는 "동쪽과 남쪽 골목엔 초승달 밝게 비추고, 남쪽과 북쪽 마을엔 북 치는 소리가 들려오네(東巷南巷新月明, 南村北村戲鼓聲)"[13]라고 할 정도로 마을에 골목이 있었음을 자주 언급했다. 뿐만 아니라 "마을 남쪽과 북쪽엔 가옥이 수십 채요, 깊고 험한 골짜기엔 호수가 널려있네(村北村南數十家, 陂池重複穀谽谺)"[14]라고 하

11) 바오웨이민(包偉民) 저, 「송나라의 농촌마을(宋代的村)」, 『문사(文史)』, 2019, 제1집, 163~191쪽.

12) 여남공(呂南公) 저, 『관원집(灌園集)』 권14 「호조 장경천(張景倩)과 보갑제도를 논한 글(與張戶曹論處置保甲書)」(제2수), 『경인문연각 사고전서(景印文淵閣四庫全書)』, 제1123책, 142쪽.

13) 『시고』 권70 「향촌에서 생긴 일을 적다(書村落間事)」, 개희 3년 봄, 제7책, 3891쪽.

14) 『시고』 권59 「초겨울에 이웃에게 보낸 곡(初寒示鄰曲)」, 가태 4년 가을, 제7

거나 "삼산에는 백 가구가 모여산다(三山百家聚)"라고 소개하기도 했다. 사실 이러한 표현은 육유가 살고 있던 삼산마을 촌민들은 사람 수가 많았으나 서로 사이좋게 지냈음을 자랑한 것이었는데 "농민들은 밭의 경계를 양보하고 뽕나무 때문에 다투지 않았고, 모두가 화목하게 지내니 농사는 스스로 풍년을 이루었네(齊民讓畔不爭桑, 和氣橫流歲自穰)."15) 라는 내용에서도 잘 볼 수 있다. 때문에 "백 가구가 모여 산다(百家聚)" 라는 말은 실제 숫자를 표현했다기 보다는 마을이 일정한 규모를 이루었음을 의미할 뿐이다. 아무튼 육유가 살았던 마을의 규모는 "선비 몇 집만 산다"는 작은 마을이 아닌 훨씬 큰 동네였음은 확실하다. 이 때문에 육유가 직접 언급하지는 않았지만 그가 살았던 마을에 따로 대보가 있었음을 추정할 수 있다.

육유의 시에 나타난 남송 시기 향촌 직역(職役)에 대해 묘사한 부분을 주목해 볼 필요가 있다.

경원 6년(1200) 겨울, 육유는 「보장의 백죽봉을 우연히 빌려 타고 마을 근처에서 노닐다가 시 짓노라(小舟白竹篷蓋保長所乘也偶借至近村戲作)」라는 제목으로 시 두 수를 지었는데 이 중 제1수는 다음과 같다.

가랑비에 젖은 초가집엔 밥 짓는 연기 피어오르고,
강변의 오솔길 맑고도 차니 눈이라도 내릴 것 같네.
부잣집 황금 굴레와 말은 욕심나지 않으나,
정장네 집 하얀 천막 씌운 배는 부럽다네.

茅簷細雨濕炊煙，江路清寒欲雪天。
不愛相公金絡馬，羨他亭長白篷船。16)

책, 3426~3427쪽.

15) 『시고』 권79 「잡부(雜賦)」(제11수), 가정 원년 겨울, 제8책, 4296쪽.

시제에서 나오는 '보장(保長)'은 그 등급을 밝힐 수 없고, 대보장(大保長)인지 도보정(都保正)인지도 알 길이 없다. 흥미로운 것은 이웃집 배를 타고 놀러 다니는 것은 일상이지만 시문에서 자주 등장하던 야인, 농가, 이웃집 나그네, 노옹(父老)과 같은 호칭을 사용하지 않고 특별히 임시직인 이웃에 사는 '보장'이라는 호칭을 사용했다. 이는 육유가 '보장'이라는 사회적 직책을 중시하고 있음을 말해주며, 이 직책이 가지는 위상의 중요성을 인지하고 있었음을 알 수 있다. 또한 육유는 시에서 '정장(亭長)'이라는 전 왕조에서 사용하던 호칭으로 이웃을 칭하기도 했다. 소희 3년(1092), 「장난삼아 시골살이를 읊다(戲詠村居)」라는 시에서 육유는 "대포(大布)로 지은 옷 입으니 그 모습 정장(亭長) 같고, 뜸 낮은 배 안에서 낚시질을 배우네(衣裁大布如亭長, 船設低篷學釣徒)"[17]라는 표현을 통해 고향에서 오랫동안 몸담고 산 자신을 자탄하기도 했다. 이 시에서 언급한 '대포(大布)'는 거친 천을 의미한다. 이런 옷감은 당시 농민들의 옷차림에서 자주 볼 수 있었다. 하지만 육유는 자신의 모습을 특별히 "정장처럼 보인다"라고 했다. 아마도 여기서 육유가 강조하려 했던 부분은 옷감이 아닌 스타일이 남달랐던 게 아닌가 싶다. 만약 스타일까지 일반 농민들과 다를 바 없다면 굳이 "정장처럼 보인다"라고 강조할 필요가 없었으니 말이다. 이로부터 산음 마을의 '정장(亭長)'은 곧 '보장(保長)'이며, 옷차림까지 상류 사회에 접근했을 정도로 보통 농민과는 달랐음을 짐작할 수 있다. 또한 「백발(白髮)」이라는 제목의 시에서 육유는 자신의 옷차림에 대해 "거친 천으로 꿰맨 장포를 입고, 동쪽에서 남쪽으로 난 밭길을 오갔네(大布縫長衫, 東阡複南陌)"라고 묘사한 적 있

16) 『시고』 권45, 2758쪽.

17) 『시고』 권24 「장난삼아 시골살이를 읊다(戲詠村居)」(제2수), 경희 3년 봄, 제4책, 1757쪽.

는데, 여기서 거친 천으로 꿰맨 장포는 결코 농민들이 농사의 편리를 위해 입는 짧은 옷이 아니라, 마을에 사는 선비나 부유한 상류층들이 입는 옷차림의 특징을 갖고 있음을 알 수 있다. 이로써 추측할 수 있는 부분은 육유에게 백봉선(白篷船)을 빌려준 '보장(保長)'은 이, 삼십 가구에서 뽑은 세금 징수를 담당하는 대보장(大保長) 정도가 아닌 수백 가구를 관리하는 도보정(都保正)이었을 것이다. 그 때문에 촌민들이 "널리 알려져 있는 정장의 얼굴도 모르는데 어찌 주현이 누군지를 알겠는가(亭長聞名不識面, 豈知明府是何人)"[18]라고 하는 상황이 생기게 되었다. 만약 그저 일반적인 대보장이었다면 이삼십 가구 정도가 사는 마을 사람들이 어찌 유명한 정장(亭長)의 얼굴을 모를 수 있겠는가? 그것은 상상조차 할 수 없는 일일 것이다.

이러한 장포를 입은 유명했지만 얼굴이 많이 알려지지 않은 정장(亭長)인 도보정(都保正)을 육유는 아주 높게 평가했는데 그 이유는 다음과 같은 두 가지라고 할 수 있다. 첫째, 남송 시기 강남서로(江南西路)의 무주(撫州)의 경우를 보면 문헌에는 "현재 부보정, 호장은 모두 임무를 직접 수행하지 않고, 대신 각 도마다 향촌의 상황을 잘 알고 있는 사람을 시켜 그 역할을 대신하였다. 때문에 집역(執役, 세금)은 번번이 변해도 대역(代役)은 수십 년이 지나도 바뀌지 않았다(況今之為副保正, 戶長者, 皆非其親身, 逐都各有無賴惡少, 習知鄉閭之事, 為之充身代名, 執役之親身雖屢易, 而代役之充身者數十年不易也)"[19]라는 기록에 근거할 수 있다. 즉, 현지에서 윤번으로 부보정이나 호장을 담당해야 하는 농가들이 그

18) 『시고』 권78 「촌사(村舍)」, 가정 원년 가을, 제8책, 4259쪽.

19) 황간(黃榦) 저, 『면재선생 황문숙공 문집(勉齋先生黃文肅公文集)』 권23 「무주의 진수를 대신하노라(代撫州陳守)」, 『송집진본총간(宋集珍本叢刊)』 제67책, 선장서국(線裝書局), 2004, 영인 원나라 각본, 770쪽.

직책을 담당하지 않는 대신 돈을 내고 다른 사람을 고용해서 자신의 역할을 대신하게 하였으며, 이렇게 돈을 받고 일을 대신해 주는 대역자(代役者)는 모두가 지역의 건달들이었기에 "향촌 상황을 잘 파악했다(習知鄉閭之事)"라는 말처럼 일반적인 촌민들보다 마을의 상황을 더 잘 파악하고 있었고 지방의 관료사회에 대해서도 잘 알고 있었기에 오랫동안 대역자의 명분을 이용하여 이익을 챙겼는데 이런 상황은 수십 년이 지나도 바뀌지 않았다. 사실 이는 남송 시기의 보편적인 사회현상이었다. 무주의 상황과 마찬가지로 육유가 살았던 저장성 동부의 향촌에서도 보정장(保正長)이 이미 고정되거나 심지어 관료화로 바뀌는 추세를 보이면서 이들은 특수한 사회계층으로 형성되기 시작했다. 둘째, 마을 상황을 잘 파악하고 긴 시간 동안 대역자의 역할을 행한 건달들이 가지고 있는 권력이 컸기에 이들이 찾아올 때마다 농가에서는 술과 음식을 대접하지 않으면 안 되었다. "정장이 세금을 독촉하러 왔다가 술에 취하자 마을의 늙은 선비가 그 모습을 흉내냈네(催科醉亭長, 聚學老書生)"[20]라는 시에서 이러한 상황이 잘 보인다. 그렇다면 대역자의 권력은 어디에서 나왔을까? 당연히 이들을 파견한 관아로부터 온 것이었다. 이들이 관아를 대신해서 세금을 독촉하고 마을들을 관리해 주었기 때문에 권력을 부여받는 것은 당연한 일이었다. 다른 시각에서 보면 이들은 신분 지위나 심리적인 측면에서 이미 일반 촌민들과는 완전히 다른 위치에 있었다고 해도 과언이 아니다. 이들은 이미 관아를 대신해서 촌민들을 상대로 권리를 행사하는 대리인이 되었다고 할 수 있다.

사실 육유는 시구에서 농민에게 극악무도하게 세금을 독촉하는 장면이나 관아에서 세금을 혹독하게 징수하는 행위를 규탄할 때마다 '정장

20) 『시고』 권41 「동촌에서 돌아오며(東村步歸)」, 경원 5년 가을, 제5책, 2583쪽.

(亭長)'이라는 표현을 거의 쓰지 않았다. 앞서 언급한 "정장이 세금을 독촉하다 술에 취했다(催科醉亭長)"라고 하는 상황을 제외하면 대부분 작품에서는 '리(吏)', '현리(縣吏)', '독조리(督租吏)'와 같은 표현을 사용했다. 이를테면 "누가 문을 마구 두드리는가? 현리가 세금을 징수하러 찾아온 소리였구나(門前誰剝啄, 縣吏征租聲)"[21]라고 읊은 시가 있는가 하면, 풍년이 들자 집집마다 제시간에 세금을 완납한 후의 장면을 표현한 "평년에는 공문서가 비 오듯 많았으나 지금은 길에서 오가는 관리는 볼 수 없네(常年縣符鬧如雨, 道上即今無吏行)"[22]라는 시도 있으며, 이어 사람마다 웃음꽃을 피우는 모습을 묘사한 "관리가 찾아오지 않으니 사람들은 낮잠을 잘 수 있었고, 늙은이와 어린이는 신선이라도 된 듯 마음 편히 즐거워하네(吏不到門人晝眠, 老稚安樂如登仙)"[23]라는 시도 있다.

사실 송나라 조정에서 현리(縣吏), 공인(公人), 순검사(巡檢司)나 병졸을 향촌으로 파견할 때는 엄격한 규정을 시행하고 있었다. 가끔은 현아(縣衙)에서 세금 독촉을 위해 관리를 향촌으로 파견하는 경우가 있긴 했지만 이는 자주 있는 경우가 아니었다. 남송 시기의 유명한 시인이었던 유극장(劉克莊, 1187~1269)이 "이 세상을 통틀어 도보장과 기장이 세금 독촉의 임무를 수행하는데, 어찌 관리나 병졸이 향촌으로 내려가야 하는가(通天下使都保耆長催科, 豈有須用吏卒下鄉之理!)"[24]라고 말한 것을 보면 일반적으로[25] 하위 계층의 대보장(大保長)이 세금을 독촉하지

21) 『시고』 권32, 「농가탄(農家歎)」, 경원(慶元) 원년 봄, 제4책, 2140쪽.

22) 『시고』 권67 「추사(秋詞)」(제2수).

23) 『시고』 권34 「풍년행(豐年行)」, 경원(慶元) 2년 봄, 제5책, 2248쪽.

24) 유후촌(극장克莊) 저, 「주현의 세금을 독촉하는 사람을 고정하면 안 된다(州縣催科不許專人)」, 엮은이 미상, 『명공서판청명집(名公書判清明集)』 권3에 등재, 중화서국(中華書局), 1987, 66쪽

25) 시예선푸(謝深甫) 감수, 『경원조법사무류(慶元條法事類)』 권7 「직제문사 · 순

않으면 '도보장이나 기장(都保耆長)'이 농가에 직접 찾아가 문을 두드리며 세금을 징수했다. 그리고 세금을 제때에 납부하지 않는 농가를 현아로 압송하는 경우에도 주로 부보정(保正副)이 부하들을 데리고 그 일을 맡았다. 또한 이로 인해 "평년에도 세금을 징수할 때 화가 치밀면 사람을 때렸으니, 현아의 뜰 앞은 피에 젖어 있었네(常年征科煩棰楚, 縣家血濕庭前土)"[26]라는 시처럼 잔혹한 일이 발생하기도 했다. 우리가 육유의 시를 살펴보면 '현리'와 '정장'을 동일시하는 경향이 뚜렷하게 나타난다. 뿐만 아니라 아예 '현리(縣吏)'로 '정장(亭長)' 즉 도부보정(都副保正)을 대신할 정도였다. 이렇게 된 이유는 의심할 여지가 없이 육유의 향촌세계에서 이미 '정장'을 서리(胥吏)로 간주하고 있음을 말해준다.

3. 이웃과 쌓은 친분

이웃 간 일상생활을 묘사함에 있어 훈훈함과 화목함은 육유의 향촌세계가 보여준 기본 정서였다.

(1) 혼인과 종족

남송 소흥부 주변의 회계현과 산음현은 그 지세가 모두 평원과 발달한 수로 및 구릉으로 이루어져 있다. 월지(越地, 월족이 살았던 지역,

---

위출순(職制門四 · 巡尉出巡)」 "직제령(職制令)" 인용, 다이젠궈(戴建國) 점교, 양이판(楊一凡), 톈타오(田濤) 주필, 『중국진희법률전집 속편(中國珍稀法律典籍續編)』 제1책, 헤이룽장 인민출판사(黑龍江人民出版社), 2002, 134쪽.

26) 『시고』 권37 「추새(秋賽)」, 경원(慶元) 4년 가을, 제5책, 2403쪽.

지금의 사오싱 등)의 산간지역은 월나라 구천(勾踐)이 살았던 시대부터 민풍이 사나웠고 용맹했다고 문헌들에 기록되어 있다. 도종(度宗) 함순(鹹淳) 3년(1267), 산음현 옆에 있는 성(嵊)현의 지현(知縣)으로 부임했던 진저(陳著, 1214~1297)가 지은 『성현금탈복방(嵊縣禁奪僕榜)』에는 "본읍에는 괴이한 일이 있는데 그것은 바로 하인을 약탈하는 행위이다(本邑有一大怪事, 奪僕是也)"[27]라고 기록되어 있다. 악당들이 횡포를 부리며 길거리에서 사람을 약탈하여 노복으로 삼는 일은 지금 봐도 상상조차 할 수 없는 잔혹한 행위였다. 육유의 삼산별장이 위치한 곳은 산음현에서 수로가 많기로 유명한 지역에 속했으며 남쪽으로는 산과 인접해 있었기에 육유는 평소에 오가는 산민들을 만나는 경우가 많았다. "차와 죽순을 사기 위해 산속의 시끌벅적한 마을장터로 갔네(出山茶筍村墟鬧)"[28]라는 시구에서 보여주듯 육유는 종종 산간에 위치한 장터에 가서 찻잎, 죽순과 같은 물품들을 구매하기도 했다. "향촌의 장터에서 작은 땔감은 '계시'라 불렀는데 모두 약야계에서 온 것이다(鄉市小把柴謂之溪柴, 蓋自若耶來也)."[29]라는 시구처럼 땔감을 구매하기도 했다. 장작이 무거웠기에 수로를 이용하여 운반했는데 산민들은 약야계(若耶溪)를 이용하여 땔감을 가져다 팔았던 것이다. 그 외에 육유의 시에는 집안의 종복과 여종에 대해 묘사한 내용도 보인다. "바느질은 요비(獠婢)가 맡고, 땔나무와 물을 긷는 일은 두 만노(蠻奴)가 담당했다(紉縫一獠婢, 樵汲兩蠻奴)"[30]라는 시에서 보이는 '요(獠)', '만(蠻)'이라는 표현은 오랑캐라는

27) 진저(陳著) 저, 『본당집(本堂集)』 권53, 「경인문연각사고전서(景印文淵閣四庫全書)」 제1185책, 261쪽.

28) 『시고』 권50 「 춘유(春遊)」, 가태(嘉泰) 2년 봄, 제6책, 3007-3008쪽.

29) 『시고』 권21 「아침에 일어나며(晨起)」, 순희(淳熙) 16년 겨울, 제3책, 1601쪽.

30) 『시고』 권1 「유거(幽居)」, 융흥(隆興) 원년 가을, 제1책, 70-71쪽.

뜻을 가지고 있는데, 이를 통해 육유가 하인들을 산민들 중에서 고용한 것으로 추정할 수 있다. 후에 「와병잡제(臥病雜題)」라는 시에서 육유는 자기 집에 '산복(山僕, 복僕은 하인을 말함)'이 있었음을 확인할 수 있다.[31]

한가하게 지냈던 육유는 가끔 나들이를 하기도 했는데 가끔씩 조금 멀리 갈 때도 있었다. 이를테면 시에서 자주 등장한 평수(平水)의 장터는 약야계 근처의 한 산골 마을에 있었다. "초암에서 아침을 먹은 후, 가마 타고 작은 저잣거리가 있는 동쪽으로 갔네(蓐食草庵中, 肩輿小市東)"[32]라는 시에 따르면 육유는 이미 남쪽의 회계산 구역에 진입했던 것으로 보인다. 경원(慶元) 5년(1199) 봄에 육유는 「한식날 9리 평수 길에서(寒食日九里平水道中)」[33]라는 시에서 9리를 걸으면 평수에 이른다고 했다. 이는 육유가 회계현에 위치한 석범별장에 있을 때 밖에 나갔다가 지었을 것으로 짐작된다. 만약 소흥부 서쪽에 있는 산음현의 삼산별장으로부터 계산하면 두 곳은 약 삼, 사십리를 사이에 두고 있을 것으로 짐작할 수 있다. 이상의 내용을 종합해 보면, 육유가 묘사하고 있는 곳은 바로 산음 평원의 촌락임을 미루어 짐작할 수 있다.

육유의 시작품에 드러난 정보는 단편적이고 잡다하여 대략 정리하면 다음과 같다.

촌락과 외부 세계와의 연결에는 한계가 있었으며, 대부분 촌민들은 심지어 "평생 관청이 무엇인지를 모른다(生不識官府)"[34]라고 할 정도였

31) 『시고』 권48 「와병잡제(臥病雜題)」(제4수), 가정(嘉定) 2년 가을, 제8책, 4502쪽.

32) 『시고』 권15 「평수에서 잠깐 쉬며(平水小憩)」, 순희(淳熙) 10년 10-11월, 제3책, 1224쪽.

33) 『시고』 권39 「한식날 9리 평수 길에서(寒食日九裏平水道中)」, 경원(慶元) 5년 봄, 제5책, 2483쪽.

다. 그러므로 촌민들의 인간관계는 기본적으로 혈연관계를 바탕으로 구성되었을 것이다. 지금까지 학계에서는 주로 명·청 시기의 문헌자료에 근거하여 당시 농민들의 인간관계는 시장의 영향을 받았으며 향촌사회의 혼인관계도 기본적으로 시장의 범위에서 전개되었다고 강조해 왔다.[35] 이에 근거하면 남송 시기 저장 동부지역의 상황도 유사했을 것으로 짐작된다. 하지만 시에 드러난 정보가 제한적이어서 산회지역 농민들의 혼인 범위는 더 좁아 보이며, 때론 마을조차 벗어나지 못하는 경우도 있다는 것만 알 수 있다. 이와 관련하여 육유는 시에서 다음과 같이 표현하고 있다. "대대로 대문 맞은편 집과 통혼하니, 화가 되었든 복이 되었든 상관없고 굶주리든 배부르든 상관없이 서로를 의지하며 지내네(世通婚姻對門扉, 禍福饑飽常相依)"[36]라고 하거나 "나무꾼과 목동은 서로 도와 자리를 대신해 줄 정도로 친하며, 이웃끼리 점점 친해져서 혼인을 약속하네(樵牧相諳欲爭席, 比鄰漸熟約論婚)"[37]라고 했고, "한 마을 이웃끼리 서로 사돈이 되니, 고부가 가까운 건 모녀이기 때문이라(一村婚娉皆鄰里, 婦姑孝慈均母子)"[38]라고 했다. 심지어 육유는 시에서 아주 구체적으로 어느 마을의 혼인상황에 대해 밝히기도 했는데 본인이 자주 다녔던 서촌호상대(西村湖桑埭)에 관하여 다음과 같이 묘사했다. "인정

34) 『시고』 권55 「동촌 부로의 말을 적다(記東村父老言)」, 가태(嘉泰) 3년 가을, 제6책, 3211쪽.

35) 스키너(William G. Skinner) 엮음, 『중화제국 만기의 도시(The City in Late Imperial China)』, 예광팅(葉光庭) 외 옮김, 중화서국, 2000. 런팡(任放), 「20세기 명·청 도시 및 읍의 경제 연구(二十世紀明清市鎮經濟研究)」, 『역사연구(歷史研究) 2001년 제5기, 168-182쪽 등 참고.

36) 『시고』 권63 「이웃을 권유하다(諭鄰人)」 3, 가희(開禧) 원년 가을, 제7책, 3568쪽.

37) 『시고』 권1 「촌거(村居)」, 융흥(隆兴) 원년, 제1책, 64쪽.

38) 『시고』 권70 「향촌의 일을 쓰며(書村落間事)」.

은 순박하고 옛 풍속이 남아 있어, 해질녘 물가에 있는 삼가촌을 지나며 보니 일 년 내내 문이 닫혀있어 물었더니 여러 대를 거쳐 여전히 통혼한다고 들었네(人情簡樸古風存, 暮過三家水際村. 見說終年常閉戶, 仍聞累世自通婚)"[39] 그 외에도 배를 타고 동경촌(東涇村)을 구경하던 과정을 묘사한 시에는 "농사일을 버리는 농부는 없고, 이웃 간에 통혼하는 사람들 있었네(耕犁無易業, 鄰曲有通婚)"[40]라고 하는 현지 혼인상황에 대해 언급한 내용이 등장하기도 한다. 이러한 상황은 저장 동부의 향촌에만 있는 것이 아니었다. 육유가 사천에 머무르며 지었던 "강가의 양태 머리한 딸은 엄마 따라 농사일하네. 밤이면 집에서 길쌈을 하니 삐걱거리는 소리 들리고, 화로 옆에서 콩대를 태워 차를 끓이네. 다 커서 동쪽 집이나 서쪽 집으로 시집을 갈 거라 문을 나서면 건너편이라 차를 준비할 필요 없네(江頭女兒雙髻丫, 常隨阿母供桑麻. 當戶夜織聲咿啞, 地爐豆煎藷土茶. 長成嫁與東西家, 柴門相對不上車)"[41]라는 시에서도 비슷한 상황이 있음을 보여준다. 물론 이러한 구절들은 시골 여자가 이웃이나 좀 더 먼 마을로 시집갈 가능성도 포함하고 있다. 하지만 "한 마을 이웃끼리 서로 사돈이 되고(一村婚娉皆鄰里)"라든가 "여러 대를 거쳐 여전히 통혼한다 들었네(仍聞累世自通婚)"와 같은 묘사를 보면 같은 마을 사람끼리 혼인을 하는 비율이 낮지 않았음을 알 수 있다. 때로는 육유의 묘사가 애매할 때도 있다. 예를 들어 "예로부터 시집장가는 마을 밖으로 가지 않으며, 동쪽 집에서 자라고 서쪽 집과 결혼하네(從來婚聘不出鄉, 長自東家適西舍)"[42]라는 시가 있는데 '마을 밖으로 가지 않는다(不出鄉)'라는 말은

39) 『시고』 권39 「삼가촌까지 산책하며(散步至三家村)」.

40) 『시고』 권22 「동촌까지 배로 가며(泛湖至東涇)」(제2수), 소희(紹熙) 2년 봄, 제4책, 1657쪽.

41) 『시고』 권8 「완화여(浣花女)」, 순희(淳熙) 4년 7월, 제2책, 657쪽.

특정한 현의 마을을 가리키는 것이 아니라 전체 향을 총괄하여 가리키는 것이다. 따라서 "동쪽 집에서 자라고 서쪽 집과 결혼하네(長自東家適西舍)"라고 묘사하게 되었다. 이로써 육유는 자신의 기분을 달래고 귀농 생활을 위안하는 길이 바로 "집으로 돌아가 농사와 양잠에 힘쓰고 가난함을 원망하지 말라. 결혼은 가까운 이웃과 하는 것이니 서로 얼굴 마주 보며 오래도록 살아가세(歸家力農桑, 愼莫怨貧賤, 婚嫁就比鄰, 死生長相見)"[43]라는 것에 있다고 강조하였다. 이는 마을의 혼인관계에 대한 보편적인 요약이라고 할 수 있다.

혼인관계를 언급하려면 반드시 꺼내야 하는 화제가 바로 종족의 조직문제이다.

역사적으로 중국의 종족 조직은 변화와 발전의 과정을 겪어왔다. 일찍이 선진(先秦) 시기부터 국가는 가정 및 가족과 같은 구조를 이루면서 종법 관계를 기반으로 국가기구를 구축해 왔다. 진나라가 천하를 통일하게 되면서 군주제를 세우는 대신 종법의 세습을 폐기했다. 때문에 진한 시기부터는 "관에는 관리의 신상을 기록하는 장부가 있게 되고, 가족에는 족보가 있게 되었다(官有簿狀, 家有譜系)". 이 때문에 종법활동은 사회 상류층인 귀족을 중심으로 이루어졌는데 위진(魏晉) 시기의 문벌사족(門閥士族)이 바로 그 대표적인 예라고 할 수 있다. 수당(隋唐) 시기에 이르러 귀족형 가족제도는 점점 무너지기 시작했으며, 남송의 정초(鄭樵, 1104~1162)는 "후에 오대 때부터는 출신과 가문을 묻지 않고 관리를 선발했으며, 문벌을 따지지 않고 혼인을 하게 되면서 관련된 기록은 소실되었고 학문도 전해지지 못했다(自五季以來, 取士不問家世, 婚姻

42) 『시고』 권67 「추사(秋詞)」(제3수), 가희 2년 가을, 제7책, 3791쪽.

43) 『시고 · 일고속첨 · 뽕나무 심기(詩稿 · 逸稿續添 · 種桑)』, 제8책, 4570쪽.

不問閥閱, 故其書散佚而其學不傳)”[44]라고 말했다. 하지만 공조의 필요성에 따라 숭조목종(崇祖睦宗, 조상을 숭배하고 종친간의 화목을 도모함)을 요지로 하면서 종친들이 단합하는 과정에서 새로운 종족 형태가 발전하기 시작했다. 북송시기 일부 사대부들은 과거(科擧)제도 때문에 사회적 유동성이 증가하게 되면서 벼슬자리도 일정하게 고정되지 않자 “근세에는 오래가는 명문이 드물다(近世名門鮮克永世)”라고 할 지경에 이르렀고, “빈부는 정해지지 않았고, 밭과 저택엔 정해진 주인이 없다...(貧富無定勢, 田宅無定主...)”[45]라고 할 정도였다. 사회적 위상이 불안정해지면서 위기감을 느끼게 되자 앞장서서 호소한 사대부들이 바로 새로 형성된 종족 조직의 선도자이자 추진자였고, 나중에는 다른 사회계층도 이를 본받기 시작했다. 명나라 때에 이르러 이런 종족 조직은 이미 사회 각 계층으로 퍼졌고, 청나라 후기에는 국가 정권의 보조적인 역할이 의도적으로 드러나기 시작하면서 종족 조직은 지방 기층조직과 서로 결합하게 되면서 “보갑은 경(經)이 되고, 종법은 위(緯)가 되어 서로 결합하는(保甲為經, 宗法為緯)” 지방 관리 체계를 형성하게 되었다.[46] 학계에서는 송나라 때부터 시작된 새로운 종족 조직을 ‘평민형 종족(平民型宗族)’이라고 불렀다.

44) 정초(鄭樵) 저, 『통지(通志)』 권25 「씨족략제일 · 사족서(氏族略第一 · 氏族序)」, 『통지이십략(通志二十略)』 상, 중화서국(中華書局), 1995, 1쪽.

45) 원채(袁采) 저, 『원씨사범(袁氏世範)』 권3 「부자들이 재물을 모을 때는 배려하는 마음을 가져야 한다(富家置產當存仁心)」, 천진고서출판사(天津古籍出版社), 1995, 162쪽.

46) 풍계분(馮桂芬) 저, 『교빈로항의(校邠廬抗議)』 권 상 「다시 종법을 의논하다(複宗法議)」, 선원룡(沈雲龍) 주필, 『근대 중국사료 총간(近代中國史料叢刊)』 제62집, 문해출판사(文海出版社), 1996, 광서(光緒) 23년 취풍방(聚豐坊) 각본, 116쪽.

이로부터 산음지역 마을들의 혼인범위가 비교적 좁다고 앞서 서술하긴 했지만 육유의 시에서는 종족 조직에 대한 정보가 매우 적음을 알 수 있다. 게다가 명확하게 산간마을에 종족이 모여 사는 모습에 대한 정보는 찾아볼 수 없었다.

육유의 조상은 오대(五代) 시기에 데릴사위로 산음의 노허촌에 정착했다고 한다. 여러 세대를 거치면서 노허촌에는 꽤나 많은 육씨 집안사람들이 생활했던 것으로 확인되나 노허촌은 결국 육씨 집안이 집거하는 중심지역으로는 되지 못했다. 후에 육유가 회계현 오운향(五雲鄕)의 농부 진씨에게 지어준 전(傳)에서 육씨 가문의 몰락에 대해 탄식한 부분이 나온다. "선조는 원래 노허촌 농부였는데 상부(祥符) 연간부터 벼슬길에 올랐다. 그러나 이백 년이 지난 지금 가난이든 출세든 막론하고 옛 가업을 계승한 사람은 단 한 명도 없다. 집을 짓고 뽕나무, 삼나무, 과일나무를 심으며, 도랑과 연못을 파는 등 일에 능한 사람은 없고 후손들은 이리저리 떠돌아다니고 사방에 흩어졌는데 아마 어디로 가야 할지도 모르는 사람도 있을 것이다. 노허촌을 지나며 탄식과 감회를 금치 못하여 눈물을 흘렸다(予先世本魯墟農家, 自祥符間去而仕, 今且二百年, 窮通顯晦所不論, 竟無一人得歸故業者, 室廬桑麻果樹溝池之屬悉已蕪沒, 族黨散徙四方, 蓋有不知所之者. 過魯墟未嘗不太息興懷, 至於流涕也)".[47] 이를 통해 육유는 벼슬살이 대신 농사짓는 시골생활을 동경하고 있음을 알 수 있다. 또한 육유는 "황제가 네 번이나 바뀌는 동안 평생 가난하게 살았고, 8대를 내려오며 벼슬을 하니 집안은 가난을 면치 못했네(四朝遇主終身困, 八世為儒舉族貧)"[48]라고 탄식하기도 했다. 앞 시에서 언급한 "후손

47) 『문집교주』 권23 「진씨노전(陳氏老傳)」, 제3책, 39쪽.

48) 『시고』 권49 「일곱 째 조카가 설에 자손들을 데리고 찾아오니 우연히 장구를 지었다(七侄歲莫同諸孫來過偶得長句)」, 가태 원년 겨울, 제6책, 2953쪽.

들은 이리저리 떠돌아다니고 사방에 흩어졌다"는 상황은 바로 육씨네 후손들이 이사와 정착을 반복했던 실제 모습이었으며, 후에는 육유 자신도 노허촌을 떠나 삼산에 정착하게 되었던 것이다.

앞에서도 언급했지만 육유는 "삼산에 백 가구가 모여 있다(三山百家聚)"라고 했지만 실제로는 수 십 가구만 있었을 것으로 짐작된다. 육유가 남긴 작품에서 보자면 북쪽에는 한삼옹(韓三翁)이 살고, 서쪽에는 인암주(因庵主)가 살며, 남쪽에는 나이든 장수재(章老秀才) 산다고 기록할 만큼[49] 실제로 다양한 성씨를 가진 사람들이 모여 살았다. 육유는 자신의 삼산별장을 매우 자랑스럽게 여겼으며 한때는 "다행히 몇 칸의 가옥은 자손에게 물려줄 수 있고, 나중에 이 땅은 육촌이라고 불러야겠네(數椽幸可傳子孫, 此地它年名陸村)"[50]라고 자랑하기도 했다. 하지만 이는 단지 자신의 별장을 자손들에게 물려줄 의향이 있음을 강조한 것일 뿐, 삼산을 육씨네 후손이 모여 사는 집거지가 된다는 의미는 아니었다.

반면에 산음의 명망 있는 집안인 육씨 집안이 어떻게 종족 조직의 형태로 지방사회에 영향력을 행사했는지에 대해서는 직접 기록한 문헌을 찾을 수 없다. 반면에, 육유가 집안사람들과 생긴 모순에 대한 기록은 오히려 가끔씩 보인다. 이를테면 「방옹가훈」에서 육유는 집안사람이 조상의 무덤을 "잔인하게 파괴해서 해를 끼쳤다"라고 했는데 자세한 기록은 다음과 같다. "새해가 되면 9리의 원가오대묘와 태부, 태위, 좌승

49) 『시고』 권67 「북쪽에 살던 한삼옹, 서쪽에 살던 인암주, 남쪽에 살던 나이든 장수재를 그리워하며(思北鄰韓三翁西鄰因庵主南鄰章老秀才)」(제2수), 가희 2년 겨울, 제7책, 3841-3842쪽.

50) 『시고』 권38 「삼산에 산 지도 33년이 지난 지금 집은 누추하나 땅이 남아있어 여러 대를 거치면 마을이 될 수도 있으니 오늘 병으로 잠깐 쉬며 후세에 알리려고 시를 짓는다(三山卜居今三十有三年矣, 屋陋甚而地有餘, 數世之後當自成一村. 今日病少間, 作詩以示後人)」.

상, 소사, 영국부인, 강국부인의 묘지를 살피고 보수하는 것이 마땅하다. 근세에 이르러 불행하게도 후손 중에 묘지를 잔인하게 파괴하고 해를 끼치는 자가 있어 나는 힘을 다해 그 행위를 저지했다. 비록 원망과 욕을 듣고 모함을 당하는 일이 있더라도 전혀 개의치 않았다(九裏袁家嶴大墓, 及太傅, 太尉, 左丞, 少師, 榮國夫人, 康國夫人諸墓, 歲時切宜省視修葺. 近歲族人不幸有殘伐擾害者, 吾竭力禁止之. 雖遭怨詈誣訟者, 皆不敢恤)." 그 외에 육유는 족인 중 한 명이 가묘(家廟)에서 육전의 장서를 훔친 사건에 대해 다음과 같이 기록하기도 했다. "여경장서각에는 여러 종류의 책들이 갖춰져 있었는데 불행히 손실되는 바람에 지금까지 제대로 세우지 못하고 있다… 장서각에는 좌승상이 쓴 많은 책들을 보관하려 했으나 현재 후손 중 장서각의 재산과 책을 훔치는 자가 있어 계속 이 곳에 놓아두면 반드시 잃어버릴 염려가 있기 마련이다(餘慶藏書閣色色已具, 不幸中遭擾亂, 迄今未能建立. …此閣本欲藏左丞所著諸書, 今族人又有攘取庵中供贍儲蓄及書籍者, 則藏書於此, 必至散亡)." 하지만 이런 문제를 어떻게 해결해야 할지에 대해서 육유는 뾰족한 방법을 내놓지 못했고 단지 아들들에게 "집안에서 잃어버린 책들은 이곳 불각에 그치도록 하거라. 그리고 좌승상의 조각상을 봉인하는 일만 조금 언급하면 될 것이다(不若散之於家, 止為佛閣, 略及奉安左丞塑像可也)"[51]라고 말해 줄 뿐이다. 이러한 현상을 통해 우리는 종친끼리 화목하지 못했던 육씨가문의 역우 종족 조직은 아직 완벽하지 못했음을 알 수 있다. 또한 이는 일부 학자들이 남송 시기 산음지역에서는 '종족의 권리와 향신의 권리는 향신의 손에 집중되었다(集族權, 紳權於一身的鄉紳勢力)'라고 상상한 것[52]

51) 육유, 「방옹가훈」, 154쪽.

52) 린원쉰(林文勳), 구경유(穀更有) 저, 『당송시기 향촌 사회의 역량 및 기층 통제(唐宋鄉村社會力量與基層控制)』, 윈난대학출판사(雲南大學出版社), 2005,

에 과장된 측면이 있음을 알 수 있다. 당시 촌락사회에 있어서 각종 권력의 핵심은 여전히 향도(鄕都)조직과 그 조직의 우두머리였기 때문이다.

향촌의 마을에 대한 관리에 있어 관아는 주로 기층 사회에서 국가 법령의 실행을 보장하는 데 총력을 기울였으며, 일상생활에 관해서는 촌민들 스스로 유지하도록 했다. 북송 말년에 이원필(李元弼)이 지방 관리경험을 기록한 관잠서(官箴書, 중국의 지방 관리가 지방 행정을 위하여 필요한 지식과 자세에 대하여 기록한 책)인 『작읍자잠(作邑自箴)』을 지었는데, 그중에는 「방기장(牓耆壯)」이라는 방문(榜文)이 수록되어 있었다. 「방기장」에서는 지방의 치안 책임을 맡은 기장과 장정(耆長壯丁)의 직책을 담당했는데, "기장은 싸움, 도둑, 화재, 다리, 도로 등과 관련된 업무만 관리한다(耆長只得管幹鬥打賊盜煙火橋道等公事)"라고 명확하게 지적했다. 또한 기장들은 다리와 도로를 정비하고, 우물 벽을 쌓고, 우물 입구를 두르고, 돌볼 자가 없는 환자를 치료하고, 관아의 공고를 게시한 홍보란을 관리하고, 촌민들을 모아 농작물에 피해를 주는 해충을 잡고, 현에서 보낸 공문을 전달하는 등 책무를 담당하도록 강요받았다.[53] 그 외에도 공공사무의 관리에 관한 일도 많았으나 대부분이 사소한 일들이라 공식 문서에서는 거의 기록하지 않고 있었다.

육유의 시에는 경고(更鼓, 옛날에 시각을 알리는 북)에 대한 묘사가 많다. 순희(淳熙) 15년(1188) 8월, 육유는 「밤중에 앉았다가 마을길로부터 새벽을 알리는 철패 소리를 듣고(夜坐忽聞村路報曉鐵牌)」라는 시에서 "누가 철패를 치고 밭갈이할 시간 알리는가? 집집마다 오경에 일어

182-183쪽.

53) 이원필(李元弼) 저, 『작읍자잠(作邑自箴)』 권7 「방기장(牓耆壯)」, 황산서사(黃山書社) 1997년 영인본 『역대관잠서(歷代官箴書)』, 제1책, 86-88쪽.

나 밥을 짓네(何人叩鐵警農耕, 炊飯家家起五更)"라고 하면서 "오경이 되니 군인들에게 시간 알릴 필요 없으니, 쇠를 두드리는 소리 귀청을 울리며 문 앞을 지나가네(五更不用元戎報, 片鐵錚錚自過門)"[54]라고 묘사하기도 했다. 이를 통해 매일 오경(五更)이면 삼산별장에는 철채를 치는 소리가 들려왔음을 알 수 있다. 여기서 문 앞을 지나는 야경꾼은 육유가 생활했던 마을은 물론 다른 몇 개의 마을도 함께 돌아다녔을 것이다. 전근대에 이르러 일정한 시간에 북이나 딱따기를 치는 것은 시간을 알려주는 동시에 도둑을 경계하는 역할도 했다. 관리가ㅁㅁ 엄격했던 성곽에서는 보통 물시계로 시간을 계산하여 북이나 딱따기를 치고 시간을 알리는 일이 관아의 조문(條文)에 포함하기도 했다. 평지가 넓은 지역에서는 일부 외진 마을에서는 시간을 알리는 것을 제대로 듣지 못했다. 하지만 삼산별장은 감호 북쪽 연안에 자리 잡고 있었고 큰길과 연결되어 있기에 야경꾼이 순찰을 도는 범위에 물론 속해 있었다. 일반적으로 술시(戌时)부터 인시(寅时)까지 총 다섯 번의 경고가 울렸다. 육유는 자신이 지은 시에서 산음현에서 시각을 알리는 도구가 철패(鐵牌)임을 명확히 하면서도 자주 '고각(鼓角)'이나 '누고(漏鼓)'라고 부르기도 했다. 하지만 이는 도성의 제도를 비유한 것뿐이다. 같은 해 10월에 육유는 「겨울밤 사경까지 잠이 오지 않아 일어나서 시를 짓는다(冬夜不寐至四鼓起作此詩)」[55]라는 시를 짓기도 했고, 십여 년 후에 「추운 밤 침대에 앉아서(寒夜枕上)」라는 시에서 "서리 내린 낡은 집에서 추위 때문에 자지 못했고, 삼경을 알리는 누각 소리가 멀리서 들려오네(屋老霜寒睡不

54) 『시고』 권20 「밤에 앉았다가 마을길로부터 새벽을 알리는 철패 소리를 듣고(夜坐忽聞村路報曉鐵牌)」, 순희(淳熙) 15년 8월, 제3책, 1540쪽.

55) 『시고』 권13 「겨울밤 사경까지 잠이 오지 않아 일어나서 시를 짓다(冬夜不寐至四鼓起作此詩)」, 순희(淳熙) 8년 10월, 제3책, 1079쪽.

成, 迢迢漏鼓过三更)”[56]라고 묘사하기도 했다. 그러고 보니 멀리 떨어진 마을에도 도성처럼 시각마다 시간을 알리는 야경꾼이 따로 있었고, 마을의 경부(更夫)를 정하는 것도 향도 조직의 직책이었다.

(2) 이웃 사이

촌민들은 자발적으로 생산과 생활 등 여러 방면에서 서로 도우면서 지냈는데 이에 관련하여 육유는 많은 작품에서 전통 농촌의 따뜻한 정에 대해 묘사했다.

전통 농경 사회에서는 생산을 위해 촌민들이 서로 돕고 협력하면서 경작하는 경우가 많다. 이와 관련하여 시 「촌거(村居)」에서는 “논둑을 오가는 이들에게 물을 건네고, 밥을 준비하며 이웃집 농사일 도와주네(饋漿憐道暍, 裹飯助鄰耕)”[57]라고 적었을 뿐만 아니라 「사록의 임기가 끝나서 다시 청하지 못하고 느낌대로 읊다(祠祿滿不敢複請作口號)」라는 시에서는 “온 힘을 다해 밭일을 하고 있는데 이웃들이 서로 모여서 겨울 농사를 도와주네(賴有東皋堪肆力, 比鄰相喚事冬耕)”[58]라고 묘사했으며, 「이웃을 대접하다(鄰餉)」라는 시에서는 “여럿이 모여서 함께 추수하니 밤에 쌀 찧는 소리 들려오네(結隊同秋獲, 連穡聽夜舂)”[59]라고 소개했다. 이와 비슷한 내용이 아주 많았다. 그 외에 도로, 다리, 우물, 제방과 같은 공공시설의 유지와 관리는 마을 사람들이 공동으로 진행했다. 일

56) 『시고』 권44 「추운 밤 침대에 앉아서(寒夜枕上)」, 경원(慶元) 6년 겨울, 제5책, 2747쪽.

57) 『시고』 권51 「촌거(村居)」, 가태(嘉泰) 2년 여름, 제6책, 3049쪽.

58) 『시고』 권38 「사록의 임기가 끝나서 다시 청하지 못하고 느낌대로 읊다(祠祿滿不敢複請作口號)」(제2수), 경원(慶元)4년 겨울, 제5책, 2435쪽.

59) 『시고』 권50 「이웃을 대접하다(鄰餉)」, 가태 2년 봄, 제6책, 3010쪽.

례로 「낡은 우물(古井)」이라는 시에서는 "길가에 옛 우물이 있는데 오랫동안 폐기되어 말라버리자, 이웃이 모여 뚫어봤더니 맑은 물이 점점 흘러나왔네(道傍有古井, 久廢無與汲. 鄰里共浚之, 寒泉稍來集)"[60]라고 적고 있었다. 또한 "이웃끼리 서로 도와 세금을 정한 기간 내에 낼 수 있었네(比鄰通有無, 井稅先期足)"[61]라는 구절도 있듯이 농민들은 개인 경제의 유지를 위해 가끔은 이웃들의 도움이 절실했던 때가 많았다. 때문에 육유는 "가족들이 모여 살면서 멀리 떨어져 이별함이 없으며, 이웃끼리 물건을 서로 빌리면서 떠나지 않네(骨肉團欒無遠別, 比鄰假貸不相違)"라는 시에서 "농촌의 늙은이"를 부러워한다고 했다.[62]

일상생활 속에 나타나는 이웃 간의 정을 육유는 많은 세부묘사를 통해 표현했다. 개희(開禧) 2년(1206), 82세의 고령인 육유는 「비가 갠 후(新晴)」라는 시에서 "시장의 술집과 잘 알고 있어 술을 외상으로 살 수 있으며, 이웃들과의 정이 깊으니 당나귀도 빌릴 수 있네(市壚分熟通賒酒, 鄰舍情深許借驢)"[63]라고 묘사했다. 이듬해에는 「문 옆 벽에 쓰다(題門壁)」라는 시에서 "이 마을에서 40년을 살았는데 아이들이 다 커서 증손까지 생겼네. 시장의 술집과 잘 알고 있어서 술을 외상으로 살 수 있고 이웃들과 친해서 자주 음식을 나누네(四十年來住此村, 勝衣拜起有曾孫. 市壚分熟容賒酒, 鄰舍情親每饋餐)"[64]라고 삼산별장의 생활을 감탄하

60) 『시고』 권67 「옛 우물(古井)」, 개희(開禧) 2년 여름, 제7책, 3779쪽.

61) 『시고』 권39, 『원차산의 「양계 이웃들과 함께」』라는 시를 읽고 좋아서 그중 4구절을 취해 각각 한 편 씩 시를 지어 이웃들에게 보여주다(予讀元次山〈與瀼溪鄰里〉詩, 意甚愛之, 取其間四句, 各作一首, 亦以示予幽居鄰里)」, 경원(慶元) 5년 여름, 제5책, 2517쪽.

62) 『시고』 권78 「촌의 늙은이를 방문하다(訪村老)」, 가정(嘉定) 원년 가을, 제8책, 4235쪽.

63) 『시고』 권65 「비가 갠 후(新晴)」, 개희(開禧) 2년 봄, 제7책, 3685쪽.

면서 이웃 간의 정에 대한 감사한 마음을 전하기도 했다. "동쪽 사는 이웃은 벼농사를 하니 술 한 주전자로 위로해 주었고, 서쪽 사는 이웃은 딸이 신랑 측에서 예단을 받으니 옷 한 벌로 축하했네. 값진 물건은 아니었으나 이웃과 정을 나눌 수 있었다네(東鄰稻上場, 勞之以一壺. 西鄰女受聘, 賀之以一襦. 誠知物寡薄, 且用交裏閭)"[65]라고 하는 시구에서 보여주듯이 육유는 이웃 간의 정을 유지하는 데 특별히 신경을 썼다. 물론 '주선(酒仙)'이라 불렸던 육유는 시에서 이웃과 함께 술을 마시는 즐거움에 대해서도 많이 묘사하고 있다. 이를테면, 「이웃들과 모여 술을 마시다(與村鄰聚飮)」라는 제목의 시에서는 "어려운 가운데 사귀는 교분은 더욱 두텁고, 나이가 많아지니 이웃과 더욱 친해지네. 말린 물고기는 맛나고 밥이 잘 되었으니, 구운 고기는 맛이 좋고 푸른 고추 또한 신선하네. 풍습은 산천처럼 오래되고, 사람도 술처럼 순박하고 훌륭하네. 술 한 잔 권하노니 나의 이웃을 사랑하게 되었네(交好貧尤篤, 鄉情老更親. 鮝香紅糝熟, 炙美綠椒新. 俗似山川古, 人如酒醴醇. 一杯相屬罷, 吾亦愛吾鄰)"[66]라고 묘사하기도 했다. 앞서 언급한 바와 같이 육유는 시에서 특별히 3명의 이웃들을 소개한 적이 있다. 그중 북쪽에 사는 이웃인 한옹은 평생 관아가 무엇인지를 몰랐다(韓翁生不識官府)"고 한다. 이를 통해 보면 그 이웃은 농민이었을 것으로 짐작된다. 서쪽 이웃인 인암주는 '인사(因師)'라고 부르기도 했는데 "늙어서야 채식만 먹기 시작했다(老乃學長齋)."고 한 것을 보면 종교를 신봉하는 사람인 것으로 추정되며, 남쪽

64) 『시고』 권71 「문 옆 벽에 쓰다(題門壁)」, 개희(開禧) 3년 여름, 제7책, 3944쪽.

65) 『시고』 권23 「늦가을의 농가(晩秋農家)」(제4수), 소희(紹熙) 2년 가을, 제4책, 1695쪽.

66) 『시고』 권60 「이웃들과 함께 술을 마시다(與村鄰聚飮)」(제2수), 가태(嘉泰) 4년 겨울, 제7책, 3447쪽.

의 늙은 장수재는 그 호칭처럼 과거시험에 낙방한 선비였던 것 같다. 또한 육유는 "악담 한 마디도 이웃에게 해본 적이 없다(未嘗一語欺其鄰)."라는 시구를 통해 이웃들을 칭찬했고, 시 속에서 여전히 이웃 간의 화목을 묘사하고 있음을 알 수 있다.

촌민들과 왕래하고 이웃끼리 서로 돕는 과정에서 주목할 것은 향촌사회의 전통명절과 풍속습관의 촉진역할이다. 경원(慶元) 5년(1199) 음력 12월 23일, 중국의 작은 설(小年)에 육유와 가족들은 풍습에 따라 조상에게 제사를 지낸 후 이웃들을 초청하여 함께 식사하고 술을 마셨다. 이튿날 술이 깬 육유는 "길일에 조상신에게 제사 지내니 제물은 기름지고 술은 맑고 향기롭네. 제물을 많지 않으나 나누는 건 이웃과의 정이라네. 다들 주인에게 축복을 전하니 술 한 잔 마셨네. 기력이 쇠하여 쉽게 취해 깨어보니 날은 이미 밝았다네(卜日家祭灶, 牲肥酒香清. 分胙雖薄少, 要是鄰里情. 眾起壽主人, 一觥瀲灩傾. 氣衰易成醉, 睡覺窗已明)."[67] 라고 읊었다. 이처럼 이웃끼리 함께 식사하고 술을 마시며 제사 음식까지 나누어 먹은 것은 일시적인 흥에 의한 것이 아니라 "세시 풍속에 따라 오래전부터 전해진 것이라 주인과 손님은 기뻐하며 새해를 맞이하네(歲時風俗相傳久, 賓主歡娛一笑新)"[68]라는 시에서 보여주다시피 해마다 치러진 행사였다. 2년 뒤인 가태(嘉泰) 원년(1201)에 육유는 다시 「신유년 그믐날(辛酉除夕)」이라는 시에서 "사다리 타고 올라가 종규의 화

67) 『시고』 권41 「겨울날 백거이 시집을 읽고 "선비 절개는 가난하나 굳세고, 고인의 뜻 병중에도 자라누나"라는 시구가 좋아서 시를 짓는다(冬日读白集, 爱其"貧堅志士節, 病長高人情"之句作古风)」(제10수), 경원 5년 겨울, 제5책, 2603쪽.

68) 『시고』 권41 「조상신에게 제사를 지낸 후 이웃들과 서로 제물을 나누다(祭灶與鄰曲散福)」, 경원(慶元) 5년 겨울, 5권, 2606쪽.

상 걸고 제사를 지낸 뒤에 제물을 나누어 먹었네. 하인은 내가 정정하다 감탄하며 물러서서 잡아주지 않았네(登梯掛鐘馗, 祭灶分其餘. 僮奴歎我健, 卻立不敢扶)"[69]라고 읊으면서 제사 음식을 나누어 먹었던 풍습에 대해 설명했다. 이러한 풍습은 육유네 가족뿐만 아니라 모든 사람들이 지켰던 예의와 풍속이었다. 같은 해에 육유는 「동지(冬至)」라는 시에서 "이웃집 제사를 지낸 후 제사 음식을 나누기 시작하는데, 축하하러 온 손님들 딸이 땅이 질어 문 앞에 이르지 못했네(鄰家祭徹初分胙, 賀客泥深不到門)"라고 하기도 했다.[70]

사실 이렇게 이웃 간의 정을 두텁게 할 수 있는 요소들은 당시 농촌의 모든 명절풍습에 그대로 담겨져 있다. 육유의 시에서도 풍습과 관련된 묘사가 자주 나온다. 춘사(春社) 때 이웃들이 함께 술을 마시며 풍년을 축원하는 장면을 묘사한 "제단에는 고기가 많고 술이 향기로우며, 이웃들이 늘어서서 절을 하며 풍년을 비네(社肉如林社酒濃, 鄉鄰羅拜祝年豐)"[71]라는 시가 있는가 하면, 기잠(祈蠶, 양잠이 잘되기를 바라는 풍습)을 묘사한 "집집마다 누에농사 잘 되길 기원하며 요란하게 북 치고 피리 불며, 마을마다 비 맞으면서 연못을 만드네(戶戶祈蠶喧鼓笛, 村村乘雨築陂塘)"[72]라는 시도 있고, "자식들 데리고 기잠을 나갔다가 이웃 따라 밀 풍년 기원하고 돌아가네(偶攜兒女祈蠶去, 又逐鄉鄰賽麥回)"[73]라고 읊은 시도 있다. 비와 눈을 기원하는 제사를 소개한 시로서, "늙은 무당은

69) 『시고』 권49 「신유 그믐날(辛酉除夕)」, 가태 원년 겨울, 제6책, 2976쪽.

70) 『시고』 권60 「동지(冬至)」, 가태 4년 겨울, 제7책, 3459쪽.

71) 『시고』 권27 「춘사(春社)」(제2수), 소희(紹熙) 4년 봄, 제4책, 1883쪽.

72) 『시고』 권32 「봄과 여름에 바람이 불고 날씨가 맑으니 기분이 좋아서 시를 짓다(春夏之交風日清美欣然有賦)」, 경원 원년 봄, 제4책, 2138쪽.

73) 『시고』 권42 「연일 호수와 산 사이를 왕복하며 즐거워 즉석에서 시를 짓다(連日往來湖山間頗樂即席有作)」, 경원 6년 봄, 제5책, 2655-2656쪽.

제사 지내며 비가 오기만 빌고, 젊은 여자들은 일꾼들에게 식사를 대접하네(老巫祈社雨, 小婦餉春耕)"[74]라는 시가 있는가 하면, "숲속에 자리한 사당에서 섣달에 눈 내리길 빌고 작은 장터에서 봄맞이 등불 구경을 하네(叢祠祈臘雪, 小市試春燈)"[75]라는 시도 있고, 새신(賽神)을 묘사한 "풍년이라 촌민들 기뻐하며, 길일에 제사 지내는 사람이 많아졌네... 사람들이 흩어지니 사당은 조용해지고 무당은 술에 취해 얼굴이 빨개졌네(歲熟鄉鄰樂, 辰良祭賽多... 人散叢祠寂, 巫歸醉臉酡)"[76]라는 시와 "집에 돌아와 서쪽에 사는 낭자와 내일 호수가 다리 위에서 새신구경을 약속했네(到家更約西鄰女, 明日湖橋看賽神)"[77]라는 시도 있다. 따라서 육유는 "제사가 많으니 무당은 관직을 얻고, 세금이 충분하니 관아엔 권력이 없네(祭多巫得職, 稅足吏無權)"[78]라고 감탄하였다.

농사가 풍년이 들면 마을 사람들은 명절을 택해서 돈을 모아 연극을 하는 영인(伶人)을 초청해서 공연을 하게 했다. "처음으로 홑옷 입고 호수에 이르니 수레가 배를 따라 성 밖을 나가네. 비가 내려 모내기 하는 사람들 기뻐하고 양잠을 위해 돈을 모아 신에게 빌었네(單衣初著下湖天, 飛蓋相隨出郭船. 得雨人人喜秧信, 祈蠶戶戶斂神錢)"[79]라는 시구처럼 집집에서 돈을 거두어 신에게 제사를 지냈다. 이러한 풍습은 양잠(祈蠶)을 할 때만 국한되지 않았다. "이웃들은 밤이면 공연을 구경했고, 늙은이와 아이들은 춘사에 환호하네(比鄰畢出觀夜場, 老稚相呼作春社)"[80]

74) 『시고』 권80 「호수와 산(湖山)」(제3수), 가정 원년 겨울, 제8책, 4315쪽.

75) 『시고』 권38 「겨울날 노닐며 십운하다(冬日出遊十韻)」, 경원 4년 겨울, 제5책, 2448쪽.

76) 『시고』 권48 「새신(賽神)」, 가태(嘉泰) 원년 가을, 제6책, 2891쪽.

77) 『시고』 권28 「경호녀(鏡湖女)」, 소희 4년 겨울, 제4책, 1971쪽.

78) 『시고』 권68 「가을날의 감회(秋懷)」(제3수).

79) 『시고』 권32 「상사일에 짓다(上巳書事)」, 경원(慶元) 원년 봄, 제4책, 2136쪽.

라는 시에서는 기잠이 아닌 춘사 때의 떠들썩한 장면을 그리고 있다. 특히 소희(紹熙) 4년(1193)은 아마도 풍년이 들었던 해였던 것 같다. 육유의 묘사에 따르면 산음의 농촌은 "태평성대라 모든 곳에서 연극을 관람하고, 춘사에는 어린아이들이 흥분해서 뛰어노네. '참군'이 '창골'을 부르는 경극을 구경하는데, 경성에서는 제랑을 놀리는 춤이라 금지되었다고 하네(太平處處是優場, 社日兒童喜欲狂. 且看參軍喚蒼鶻, 京都新禁舞齋郎)"[81]라는 시와 같은 모습이었다고 한다. 시에서처럼 도성에서 금지되었던 일부 공연물들은 시골에서는 버젓이 공연되고 있었다. 배우들은 보통 밤에 공연을 했기 때문에 육유의 시에서도 "시골의 묘당에는 아침밥이 없으나 밤이면 배우들의 공연이 있었네(野寺無晨粥, 村伶有夜場)"[82]라고 묘사했다. 경원 4년(1198) 가을, 산음지역은 풍작을 거두게 되었는데 육유는 「기쁨을 기록하네(書喜)」라는 시에서 "올해는 큰 수확을 거둔 해였으니 십 리길에 집집마다 기쁨을 감추지 않네. 미풍양속이라 농부는 밭의 경계를 서로 양보하고, 교화가 잘 이루어져서 누에 키우는 부녀자들 뽕나무로 다투지 않았네. 주막에는 손님이 많아 아침부터 시끄러운데, 묘당은 영인들이 밤에 공연하는 장소가 되었네...(今年端的是豐穰, 十裏家家喜欲狂. 俗美農夫知讓畔, 化行蠶婦不爭桑. 酒坊飮客朝成市, 佛廟村伶夜作場...)"[83]라고 그 정경을 묘사했다. 농촌에서 "문예시장"

---

80) 『시고』 권38 「삼산에 산지도 33년이 지난 지금 집은 누추하나 땅이 남아있어 여러 대를 거치면 마을이 될 수도 있으니 오늘 병으로 잠깐 쉬며 후세에 알리려고 시를 짓는다(三山卜居今三十有三年矣, 屋陋甚而地有餘, 數世之後當自成一村. 今日病少間, 作詩以示後人)」

81) 『시고』 권27 「춘사(春社)」(제3수).

82) 『시고』 권57 「산수 속에서 노닐며 잡부를 짓다(出行湖山間雜賦)」(제2수).

83) 『시고』 권37 「기쁨을 기록하며(書喜)」(제2수), 경원(慶元) 4년 가을, 제5책, 2417쪽.

이 유행하기 시작하면서 농촌 연예인 직업의 형성을 어느 정도 촉진하게 되었다. 그럼에도 불구하고 "늙은 영인은 머리가 하얗게 세었지만 나이를 따지지 않고 친구가 되었네. 어린아이처럼 유치했으나 악기를 배울 수도 있었네(老伶頭已白, 相識不論年. 時出隨童稚, 猶能習管弦)"[84]라는 시에서 보여주듯이 농촌 연예인은 대부분은 현지 농민들이 여가시간을 이용해서 겸직한 것이었다. (그림 1 참조)

집안 제사 외에도 춘사(春社), 추사(秋社) 등 토지신에게 드리는 제사와 기잠((祈蠶), 기우제, 새신(賽神) 및 나희(儺戲)도 있었는데 당시 사람들은 이러한 마을의 단체 명절활동을 통틀어 '작사회(作社會)'라고 불렀다. 마치 이원필이 "민간에 '작사회'가 많다는 것은 농사와 양잠이 잘되길 바라고, 사람이 잘되기를 바라는 복을 빌고 재앙을 물리치는 것을 말해준다(民間多作社會, 俗謂之保田蠶人口, 求福禳災而已)"라고 기술한 것처럼 '작사회'는 향촌에서 아주 보편화된 풍습이었기에 당시 사람들은 기타 단체 활동까지도 전부 '사(社)'라고도 불렀다. 이를테면 육유는 자신이 아이들과 더불어 투초놀이를 하는 장면을 두고 "아이들과 투초사를 하니 그 마음은 옛사람들이 새끼줄에 매듭을 지어 일을 기록하는 것을 닮았네(身入兒童鬥草社, 心如太古結繩時)"[85]라고 묘사한 부분이다. 일반적으로 '작사회'는 마을 노인들로 이루어졌는데, 어떤 지방에서는 종교인사들로 조직되기도 했다. 「임자년 그믐날 밤(壬子除夕)」이라는 시에서 '잠관사공(蠶官社公)'[86]을 언급했는데 이는 아마도 해당 행사의

84) 『시고』 권53 「늙은 영인(老伶)」, 가태(嘉泰) 3년 5월, 산음에 돌아가는 길에서, 제6책, 3162쪽.

85) 『시고』 권56 「늙어서 스스로 읊다(老甚自詠)」, 가태(嘉泰) 4년 봄, 제6책, 3288쪽.

86) 『시고』 권26 「임자년 그믐날 밤에(壬子除夕)」, 소희(紹熙) 3년 겨울, 제4책,

조직자를 가리키는 게 아닐까 싶다. 그리고 단체 행사를 진행하려면 일정한 비용이 필요했는데 이를 위해 촌민들은 '사전(社錢)'이라고 부르는 돈을 내야 했다. 이와 관련하여 육유는 "먼저는 관부에 내는 세금 피한 적 없고, 뒤에는 신에게 드리는 사전이 기다리네(先輸官庾無逋賦, 共賽神祠有社錢)"[87]라고 했고, "시냇가의 푸른 치마 두른 여자는 비단으로 지은 옷 입고, 머리가 새하얀 무당은 사전을 내라고 재촉하네(青裙溪女結蠶卦, 白髮廟巫催社錢)"[88]라고 했다. 나중에는 "마을엔 덕망 있는 노인이 더는 없으니 늙은 선비 장씨가 병으로 세상 뜬 지 3년이 지난 지금 아침에 집을 나서도 사전을 재촉하는 노옹은 보이지 않네(鄕閭耆宿非複前, 老章病死今三年. 朝來出門為太息, 不見此翁催社錢)"라는 시에서 이웃집 늙은 선비 장씨를 그리워하는 모습을 그리기도 했다. 또한 시에서는 늙은 선비 장씨가 농촌의 단체행사의 조직자였음을 설명하기도 했다. 그러나 촌민들에게서 사전(社錢)을 너무 많이 거두면 부담이 될 수도 있기에 늙은 수재 장씨는 어쩔 수 없이 육유에게도 사전을 '재촉'해야 했다. 경원(慶元) 4년 여름, 육유는 또 다른 「기쁨을 기록하며(書喜)」라는 시에서 "북소리가 들리지 않으니 도둑이 없는 것을 알았고, 가을의 수확을 경축하는 사전은 거두기가 쉽네(亭鼓不聞知盜息, 社錢易斂慶秋成)"[89]라고 묘사한 데서 잘 보인다. 농사가 풍년이 들면 집집마다 여유가 있어 사전을 받기 쉬웠다. 물론 사악한 세력과 건달들이 기회를 틈타

1860쪽.

87) 『시고』 권47 「초가을에 서늘한 바람이 부니 그 감회를 적어본다(新涼書懷)」(제3수), 가태(嘉泰) 원년 가을, 제6책, 2848쪽.

88) 『시고』 권45 「비가 개고 바람이 부니 밖에서 산책하는 게 제일이다(雨晴風日絕佳徙倚門外)」(제2수), 가태(嘉泰) 원년 봄, 제5책, 2785쪽.

89) 『시고』 권37 「기쁨을 기록하며(書喜)」, 경원(慶元) 4년 여름, 제5책, 2383쪽.

강제로 사전을 긁어모으는 경우도 있었는데 이는 지방의 폐단이라고 할 수 있었다. 이원필은 방문(榜文)에서 너무 지나치게 "재물을 긁어모으려 하지 말라(率斂錢物)"라고 권하기도 했다. 장주(漳州) 출신의 진순(陳淳, 1159~1223)도 현지의 신사와 묘회가 너무 많아 조직자들이 민간에서 강제로 사전을 거두는 폐단을 지적한 바 있었다.[90] 가정(嘉定) 원년 가을, 만년에 접어든 육유는 생활이 어려워 승려를 따라다니며 동냥할 처지가 되었지만 사전 재촉을 당했고 자조했다. "인근 스님과 동냥하여 온 밥을 나누어 먹으려던 참에 사묘에서 사전을 얻으려고 사람이 찾아왔네(鄰僧每欲分齋缽, 廟史猶來索社錢)"[91]라고 한 걸 보면 집안 형편이 육유네보다 더 못한 빈곤한 가정들에는 사전을 내는 것이 더욱 힘들었을 것이다.

마을 생활을 하다보면 이웃끼리 서로 부대끼다가 말다툼이 생기기 마련이다. 이때면 육유는 항상 덕망 있는 어른의 입장에서 이를 중재하곤 했다. "이웃끼리 대대로 교분을 맺어왔는데 못살게 굴겠다고 맹세까지 해서야 되겠는가(鄉鄰皆世舊, 何至誓弗過)"[92]라는 시에서처럼 육유는 이들을 권고하기도 했다. 개희(開禧) 원년(1205) 가을, 육유는 「이웃에게 권하다(諭鄰人)」라는 시에서 "이웃끼리 쌀이 있으면 찧어서 나눠 먹으며 보릿고개 넘겼는데, 어찌 하루아침에 같이 지내지 못할 지경에 이른단 말인가(鄰曲有米當共舂, 何至一旦不相容)"라고 하기도 했고, "분

90) 진순(陳淳) 저, 『북계선생대전집(北溪先生大全集)』 43 「그릇된 제사에 대해 조사승께 올림(上趙寺丞論淫祀)」, 『송집진본총간』 제70책, 선장서국, 2004, 영인명초본, 252~254쪽.

91) 『시고』 권78 「늦가을에 노닐며 시를 읊다(晚秋出門戲詠)」(제2수), 가정(嘉定) 원년 가을, 제8책, 4254쪽.

92) 『시고』 권70 「마을에 서로 싸운 사람이 있어 시를 지어 주다(聞裏中有鬥者作此示之)」, 개희(開禧) 3년 봄, 제7책, 3911쪽.

노하여 싸워 이겨도 의미가 없으니, 술 한번 취해 화해하고 돌아가는 것만 못하네(忿爭得直義愈非, 不如一醉懷牒歸)"[93]라고 하면서 간절히 권하기도 했다.

결론적으로, 위의 정보들은 너무 단편적이고 간략화되어 있어 더 깊은 분석이 이루어질 수 있게 요점을 추상적으로 요약하는 것도 결코 쉬운 일이 아니다. 앞으로 남송 시기 저장성 동부 지역의 경제 지리, 문화전통 및 국가제도의 특징을 알 수 있는 더 많은 연구를 진행해야 비로소 보다 완전한 "향촌"의 모습을 제대로 재현할 수 있을 것이다.

93) 『시고』 권62 「이웃에게 권하다(諭鄰人)」, 제7책, 3567-3568쪽.

/ 제3장 /

농업경제 : 모내기 전에 밀이 익어가다

모내기 전에 밀이 익으니 족발을 제물로 풍년을 기원할 필요 없네.
칠순 노옹 여전히 정정하니 무릎 넘는 진흙땅에서
저녁까지 밭을 가네.

稻未分秧麥已秋，豚蹄不用祝甌窶。
老翁七十猶強健，沒膝春泥夜叱牛。「初夏」

1. 농사 경작

육유의 향촌세계는 벼 재배를 핵심으로 하는 농업경제를 그 기반으로 하였다. (그림 2 참조)

벼 재배에 적합한 자연조건을 갖춘 산회평원은 수천 년의 개간을 거쳐 벼 재배를 위주로 하는 산업이 크게 발전했다. 때문에 당시 사람들은 "양주는 벼 재배에 적합한데 그중에 서 월주 땅이 최고라네(揚州之種宜稻兮, 越土最其所宜)"[1]라고 자랑하곤 했다. 그 이유로 산회평원에는 고품질 벼 품종이 다양하게 재배되었다는 점을 들 수 있다. 이는 다양한 토

1) 손인(孫因) 저, 「월문 · 월양(越問 · 越釀)」, 장호(張淏) 저, 『보경회계속지(寶慶會稽續志)』 권8 인용, 『송원방지총간(宋元方志叢刊)』 제7책, 가경 13년(1808) 각본 영인본, 7189쪽.

양조건과 생장기에 적응하면서 특정한 자연환경 때문에 최대의 경제적 이익을 거두었기 때문이다.

남송 시기 『가태회계지(嘉泰會稽志)』에는 산음현과 회계현에는 '잘 자라는 벼(產稻之美者)'가 총 56가지에 달할 정도로 아주 많았다고 기술되어 있다.[2] 벼의 품종은 대체적으로 조도(早稻, 올벼), 만도(晩稻, 늦벼) 그리고 나도(糯稻, 찰벼) 등으로 나눌 수 있었다. 이는 월주에 가까운 명주(明州, 지금의 저장성 닝보)와 관련된 기록을 참고할 수 있다. "명주의 벼 종류는 조도, 중도, 만도가 있다. 조도는 입추 때, 중도는 처서 때 수확한다. 중도의 생산량이 가장 많고 조도가 그 다음이다. 만도는 음력 8월에 여물고 생산량은 조도만 못하다(明之穀有早禾, 有中禾, 有晩禾. 早禾以立秋成, 中禾以處暑成, 中最富, 早次之, 晩禾以八月成, 視早益罕矣)"[3]라는 기록을 그 예로 들 수 있다. 명주와 산회평원은 모두가 영소평원(寧紹平原)에 속해 있어 같은 자연조건을 가지고 있을 뿐만 아니라 농작물의 품종이나 생산방식에는 거의 차이가 없었다.

영소평원의 조도(올벼), 즉 『가태회계지』에서 언급한 '일찍 여무는 벼(其早熟者)'는 보통 입추(양력 8월 상순) 전후에 여물지만 수확량은 그리 많지 않았다. 중국의 현대 농학에서는 이렇게 일찍 여무는 벼를 조선도(早秈稻)라고 부른다. 남송 시기 산회지역의 조선도는 조백도(早白稻), 오점(烏黏), 조백(早白), 선주조(宣州早), 조점성(早占城) 등과 같은 품종이 있었다. 이와 관련하여 육유의 시에 보면 "백도가 여물어 햅쌀을 먹을 수 있으니 좋지 아니한가, 곡창의 묵은쌀이 녹미가 되고 마는 것이

2) 시숙 외, 『가태회계지』 권17 「초부(草部)」, 7024-7025쪽.

3) 나준(罗濬) 외, 『보경사명지(寶慶四明志)』 권4 「서산(敘產)」, 『송원방지총간(宋元方志叢刊)』 제5책, 함풍(鹹豐) 4년(1854) 『송원사명육지(宋元四明六志)』 영인본, 5040쪽.

싫다네(白稻登場喜食新, 太倉月廩厭陳陳)"[4]라고 하거나 "백도는 빗속에 여물고 까마귀는 뽕나무 밑에서 운다네(白稻雨中熟, 黃鴉桑下鳴)"[5]라고 묘사했다. 여기서 '백도'는 조백도나 오점, 조백과 같은 품종의 벼였을 것으로 짐작된다. 조선도는 입추 전후에 여물기 때문에 모내는 기간은 일반적인 조도보다 조금 일찍이었다. 물론 지방지에 따르면, 생장기가 짧은 조선도도 있다고 한다. 이를테면, 일명 '육십일(六十日)'이라고도 불리는 조점성은 생장기가 짧아 모내기를 일찍 하지 않아도 되었다. 육유는 "육십일백이 가장 먼저 여물어 햅쌀로 아침밥을 지으니 향기롭기만 하네(六十日白最先熟, 食新且領晨炊香)"[6]라고 이 품종에 대한 시귀를 남겼다.

중도는 다른 문헌에서 차조도(次早稻)라고도 불렀는데 조도에 속하며, 중국 현대 농학에서는 만선도(晩秈稻)라고 부른다. 중도는 보통 4월에 모내기를 하고 처서(양력 8월 하순)를 전후하여 수확하는데 다른 품종에 비해 벼 산량이 제일 많았다. 육유는 적지 않은 시작품들에서 4월에 만선도 모내기하는 장면을 묘사했다. 이를테면 소희 5년(1194) 육유는 「초여름 4월에도 비가 내리지 않아 파종에 해가 될까 염려되어 이웃을 위해 모내기 노래 지었네(夏四月渴雨恐害布種代鄉鄰作插秧歌)」라는 시에서 "2월에 볍씨 심고, 4월에 모내기 하니, 작은 배로 볏모를 실어 나르는 모습 기러기보다 더 빠르네(浸種二月初, 插秧四月中, 小舟載秧把, 往來疾於鴻)"[7]라는 묘사를 통해 만선도의 침종(浸種, 씨 심기) 및 모내

4) 『시고』 권62 「마을에서 술을 마시며(村飮)」, 개희 원년 가을, 제7책, 3562쪽.
5) 『시고』 권58 「삼산에 산지도 40년이 넘어 한가한 날 느낀 바를 다섯 글자 시를 남기네(卜居三山已四十年矣暇日有感聊賦五字)」, 가태 4년 여름, 제6책, 3449쪽.
6) 『시고』 권39 「희우(喜雨)」, 경원 5년 여름, 제5책, 2519쪽.

기 시간을 정확하게 알려 주고 있다. 가태 4년, 「큰비(大雨)」라는 시에서 육유는 "올해는 기후가 좋아 신에게 빌면 응답을 할 것이니, 은혜를 베풀어 가끔 비를 내리니 서로를 돌보아 빗물은 충분하네. 4월이라 땅을 부드럽게 고르니 천리 전야에 모내기 하고 있네... (今年景氣佳, 有禱神必答, 時時雖閔雨, 顧盼即沾洽. 綿地千里間, 四月秧盡插....)"[8]라고 하면서 만선도를 모내기 할 무렵, 농민들이 농사가 잘 되기를 바라는 마음에서 하늘에 소원을 빌었다는 점을 강조했다. 또한 엄주(嚴州, 지금의 저장성 메이청진)의 지주(知州)로 부임할 당시, 육유는 "소녀가 둥근 상투를 튼 채 볏잎을 머리에 꽂고, 마을 근처 주막에서 새로 빚은 술을 파네(幼婦髻鬟簪早稻, 近村坊店賣新醅)"[9]라는 시구로 만선도 생장 기간에 이뤄진 현지 관습을 묘사했다. 5월말에서 6월초가 되면 비가 자주 내리면서 초록빛 벼들이 자라는데, 이 때면 마을 여자들이 볏잎을 들꽃으로 삼아 머리에 꽂았다. 이처럼 벼를 중심으로 하는 농촌 생활 모습은 산회평원도 마찬가지였을 것이다. 만선도가 여물 때면 더위가 막 시작되었는데, 이와 관련하여 육유는 "도시는 지금부터 더위가 시작되나 마을은 여전히 쌀쌀하네. 오동잎이 창문을 스치면서 떨어지고, 집 주변의 벼꽃이 향기를 풍기네(城市方炎熱, 村墟乃爾涼. 拂窗桐葉下, 繞舍稻花香)"[10]라고 했다. 「추사(秋詞)」라는 시에서는 "동오의 7월은 더위가 한창인데 시냇

7) 『시고』 권29 「초여름 4월에도 비가 내리지 않아 파종에 해가 될까 염려되어 이웃을 위해 모내기 노래 지었네(夏四月渴雨恐害布種代鄉鄰作插秧歌)」, 소희 5년 여름, 제4책, 2012쪽.

8) 『시고』 권58 「큰비(大雨)」, 가태 4년 여름, 제6책, 3347쪽.

9) 『시고』 권20 「장마가 그친 뒤 날이 개니 손님을 맞으러 동쪽 교외로 가며 짓는다(梅雨初晴迓客東郊)」, 순희 15년 여름, 엄주, 제3책, 1530-1531쪽.

10) 『시고』 권22 「6, 7월은 산 속이 더 시원하다(六七月之交山中涼甚)」, 소희 2년 여름, 제4책, 1675쪽.

가에 구름이 홀연히 일어나니 대낮이 어두워졌네.... 올벼의 낟알은 옹골지고 마을 북쪽과 남쪽에는 디딜방아 소리가 크게 울리네(東吳七月暑未艾, 川雲忽興天晝晦.... 早禾玉粒自天瀉, 村北村南喧地碓)"라는 시구를 통해 만선도가 여물고 수확하는 장면을 묘사하기도 했다. 『가태회계지』에는 '일찍 여무는 벼' 다음으로 여무는 벼가 바로 만선도이며 약 30개의 품종이 있다고 언급했다. 그중 백비폭(白婢暴), 홍비폭(紅婢暴), 팔십일(八十日)과 같은 품종은 "점성도에 속하는데, 초가을에 여물며 조점성보다 늦게 수확한다(亦占城之屬, 秋初乃熟, 其收晚於早占城)"라고 지방지에 명확히 기술되어 있다. 육유는 시에서 "2월에 꾀꼬리가 울고, 3월에 뻐꾸기가 울었네(二月鳴搏黍, 三月號布穀)"[11]라고 하면서 산회평원의 일년 중 가장 바쁜 농번기의 시작은 음력 3월인데, 때가 되면 늦벼와 올벼를 많이 재배했음을 강조했다. 반면에 "7월에는 모내기를 시작하고 서리가 내릴 때면 곡식이 여무는(七月始種, 得霜即熟)" 품종도 있었는데 이를테면 한점성(寒占城), 견상도(見霜稻), 구비도(狗蜱稻), 구리향(九裏香)과 같은 품종이다. 여무는 시간은 늦벼와 비슷하나 생장기가 짧다. 수확해서 햅쌀밥을 먹게 되면 이미 음력 8월말이 된다. 이에 대해 육유는 "호수 남쪽과 북쪽에 논밭이 넓게 펼쳐지고, 8월이면 마을마다 쌀밥을 짓는 냄새가 풍기네(塘南塘北九千頃, 八月村村稻飯香)"[12]라고 했다. (그림 3 참조)

만도, 즉 늦벼는 일반적으로 갱미(粳米), 만미(晚米)라고도 불리며, 재배량이 만선도보다 적었다. 품종은 적지 않았는데 만도에는 주로 자주(紫珠), 편량(便糧), 뇌산(禾畾散), 오점(烏黏)과 같은 품종들이 있었으며,

11) 『시고』 권55 「농가가(農家歌)」, 가태 3년 가을, 제6책, 3217쪽.

12) 『시고』 권45 「쌀밥(稻飯)」.

모내기는 밀 수확 끝난 5월 후에 시작한다. 「이웃집을 지나가며(過鄰家)」라는 시에서 육유는 "오나라 땅의 누에는 섶에 오르기 시작하고, 다랑이 논도 모내기를 끝냈네. 단오절 며칠은 함께 모여 쫑쯔를 먹자고 약속하네(吳蠶初上簇, 陂稻亦已種. 端五數日間, 更約同解粽)"[13)]라는 시구로 단오절을 전후하여 누에가 섶에 오르고 만도 모내기를 하였음을 보여주고 있다. 하지만 만도는 추석을 전후해서 여문다. 육유와 비슷한 시대에 살았던 왕십붕(王十朋, 1112~1171)은 추석 전날에 배를 타고 산음을 지나며 익어가는 만도를 보고 고향생각이 나서 친구에게 시를 지어 주었는데, 시에는 "산음 논밭에는 만도 여물고, 만경의 논에 누런 구름 일렁이네(山陰晩稻熟, 萬頃黃雲平)"[14)]라는 구절이 있다. 이제 십여 일만 지나면 만도를 수확할 수 있고 음력 8월 하순이면 물고기도 살찌고, 게도 알이 꽉 찬다. 산회지역에서는 "마을마다 게 잡는 도구를 만들고 곳곳에서 어량(魚梁)을 세운다(村村作蟹椵, 處處起魚梁)".[15)] 또한 서리가 내리는 계절에 대한 묘사도 아주 많다. 서리가 내리면서 북쪽으로 갔던 기러기가 돌아오는 장면을 묘사한 "일꾼들이 기러기를 따라 북쪽에서 오고 늦벼는 서리가 내린 후에야 여무네(上客已隨新雁到, 晩禾猶待薄霜收)"[16)]라는 시가 있는가 하면, "바람이 불어와 나뭇잎이 떨어지니

13) 『시고』 권51 「이웃집을 지나가며(過鄰家)」, 가태 2년 여름, 산음, 제6책, 3040-3041쪽.

14) 왕십붕(王十朋), 『매계집(梅溪集)』, 중간위원회(重刊委員會) 엮음, 『왕십붕전집(王十朋全集)』 권4 「추석 전날에 산음을 지나가며 익어간 만도를 보니 고향이 떠올라 선지에게 지어주다(前中秋一日舟過山陰, 晩稻方熟, 忽動鄕思, 呈先之)」, 상하이 고적출판사, 1998, 61쪽. (역자 주: 고증에 따르면 원문은 5언 절구였기에 역문도 5언 절구로 처리하였음.)

15) 『시고』 권65 「계산행(稽山行)」, 개희 원년 겨울, 제7책, 3660쪽.

16) 『시고』 권25 「가을날 교외에서 지내며(秋日郊居)」(제7수), 소희 3년 가을, 제

산은 앙상하게 여위고, 서리가 내린 후 벼가 여무니 논밭은 더 넓어 보이네(風林脫葉山容瘦, 霜稻登場野色寬)"[17]라는 시도 있으며, "끊어진 다리에 이끼가 끼니 사람들은 나룻배 불러 강을 건너고, 외딴 마을에서는 서리가 내릴 무렵 벼가 여무네(斷彴苔生人喚渡, 孤村霜近稻登場)"[18]라는 시도 있다. 이 외에도 육유는 시에서 자주 서리가 내린 후 수확한 만도의 낟알이 발그스름하다고 강조했다. 이를테면, "채소는 비가 온 후 싱싱해지며 상강 후에 늦벼의 낟알은 발그스름해졌네(新蔬經雨綠, 晩稻得霜紅)"[19]라고 하거나 "낟알이 벌겋고 까끄라기가 있는 늦벼를 수확하고, 녹색 포엽이 남아 있는 햇귤을 따네(紅顆帶芒收晩稻, 綠苞和葉摘新橙)"[20]라고 했다. 여기서 언급한 만도는 아마 자주(紫珠)와 같은 품종이었을 것이다. 늦가을인 9월에 만도 수확이 끝나면 일 년의 벼농사도 끝난 셈이다. 이를 두고 육유는 "둥근 탈곡장을 만들어 벼 탈곡을 마친 뒤, 관아의 창고로 보내네. 9월이면 텅 빈 들판에는 곧 서리가 내릴 것 같은데, 시루에 햅쌀 넣고 밥을 지으니 그 냄새가 향긋하네(鞭地如鏡築我場, 破礱玉粒輸官倉. 九月野空天欲霜 , 甑中初喜新粳香)"[21]라고 표현하기도 했다.

송나라 효종 건도(乾道) 3년(1167) 8월, 당시 소흥부 지부(知府)였던

4책, 1783쪽.

17) 『시고』 권23 「추사(秋思)」(제5수), 소희 2년 가을, 제4책, 1691-1692쪽.

18) 『시고』 권20 「상독에서 배를 타고 삼산으로 돌아오며(自桑瀆泛舟歸三山)」, 순희 15년, 제3책, 1551쪽.

19) 『시고』 권33 「빈락(貧樂)」, 경원 원년 가을, 제4책, 2183쪽.

20) 『시고』 권13 「추운 날 밤에도 흥이 나서 짓는다(霜天晩興)」, 순희 8년 9월, 제3책, 1060-1061쪽.

21) 『시고』 권16 「농가에서 늦가을 밤 장난삼아 읊는다(農家秋晩戲詠)」, 순희 11년 가을, 제3책, 1287쪽.

홍적(洪適, 1117~1184)은 조정에 수재상황을 보고하면서 "소흥부 8개 현의 논에는 여문 조도와 중도를 제외하고 4할은 만도였기 때문에 올해는 약 반쯤 손해를 입었다...(紹興八縣田畝, 除早稻中稻豐熟外, 晩稻居十分之四, 今來所損約已一半...)"[22]라고 했다. 이를 통해 당시 산회평원에서 선도(秈稻)와 갱도(粳稻)의 재배 비율은 약 6:4에 달함을 알 수 있다. 또한 보고문에서 홍적은 조도(早稻)와 중도(中稻)를 합쳐 통계를 냈는데, 이는 당시 사람들이 이 두 가지를 같은 종류로 여겼음을 반영한다. 하지만 생장기가 짧은 조선도(早秈稻)의 비율이 얼마가 되는지는 구체적으로 언급하지 않았다. 선미(秈米)는 점성이 약해서 식감이 좋지 않은데다 "조선도는 오래 저장하지 못한다(早米不堪久貯)"는 기록처럼 저장하기도 쉽지 않았지만 익히면 흡수성이 좋아 잘 부풀어 올랐기에 밥량이 많아 하층민들이 선호했다. 반면에 갱미(粳米)는 주로 부자들이 선호했다. 관아에선 "가을이 되면 화적으로 미곡과 같은 만도를 징수(受納秋苗及和糴米斛並要一色晩米)"[23]했는데, 세미(稅米)로 화적(和糴, 즉 식량 강제 수용)을 수용할 때도 갱미만 받아들였다고 한다. 따라서 강서 길주(吉州, 지금의 장시성 지안) 출신인 문천상(文天祥, 1236~1283)은 "길주에서는 농민들이 조도를 먹고 만도를 관조로 바친다(吾州從來以早稻充民食, 以晩稻充官租)"[24]라고 말했다. 산회평원도 비슷한 상황이었다. 육

22) 홍적(洪適) 저, 『반주문집(盤洲文集)』 46 「수재를 아뢰는 차자(奏水潦劄子)」(8월28일), 『송집진본총간』 제45책, 선장서국, 2004, 부증상(傅增湘) 교정, 청나라 광서(光緒) 각본 영인본, 318쪽.

23) 이강(李綱) 저, 『이강전집(李綱全集)』 권106 「만도 화적의 시행에 관한 신청(申省乞施行糴納晩米狀)」, 왕루이밍(王瑞明) 교정, 악록서사(嶽麓書社), 2004, 중권, 1006쪽.

24) 문천상(文天祥) 저, 『문산집(文山集)』 권5 「길주 지주 강제거 만경(호는 고애)에게(與知吉州江提擧萬頃(號古崖))」(제2수), 장시인민출판사, 1987, 184쪽.

유는 "회계 동부에서는 갱도가 귀하니 적절한 시기에 파종해야 하네(東吳貴粳稻, 布種當及晨)"라고 묘사하기도 했다.[25]

선도와 갱도 외에 산회평원에서는 나도(糯稻, 찰벼)도 대량 재배했다. 나도는 식용 외에도 술을 빚을 때 많이 사용했다. 예로부터 월족은 술을 잘 빚었기에 술 산업도 크게 발전했다. 때문에 술 빚는 것을 "월족이 즐겼던 풍습(固越俗之所怡)"[26]이라고 한다. 남송 시기 소흥은 경성과 가까워 술을 빚는 데 소모한 나도의 양이 많았다. 『가태회계지』에서 언급한 나도의 품종은 장점나(長黏糯), 사고나(師姑糯), 황선나(黃秈糯), 고각나(高腳糯), 해표래나(海漂來糯), 선공나(仙公糯), 홍점나(紅黏糯), 만나(晚糯) 등 16가지나 되었다. 남송 시기에 산회지역에서 나도의 재배가 모든 벼농사 중에서 차지하는 비율이 얼마인지에 대해서 문헌자료에는 관련 정보가 없으므로 추측하기가 쉽지 않다. 당시 관청에서는 주로 세미를 절납(折納)하는 방식을 취했는데, 세미 1석(石) 1말(斗) 1승(升)을 절납하여 찰벼 1석을 징수했다. 가태 연간(1202~1204), 소흥부에서 매년 19,600여 석의 찰벼, 즉 약 21,800여 석의 세미를 징수했는데, 그 양은 총량인 250,265석의 8.7%를 차지했을 정도로 적지 않았다. 따라서 관아에서 전문적으로 찰벼를 징수·저장하는 노적장과 창고를 따로 마련했다. 상술한 징수 비율을 통해 나도의 재배면적의 비례도 대체적으로 추측할 수 있다.

물론 산회평원의 56가지의 품종은 모두 현지 품종이었던 것은 아니다. 대부분을 외지에서 도입하였는데 일부 품종의 이름만으로도 대략 짐작할 수 있었다. 예를 들면 '선주조(宣州早)'는 선주(宣州, 지금 안후이

---

25) 『시고』 권70 「민우(悶雨)」, 개희 3년 봄, 제7책, 3908쪽.

26) 손인(孫因) 저, 『월문·월양(越問·越釀)』.

성 쉬안청)에서 도입한 품종이었으며, 해표래나(海漂來糯)는 해상 교류를 통해 들어온 것이었다. 이렇게 다양한 품종의 벼들은 개량을 통해 현지의 기후 및 토양에 적응하게 되었고, 다른 작물과 함께 다양한 다모작을 하게 되었다. 이를테면 냉수오(冷水烏)라는 품종의 중도는 지방지에 "쌀쌀한 산촌에서 재배하기 좋다(山鄉地寒處所宜種也)"고 기록된 걸 보면 산간의 다랑이 논에서 재배할 수 있는 품종인 것으로 짐작할 수 있다. 그리고 한나(旱糯)는 이름 그대로 산간 지역에서 재배할 수 있는 품종으로 추측된다.

그중 점성(占城, 지금의 베트남 중남부)에서 도입한 점성도(占城稻)는 가장 중요한 조도 품종이었다. 가뭄에 강하고 빨리 여무는 특징을 가진 점성도는 일찍 중국에 유입되었고, 북송 진종 대중상부 5년(1012)에 이르러 송나라 조정에서는 점성도를 복건(福建)에서 강회(江淮), 양절(兩浙) 등 지역에 보급했다. 학계에서 점성도의 역사적 영향에 대한 의견이 서로 달랐지만 아래와 같은 세 가지 사실만은 확실하다. 첫째, 송나라의 조도는 대부분 기존 품종을 바탕으로 개량된 것으로서 당시에 유입된 점성도와는 관련성이 거의 없다.[27] 산회지역도 마찬가지였다. 송나라 때부터 재생, 간작 및 연작과 같은 세 종류의 이모작 벼가 있었지만 같은 논에서 조도를 수확한 다음 본격적으로 만도를 재배하는 연작의 경우가 많지 않으며 이는 대부분은 영남지역에 집중되어 있었다. 『가태회계지』에 따르면, 위료(魏撩)라는 벼는 "수확한 후 남은 그루터기가 다시 익어가다(刈稻之後餘茬再熟)"라고 기술되어 있다. 즉, 벼를 수확한 후 남

27) 쩡슝성(曾雄生) 저, 「중국 고대 벼농사에 대한 점성도의 영향을 논함(試論占城稻對中國古代稻作之影響)」, 『자연과학사연구(自然科學史硏究)』 1991년 제1기, 61-69쪽. 「송나라의 이모작 벼(宋代的双季稻)」, 『자연과학사연구(自然科學史硏究)』 2002년 제3기, 255-268쪽.

은 그루터기에서 다시 싹이 돋아나는 재생벼를 말하는 것이다. 그럼에도 불구하고 연작을 할 수 있는 벼에 관한 묘사는 없다. 그 외에 육유는 "구름이 서서히 흩어지고 하늘이 밝아지니, 만도는 꽃이 피기 시작하고 조도는 열매가 열리네(徐徐雲開見杲日, 晩禾吹花早禾實)"[28]라고 한 적이 있는데, 조도와 만도가 같은 논에서 재배된 것이 아니라 동시에 생장하고 있음을 보여준 것이라 하겠다. 둘째, 남송 시기에 점성도는 산회지역에서 백비폭(白婢暴), 홍비폭(红婢暴), 팔십일(八十日)과 같은 여러 가지 아종(亞種)으로 육성되었고 『가태회계지』에서도 "3가지 종류도 점성도에 속하며 초가을에 익으나 수확기간은 조점성보다 늦다(三者亦占城之屬, 秋初乃熟, 其收晩於早占城)"라고 설명하고 있다. 그리고 조점성에 관해서는 "현지 사람들이 금성(金成)이라고 하지만 무슨 의미인지 모른다(土人皆謂之金成, 不知何義也)"라고 기술되어 있다. 학자들의 연구에 따르면, 광둥 차오저우(潮州)를 다른 이름으로 '금성(金城)'이라 부르고, 게다가 금성도(金城稻)는 남송 시기에 차오저우 농민이 재배하여 개량한 점성도였기에 '금성(金成)'은 곧 '금성(金城)'임을 확인했다.[29] 금성도가 차오저우를 거쳐 산회지역에 유입된 경로는 점성도의 전파 경로와 확실하게 일치했다. 셋째, 학자들도 지적했듯이 당시 각지에는 점성도 영향에 대해 확대하고 과장하는 경우가 분명히 있었다. 심지어 현지에서 재배한 조도를 점성도 품종으로 보는 경우까지 있었다.[30] 『가태회계지』에도 유사한 설명이 있었는데, "서리가 내린 후에야 여문다"는 한점성(寒

---

28) 『시고』 권39, 「맑게 개인 하늘을 바라보며(望霽)」, 경원 5년 여름, 제5책, 2506쪽.

29) 황구이(黄桂), 「차오저우 금성도에 대한 연구(潮州金城稻考)」, 『농업고고(農業考古)』 1999년 제1기, 46-51쪽 참조.

30) 유슈링(遊修齡), 「점성도에 대한 의문(占城稻質疑)」, 『농업고고(農業考古)』 1983년 제1기, 25-32쪽 참조.

占城)이 성숙기가 늦어진다고 하는데 사람들로 하여금 의심하지 않을 수 없게 했다. 그리고 찰벼에 속하는 금차나(金釵糯)에 대해서도 "점성도에 속한다"라고 하였기에 더욱 믿을 수가 없다.

벼만으로는 현지 인구의 식량 수요를 만족시킬 수 없었으므로 다른 농작물도 재배할 필요가 있다. 밀 외에(상세한 내용은 아래 참조) 비교적 중요한 농작물로는 메기장(穄, 稷), 조, 콩 등이 있어 아래에 따로 소개하고자 한다.

메기장은 재배 역사가 유구한 곡식으로 남송 시기에 주로 산회평원의 산간 지역에서 재배되었으나 산량이 많지 않았다. 메기장의 "알은 조와 비슷하다(以其米頗類粟)"고 해서 현지 사람들이 "제속(穄粟)"[31]이라고도 불렀다. 메기장의 생장기가 비교적 짧아 만선도, 조선도와 비슷했으며 "8월에 먹을 수 있었다(八月黍可炊)"[32] 육유는 항상 시에서 메기장을 서(黍, 기장)라고 불렀으며, 가끔 직(稷)이나 제(穄)라고도 부르기도 했다. "제밥이 흘러 숟가락에서 미끄러지고, 아욱국을 솥에서 퍼내니 그 냄새 향긋하네(穄飯流匙滑, 葵羹出釜香)"[33]라고 하기도 했고, "집 동쪽의 땅이 비옥하지 않고 기와 조각과 자갈이 많으나 아버지와 아들이 부지런히 서직을 재배하네(舍東土瘦多瓦礫, 父子勤勞藝黍稷)"[34]라고 하면서 메기장을 서직(黍稷)이라고 합쳐 부르기도 했다. 사실 경도에 비하면 메기장은 잡곡에 속했다. 육유는 "숟가락에서 미끄러진다"라고 강조했는데, "오장의 노란 비단으로 옷 만들기 좋고, 검은 서 3승으로 만든

31) 시숙 외, 『가태회계지』 권17, 「초부(草部)」, 7024쪽.

32) 『시고』 권23 「식사 때 감탄하여 읊는다(當食歎)」, 소희 2년 가을, 제4책, 1714쪽.

33) 『시고』 권60 「즉사(即事)」(제2수). 가태 4년 겨울, 제7책, 3449쪽.

34) 『시고』 권48 「소에게 물을 먹이며 노래하다(飲牛歌)」, 개태 원년 겨울, 제6책, 2923쪽.

밥은 향긋하네(黃絁五丈裁衫穩, 黑黍三升作飯香)"[35]라고 읊기도 했는데 이는 자신을 달래기 위함이었다. 메기장은 녹말이 풍부하여 술을 빚는 데 적합했다. 육유의 시구에도 관련 묘사가 적지 않다. "기장으로 빚은 술과 기름진 꿩을 먹고, 주막에서 노래하면서 석양을 구경하네(黍醅新壓野雞肥, 茆店酣歌送落暉)"[36]라는 시구가 있는가 하면, "기장으로 만든 술이 진하여 술독에 떠 있고, 푸른 오이지는 접시와 잘 어울리네(黍酒濃浮甕, 瓜菹綠映盤)"[37]라고 읊은 시도 있다. 메기장으로 빚은 술은 찹쌀로 만든 술보다 원가가 적게 들었고 술 맛도 좀 싱거워서 보통 사주(社酒)나 촌양(村釀, 서민들이 먹는 술)으로 많이 사용되었다. 하지만 관주무(官酒務, 관청에서 설치한 기관으로 술 사업을 전문적으로 관리함)에서는 메기장을 술로 만든 경우가 거의 없었다.

조는 속칭 좁쌀(小米)이라고 하며, 보다 더 오랜 역사를 가진 작물로서 고대 중국 사람들이 조로 식량을 두루 가리키기도 했다. 현재 조는 더 이상 강남 지역의 주요 작물이 아니지만 남송 시기에는 산회지역에서 많이 재배되었다. 지방지에 따르면 조의 종류는 15, 16 가지나 되었는데, 조속(早粟), 만속(晚粟), 나속(糯粟), 회속(灰粟), 양각속(羊角粟), 백전속(百箭粟), 정령속(丁鈴粟) 등이 대표적이다. 이는 조재배가 당시에 여전히 상당한 중요성을 지니고 있음을 설명한다. 하지만 산회 지역의 촌민들에게 조는 역시나 잡곡에 불과했다. 따라서 육유는 "현미와 장포, 음식과 옷을 스스로 만드네(脫粟與大布, 衣食裁自支)" [38]라는 시구로 자

35) 『시고』 권42 「경신년 정월초하루에 생각나는 대로 읊었다(庚申元日口號)」, 경원 6년 봄, 제5책, 2633쪽.

36) 『시고』 권23 「잡제(雜題)」(제4수), 소희 2년 겨울, 제4책, 1720쪽.

37) 『시고』 권36 「촌거(村居)」, 경원 3년 여름, 제5책, 2329쪽.

38) 『시고』 권41 「의고(擬古)」(제4수), 경원 5년 겨울, 제5책, 2593쪽.

신의 가난함과 소탈함을 표현했다. 한편, "나이가 들면 명아주로 만든 죽이 좋고 몸이 아프면 조로 만든 죽이 좋네(老便藜粥美, 病喜粟漿酸)"[39]라는 시구에서 알 수 있듯이 조는 항상 죽 같은 음식으로 만들어 먹었다. 하지만 구체적인 요리 방법에 대해서는 알 수 있는 방법이 없다. 한편 육유의 시를 통해 보면 조는 주로 산간 지역에서 재배되었다. 이를테면 "산비탈에서 조를 많이 수확하고, 연못에는 삼을 담글 수 있었네(山陂粟屢收, 池水麻可漚)"[40]라는 시가 이를 잘 설명한다. 육유는 시에서 조를 '사속(畬粟)'이라고도 불렀다. "사속으로 간단하게 밥을 짓고 개울에서 미나리 따서 귀한 반찬 만들었네(薄餉炊畬粟, 珍烹采澗芹)"[41]라고 하면서 "사속과 채소밭 나물로 아침밥을 짓고, 얼추 계산해도 가산이 조금 남았네(晨炊畬粟薦園蔬, 默計生涯已有餘)"[42]라고 읊기도 했다. 이러한 시구를 통해 평원의 대부분 땅은 이미 논으로 개간되었음을 알 수 있다.

콩류도 『가태회계지』에 특별히 기재된 작물이다. 콩은 하나의 과(科) 식물로서 품종이 다양하고 기록에 의하면 검은콩, 흰콩, 푸른 콩, 강낭콩, 팥, 녹두, 예팥, 흰팥, 오월 검은콩(五月烏豆), 완두콩, 칠일두(七日豆) 등 20여 가지가 있고, 각각 특징이 다 다르며 모두 텃밭에 심을 수 있었다. "마을 남북쪽에 물레 소리가 들리니, 집집마다 맑은 날씨면 콩 타작을 하네(村南村北紡車鳴, 打豆家家趁快晴)"[43]라는 시에서 보여주듯 그야

39) 『시고』 권36 「촌거(村居)」.
40) 『시고』 권47 「야밤에 자다가…느낀 바를 적는다(中夜睡覺…感而有作)」, 가태 원년 가을, 제5책, 2862쪽.
41) 『시고』 권22 「아강시(娥江市)」, 소희 2년 봄, 제4책, 1650쪽.
42) 『시고』 권49 「들판의 흥겨움(野興)」, 가태 원년 겨울, 제6책, 2933쪽.
43) 『시고』 권41 「맑은 겨울날 자율과 호숫가를 거닐며(冬晴與子坦子聿遊湖)」(제2수), 경원 5년 겨울, 제5책, 2595쪽.

말로 흔한 작물이라고 할 수 있었다. 또한 "연꽃을 꺾어 식초를 만들고, 콩을 따서 장을 담그네(折蓮釀作醯, 采豆治作醬)"[44]라는 시구에서 알 수 있듯이 신선한 콩은 채소로 먹을 수 있을 뿐만 아니라 장을 담그는 원료로 쓸 수 있었다. 하지만 육유는 잡곡 중의 하나인 콩을 밥 대신 먹을 수 있다는데 초점을 두었다. 이는 "쌀은 모두 관아의 창고로 보내지만, 콩밥과 명아주국은 꿀처럼 달았네(但令有米送官倉, 豆飯藜羹甘似蜜)"[45]라는 시와 "단지 허름한 옷과 콩밥만이 백 살까지 살 수 있네(惟有褐裘並豆飯, 尚能相伴到期頤)"[46]라는 시구에서 찾아볼 수 있었다.

그 외에는 따로 소개할 만한 식물은 주로 채소로 먹는 토란이다. 『가태회계지』에는 토란에 관한 기록이 없다. 토란의 뿌리에는 녹말과 단백질이 풍부하여 콩류와 비슷하게 채소로 먹어도 좋고 찹쌀 대신 주식으로 먹어도 좋다. 이와 관련하여 육유는 시에서 "집집마다 토란국이나 콩밥을 즐겨 먹고, 어린 뽕잎과 느릅나무는 저마다 봄의 기운 뽐내네(芋羹豆飯家家樂, 桑眼榆條物物春)"[47]라고 했다. 사실 토란은 육유의 시에서 많이 나오는데 아마도 토란으로 끼니를 때우는 사람들이 대다수 가난한 농민이라서 시인이 특별히 신경 써서 표현한 것 같다. 예를 들면 "거친 밥상에 토란국만 먹고, 거닐 땐 남의 당나귀 빌릴 필요가 없네(薄飯惟羹芋, 閑遊不借驢)"[48]라고 묘사한 시가 있는가 하면, "아침에 쌀이 없어 토란죽 끓이고, 밤이면 항아리 속 등유가 말라서 관솔불 피우네(朝

44) 『시고』 권39 「촌사잡서(村舍雜書)」(제6수), 2512쪽.

45) 『시고』 권39 「맑은 하늘을 바라보며(望霽)」.

46) 『시고』 권64 「스스로 마음을 달래며(自遣)」, 개희 원년 9월, 제7책, 3641쪽.

47) 『시고』 권81 「가마 타고 호상언 동쪽으로 가다 다시 서쪽으로 전완을 거쳐 진양언 작은 장터로 갔다가 저녁이 되어 돌아오다(肩輿歷湖桑堰東, 西過陳灣, 至陳讓堰小市, 抵暮乃歸)」, 가정 2년 봄, 제8책, 4361쪽.

48) 『시고』 권47 「성사(省事)」, 가태 원년 가을, 제6책, 2846쪽.

甑米空烹芋粥, 夜缸油盡點松明)"[49]라고 묘사한 시도 있다. 그리고 토란은 품종이 다양하다. 산간 지역에 심은 토란은 "이가 흔들려서 민산의 산우를 삶고, 눈이 메마르니 국자감 책만 읽었네(齒搖但煮岷山芋, 眼澀惟觀胄監書)"[50]라는 시구에서 보여주듯 토란을 산우(山芋)라고도 불렀다. 습지에는 더 많은 토란이 재배되었는데 육유가 자주 돌아다녔던 동촌에 바로 토란 밭이 있었다. 이러한 장면을 두고 육유는 "작은 배를 부르고자 동촌의 토란 밭까지 걸어갔네(頗欲呼小艇, 東村行芋區)"[51]라고 했다. 나중에 육유는 자신의 채소밭에도 토란을 심었는데 이를 "남쪽에는 붉은 배롱나무 꽃이 병풍처럼 둘러있고, 북쪽에는 푸른 토란 밭이 넓게 펼쳐져 있네(南列紅薇屏, 北界綠芋區)"[52]라는 시구로 묘사하기도 했다. 80살 되던 해 설날 육유는 「팔십사를 읊으며(八十四吟)」라는 시에서 "토란 밭이 이렇게 넓은데 누가 나의 생계를 힘들다고 하는가(孰言生計薄, 種芋已成區)"[53]라는 시구로 자신의 삶을 평가하기도 했다.

주식과 잡곡을 두루 살펴봤을 때 육유가 생활했던 산회지역의 식량 공급은 총체적으로 어떤 상황이었을까? 학자들은 송나라의 쌀 생산량은 1무(畝)당 평균 두 석이나 세석이었을 것이라고 서로 다르게 추측했

49) 《诗稿》卷二三《杂题》(第二首), 第 1719 页。
『시고』 권23 「잡제(雜題)」 (제2수), 1719쪽.

50) 『시고』 권37 「호숫가에서 살며(澤居)」, 경원 4년 가을, 제5책, 2419쪽.

51) 『시고』 권40 「가을의 회포를 읊다 10 수-마지막에 스스로 간직하고 예로부터 전해진 의미를 깨달았다(秋懷十首末章稍自振起亦古義也)」(제8수), 경원 5년 가을, 제5책, 2562-2563쪽.

52) 『시고』 권43 「재실에서 잡다한 즐거움을 읊다 10수 "대장부는 씩씩하고 건강함을 귀히 여기니 젊고 혈색 도는 얼굴 아님이 서글프구나"라는 구절에서 운을 따서 짓노라(齋中雜興十首以丈夫貴壯健慘戚非朱顏為韻)」(제9수), 경원 6년 여름, 제5책, 2692쪽.

53) 『시고』 권74 「팔십사음(八十四吟)」, 개희 3년 겨울, 제8책, 4082-4083쪽.

다. 남송 말년에 방회(方回)는 '오농지야'(吳儂之野, 지금의 장쑤성 남부 및 저장성 북부 지역)의 1무당 평균 쌀 생산량에 대해 "소작인 한 명이 30무의 논을 갈 수 있다. 가령 논 1무당 쌀 세석이나 두 석을 생산할 수 있다면, 소작인은 두 석을 가지고 한 석을 땅 주인에게 줘야 한다. 1무당 쌀 다섯 석 이상을 생산하게 되면 땅 주인은 30석을 얻을 수 있고 소작인도 서른 석을 얻을 수 있다...(一農可耕今田三十畝, 假如畝收米三石, 或二石, 姑以二石為中, 畝以一石還主家·莊斡, 量石五以上, 且曰納主三十石, 佃戶自得三十石...)"[54]라고 추정했는데, 중간 등급의 논 1무당 연평균 쌀 두 석을 탈곡하게 되면 땅 주인과 소작인이 반반씩 나눠서 한 석을 가질 수 있다고 판단했다. 산회평원의 농업은 비교적 발달하여 '오농지야'와 상황이 비슷했다. 송나라 효종 순희 13년(1186) 3월, 설순일(薛純一)이라는 하급 관원이 태상황제 조구(趙構)와 효종 조신(趙昚)의 생신을 축하하기 위해 자신이 소유한 1,100무의 산음지역의 논을 소흥부 대능인선사(大能仁禪寺)에 헌납했는데, 그중 전세(田稅) 수입은 "1년에 쌀 1,300여 석(歲為米千三百石有奇)"[55]에 달했다. 만약 소작인과 땅 주인이 반반씩 나누는 관례에 따르면 해당 논의 1무당 연평균 쌀 생산량은 2.4석에 가까웠다.

그러나 위 사례는 반드시 보편성을 지닌 것이 아니었다. 논의 종류가 다름에 따라 토지가 기름지거나 메마를 수 있는 데다 잡곡 생산의 영향까지 받아 현실적으로 당시 실제 상황에 가까운 데이터를 얻기는 상당히 어렵기 때문에 당시 사람들의 추정을 좀 더 참고하고자 한다. 순희

54) 방회, 『속고금고』 권18 「반고의 논밭 백무를 경작함에 대한 추론(附論班固計井田百畝歲入歲出)」(5), 『경인문연각사고전서(景印文淵閣四庫全書)』제853책, 368쪽 상.

55) 『문집교주(文集校註)』 권18 「능인사 사전기(能仁寺舍田記)」, 제2책, 244쪽.

8년(1181), 제거상평관(提擧常平官)이었던 주희는 양절동로(兩浙東路)에서 이재민을 구제할 때 소흥부의 여요현(餘姚縣)과 상우현(上虞縣)을 제외한 다른 6개의 현의 논이 약 200만 무에 달했으며, 1무당 연간 쌀 두 석으로 계산해도 풍년일 경우 쌀 생산량이 400여만 석에 불과하다고 추산한 적이 있다.[56] 소흥부에선 잡다한 작은 항목을 제외하고 매년 양세추묘(兩稅秋苗)·호전(湖田)·직전미(職田米) 등 큰 항목에서만 거의 34만 석을 거두었으며, 신정전(身丁錢, 인두세)·면역전(免役錢)·절백전(折帛錢)·경총제전(經總製錢, 즉 경제전經製錢 및 총제전總製錢을 합쳐서 부르는 말로 남송 시기 실시한 부가세로 주로 군사 행정비에 충당됨)·상세(商稅) 등 조세 항목에서는 세금으로 75만여 관(貫)을 거두었고, 주(紬)·견(絹)·능(綾)과 같은 종류도 11만 필(疋)이 넘게 징수됐다.[57] 남송의 주(州), 현(縣)에서는 대부분 조세를 내야 하기에 여러 가지 부가세 징수를 통해 지방 재정지출을 충당했지만 그 총액은 상납된 세금보다 적지는 않았을 것으로 추정된다. 즉 소흥부 지방에서 매년 징수한 세금의 총액은 상술한 액수의 두 배나 된다고 추정할 수 있다. 관아에서 징수한 세금의 다수는 논에서 경작한 농작물을 벗어나지 않았다. 특히 산음현과 회계현은 소흥부 지역의 경제 중심이었기에 더욱 많은 세금을 부과해야 했다. 따라서 소흥부에서는 여요, 상우를 제외한 다른 6개의 현의 관아에 세금을 부과한 결과, 1인당 배당되는 식량이 하루에 2승밖에 안 될 정도로 부족하다고 주희는 추정했다. 앞에서 언급했듯 북송 전기 이후로 감호의 절반이 간척으로 인해 피폐해졌다. 이는 부잣집이나 권세가에서 이익을 탐냈기 때문이라고 하지만, 결정적 원인은 지역

56) 주희, 『회암선생 주문공 문집(晦庵先生朱文公文集)』 권16, 「구황 상황을 아뢰다(奏救荒事宜狀)」, 763쪽.

57) 시숙 외, 『가태회계지』 권5 「부세(賦稅)」통계에 따름, 6788-6799쪽.

인구의 자연증가라고 할 수 있다. 그러므로 사람과 토지 공급과 수요 사이의 모순이 심각해질 정도로 토지 자원이 날로 부족해졌다. 사실 산음과 회계 두 현뿐만 아니라 소흥부의 다른 현도 이러한 상황은 비슷했다. 상우현의 주요 수리 관개 시설인 하개호(夏蓋湖)의 경우, 호수의 면적이 가장 클 때 둘레는 105리가 되었다고 하지만 가태 연간에 이르러 "호수는 다 논으로 개간되었다(湖盡為田矣)"[58]고 했다. 일부 학자들은 남송 초기, 북방에서 내려온 이주자들 때문에 그런 문제가 생겼다고 하지만 사실 더 중요한 원인은 지역 인구의 자연증가라고 할 수 있다. 그러나 지역의 농업 경제가 장기적으로 성장한 것은 역시나 순기능과 역기능도 모두 나타나게 되었다.

2. 양잠과 밀 수확

육유의 향촌세계에서 벼농사 외에 가장 중요한 농작물로는 양잠과 밀농사였다. 그 과정이 상대적으로 복잡하기에 본 절에서 따로 논의하기로 한다.

여러 가지 농작물 중 벼를 제외한 기타 농작 농작물 가운데서 육유의 시에 가장 많이 등장한 것은 밀이었다. 따라서 이와 관련하여 논의를 전개할 필요성이 있다.

남송 시기 산회지역에서는 밀농사가 농촌경제에 있어서 없어서는 안 될 중요한 부분이었다. "밀이 익어 배불리 먹기를 기원하네(祈且祈麥熟

58) 진탁(陳槖), 『공사이편고(公私利便稿)』, 시숙 외, 『가태회계지』 권10 「호 · 상우현 · 하개호(湖 · 上虞縣 · 夏蓋湖)」인용, 6892쪽.

得飽飫)"[59]라는 시구와 함께 농민들이 항상 하늘에서 풍년설이 내리기를 기대했음을 말해주는 "겨울철에 밀을 부지런히 심어 이듬해에 무르익기를 바라네(辛勤蓺宿麥, 所望明年熟)"[60]라는 시구에서 보여주듯 밀농사를 짓지 않는 농민이 없었을 정도였다. 심지어 봄에 밀농사가 풍작을 거두면 그 해 쌀값이 떨어지는 상황이 일어나기도 했다.[61] 반대로 "지난 가을에 밀을 심지 않으면 올해 쌀값이 금값처럼 비싸네(去秋宿麥不入土, 今年米貴如黃金)"[62]라는 상황이 생긴다면 농민들의 생활이 어려워질 수 있기에 당시 농민들은 앞다투어 밀을 심을 정도로 밀농사는 꽤나 보편적이었다. 경원 원년(1195), 육유는 "해당화가 눈꽃처럼 흩날리는데, 복숭아나무 오얏나무도 뒤쳐지지 않네. 하늘하늘 밀 이삭이 들판을 덮고, 무성한 뽕나무 마을마다 있네. 어린 누에 개미처럼 작고, 두견은 아침저녁으로 운다네...(海棠已成雪, 桃李不足言. 纖纖麥被野. 郁郁桑連村. 稚蠶細如蟻, 杜宇號朝昏...)"[63]라는 시를 통해 삼산별장 일대의 늦은 봄을 노래했다. 시인이 서재에서 멀리 바라보니, 밀 이삭이 들판을 덮고 있었다. 몇 년 후에 「가마를 타고 호상태에 이르니(肩輿至湖桑埭)」라는 시에서 육유는 "멀리 바라보니 공터가 없을 정도로 온통 밀 이삭 가득하고, 연못과 평평한 둑에는 옛날 흔적이 보이지 않네(麥苗極目無閑

59) 『시고』 권1 「2월 24일 지은 시(二月二十四日作)」, 소흥 26년 봄, 제1책, 18-19쪽.

60) 『시고』 권44 「10월 28일 밤 비바람이 거세게 몰아치다(十月二十八日夜風雨大作)」, 경원 6년 겨울, 제5책, 2735쪽.

61) 『시고』 권32 「밀이 여물자 쌀값 떨어지고 이웃의 병이 나으니 기뻐서 시를 짓다(麥熟市米價減鄰裏病者亦皆愈欣然有賦)」, 경원 원년 여름, 제4책, 2162쪽.

62) 『시고』 권31 「초봄 날씨가 연일 흐려지다(首春連陰)」, 소흥 원년 봄, 제4책, 2117쪽.

63) 『시고』 권32 「늦은 밤 서재의 벽에 쓰다(春晚書齋壁)」, 경원 원년 봄, 제4책, 2129-2130쪽.

土, 塘水平堤失舊痕)"[64]라고 했다. 이는 감호 북안의 제방에서 바라본 경관이었다. 그의 눈앞에 펼쳐진 것은 공터가 없을 정도로 온통 가득찬 밀밭이었다. 이어 시선을 삼산별정으로 돌리니 넓게 펼쳐진 밀밭 속에 작은 마을이 보였는데, 이를 두고 육유는 "마을을 감싸고 있는 밀은 빽빽이 자라고, 길에는 부드러운 뽕나무 가득하여 오디가 주렁주렁 열렸네(小麥繞村苗郁郁, 柔桑滿陌椹纍纍)"[65]라고 했다. 때로는 시인의 묘사가 비교적 추상적일 때도 있다. "남자가 농사를 짓고 여자가 밥을 가져다주는 장면은 흔히 볼 수 있으며, 들판에 깔린 밀은 울창하네(男耕女饁常滿野, 宿麥覆塊皆蒼蒼)"[66]라는 시를 보면 '만야(滿野)'나 '창창(蒼蒼)'이라는 표현은 상대적으로 추상적이지만 시인이 생각했던 이미지를 확실하게 드러내 주고 있다. 그 외에 "보리와 메밀을 심으니 빈 땅이 없고, 뽕나무가 휠 정도로 열매가 맺혀 새로 과수원이 생겼다네(下麥種蕎無曠土, 壓桑接果有新園)"[67]라고 하거나 "댐의 물줄기 콸콸 흘러 새싹이 푸른색을 띠고, 산언덕에 가득한 보리는 누렇게 익어가네(水陂漫漫新秧綠, 山壟離離大麥黃)"[68]라고 지은 시에서 보이는 상황도 비슷하다. 결론적으로, 앞서 언급된 정보에 의하면 당시 저장 동부 산회지역의 농촌 경제에 있어 밀은 있으나 마나 한 하찮은 존재가 아니라 이미 중요한 농작물로 자리 잡았다. 따라서 농민들은 항상 봄밀과 뽕나무를 동등한 경제작

64) 『시고』 권75 「가마를 타고 호상태에 이르러 적는다(肩輿至湖桑埭)」.

65) 『시고』 권82 「한가롭게 읊다(閑詠)」(제2수), 가정 2년 봄, 제8책, 4396쪽.

66) 『시고』 권69, 「초겨울 동촌까지 걸어가다(初冬步至東村)」, 개희 2년 겨울, 제7책, 3840쪽.

67) 『시고』 권64 「초겨울에 지은 절구시(初冬絕句)」(제2수), 개희 원년 9월, 제7책, 3638쪽.

68) 『시고』 권32 「3월 11일 교외를 거닐며(三月十一日郊行)」, 경원 원년 봄, 제4책, 2142쪽.

물로 보면서 '잠맥(蠶麥)'이라고 부르기도 했는데 심지어 "시골에서 두견의 아침 울음소리를 잠맥 흉작을 알리는 소리로 여겼다(鄕中以杜宇早鳴為蠶麥不登之候)"라고 할 정도로 '잠맥'을 자연현상인 두견의 울음시간과 연관시켜 생물이 계절적으로 변화하는 하나의 모습으로 삼기도 했다. 하지만 이는 초자연적인 미신일 뿐 결코 사실이라고 할 수 없다. 이러한 현상을 두고 육유는 "작년에 두견이 들에서 울었으니, 집집마다 모여서 양잠과 밀농사를 걱정하네. 어찌 백성들의 걱정이라고만 하겠는가? 관아도 조세를 독촉하는 책임을 져야 하네. 올해는 두견의 울음소리 들리지 않으니, 밀과 뽕 농사가 대풍작일 거라 여겨 사람들이 노래하고 춤을 추네. 어찌 새 옷 입고 배불리 먹는 것뿐이랴? 이웃들은 먼저 관에 세금부터 납부하기로 했네(去年杜宇號阡陌, 家家聚首憂蠶麥. 豈惟比屋衣食憂, 縣家亦負催科責. 今年略不聞杜宇, 蠶收麥熟人歌舞. 豈惟襦新湯餅寬, 鄰裏相約先輸官)"[69]라고 했다. 물론 산회지역의 지리적 특성으로 인해 밀은 중요한 농작물로 부상했지만, 강남지역 전반적으로 같은 중요성을 가지고 있는지는 계속 살펴봐야 할 부분이다.

『가태회계지』에 따르면, 남송 시기 산회지역에서 재배했던 밀 종류에는 보리, 밀, 메밀 등이 있다. 보리는 식이섬유가 풍부한 작물로서 글루텐 함량이 낮고 탄성이 부족하며, 먹을 때 촉감이 좋지 않아 제분하여 음식으로 만들지 않고 대신 직접 빻아서 보리밥으로 지어먹는다. 보리는 월동 작물로 보통 겨울 전에 심고 이듬해 입하(양력 5월 초) 전에 밀보다 더 일찍 수확한다. "4월에 타맥장을 마련하네(四月築麥場)"[70]라

69) 『시고』 권61 「두우행(杜宇行)」, 개희 원년 여름, 제7책, 3520쪽.

70) 『시고』 권76 「유거하며 현재와 과거의 일을 기록하여 10수를 지었는데, "시와 글은 오랜 취미를 깊이 하고, 산림은 속된 기운을 없애주네"라는 시를 차운했다(幽居記今昔事十首以詩書從宿好林園無俗情為韻)」(제1수), 가정 원

는 시에서 보리를 수확하는 장면이 체현되었다. 보리가 익어갈 무렵 밀은 여전히 자라느라 들판은 온통 초록색 물결이 넘실댄다. 들판에는 "밀이 아직도 자라고 있는데 보리는 벌써 노랗게 익어가네(小麥方秀大麥黃)"[71]라는 시구와 같은 모습이 펼쳐졌던 것이다. 동시대 시인 범성대(範成大)도 장쑤성 남부 지역의 상황을 묘사한 「조사행(繰絲行)」에서 "밀은 푸릇푸릇하고 보리는 누런데, 지평선 너머로 해가 뜨자 하늘색이 처량하네(小麥青青大麥黃, 原頭日出天色涼)"[72]라고 했다. 때는 마침 보릿고개라 "새로운 곡식 나오지 않으니 사람들이 보리를 빻아 허기진 배를 채우네(新穀未登, 民屑麥作飯, 賴以濟饑)"[73]라는 시에서 보여주다시피 당시 사람들은 보리밥을 먹었음을 알 수 있다. 지방지 기록에 따르면 보리의 품종에는 늦보리(晚大麥), 육릉맥(六棱麥), 중조생보리(中早麥), 홍점나맥(紅黏糯麥, 찰기가 있는 보리) 등이 있었으며 모두가 보리의 별칭이지만 차이점도 있었다고 한다. 이를테면 늦보리는 "이삭이 길고 씨가 많으며, 밀과 비슷한 시기에 여문다(穗長而子多, 與小麥齊熟)"라고 할 만큼 생장기가 비교적 길었고, 홍점나맥의 경우에는 "술을 빚는 데에 쓸 수 있다"고 했다.

보리는 주로 지대가 높은 산간 지역에 심는다. 앞에서 인용한 "산언덕을 덮은 보리는 누렇게 익어가네(山壟離離大麥黃)"라는 시가 바로 그 증거이다. 육유의 시에서도 이와 관련된 묘사를 찾을 수 있다. 「초겨울(初冬)」이라는 시에 보면 "물레방아로 쌀을 찧는 것을 보다가 다시 산언

년 여름, 제8책, 4167쪽.

71) 『시고』 권22 「아들에게(示兒)」, 소희 2년 여름, 제4책, 1663쪽.

72) 범성대(範成大) 저, 『범석호집(範石湖集)』권3 「조사행(繰絲行)」, 상하이 고적출판사(上海古籍出版社), 2006, 30쪽.

73) 시숙 외,『가태회계지』 권17, 「초부」, 7026쪽.

덕에서 사람들이 바쁘게 보리를 심는 것을 보았네(正看溪碓春粳滑, 又見山坡下麥忙)"[74]라고 묘사하는가 하면, 「치사 후 즉흥시를 짓다(致仕後即事)」(제3수)에 보면 "마을 곳곳에서 사람들이 맑은 날에 보리를 거두고, 이웃들은 정오가 되면 잠사를 말리네(山村處處晴收麥, 鄰曲家家午曬絲)"[75]라고 묘사했으며, 「여관 벽에 쓰다(書逆旅壁)」라는 시에 보면 "사람들은 마을 장터에서 술을 사고, 말들은 산비탈의 보리를 먹네(人沽村市酒, 馬嚙山坡麥)"[76]라고 묘사하기도 했다. 특히 경원 초년(1195) 봄에 육유는 「농가의 탄식(農家歎)」이라는 시에서 "비탈마다 보리 심고, 물댄 땅엔 벼 심었네(有山皆種麥, 有水皆種粳)"[77]라고 했는데, 이는 가장 개괄적으로 묘사한 부분이라고 할 수 있다. 그러므로 대부분 보리를 묘사한 시들이다. 갱(秔 또는 粳)은 바로 만도(늦벼)를 가리킨다. 육유는 보리를 메벼와 동일시하였는데 이는 밀류 작물들이 현지에서 꽤나 보급되었음을 말해준다.

마찬가지로 밀도 초겨울에 파종하고 이듬해 소만(양력 5월 하순) 전에 여무는데 보리보다 거의 보름이나 늦기에 "5월에 밀로 가루를 내네(五月麥可磨)"[78]라고 했다. 그때는 마침 늦벼를 모내기 하는 철이다. 소희 4년(1193) 음력 5월 1일에 육유는 "곳곳에서 모내기를 하고 집집마다 밀 타작을 하네(處處稻分秧, 家家麥上場)"[79]라고 읊었는데, 이는 바로 소만 전에 밀을 수확하고 늦벼를 모내기하는 장면을 묘사한 것이다. 또한

74) 『시고』 권38 「초겨울(初冬)」, 경원 4년 겨울, 제5책, 2429쪽.

75) 『시고』 권39 「치사 후 즉흥적으로 짓다(致仕後即事)」(제3수), 경원 5년 봄, 제5책, 2490쪽.

76) 『시고』 권31 「여관 벽에 쓰며(書逆旅壁)」, 소희 5년 겨울, 제4책, 2105쪽.

77) 『시고』 권32 「농가의 탄식(農家歎)」.

78) 『시고』 권23 「식사 때 감탄하며(當食歎)」.

79) 『시고』 권27 「5월 1일 지으며(五月一日作)」, 소희 4년 여름, 제4책, 1891쪽.

「초여름에 고향을 그리워하다(初夏懷故山)」라는 시에서 육유는 "장마가 끝나 날씨가 맑을 때 모내기 노래를 부르고, 산들바람이 부는 곳에서 채릉가를 노래하네(梅雨晴時插秧鼓, 蘋風生處采菱歌)"[80]라고 했는데, 시 속에서 묘사한 초여름에 장맛비가 그쳐 날씨가 갠 장면은 바로 소만을 말한다. 밀도 품종이 여러 가지다. 조백맥(早白麥), 송포맥(松蒲麥), 나맥(娜麥)과 같은 품종이 있는데 "다 같은 밀이지만 각각 차이점이 있었다(皆小麥之別)"[81] 밀은 녹말과 단백질이 풍부하고 식감이 좋아서 항상 가루를 내고 국수, 부침개 등 밀가루 음식을 만들어 먹는다.

이외에는 메밀도 있는데 교자(蕎子)라고도 부른다. 메밀은 녹말이 풍부하지만 단백질 함량이 비교적으로 낮다. 메밀은 씨알이 작아 다른 작물에 비해 빨리 익는다. 때문에 소화하기도 쉽고 가공하기도 편리하다. 생장기가 짧은 메밀은 보통 두 달이 좀 넘으면 여무는데 남송 시기 산회 지역에서는 "7월에 씨를 뿌리면 9월에 익는다. 하지만 추위에 약하기에 서리가 내리면 금방 시들고 가을에 서리가 내리지 않으면 메밀은 풍작을 거둔다(七月種九月熟, 然畏霜, 得霜輒枯, 秋無霜則蕎大熟)"라고 했다. 그러고 보면 메밀은 밀보다 조금 늦게 파종하게 되는데 이는 밀을 심은 후에 이어서 메밀을 심을 수 있음을 말해준다. "저장성 동부에서 늦게는 9월까지 밀을 파종하게 되는데, 현지 사람들은 메밀을 베어 내고 밀 파종을 하는(浙東藝麥晚, 有至九月者, 故土人亦或刈蕎而種麥)"[82] 경우도 있었다. 또한 "메밀과 밀을 심으니 땅은 빈자리가 없고, 뽕나무를 심어 열매가 맺히니 새로 과수원이 생겼네(下麥種蕎無曠土, 壓桑接果有新園)"[83]

80) 『시고』 권2 「초여름에 고향을 그리워하다(初夏懷故山)」, 제1책, 190쪽.
81) 시숙 외, 『가태회계지』 권17, 「초부」, 7206쪽.
82) 시숙 외, 『가태회계지』 권17, 「초부」, 7206쪽.
83) 『시고』 권64 「초겨울 절구시(初冬絕句)」(제2수).

라는 시구를 통해서도 메밀의 재배량이 적지 않음을 알 수 있다. 한편, 메밀은 주로 산간 지역에 재배하지만 평원에서 재배한 경우도 있다. "병이 나아 몸이 가벼워지자 지팡이 짚고 나가보니, 마을엔 온통 메밀이 무성하게 자랐네(病去身輕試杖藜, 滿村蕎麥正離離)"라는 시에서 그 정경이 잘 묘사되었다. 물론 보리와 밀에 비하면 메밀의 재배량은 당연히 적었다.

송나라 남쪽 지역의 밀 재배는 주로 벼와 밀의 다모작 위주였다. 때문에 학계는 "벼와 밀의 이모작"에 관해 주목하면서 심도 있는 연구를 진행해 왔다. 송나라 특히 남송 시기에 이르러 벼 다모작은 그리 흔한 재배 방식은 아니었지만 벼와 밀을 번갈아 심는 다모작은 이미 비교적 발전했다고 량겅야오(梁庚堯), 리건판(李根蟠)과 같은 학자들은 주장하고 있다. 그리고 이러한 발전 과정에서 강남 평원은 늘 선두적 역할을 하고 있었고, 당시 벼와 밀의 다모작에서 밀과 어울렸던 것은 늦벼라는 주장도 있다.[84] 반대로 송나라 시기에 강남의 벼와 밀의 다모작 발전 수준에 대해 비교적 신중한 태도를 보였던 쩡슝성(曾雄生)은 벼와 밀의 다모작이 송나라 시기에 장강 중하류 지역에서 존재했지만 보편적이지는 않았다고 주장한다. 그의 주장에 따르면 이 두 가지 작물은 대부분 땅의 토질에 따라 각각 재배했는데, 보통 높은 지역의 논에는 밀을 심고, 낮은 지역의 논에는 벼를 심었다고 한다. 최초로 벼와 밀을 논에다 번갈아 심은 것은 송나라 시기 벼농사가 지세가 낮은 논에서 지세가 높은 논으로 발전하게 되면서 얻은 결과이었다고 쩡슝성은 주장한다.[85]

84) 량겅야오(梁庚堯) 저, 『남송 시대의 농촌 경제(南宋的農村經濟)』, 리건판(李根蟠) 저, 「장강 하류에서 벼와 밀의다모작 형성 및 발전: 당송을 중심으로 논함(長江下遊稻麥復種製的形成和發展-以唐宋時代為中心的討論)」, 『역사연구(歷史研究)』, 2002년 제5기, 3-28쪽.

또한 밀을 수확한 다음 벼를 심는 것은 노동력을 합리적으로 분배하는 데는 도움이 되지만 밀밭을 다시 논으로 바꾸려면 밭을 다시 정비하는 것이 쉬운 일이 아니었으며 땅이 생산력을 회복하는데 시간이 걸리기 때문에 같은 땅에서 벼와 밀을 연작하는 데는 어려움이 있었을 거라고 쩡슝성은 지적하기도 했다. 산회지역의 밀농사와 관련하여 앞의 글에서 이미 설명했지만 학계의 검토를 기반으로 다음과 같은 몇 가지 측면에서 좀 더 내용을 보완하고자 한다.

우선, 육유의 향촌 세계에선 밀 종류의 작물은 벼에 버금가는 작물로서 그 재배가 이미 상당히 보편적이었다.

다음으로, 밀 종류의 작물 재배가 널리 보급되었다는 극찬은 약간 과장된 부분이 있음에도 불구하고 시인은 확실히 우리에게 밀이 주로 산간 지역에서 재배되었다는 정보를 전달해 준다. 그러나 시인의 시를 좀 더 자세히 이해해보면 평원지역에서도 밀농사를 지었음을 알 수 있다. 앞에서 언급했듯이 육유의 삼산별장이 위치한 곳은 그 지세가 소택지를 제외하고는 모두가 평지이며, 넓은 비탈로 이루어진 구릉이므로 산지와는 전혀 달랐다. 따라서 육유의 별장이 '삼산' 사이에 자리 잡고 있었다 하더라도 대체적으로 남쪽으로 감호에 인접해 있는 평원지역의 수향(水鄕)이라고 할 수 있다. 한편, "들에는 이삭들이 넘실대고, 무성한 뽕나무밭 마을마다 있네(纖纖麥被野, 郁郁桑連村)"라는 시구나 "마을을 감싸고 있는 밀은 빽빽이 자라고, 길에는 부드러운 뽕나무 가득하여 오디가 주렁주렁 열렸네(小麥繞村苗郁郁, 柔桑滿陌椹纍纍)"라는 시구는 육유가 별장의 시각에서 바라보고 묘사한 것으로서, 마을을 둘러싸고 있

85) 쩡슝성(曾雄生) 저, 「송나라 '도맥이숙'설 분석(析宋代"稻麥二熟"說)」, 『역사연구(歷史研究)』, 2005년 제1기, 86-106쪽.

는 밀은 평원에서 재배됐을 것으로 판단할 수 있다. 또한, 육유는 삼산 별장을 나와 호숫가 길을 따라 서쪽으로 가다가 감호 북안에 위치한 호상태촌에 이르러 "멀리 바라보니 공터가 없을 정도로 밀 이삭 가득하고, 연못과 평평한 둑에는 옛 흔적이 보이지 않네(麥苗極目無閑土, 塘水平堤失舊痕)"라고 읊었는데, 여기서 묘사한 정경이 논이라는 걸 보다 확신할 수 있다. 이 때문에 마을을 둘러싼 낮은 지역에서 주로 재배한 농작물은 밀이었으며, 메밀 역시 그 재배량이 많았을 뿐만 아니라 다양한 지역에서 재배되었음을 알 수 있다.

마지막으로, 비록 같은 논에서 벼와 밀을 연작하는 경우는 적었지만, 앞에서 논의한 내용에 따르면 남송 시기 산회지역에서는 다모작을 하는 경우가 적지 않았으며, 대부분 2년에 삼모작이나 1년에 이모작을 한다고 결론을 내릴 수 있다. 하지만 어떻게 다양한 작물을 다모작 혹은 번갈아 가면서 재배했는지에 대해서는 그 역사적 기록을 찾아보기 힘들다. 마치 "4월에 타맥장을 마련하고, 5월에 벼를 심은 논에 물을 대네(四月築麥場, 五月瀦稻陂)"라는 시구처럼 밀 수확과 벼 모내기 계절이 이어진 것만 밝혔을 뿐 같은 논에서 다모작을 했는지에 대해서는 설명하지 않고 있다. 그럼에도 불구하고 이는 밀 수확에 이어 벼 모내기를 하는 다모작 농법이 가능하다는 것을 우리에게 분명히 제시해 주기도 한다. 그 외에 밀류 작물과 조도, 메기장, 조, 콩 그리고 토란과는 어떻게 다모작이나 윤모작을 했는지에 대해서도 확인하기 쉽지 않다. 한편, '이맥(二麥, 보리와 밀)'이라는 말이 전 왕조 때부터 가끔 언급되기도 했는데, 송나라 시기에 이르러서야 사람들은 '이맥'을 월동 작물인 밀이나 보리를 가리키게 되었다. 이는 육유도 예외가 아니었다.[86] 또한 '이맥'은 같

86) 『시고』 권19, 「눈이 여러 번 내리니 '이맥'의 수확을 기대하며 기뻐서 시를

은 논에서 경작을 두 번 이상 하는 걸 가리키는 것이 분명하다. 이는 밀농사의 보급에 따라 논의 이용률이 높아지고 동시에 단위 면적 당 생산량이 늘어난 것을 설명하기도 한다. 그리고 여기서 말하는 다모작 농작물은 모든 농작물을 다 포함시킨 것임을 알 수 있다.

이러한 역사적 사실은 우리에게 다음과 같은 계시를 준다. 학계는 남송 시기의 밀 재배의 발전에 대해 검토함에 있어, 중국 북서 지역에서 남송으로 이주하여 정착한 사람들이 밀가루 음식을 선호했던 것이 밀 재배의 발전에 촉진역할을 했음에 주목한다. "건염 이후 강절, 호상, 민광, 북서지역에서 몰려든 사람들이 이곳에 정착했는데 소흥에서는 밀 한 곡에 1만 2천에 달하는 농가들이 밀농사를 통해 얻는 이익은 벼농사의 몇 배에 이르렀다(建炎之後, 江浙湖湘閩廣西北流寓之人遍滿, 紹興初麥一斛至萬二千錢, 農獲其利倍於種稻)"라고 한데다 당시 소작제도에 의하면 밀농사를 지어 얻은 이익은 타지에서 온 사람들만이 받을 수 있었기에 "모두가 앞다투어 봄 농사에 분주한데, 멀리 바라보니 사람들이 바쁘게 농사를 짓는 열정이 회북 지역보다 못하지 않다(競種春稼, 極目不減淮北)"[87] 게다가 관아와 선비들은 일부 지역에서 밀농사를 보급하기까지 했다. 이러한 '비정상적인' 사회 현상에 관한 기술은 때로는 그대로 발전하던 사회일상에 대한 기술보다 더욱 주목을 받았다(그래서 인지 후자는 항상 역사 문헌에 등재되지 않았다). 때문에 우리는 밀 재배의 발전이 어떤 특정된 외적 요인이 있겠지만, 강남지역의 인구밀도가 높아짐에 따른 농업생산에서 단위면적 당 생산량을 늘려야 대응이 가능하다는 점을 오히려 간과하고 있었다. 또한 밀농사를 보급하여 토지 이용

짓다(屢雪二麥可望喜而作歌)」, 순희 14년 겨울, 엄주, 제3책, 1516쪽.

87) 장작(莊綽) 저, 『계륵편(雞肋編)』권상, 중화서국, 1983, 36쪽.

률을 높이는 것은 전통이나 기술 또는 효율을 막론하고 현실 수요에 따른 선택이라고 할 수 있으며, 이는 역시 밀 재배를 보급하는 핵심적인 요인이기도 했다. 아래에서 소개하는 산회지역 사람들이 밀가루 음식을 선호했다는 사실도 이 점을 명확히 해준다.

토지 이용률 제고는 토지의 비옥도에 달려 있다. 이는 당시 사람들의 설명과 일치한다. 동남 지역의 시비(施肥) 기술은 역시 최고였다. 전통적인 농가 비료는 주로 인분, 외양간 두엄, 퇴비, 풋거름, 거름흙, 초목회 등이 있는데 이에 대해 당시 사람들은 '분양(糞壤)'이라고 불렀다. 북송의 진관(秦觀, 1049~1100)은 오월(吳越), 민(閩), 촉(蜀) 등 지역이 등급이 낮은 땅을 비옥하고 평탄한 상등급 토지로 만들 수 있었던 것은 바로 "똥거름을 준 덕분이다(培糞灌溉之功至也)"[88]라고 모호하게만 묘사했다. 남송 시기에 계양군(桂陽軍, 지금의 후난성 구이양현)에서 지부를 맡았던 진부량(陳傅良, 1137~1203)은 권농문(勸農文)에서 "복건과 양절의 토지가 가장 척박했기에 반드시 여러 차례 갈아엎고 써레질하고, 거름똥을 주어야 좋은 땅이 될 수 있다(閩浙之土最是瘠薄, 必有鋤耙數番, 加以糞溉, 方為良田)"라고 설명했다. 그리고 계양군의 토지 비옥도가 복건과 양절지역보다 높지만 수확이 오히려 되지 못한 것도 바로 "그동안 거름똥을 주지 않은 데다 땅도 거의 갈아엎지 않았기 때문이다(此間不待施糞, 鋤耙亦希)"[89]라고 진부량은 덧붙였다. 함순(鹹淳) 8년(1272) 강서 무주의 지주를 맡았던 황진(黃震)은 권농문에서 "양절에서 일년 내

88) 진관(秦觀) 저, 쉬페이쥔(徐培均) 주석,『회해집전주(淮海集箋註)』, 상하이 고적출판사, 1994, 상권, 601쪽.

89) 진부량(陳傅良) 저, 『진부량문집(陳傅良文集)』 권44 「계양군 권논문(桂陽軍勸農文)」, 저우멍장(周夢江) 점교, 저장대학출판사(浙江大學出版社), 1999, 564쪽.

내 거름똥을 마련하고 봄과 여름에 자주 토지에 주곤 한다(浙間終年備辦糞土, 春間夏間, 常常澆壅)"[90]라고 하면서 무주 현지 농민들이 게을러서 양절 농민만 못하다고 비판하기도 했다. 그렇다 보니 중국 동남부 각 지역의 농업 생산 수준은 주로 '분양'을 부지런히 주느냐에 따라 차이가 있다고 당시 사람들은 여겼다. 또한 남송의 정필(程珌, 1164~1242)은 "구무 사람은 분양을 모아 집집마다 산더미처럼 쌓아 놓았다. 거리에 나뒹구는 분양을 모두 깨끗이 줍다 보니 논밭이 비옥해져 벼 뿌리가 가뭄에 잘 견디며, 벼알이 크고 알차다(衢婺之人收蓄糞壤, 家家山積, 市井之間掃拾無遺, 故土膏肥美, 稻根耐旱, 米粒精壯)"[91]라고 말하기도 했다. 저장 동부 지역의 산회지역의 경우도 비슷했을 것이다. 하지만 이와 관련된 육유의 묘사는 그다지 많지 않다. 경원 6년(1200) 가을과 겨울 사이에 육유는 「소숙당 여주 북산 잡시를 읽고 차운하다(讀蘇叔黨汝州北山雜詩次其韻)」라는 시에서 "뽕나무밭에 취양을 주고, 호미로 보리밭을 갈았네. 하루라도 부지런히 농사일을 하지 않으면, 전에 했던 농사가 헛될 수 있다네(聚壤糞園桑, 荷鋤耘壟麥. 苟失一日勤, 農事深可惜)"[92]라고 했다. 여기서 '취양(聚壤)'이라는 표현이 바로 강남 수향의 농민들이 자주 쓴 '분양(糞壤)' 중 가장 흔한 거름이며, 전용 도구로 강바닥의 진흙을 긁어내어 얻은 것이라고 해서 염하니(捻河泥)라고 부른다.

---

90) 황진(黃震) 저, 『황진전집(黃震全集)』 권78 「함순 8년 봄에 쓴 권농문(鹹淳八年春勸農文)」, 장웨이(張偉), 허중리(何忠禮) 정리, 저장대학출판사(浙江大學出版社), 2013, 제7책, 2222쪽.

91) 정필(程珌) 저, 『정단명공명수집(程端明公洺水集)』 권21 「임신부양권농(壬申富陽勸農)」, 「송집진본총간」 제71책, 선장서국, 가정간본(嘉靖刊本) 영인본, 2004, 194쪽.

92) 『시고』 권44 「소숙당 여주 북산 잡시를 읽고 차운하다(讀蘇叔黨汝州北山雜詩次其韻)」(제8수), 경원 6년 가을과 겨울 사이, 제5책, 2716쪽.

전통적인 농경 경제를 논의함에 있어 식량 생산인 "경작" 외에 "방직"에 대해서도 관심을 가지고 논의해야 한다. (그림 4 참조) 육유의 향촌 세계에서는 면직물이 아직 유행하지 않았기에 당시에는 뽕나무와 삼 농사가 위주였다. 그중 가장 중요한 방직물의 원료는 섬유 작물인 모시풀이었다. 모시풀로 마직물을 생산하는 것과 관련하여 육유는 다음과 같이 묘사하였다. 예를 들어 삼산 중 하나인 석언산(石堰山) 산기슭에 위치한 석언촌(石堰村)을 묘사한 "농민들이 삼을 심어 새와 참새를 쫓고, 목동이 풀이 있는 곳에서 소와 양을 방목하네(村舍藝麻驅鳥雀, 牧童隨草放牛羊)"[93]라는 시구가 있는가 하면, 서산 농가를 소개한 "잔잔한 연못에는 기러기와 오리 떼 모여들고, 농민들이 집 둘레에 뽕나무와 삼을 심었네(平池散雁鶩, 繞舍栽桑麻)"[94]라는 시구도 있다. 한편, 모시풀을 벤 뒤 물에 담가두었다가 표피를 벗긴 후 섬유로 만들어야 실을 뽑아 천을 짤 수 있었다. 따라서 육유는 "산비탈에서 조를 수확하고 연못에서 삼을 담갔네. 이웃의 노인과 함께 기쁨을 누리면서 땅바닥에 앉아 술을 마셨네(山陂粟屢收, 池水麻可漚. 鄰父相歡娛, 席地醉醇酎)"[95]라는 시구로 자신의 말년을 묘사하기도 했다. 그리고 "기장으로 빚은 술로 손님을 접대하고, 삼으로 만든 옷에 허리띠를 매네(黍酒歡迎客, 麻衫旋束絛)"[96]

93) 『시고』 권81 「가마를 타고 석언촌으로 가며(肩輿至石堰村)」, 가정 2년 봄, 제8책, 4363-4365쪽.

94) 『시고』 권78 「서산의 농가집까지 돌며(閑行至西山民家)」, 가정 초년 가을, 제8책, 4259쪽.

95) 『시고』 권47 「밤중에 자가 깨서... 느낀 바를 적는다(中夜睡覺……感而有作)」, 제6책, 2862쪽.

96) 『시고』 권79 「꿈속에서 강가를 걷다 향촌 부잣집을 지나며 시 두 편을 지은 것이 아직도 기억이 생생하여 기록하여 남긴다(夢中江行過鄉豪家賦詩二首旣覺猶歷歷能記也)」, 가정 초년 겨울, 제8책, 4291쪽.

라는 시구를 통해 육유가 입었던 옷들은 마직물로 만든 것이 많았음을 알 수 있다. 또한 "베틀로 물시포와 갈포를 짜니 여름옷도 잘 만드네(鳴機織苧葛, 暑服亦已成)"[97]라는 시구에 보면 마포는 주로 육유 집안의 부녀자들이 방직하여 만든 것으로 보인다. 하지만 마직물 생산에 관한 시구가 그리 많지 않아 깊이 있는 분석은 어렵다. 대신 누에와 뽕나무에 과한 시가 더 많았는데 아래와 같이 몇 가지 측면에서 논의해 볼 수 있다.

뽕나무 재배와 양잠은 동월(東越) 지역의 전통이지만, 북송 이전에는 동월 일대의 견직물 생산 기술은 황하 유역보다 못했으며 남송 시기에 이르러서야 전국의 선진 수준을 따라잡게 되었다. 인구 증가와 생산력의 발전 그리고 뒤따르는 토지 부족 문제 및 토지 자원 분배 불균형 문제로 인해 양잠과 뽕나무 재배에 필요한 생산자원인 뽕밭이 부족한 문제도 생기게 되었다. 결국 최종 생산품인 비단직물은 물론 뽕잎도 점차 개인 경제의 전반적 생산 과정을 벗어나 시장에서 거래할 수 있는 상품으로 부각되었다. 어떤 측면에서 보면 이는 양잠과 뽕나무 재배가 일정한 정도로 성장했음을 보여주는 인디케이터(indicator)인 셈이다. 학자들이 자주 인용하고 있는 범성대의 시 「누에고치를 말리다(曬繭)」를 보면 "울타리 곳곳에 눈이 쌓이니 문을 꼭꼭 닫고 찾아오는 손님을 사절하네. 비싼 잎을 먹을 수 없어 누에는 굶주려 죽을 지경이나 아직도 실을 토하며 고치를 틀었네(隔籬處處雪成窩, 牢閉柴荊斷客過. 葉貴蠶饑危欲死, 尚能包裹一絲窠)"[98]라고 묘사되어 있다. 여기서 등장한 '잎(葉)'은

97) 『시고』 권37 「자허, 자탄과 함께 귀당 뒤쪽에 난 동창에 앉아 있다가 우연히 생각나서 적는다(與子虡子坦坐龜堂後東窗偶書)」, 경원 4년 여름, 제5책, 2373쪽.

98) 『범석호집(範石湖集)』 권7, 「누에고치를 말리다(曬繭)」, 86쪽.

곧 뽕잎이다. 뽕잎은 가격 변동이 있는데 이는 바로 상품이 될 수 있는 뽕잎의 기본 특징이다. 때문에 범성대는 시 제목 아래에 "전하는 말에 의하면 잎의 가격이 비쌀 때 누에가 고치를 튼다고 하는데 올해가 바로 이런 상황이다(俗傳葉貴即蠶結繭, 今歲正爾)"라는 주석을 덧붙였다. 이 시에서 범성대가 묘사한 곳은 쑤저우(蘇州) 지역이지만 당시 양잠과 뽕나무 재배업은 전국에서 가장 선진적인 수준에 이르렀으니 근처 지역도 비슷한 상황이었을 것이다. 예를 들어 푸젠(福建) 푸톈(莆田)의 양잠과 뽕나무 재배업을 묘사한 유극장(劉克莊, 1187~1269)의 「오애(五愛)」시에는 "여자들은 아침에 화장을 못하고, 다른 일에 신경 쓸 겨를이 없네. 뽕잎의 가격이 비싼 시기라 가난해도 등잔 아래서 함께 천을 짜네(姑婦晨妝廢, 其他務未遑. 悉逢桑葉貴, 貧共織燈光)"[99]라는 구절이 보인다. 그리고 유극장과 같은 시기에 살았던 황차산(黃次山)은 "모내기가 끝나면 벼가 무르익고, 잎이 비쌀 때 누에가 다시 잠을 자네(秧深先熟稻, 葉貴再眠蠶)"[100]라는 시구로 신유현(新喻縣, 지금의 장시 신위)의 상황을 기술하였다. 그러고 보면 당시 중국 남부 여러 지역에는 뽕잎의 상품화 정도는 서로 달랐으며 산회지역도 역시 비슷한 상황이었다.

육유는 벼슬에서 물러나서 귀향한 후 "오랫동안 군주의 은혜를 입고 부끄럽게 고향으로 돌아가니 식구들의 먹고 입는 일은 경작과 뽕나무

99) 유극장(劉克莊) 저, 신경루(辛更儒) 전주 및 교정, 『유극장집전주(劉克莊集箋註)』 권22 「새벽에 세상에 압운하지 않은 시가 어찌 있을까 생각하여 첩 화북산 10수 짓다(旦思之, 世豈有不押之韻? 輒和北山十首)」(제6수), 중화서국, 2011, 제4책, 2224쪽.

100) 황언평(黃彥平) 저, 『삼여집(三余集)』 권2 「신유현에 주숙하며 재미 삼아 배율을 짓다(宿新喻縣戲為俳體)」, 「총서집성속편(叢書集成續編)」, 제127책, 타이베이(臺北), 신문풍출판회사(新文豐出版公司), 1998, 남성의추관(南城誼秋館) 각본 영인본, 676쪽.

재배로 해결하네(久忝明恩返故鄉, 全家衣食出耕桑)"[101]라고 말하는가 하면 "침대에 누워 부인이 베를 짜는 소리를 들으면서 밤이 길어지기 시작한 걸 감탄하네(臥聞機婦織, 感嘆夜初長)"[102]라고 읊기도 하면서 양잠으로 비단 천을 짜서 가게 수입에 보탰음을 말해주고 있다. 따라서 육유는 뽕밭도 가지고 있음을 알 수 있는데, "5무의 산비탈 땅에는 뽕나무와 산뽕나무가 울창하고, 몇 채의 초가집이 띠풀과 잘 어울리네(五畝山園郁桑柘, 數椽茅屋映菇蔣)"[103]라고 시에서 표현하기도 했다. 또한 "집 서쪽엔 뽕나무 심고, 오솔길 따라 남쪽으로 향하니, 삼월이라 잎의 그늘로 뜨락이 어둡고, 사월이면 오디를 딸 수 있다네(種桑吾廬西, 微徑出南陌, 三月葉暗園, 四月葚可摘)"[104]라고 하기도 했다. 그러나 때로는 뽕잎이 부족할 우려가 있어 시장에 가서 사오는 경우도 있었다. 「미질(微疾)」이라는 시에서 육유는 "때때로 작은 비 내리면 봄이 온 줄로 알고 한가한 몸 곳곳으로 돌아다니니 하루가 길어진 걸 느끼겠네. 숲 밖에서 울리는 묘회 행사의 북소리와 노랫소리 들으며 차를 품에 안고 뽕잎 빌리는 일 이야기하네(時時小雨知春近, 處處閑身覺日長. 林外鼓歌聞賽廟, 懷中茶餅議租桑)"[105]라고 묘사했다. 이 시가 가정 2년(1209) 겨울에 지어졌기에 육유는 "때때로 작은 비가 내리면 봄이 다가온 줄을 알고"라고 하면서 찻주전자를 품에 안은 채 다른 사람들과 '뽕잎 빌리는 일'을 상의했다. 겨울은 누에고치를 키우는 계절이 아닌데 육유가 생산적인 활동을

101) 『시고』 권78 「들판의 정취(野意)」, 가정 초년 가을, 제8책, 4234쪽.

102) 『시고』 권22 「6, 7월 사이에 산 속이 훨씬 시원하다(六七月之交山中涼甚)」.

103) 『시고』 권78 「가을날 집 밖을 배회하며(秋日徙倚門外久之)」, 가정 초년 가을, 제8책, 4252쪽.

104) 『시고 · 일고속첨 · 뽕나무 심기(詩稿 · 逸稿續添 · 種桑)』, 제8책, 4570쪽.

105) 『시고』 권80 「미질(微疾)」, 가정 2년 겨울, 제8책, 4332쪽.

위해 미리 준비했던 것이다. '뽕잎 빌리는 일'에 대해 구체적으로 어떻게 진행했는지, 어떤 경제 관계인지는 분명하지 않다. 하지만 뽕밭이 부족한 가난한 농가는 시장에서 따로 뽕잎을 사야 하는 경우가 더 많았을 것이다. 좀 더 이전인 가태 4년(1204) 봄에 육유는 나가서 거닐다가 산속에 있는 한 노인에게 "부녀자는 누에가 걱정되어 뽕잎을 빌리러 가고, 어린 아이는 보리밭 김을 맨 후 호미 들고 집으로 돌아왔네(婦女憂蠶租葉去, 兒童耘麥荷鋤歸)"[106]라는 시를 지어 보낸 적이 있다. 이 노인의 집안에서는 부녀자가 봄누에 자라는 기간에 뽕잎이 모자랄까봐 밖으로 나가 뽕잎을 빌린 것이지 임시로 땅을 빌려 뽕나무를 심었을 리는 없다. 따라서 '뽕잎 빌리는 일'은 뽕잎을 상품화한 것이 명확하다. 아니면 육유가 겨울에 뽕잎을 미리 예약했거나 노인네 집안 부녀자가 뽕잎을 임시로 사는 경우일 수도 있다. 아무튼 '빌린다'라는 개념이 뽕잎 거래 영역에서 나타난 것은 당시 주요 토지 경영 방식의 영향을 받았음을 확실히 말해준다.

육유의 시 속에 뽕나무 재배 기술에 관한 묘사도 있다. 예를 들면 "밀과 메밀 심으니 빈 땅이 없고, 뽕나무는 휘고 열매를 맺어 새로 과수원이 생겼네(下麥種蕎無曠土, 壓桑接果有新園)"라는 시구에서 알 수 있다시피 가지를 휘게 하여 다시 묻는 방법으로 새 뽕나무를 나누어 심고, 가지의 뿌리가 내릴 때까지 기다렸다가 다시 잘라서 다른 곳으로 옮겨 심을 수 있었다. 또한, "사람들이 모내기를 하고 있는 산비탈에서 노랫소리 들려오고, 울타리 밖에서는 사람들이 비스듬한 사다리에 올라서서 '이상'을 하고 있네(歌起陂頭正插秧, 梯斜籬外又劙桑)"[107]라는 시구에서

106) 『시고』 권56 「산행을 하던 중 산속의 노인에게 시를 지어주다(山行贈野叟)」(제2수), 가태 4년 봄, 제6책, 3294쪽.

107) 『시고』 권24 「장난삼아 시골살이를 읊다(戲詠村居)」.

언급한 '이상(劃桑)'은 뽕나무 가지의 껍질을 갈라 새싹이 많이 나도록 하는 방법이다. 그리고 전문적으로 쓰는 도구도 있었다. "다리에 찬 '이상' 용 도끼로 담금질하고, 못 옆에서 쫑쯔를 싸는 줄풀을 베네(橋邊來淬劃桑斧, 池畔行芟縛粽菇)"[108]라는 설명 외에도 누에고치가 부화하기 전에 소금에 담가 소독하는 방법도 언급했다. "머슴은 우조(牛租)에 충당할 쌀 납부하고, 마을 여종은 고치를 적시는 데 쓸 잠염을 얻었네(園丁上牛米, 村婢博蠶鹽)"[109]라는 시구나 "눈에는 좋은 모습만 가득하니 유감이라고 할 게 뭐가 있는가? 오월이라 누에고치 씻는 계절 다시 돌아오네(年光滿眼吾何憾, 又近吳蠶浴種時)"[110]라는 시구에서 잘 보여준다. 하지만 이러한 농업기술은 대부분 전 왕조 때에 이미 있었으며, 남송에 이르러 도대체 어떻게 발전했는지는 확실하지 않아서 더 많은 고증이 필요하다.

육유의 시에는 양잠과 뽕나무 농업과 관련된 풍습이 많이 기록되어 있다. 양잠업은 역병이 생기는 걸 가장 꺼리기에 불확정성이 많다. 때문에 예로부터 신에게 제사를 지내는 풍습이 많이 전해져왔다. "집집마다 누에농사 잘 되길 기원하여 요란하게 북 치고 피리 불며, 마을마다 비 맞으면서 연못을 만드네(戶戶祈蠶喧鼓笛, 村村乘雨築陂塘)"[111]라는 시구나 "비가 내려 모내기 하는 사람들 기뻐하고 양잠을 위해 돈을 모아 신에게 빌었네(得雨人人喜秧信, 祈蠶戶戶斂神錢)"[112]라는 시구에서 알

108) 『시고』 권22 「시골집의 초여름(村居初夏)」(제5수), 소희 2년 여름, 제4책, 1665쪽.

109) 『시고』 권42 「촌흥(村興」, 경원 5년 겨울, 제5책, 2622쪽.

110) 『시고』 권74 「초봄(初春)」(제2수).

111) 『시고』 권32 「초여름에 바람이 불고 날씨가 개이니 기분이 좋아져서 시를 짓는다(春夏之交風日清美欣然有賦)」, 경원 원년 봄, 제4책, 2138쪽.

112) 『시고』 권32 「상사일에 짓는다(上巳書事)」.

수 있다시피 이런 행사들이 마을마다 정기적으로 진행되어온 풍속이었다. 그리고 사람들이 제사 활동을 위해 전문적으로 부적을 그리기도 했다. 이에 대해 육유는 "노인이 고성의 한 구석에서 점치어 생계를 유지하며, 누에와 밀이 잘 자란다는 부적을 그리기도 하네(老翁賣蔔古城隅, 兼寫宜蠶保麥符)"[113]라고 묘사했다. 단체로 모인 기잠(祈蠶) 행사 외에 개인적인 기도 활동도 진행되었는데 이를 두고 육유는 "이웃집에서 기잠을 할 때, 연못에 침종할 시간이 되었네(鄰曲祈蠶候, 陂塘浸種時)"[114]라고 묘사했다. 특히 마을 잠부(蠶婦)들이 다양한 행사로 신에게 제사를 지내며 양잠 농사가 잘 되기를 빌었다. 이에 대해 육유는 "시냇가의 푸른 치마 두른 여자는 비단으로 지은 옷 입고, 머리가 새하얀 무당은 사전을 내라고 재촉하네(青裙溪女結蠶卦, 白髮廟巫催社錢)"[115]라고 묘사했다. 그 외에 '새잠관(賽蠶官)'이라는 풍습도 있었는데, 이는 누에 신에게 제사를 지내는 의식이었다. 육유가 지은 발문(跋文)에는 북송 시기 양박(楊樸, 921~1003)의 「촌거감흥(村居感興)」을 집록한 부분이 있는데 그 시에는 '새잠관'이라는 풍습이 기술되어 있었다. "마을에서 술 한 주전자 마시고 딱딱한 음식을 먹으니 이가 시렸고, 수십 마리의 소 아래턱 가죽은 뼛속까지 말랐네. 치마를 입고 있던 넷째 할멈 뒤를 따라, 지팡이 짚고 새잠관을 보러 가네(一壺村酒膠牙酸, 十數胡皴徹骨乾. 隨著四婆裙子後, 杖頭挑去賽蠶官)"[116]라는 기록 외에도 「저물어가는 봄에 드는

113) 『시고』 권32 「초여름(初夏)」(제10수), 경원 초년 3월, 제4책, 2148쪽.

114) 『시고』 권50 「봄에 우연히 짓는다(中春偶書)」, 가태 2년 봄, 제6책, 3003쪽.

115) 『시고』 권45 「비가 개이고 바람이 부니 밖에 나와 산책하는 게 제일이다(雨晴風日絕佳徙倚門外)」(제2수), 가태 원년 봄, 제5책, 2785쪽.

116) 『문집교주(文集校注)』 권29, 「양처사의 <촌거감흥>에 발문을 쓰다(跋楊處士〈村居感興〉)」, 제3책, 255쪽.

이런저런 생각(春晚雜興)」이라는 시에는 "아이는 찻집을 수리하고, 잠부는 새잠관을 하네(兒童葺茶舍, 婦女賽蠶官)"[117]라고 되어 있다. 이로써 '새잠관'은 잠부들이 참여하는 제사로 여겨진다. 사실 누에를 부화시키는 계절이 되면 집집마다 문을 닫고 방문을 사절한다. 마치 "양잠을 하는 집은 손님을 꺼려 문을 닫고, 차 재배 농가는 관아에 차를 공급하기 위해 무척 바쁘네(蠶家忌客門門閉, 茶戶供官處處忙)"[118]라는 시구처럼 이는 낯선 사람이 전염병을 가져와 누에 성장에 나쁜 영향을 줄까봐 미리 방지하기 위한 것이다.

위의 정보는 그다지 자세하지는 않지만 우리로 하여금 육유의 향촌세계에서 양잠과 뽕나무 재배업의 발전 수준에 대한 상상을 할 수 있게 한다. (그림 5 참조)

이 외에 남송 시대 산회지역의 농업경제 중 어업과 산지 작물도 주목할 필요가 있다. 이는 육유의 일상생활에서도 뚜렷이 드러난다. 한편, 산회평원의 수로망이 조밀하고 호수가 많으니 육유는 "강에서 불어오는 가을바람이 물억새를 스치며 소리를 내고, 매일 물고기와 새우를 볶거나 삶아 먹으니 질리네(江上秋風蘆荻聲, 魚蝦日日厭煎烹)"[119]라고 했다. 그리고 "물가에서는 집집마다 낚시를 하고, 마을에서는 연기가 피어오르네(浦溆家家釣, 村墟點點煙)"[120]라는 구절을 통해서 낚시의 편리함도 알 수 있게 했다. 다른 한편으로는 산지 작물이 가져다주는 경제적

---

117) 『시고』 권32 「늦은 봄에 드는 이런저런 생각(春晚雜興)」(제2수), 경원 초년 봄, 제5책, 2131쪽.

118) 『시고』 권17 「상조에서 도산을 지나며(自上竈過陶山)」, 순희 13년 여름, 제3책, 1371쪽.

119) 『시고』 권84 「병사(病思)」(제3수), 가정 2년 가을, 제8책, 4496쪽.

120) 『시고』 권68 「추회(秋懷)」(제3수).

이익에 대해 말해주기도 하는데 그중에서 가장 중요한 특산물이 바로 차였다. 육유는 차밭을 소유하고 있었는데 정오가 지나면 콩으로 지은 밥이 다 되니 "어린 아이들을 불러와 골짜기 섶을 줍고, 집에 와서 산에서 딴 차를 마셔 보게 했다(呼童拾澗薪, 試我家山茶)"[121]라고 하면서 차를 직접 생산하고 있음을 말해주는 것 외에도 "강가의 여인은 바구니를 메고 가을에 나는 차를 팔았다(溪姑負籠賣秋茶)"[122]라고 묘사한 경우도 있다. 그 외에 이웃과 승려들에게 차를 선물하는 경우도 있었는데 이렇게 자체로 생산하여 자체로 소비하는 차와 마을 장터에서 판매하는 차는 차를 전문적으로 공급하는 상인들과는 달리 관아에서 정한 전매제도(專賣製度)의 제한을 받지 않았다. 차를 제외한 다른 작물에 대해서도 육유는 시에서 소개하고 있었는데, "순록을 데리고 슬슬 거닐다보니 함께 산속의 채소와 약초를 배부르게 먹네(行攜馴鹿寄消搖, 共飽山蔬與藥苗)"[123]라는 시를 예로 들 수 있다. 그중 가장 인기가 있는 재료는 죽순이었다. 이를 두고 육유는 "산속에서 가져온 차와 죽순으로 마을이 떠들썩하고, 장터의 순채와 농어, 그리고 나도옥잠화 모두가 신선하다네(出山茶筍村墟鬧, 上市蓴鱸七筋新)"[124]라고 하기도 했다. "산 앞 장터에는 죽순이 많았고, 강 인근 인가엔 밥 짓는 연기 피어오르네(山前虛市初多筍, 江外人家不禁煙)"[125]라고 하는 시도 있는데, 이런 작물들은 벼와 밀, 삼, 그리고 뽕나무에 비하면 중요성이 상대적으로 낮았기에 더 이상 깊이 논의할 필요성은 없겠다.

121) 『시고』 권50 「재중잡제(齋中雜題)」(제4수), 가태 2년 봄, 제6책, 3006쪽.

122) 『시고』 권83 「추흥(秋興)」(제4수), 가정 2년 가을, 제8책, 4466쪽.

123) 『시고』 권83 「병사(病思)」(제4수).

124) 『시고』 권50 「봄 나들이(春遊)」.

125) 『시고』 권76 「호수 위에서(湖上)」, 가정 초년 봄, 제8책, 4142쪽.

3. 백 무의 논을 갈다

본 절에서는 육유가 소유한 땅에 대한 분석을 통해 벼슬을 고사하고 향촌에서 지내는 선비의 경우를 예로 소유한 땅의 규모와 앞서 언급했던 농경경제 하에서 그 땅이 가지는 의의에 대해 살펴보고자 한다.

육유가 도대체 땅을 얼마나 가지고 있었는지는 기존 문헌에 정확한 정보가 없어 밝히기 힘들다. 하지만 가태 초년(1201), 육유는 "나의 기운이 이미 다했으니, 아무리 애를 써도 가족을 먹여 살릴 수 없네. 촉으로 가는 길의 힘겨움은 하늘을 오르는 것만큼 어렵고, 십 년 동안 분주했으니 이미 지겨워졌네. 고향으로 돌아가는 어려움 여전하고, 성곽 근처의 논이 백무도 안 되네. 비록 굶주려서 죽는다고 하면서도 가진 것을 잃지 않으려 하네(陸子壯已窮, 百計不救口. 蜀道如上天, 十年厭奔走. 還鄉困猶昨, 負郭無百畝, 雖雲饑欲死, 亦未喪所守)"[126]라고 하였다. 이는 아마도 그 해부터 육유가 녹봉의 절반을 받지 못하게 되어 생계가 어려워졌기 때문에 '굶어죽는다'는 탄식이 나왔을 것이다. 소위 '백 무(百畝)'라는 것은 농지가 넉넉하다는 의미에 불과하다. 그리고 '성곽 근처(負郭)'라는 말은 도시 근교에 인접한 최고의 농지를 기리킨다. 이에 관련하여 육유는 "어찌 대대로 성 안에서 태어날 수 있겠는가, 한 집에 전답 백무면 오랫동안 걱정 안 해도 되네(安得生世當成周, 一家百畝長無愁)"[127]라고 말했으며, 아들들에게도 "『육경』에 대도의 끝이 어디 있는가? 몸소 백 무의 논을 갈면 굶주림이 없어진다(道在《六經》寧有盡, 躬耕百畝可無

126) 『시고』 권49 「술에 취하여 짧은 시를 짓다(酒熟醉中作短歌)」, 가태 초년 겨울, 제6책, 2935쪽.

127) 『시고』 권21 「밤에 귀뚜라미 울음소리가 들려온다(夜聞蟋蟀)」, 소희 원년 가을, 제3책, 1621쪽.

饑)"[128]라고 말한 적이 있다. 따라서 '논밭이 백 무가 안 된다(無百畝)'는 말은 육유가 가산이 많지 않음을 말함과 동시에 성곽 근처에 있는 비옥한 땅을 가리킨다고 할 수 있다.

육유가 소유한 땅에 대하여 본격적으로 논의하기 전에 그의 가정상황부터 먼저 살펴보고 정리하고자 한다. 육유는 부인과 첩 하나가 있었다고 한다. 부인 왕(王)씨는 소흥(紹興) 17년(1147)에 육유와 결혼하였고 경원 3년(1197)에 별세했다. 왕씨는 장남 자거(子虡), 둘째 아들 자룡(子龍), 셋째 아들 자수(子修), 넷째 아들 자탄(子坦), 그리고 다섯째 아들 자약(子約)을 낳았다. 소실 양(楊)씨는 건도(乾道) 9년(1173년) 봄 육유가 49세 되던 해에 성도(成都)에서 맞은 첩으로서 여섯째 아들 자포(子布), 일곱째 아들 자휼(子遹, 즉子聿), 그리고 딸 정낭(定娘)을 낳았다. 그중 다섯째 아들 자약이 육유의 시에 언급되지 않은 걸 보아 일찍 죽은 것으로 추정된다. 나머지 아들 여섯은 성인이 된 후 모두 결혼하고 자식을 낳았다. 육유의 시에는 원례(元禮, 자룡의 아들), 원민(元敏, 자휼의 아들) 등 7, 8명의 손자와 증손자, 증손녀 등이 언급되고 있다. 만약 각 가족의 식구를 5명으로 가정하고, 육유 부부와 노비까지 포함하면 집안 식구는 적어도 40 여명에 달하니 그 규모는 당연히 적지 않았을 것이다. 또한 송나라의 법률에 의하면 부모와 조부모가 살아 계실 때는 호적을 따로 만들어 재산을 나누어서는 안 되었다.[129] 육유의 시에서도 알 수

128) 『시고』 권41 「아들에게(示兒子)」, 경원 5년 가을, 제5책, 2581쪽.

129) 두의(竇儀) 저, 『송형통(宋刑統)』 권12, 「부모재급거상별적이재(父母在及居喪別籍異財)」: "조부모, 부모가 있음에도 자손의 호적을 따로 만들어 재산을 나누면 징역 3년에 처한다(諸祖父母, 父母在, 而子孫別籍, 異財者, 徒三年)"(법률출판사, 1999, 216쪽). 이도(李燾), 『속자치통감장편(續資治通鑒長編)』권9, 개보 원년 6월 계추조기사(중화서국, 2004, 제2책, 203쪽). 서송집(徐松輯), 『송회요집고 · 형법(宋會要輯稿 · 刑法)』 권1의 1-2(제14책, 8211쪽).

있듯이 육유가 살아 있을 때에는 6명의 아들과 한 집안을 이루고 있었고, 자식들은 줄곧 분가하지 않았다. 그러므로 육유의 가계 지출은 집안의 총 인원수에 따라 추산해야 한다.

앞의 글에서 언급했듯이 당시 농장주와 소작인이 반반 나눈다는 관례에 따르면 논 100무에 소작료 100여 석만 받으면 되었다. 그리고 남송 말기의 방회(方回)의 추산에 따르면 저장성 북부 지역의 소작인들은 1인당 대략 30무의 논을 경작할 수 있고, 소작료를 낸 후 쌀 30석을 얻을 수 있다고 하였다. 그리고 "식구가 5명일 경우, 매일 1승의 쌀을 먹으면 1년에 쌀 18석을 먹는다(五口之家, 人日食一升, 一年食十八石)"고 추산하면 나머지 12석은 기타 지출에 보탤 수 있었다.[130] 결론적으로는 1인당 연 평균 3.6석의 식량이 필요하고, 기타 지출까지 합하면 5석이 필요한 셈이다. 육유네 가족을 40명으로 계산하면 쌀만 144석이 필요하고, 기타 지출까지 합하면 총 200석이 필요하다. 그러고 보면 백 무의 전답에서 나오는 수익은 도저히 육유 집안의 지출을 감당할 수 없었다. 하물며 방회는 가난한 집안의 지출을 기준으로 추산한 것이니 더욱이 실제 지출은 틀림없이 더 많았을 것이다. 때문에 육유가 소유한 토지는 백 무보다는 훨씬 더 많았을 것으로 짐작된다. 아쉽게도 육유는 "성곽 근처의 전답은 백무도 안 되네(負郭無百畝)"라는 말 외에는 자신의 소유한 토지에 대한 설명을 더는 하지 않았다.

자신이 소유한 땅의 위치에 대해 육유는 자신의 시에서 가끔 언급한 부분이 보인다. 가정(嘉定) 2년, 「병중잡영 10수(病中雜詠十首)」(제5수)

주희(朱熹) 저, 『주자어류(朱子語類)』 권106(중화서국, 1994, 2649-2650쪽) 등 참고. 후속적으로 나온 구체적인 집행상황 참조.

130) 방회 저, 『속고금고』 권18 「반고의 논밭 백무를 농사 짓는다에 대한 추론」(5), 『경인문연각사고전서』 제853책, 368쪽 상.

에서 육유는 "모습은 세상의 늙은 나무꾼이요, 성 남쪽에는 수면에 안개가 자욱하네. 사람을 찾다 우연히 김가네 집에 들리니, 쌀을 받아들고 두포교를 지났네(身是人間一老樵, 城南煙水寄迢迢. 尋人偶到金家畯, 取米時經杜浦橋)"[131]라고 묘사한 시에서 나오는 두포교(杜浦橋)는 현재까지 남아 있으며, 삼산별장에서 서쪽으로 2리 즈음 떨어진 곳에 있다. '쌀을 받다(取米)'는 말은 소작인의 집에 소작료를 받으러 간 것을 가리킨다. 사실 송나라 때는 땅이 여러 곳에 흩어져 있었기에 육유의 토지도 여러 곳에 나누어져 있을 수 있었다. 삼산에서 서쪽으로 가다가 두포교를 지나서 도착한 농지는 아마도 육유가 소유한 땅 중에서 중요한 부분이었을 것이다. 순희 12년(1185) 겨울, 육유는 「강북장에서 쌀을 받아다가 밥을 지으니 냄새가 향긋하여 느낀 바가 있었다(江北莊取米到作飯香甚有感)」라는 시에서 언급한 '강북장(江北莊)'도 그가 소유한 땅이었을 것으로 짐작된다. 초겨울에 늦벼를 수확하는 계절이 되자 집식구들이 소작인에게서 소작료를 받아오니 육유는 "햅쌀로 지은 밥에서 나는 향긋한 냄새가 시루에서 나오니, 밖에서 밥을 먹고 계곡물 마신들 어떠하리(新粳炊飯香出甑, 風餐澗飲何曾識)"[132]라고 읊었다. 이 '강북장'은 육유가 자신이 소유한 어느 땅을 부르던 이름이지만 구체적인 위치는 지금에 와서는 알 길이 없다. 하지만 이를 통해서 산회지역에서는 지주가 소유한 땅을 '장(莊)'이라고 부른다는 것은 알 수 있다. 경원 6년(1200) 겨울, 육유는 「처음으로 비가 개이니(初晴)」라는 시에서 당시 농장주(지주)와 소작인 사이에 있었던 풍습인 '송갱(送羹)', 즉 매년 설날이면 소작인이 농장주에게 닭과 물고기 등을 선물하는 것에 대해 소개하였다.

131) 『시고』 권85, 「병중잡영 10수(病中雜詠十首)」, 가정 2년 겨울, 제8책, 4536쪽.
132) 『시고』 권17, 「강북장에서 쌀을 받아 밥을 지으니 그 냄새가 향긋하여 느낀 바를 적는다(江北莊取米到作飯香甚有感)」, 순희 12년 겨울, 제3책, 1340쪽.

"소작인이 붉은 잉어를 가져오고, 이웃집에서 디딜방아 빌려 햅쌀을 찧네(客戶餉羹提赤鯉, 鄰家借碓擣新秔)"라고 하면서 "장호가 닭과 물고기 등을 선물하는 것은 송갱이라고 한다(莊戶以雞魚之屬來餉, 謂之送羹)"[133] 라는 주석을 덧붙이기도 했다. 여기서 등장한 '장호(莊戶)'는 곧 소작인이다. 사실 이 '송갱'은 후세에도 큰 영향을 미쳤다. 루쉰(魯迅)이 「'타민'을 논함(我談'墮民')」에서 소흥 지역의 '타민'들이 '주인의 집에 가는 풍습'을 꾸준히 계속하는 것을 소개하였는데 그 내용은 곧 '송갱'과 관련된 이야기이다.[134]

젊었을 때 조상으로부터 받은 유산은 육유의 주요한 가산이 되었다. 육유는 "젊어서 재산관리를 제대로 하지 않았다(少不治生事)"[135]고 스스로를 평가했다. 중년 이후에는 봉록을 받아 여유 돈이 생기자 전답이나 집을 구매하기도 했다. 주로 머물던 삼산별장 외에도 육유는 나이가 들어서 소흥부 남동쪽에 위치한 석범산(石帆山) 아래에 석범별장을 짓기도 했는데 사천에서 데려온 첩 양씨를 위해 거처를 마련해 준 것이기도 하지만 이 일대에 전답이 있었기 때문에 집을 지었을 수도 있다. 때문에 그는 나중에 이곳에 밭갈이 소도 추가로 사 놓았다. "만전을 써서 석범산 아래 경작을 위한 소를 사들였네(老子傾囊得萬錢, 石帆山下買烏犍)"[136]라는 시구에서 잘 보여준다. 또한 "어제 저녁 경호 북쪽에서 낚시하고, 오늘 아침 석범산 동쪽에서 약초를 캤네(昨暮釣魚天鏡北, 今朝采藥石帆東)"[137]라는 구절이 있듯이, 육유는 시구에서 석범별장 부근에

133) 『시고』 권44, 「처음 비가 개이니(初晴)」, 경원 6년 겨울, 제5책, 2725-2726쪽.

134) 루쉰(魯迅), 「'타민'을 논함(我談'墮民')」, 『루쉰전집(魯迅全集)』 권2, 인민문학출판사, 1980, 397쪽.

135) 『문집교주』 권20 「거실기(居室記)」, 제2책, 274쪽.

136) 『시고』 권36 「잡감(雜感)」(제8수), 경원 4년 봄, 제5책, 2356쪽.

서 약초를 캐던 일을 자주 언급했다. 다른 산이나 밭을 가지고 있었는지는 알 수 없지만 호숫가에 논을 어느 정도 보유하고 있었던 것은 확실하다. "석범산 기슭에 마름 세 무를 심었다(石帆山腳下, 菱三畝)"[138]라는 시구를 통해 이를 잘 보여준다. 이와 더불어 육유는 물고기를 잡고 땔나무를 하는 즐거움을 노래할 때도 석범별장과 더 많이 연관시켰는데 자신을 "석범산 기슭의 어부(石帆山下一漁翁)"[139]라고 칭하기도 했다. 그는 "석범산 기슭에서 누구와 함께 즐길까? 팔 척이나 되는 배 넓은 호수에 떠 있네(石帆山下樂誰如? 八尺輕舠萬頃湖)"[140]라고 한 걸 보면 아마도 전답과 연관이 있을 것으로 짐작된다.

물론 육유의 토지경영 방식은 당대 사람들과 마찬가지로 소작인에게 땅을 나눠주고 소작료를 받는 것이었다. 육유는 여러 편의 시에서 아들을 시켜 소작인의 집으로 보내 소작료를 수취하는 상황을 묘사하기도 했다. 예를 들어 건도 3년(1167), 「통이가 소작료를 취하느라 늦었다(統分稻晩歸)」라는 시에서 육유는 "밥 한 그릇 싸들고 나가더니 벼 백단 가지고 돌아왔네. 부지런히 일하며 참고 견디니 여가 시간에 더 많은 시를 지었네(出裹一簞飯, 歸收百把禾. 勤勞解堪忍, 余暇更吟哦)"[141]라고 하면서 아들이 소작료를 받으러 다니는 수고를 한탄했다. 여기서 '통

137) 『시고』 권78 「회계산으로 가는 길에서(稽山道中)」, 가태 원년, 제8책, 4237쪽.

138) 육유 저, 첸중련(錢仲聯), 천구이성(陳桂生) 주석, 『방옹사교주(放翁詞校注)』 권 상 『황은에 감격하여-가을 하늘에 기댄 작은 누각을 보며(感皇恩-小閣倚秋空)』, 『육유전집교주(陸遊全集校注)』 제8책, 저장 교육출판사(浙江教育出版社), 2011, 397쪽.

139) 『시고』 권68 「배 안에서 꿈을 적다(舟中記夢)」, 개희 2년 가을, 제7책, 3836쪽.

140) 『시고』 권54 「촌거(村居)」(제4수), 가태 3년 가을, 제6책, 3183쪽.

141) 『시고』 권1 「통이가 소작료를 취하느라 늦게 돌아오다(統分稻晩歸)」, 건도 3년 봄, 제1책, 111쪽.

(統)'은 장남 자거의 아명이며, '분도(分稻)'는 소작료를 수취하는 것이라고 설명을 덧붙였다. 경원 5년(1199), 산음지역이 병충해를 입었는데 추수 때가 되어 육유의 넷째 아들 자탄과 일곱째 아들 자휼이 소작인 집에 소작료를 받으러 갔는데 이를 두고 육유는 "닭이 울자 출발하여 저녁이 되어 돌아왔네(雞初鳴而行, 甲夜始歸)"라고 했다. 이어서 다음과 같은 시로 일하러 나간 자식들을 위로하기도 했다.

한가위에 곡식이 겨우 익어 가는데, 갑자기 충해를 입어 기근이 생겼네. 힘든 때라 배부른 한 끼 바랐는데, 바라보니 세상이 모두 바뀌었네. 농사를 짓도록 양식을 빌려주니, 소작인과 지주는 서로 더욱 의지하네. 하루아침에 이런 일 당하니, 말하려 해도 눈물이 앞을 가리네. 충해를 입어도 세금을 독촉하니, 남은 쌀은 소털만큼 성기네. 아들들 책 내려놓고 나가니, 헛고생하지 않기만 바라네. 새벽에 배타는 소리 들리고, 이슬에 옷깃 적시니 불쌍하네. 아침밥도 못 먹고 떠나니, 밤늦게는 돌아올 수 있겠지. 자식들 생각에 술 한 잔 드니, 늙어가는 이 몸도 어쩔 수 없네. 적은 수수로 빚은 술은 담백하고, 먹지 못한 닭은 여위였네. 오중의 작물이 여물었다고 하더니, 도성 근처도 모두가 작물이라네. 배불리 먹는 곳 가고 싶다만, 날개가 없으니 어찌 하겠나? 관리는 살찌고 백성은 불쌍한데, 방금도 매질하고 위세를 부리네. 물길을 무사히 지날 수 있을까, 옛 일을 생각하니 헛웃음만 더하네.

仲秋谷方登，螟生忽告饑。艱難冀一飽，俯仰事已非。
貸糧助耕耘，客主更相依。一旦忽如此，欲語涕屢揮。
共斂螟之余，存者牛毛稀。吾兒廢書出，辛苦幸庶幾。
夜半聞具舟，憐汝露濕衣。既夕不能食，念汝戴星歸。
手持一杯酒，老意不可違。秫瘦酒味薄，食少雞不肥。
頗聞吳中熟，多稼徹王畿。亦欲就飽處，無羽能奮飛？

官富哀我民，榜笞方甚威。渠亦豈得已，撫事增戱欷。[142)]

자탄과 자휼은 관리의 자손으로 당연히 독서와 과거시험을 가장 중요한 임무로 삼아야 하며 농사일에 참여할 리가 없었다. 따라서 육유는 그들이 책을 내려놓고 소작료를 취하러 나가게 한 것에 대한 미안함의 뜻을 내비쳤다. 더군다나 두 아들은 새벽에 배를 타고 출발했다가 저녁이 돼서야 돌아올 수 있었다. 심지어 저녁밥을 먹지 못할 정도로 고생했다. 이를 미루어보면 소작료를 받을 땅은 삼산별장에서 가깝지 않음을 알 수 있다. 이 또한 송나라 시대에 토지 소유권이 집중되면서 소유한 토지가 흩어져 있게 되는 추세를 반영하기도 했다. 심지어 많은 지주들은 "다른 고을에 별장을 마련하기도 했다(別業乎旁州)"[143)]고 한다. 그리고 당시 병충해가 발생했기 때문에 육유의 소작인들이 어쩔 수 없이 육유한테서 식량을 빌릴 수밖에 없었다. 이에 대해 육유는 "농사를 지을 수 있도록 식량을 빌려주고, 소작인과 지주는 서로를 더욱 의지하네(貸糧助耕耘, 客主更相依)"라고 묘사했다. 병충해가 발생한 후 농사가 큰 피해를 입었는데 이를 두고 육유는 "병충해를 입은 데다 세금을 독촉하니, 남은 것은 쇠털보다 적었네(共斂螟之余, 存者牛毛稀)"라고 했다. 그렇기 때문에 육유의 두 아들이 소작료를 취하는 일도 더욱 어려워지게 되었다.

142) 『시고』 권40 「9월 7일 자탄과 자율이 소작료를 받으러 나서며 닭이 울자 출발했는데, 저녁이 돼서야 돌아왔기에 위로하기 위해 시를 짓다(九月七日子坦子聿俱出斂租谷, 雞初鳴而行, 甲夜始歸, 勞以此詩)」, 경원 5년 가을, 제5책, 2564쪽.

143) 조언약(曹彦約), 『창곡집(昌谷集)』 권18, 「종형 운몽 현위 묘지명(從兄雲夢縣尉墓誌銘)」, 『경인문연각 사고전서(景印文淵閣四庫全書)』, 제1167책, 218쪽.

소작인에게 나누어 주는 것 외에 육유는 일부 토지를 남겨 자기가 직접 농사를 지었는데, 주로 일꾼을 고용하여 경작했다. 때문에 밭갈이 하는 소와 농기구를 준비해야 했기에 육유의 시에는 소를 빌리거나 사는 일에 관한 내용이 많다. 일찍 소희(紹熙) 5년(1194) 가을, 육유는 「비 오는 날 저녁의 번민을 떨쳐 버림(雨夕排悶)」이라는 시에서 "밭갈이 하는 소를 사서 섬계(剡溪)의 논을 경작했다(買牛耕剡曲)"라고 언급하면서 사람들로부터 '우소하다(迂疏, 세상 물정에 어둡고 민첩하지 못함)'[144]고 비웃음을 샀다고 했다. 4년 후인 경원 4년(1198) 가을에 육유는 다시 주머니를 털어 석범별장에서 쓸 밭갈이 소를 매입했다. 개희(開禧) 원년(1205)에 육유는 "돼지가 점점 살이 쪄서 제물로 쓸 수 있고, 밭갈이 소를 이미 샀기에 더는 빌릴 필요가 없네(牢彘漸肥堪奉祭, 耕牛已買不求租)"[145]라고 상황을 설명했다. 그러나 몇 년 뒤에 육유는 또 경작을 위해 따로 소를 빌리게 됨을 말한다. 개희 3년(1207) 겨울에 육유는 「한 겨울에 짓다(仲冬書事)」라는 시에서 "밤에 귀뚜라미 노랫소리 들으며 맨발로 길쌈을 하고, 백발이 되어 소를 빌려서 겨울 농사를 준비하네(赤腳聽蛩勤夜績, 蒼頭租犢待冬耕)"[146]라고 묘사했다. 그러다가 1년이 지난 후에 "소를 빌려 메밀밭을 경작하고, 배를 불러 물억새와 땔나무를 받노라(租犢耕蕎地, 呼船取荻薪)"[147]라고 하기도 했다. 그리고 "눈이 그치고 날이 개니 농사를 시작하고, 밭갈이 하는 소를 다시 빌렸네(雪晴農事起, 且復議租牛)"[148]라고 하기도 했다. 아마 원래 있었던 밭갈이 하는 소가

144) 『시고』 권30 「비 오는 저녁 번민을 떨쳐 버림(雨夕排悶)」, 소희 5년 가을, 제4책, 2042쪽.

145) 『시고』 권64 「수확 후 짓다(刈獲後書事)」, 개희 원년 윤8월, 제7책, 3623쪽.

146) 『시고』 권73 「한 겨울에 짓다(仲冬書事)」, 개희3년 겨울, 제7책, 4044쪽.

147) 『시고』 권78 「농가(農家」(제4수), 가정 초년 가을, 제8책, 4248쪽.

죽어서 어쩔 수 없이 다시 소를 빌려서 농사를 지어야 했던 모양이다. 밭갈이 하는 소를 사려면 목돈이 필요한데, 노년에 접어든 육유는 생계가 상대적으로 곤란하여 그만한 비용을 다시 부담할 수 없게 되었을 것이다. 이 또한 어느 정도 육유의 집안 사정을 반영하기도 했다.

때문에 육유는 가끔 논에 나가 고용한 일꾼을 직접 감독하기도 했다. 순희 8년(1181) 9월, 육유는 밭에 나가 밀 파종을 감독하며 아래와 같은 시를 지어 자신의 고생에 탄식했다.

힘든 줄 모르고 일만 열심히 하다 보니,
돌아가는 길은 어느새 밤이 깊었네.
빼꼼히 열린 사립문 사이로 개는 짖고,
닫힌 출입문 사이로 불빛이 흐르네.
이슬에 옷 젖는 게 무슨 대수랴마는,
허벅지까지 빠지는 진흙 속을 어찌하리.
포리의 늙은이를 누가 가련하다 하련만,
백발이 성성한 채 농사를 배우네.
배부르게 먹어보진 못했지만,
이런 농지라면 이미 그림이라고 할 만하지.

力作不知勞，歸路忽已夜。
犬吠闖籬隙，燈光出門罅。
豈惟露沾衣，乃有泥沒胯。
誰憐甫裏翁，白首學耕稼。
未言得一飽，此段已可畫。[149]

148) 『시고』 권49 「잔력(殘歷)」, 가정 초년 겨울, 제6책, 2969쪽.

149) 『시고』 권13 「밀 파종을 감독하다 비가 와서 밤에 돌아오다(督下麥雨中夜歸)」, 순희 8년 9월, 제3책, 1072쪽.

여기서 농사일을 감독하는 일을 "백발이 성성한 채 농사를 배운다네(白首學耕稼)"라는 시구로 묘사했는데, 이는 육유가 사대부 계층의 한 명으로서 자신의 입장과 감정을 잘 반영한 부분이라고 할 수 있다. 그러나 육유가 농민을 고용하여 경작한 토지가 얼마나 되는지, 그리고 왜 토지를 남겨 자신이 직접 농사를 지었는지에 대해서는 알 방법이 없다.

이와 더불어 "고용된 농부와 함께 식사하고, 소작인과 지주는 함께 밥을 짓네(傭耕食於我, 客主同爨炊)"[150]라는 시구를 보면 육유은 집안의 노비와 고용된 농민들을 잘 대해주었음을 알 수 있다. 앞에서도 언급했듯이 집안의 '산복(山僕)'은 원래 글을 몰랐는데 오랫동안 육유를 대신하여 조제를 하다 보니 결국 약 처방을 많이 쓸 수 있게 되었다. 물론 이는 육유가 가르쳐 준 덕분이었다.[151]

전통적인 농업 경제에서 토지는 가장 중요한 생산 자원이자 당시 사람들의 재산 중 가장 중요한 부분이며, 가정 경제의 기초이기도 했다. 따라서 상류 사회 계층은 본능적으로 토지를 구매하게 되었던 것이다. 만년에 접어든 육유는 내내 집안이 가난하다고 우는 소리를 하면서도 늘 잊지 않고 토지를 사들였다. 소희 2년(1191), 육유는 「산원(山園)」이라는 시에서 "낚시터에 가까운 신원을 샀는데, 초가집가 사립문을 겨우 만들었네(買得新園近釣磯, 旋營茆棟設柴扉)"라고 했다. 하지만 '신원'이 어디에 있는지 알 수는 없다.[152] 그리고 소희 5년 가을, 육유는 시에서 자신이 3년 전 아들과 함께 '동경소령(東涇小嶺)'을 지나다가 별장 짓기 좋은 땅이 눈에 들었으나 결국 돈이 부족해서 살 수 없었다고 했다. 3년 후에 또 그곳에 갔다가 그 일이 생각나서 마음이 '울적해서 감회가 일었

150) 『시고』 권48 「초라한 집(弊廬)」.

151) 『시고』 권84 「와병잡제(臥病雜題)」(제4수).

152) 『시고』 권22 「산원(山園)」, 소희 2년, 제4책, 1644쪽.

다(悵然有感)'[153]고 말했다. 가태 4년(1204), 육유는 「잡서유거사(雜書幽居事)」라는 시에서 "몸은 시를 짓느라 말랐고, 집안 살림은 산을 사느라 거덜났네(身緣作詩瘦, 家為買山貧)"[154]라고 묘사했다. 물론 육유가 농자를 지어 얻은 수익으로 가정경제를 지탱했던 것은 아니다. 보다 구체적인 내용은 다음 장에서 살펴보고자 한다.

153) 『시고』 권30 「삼년 전 아들과 함께 동경소령을 지나다 별장 짓기 좋은 부지가 눈에 들었지만 결국 궁핍해서이룰 수 없었다. 어쩌다 다시 이곳에 오니 몹시 울적해서 감회가 일었다(三年前嘗與兒輩步過東涇小嶺, 得勝處可營別墅, 貧不能成. 偶復至其地, 悵然有感)」, 소희 2년, 제4책, 2051쪽.

154) 『시고』 권60 「잡서유거사 (雜書幽居事)」(제5수), 가태 4년 겨울, 제7책, 3462쪽.

/ 제4장 /

식생활과 생계 : 옛날 초나라 때부터 물고기를 즐겨먹다

아침에 계녀가 신선한 붕어를 가져다주니,
물 뿌려 초가집 청소하고 술잔도 내 놓았네.
노옹이라 뼈가 목에 걸릴 근심은 하지 말게.
옛부터 초나라 풍속은 물고기를 즐긴다네.

今朝溪女留鮮鯽，灑掃茅簷旋置樽。
養老不須煩祝鯁，從來楚俗慣魚餐。
「偶得雙鯽」

1. 주식으로서의 쌀과 밀가루

남송 시기 산회지역의 농업경제와 육유가 소유한 땅에 대한 논의에 이어 본 절에서는 육유 집안의 경제사정과 그와 관련된 내용들을 분석하고자 한다.

우선 음식제도 및 관련 내용에 대해 논의하고자 한다. 옛날부터 사람들은 매일 삼시세끼의 원칙을 준수해 왔는데 송나라도 마찬가지였다. 사람들이 흔히 "세끼"라는 표현으로 일상적인 식생활을 가리켰다. 북송 시기의 문학가 왕우칭(王禹偁, 954~1001)의 시에 "푸성귀로 급하게 하루 세끼 보태려 했는데, 5월이 되자 밭에는 가뭄이 들어 걱정이라네(菜助三

餐急, 園愁五月枯)."[1]라는 시구가 있는가 하면, 송하오(宋祁, 998~1061)는 「출야관농(出野观农)」이라는 시에서 "소작농은 세끼밥 배부르게 먹어야 하거늘, 깊은 근심 때문에 남 걱정할 여유 없네(果然莊腹三飧飽, 悒悒深耕不顧人)"[2]라고 묘사한 부분도 있다. 여기서 "장복(莊腹)"은 소작인들의 일상적인 식생활을 가리키는데 역시 "삼시세끼"라고 할 수 있다. 이와 유사한 묘사가 남송 시기의 문헌에 더 많은데, 진순(陳淳)이 "전무입추(全無立錐, 아주 가난함을 뜻함)"한 손님을 언급함에 있어 "삼시세끼 배를 채우지 못하고 하루에 한 끼, 심지어 저녁 되기까지 밥알 구경도 못 하는 자가 있다(不能營三餐之飽, 有鎮日只一飯, 或達暮不粒食者)"[3]라고 했는데 정상적인 경우에는 하루에 세끼 밥을 배부르게 먹어야 함을 전제로 하고 있다. 아침은 상대적으로 간단했다. 이를테면 남송 시기의 오증(吳曾)이 "향간에는 아침은 소식하며 간식을 위주로 하는데 이는 당나라 때부터 있은 말이다(世俗例以早晨小食為點心, 自唐時已有此語)"[4]라고 했다. 산회지역도 마찬가지였다. 개희 2년 (1206), 82세의 고령인 육유는 자신의 건강을 자랑하면서 "백보 이상 걸으며, 하루 세끼를 잘 먹는다(疾行逾百步, 健啖每三餐)"[5]라고 했다. 육유는 많은 시들에서

1) 왕우칭(王禹偁) 저, 『왕황주 소축집(王黃州小畜集)』 권9 「채소를 심고 나니 비가 내린다(種菜子雨下)」, 『송집진본총간』 제1책, 선장서국, 2004, 영인 송사오싱 각본(影印宋紹興刻本), 588쪽.

2) 송하오(宋祁) 저, 『경문집(景文集)』 24 「출야관농(出野觀農)」, 『경인문연각사고전서(景印文淵閣四庫全書)』 제1088 책, 201쪽.

3) 진순(陳淳) 저,『북계 선생 대전집(北溪先生大全集)』 권44 「상장대경논육염(上莊大卿論鬻鹽)」, 257쪽.

4) 오증(吳曾) 저, 『능개재만록(能改齋漫錄)』 권2 「점심(點心)」, 상하이 고적출판사, 1979, 상책, 34쪽.

5) 『시고』 권69 「노경(老景)」, 개희 2년 겨울, 제7책, 3866-3867쪽.

점심식사를 언급하고 있다. 예를 들어 순희 15년(1188)「운문에서 옛일을 탄식하며(雲門感舊)」라는 시에서 "절에 있는 옛 등잔은 심지가 짧고, 부엌에선 햅쌀로 점심밥 짓는 향기 넘치네(佛幾古燈寒焰短, 齋廚新粟午炊香)"[6]라고 했으며 경원 4년(1198), 「여름날(夏日)」이라는 시에서는 "쫑쯔(단오절 때 찹쌀로 만든 중국 전통 음식)를 풀어 점심을 먹는데 채소 반찬 옆에 두고 숙취를 풀었네(米糲解包供午餉, 蒋齏傍枕析朝酲)."[7]라고 했다. 경원 4년 겨울에는 "점심밥"이라는 제목으로 시 두 수를 지었다.[8]

하지만 상황이 조금 복잡한 경우도 있었다. 육유의 시에는 "조포(朝晡)"에 식사를 한다는 내용이 적지 않게 기록되어 있다. 가정 원년「유거(幽居)」에서 "조포 두번에 든든해진 배를 어루만지네, 유거한다고 비웃지 마오(朝晡兩摩腹, 未可笑幽居)"[9]라고 했고, 같은 해에「자연자득(自貽)」에서는 "일년 중 한 겨울과 여름에는 적은 옷으로 차려입으며, 하루 중 조포에 밥 몇 술 먹었네(寒暑衣一稱, 朝晡飯數匙)."[10]라고 했다. "조(朝)"는 아침이고, "포(晡)는 오후 3~5시 즉, 신시(申時)로서 일몰 즈음인 유시(酉时) 전을 말한다. 황혼무렵인 포시에 하루의 마지막 정찬을 배정한 것을 보니 2~3시간 전인 점심에는 식사를 했을 가능성이 거의 없다. 이와 관련하여 경원 4년(1198),「노경(老境)」이라는 시에서 더욱 명확하게 밝히고 있다. "오늘은 서리가 많이 내리니 나약한 노옹은 참으

6) 『시고』 권20「운문에서 옛일을 탄식하다(雲門感舊)」, 순희 15년 가을, 제3책, 1556쪽.
7) 『시고』 권37「여름날(夏日)」(제4수), 제5책, 2377쪽.
8) 『시고』 권38「점심밥(午飯)」.
9) 『시고』 권75「유거(幽居)」, 가정 원년 봄, 제7책, 4135쪽.
10) 『시고』 권76「이연자득(自貽)」, 가정 원년 봄, 제7책, 4182쪽.

로 가련토다. 취사는 조포에 두 번을 하고, 깔방석에 덮을 이불은 담요 한 장으로 때우네(今日霜殊重, 衰翁老可憐. 朝晡兩炊火, 覆藉一床氈)"[11] 라는 시에서 보여주듯 조포에 밥을 먹었다는 것은 하루에 두 끼만 먹었음을 말해준다.

통계로 봤을 때, 육유는 일년 중에 계절을 막론하고 항상 이런 시를 읊었다. 이를테면 개희2년(1206)에 「추수 후 바로 쓰네(秋獲後即事)」라는 시에서 "노후에는 조포에 밥 몇 술 뜨고, 유생의 생사는 문장 한 편에 달렸네(老境朝晡数匙饭, 腐儒生死一编书)"[12]라고 했는데, 제목에서 추수 후라고 명확히 언급했고, 묵은 곡식은 다 떨어지고 햇곡식은 아직 거두지 못한 봄철이 아닌 만큼 하루 두끼라는 것은 계절과는 상관이 없었다. 단 이러한 삶은 70세 후부터 시작되었음을 짐작할 수 있다. "낡은 이불이라 오경 되면 유난히 추위를 느끼네, 아침엔 소량의 죽만 먹었더니 점심이 채 되기도 전에 허기가 지구나(故絮五更偏覺冷, 薄糜未午已先饑)"[13]라고 한 것처럼, 그는 종종 배부르게 먹지 못했다고 원망했으나 행여 육유한테 하루 두끼란 나이가 들어 몸이 허약해지면서 끼니를 줄여서 건강관리를 하기위한 것일 수도 있다. 하지만 이러한 식생활은 육유네 집안에서만 존재했던 것이 아닌 당시 사회의 생활풍습의 영향에 따른 것이었다. 즉, 기본적으로 삼시세끼를 준수하는 동시에 일부 사람들(이를테면 가난한 사람들)이 특정한 시기(농한기)에는 하루에 두끼만 먹기도 했다는 말이다. 방회가 하등 소작인의 경우를 예로 들어 당시 "일반가정의 식생활"을 설명할 때 "많아야 두끼였고, 점심은 따로 간식

11) 『시고』 권38 「노경(老境)」, 경원 4년 겨울, 제5책, 2458쪽.

12) 『시고』 권68 「추수 후 바로 쓰네(秋獲後即事)」(제2수), 개희 2년 가을, 제7책, 3823쪽.

13) 『시고』 권78 「시골집(村舍)」(제6수), 가정 원년 가을, 제8책, 4261쪽.

으로 해결했다(多止兩餐, 日午別有點心)"[14]라고 했는데 이는 육유가 말하는 "조포에 두 끼를 먹었다"라고 했던 하루 두끼의 삶을 말한 것이다. 방회는 사찰의 승려들이 일하지도 않으면서 "승려 되어 죽 두끼에 밥 한끼(披剃之餘, 二粥一飯)"로 하루에 세끼를 다 챙길 수 있다니 그야말로 "행운지인(至幸之人)"이라고 했다. 육유와 동시대에 살았던 시인 진조(陳造, 1133~12030)도 시에서 자신의 삶에 대해 "유생도 이 지경이구나, 조포에 두끼만 먹었네(為儒如此爾, 糧食第晨晡)"[15]라고 했다. 이를 통해서 알 수 있듯이 사대부들은 조포에 두끼를 먹는 것은 분명히 형편없는 상황이라고 여겼음을 엿볼 수 있다.

그렇다면 삼시세끼 혹은 하루 두끼를 육유와 그의 고향사람들은 주식을 무엇으로 하였을까?

지방 관리 집안이었던 육유네 가족은 멥쌀을 주식으로 했다. 이와 관련하여 읊은 시도 적지 않았는데 앞에서 인용한 「강북장에서 쌀을 받아 밥을 지으니 냄새가 향긋하여 느낀 바가 있었다(江北莊取米到作飯香甚有感)」에서도 "햅쌀로 지은 밥에서 나는 향긋한 냄새가 시루에서 나오니, 밖에서 밥을 먹고 계곡물 마신들 어떠하리(新粳炊飯香出甑, 風餐澗飲何曾識)"라고 하여 식구들이 소작료로 받은 햅쌀로 밥을 지어 기쁘게 먹는다는 내용이었다. 가정2년(嘉定,1209) 85세의 고령인 육유가 「병에 걸리다(病來)」라는 시에서 "배가 부르니 부족함이 없고, 향기로운 밥에 신선한 채소 추천하네(一飽吾何欠, 香粳薦美蔬)."[16]라고 거듭 이야

14) 방회(方回) 저, 『속고금고(續古今考)』 권18 「반고의 논 백무를 농사 짓는다에 대한 추론(附論班固計井田百畝歲入歲出)」(3), 『경인 문연각 사고전서(景印文淵閣四庫全書)』 제853책, 67쪽.

15) 진조(陳造) 저, 『강호장옹집(江湖長翁集)』 권11 「차운양재술회(次韻楊宰述懷)」, 『송집진고총간』 제60책, 선장서국, 2004, 영인만력각본(影印萬曆刻本), 440쪽.

기했으며 가끔 건강 때문에 하루 식사가 두끼 뿐이었지만 구수하고 부드러운 갱미밥을 먹었다고도 했다. "지금처럼 만족스러운 때가 어디 있으랴? 매일 두끼 식사는 작은 시루의 향기로운 갱미밥이네(卽今不足何時足? 小甑香粳日兩炊)"[17]라는 시에서도 잘 보여 지며, "백도를 수확하니 즐겁게 맛을 보네, 창고에 봉록 받은 쌀 묵어 지겨워지네(白稻登場喜食新, 太倉月廩厭陳陳)"[18]라고 표현한 것을 보면 가끔은 빈민이나 하층민들이 먹는 거친 멥쌀밥을 먹기도 했다.

그리고 앞에서 인용한 방회의 진술에 따르면 양식을 절약하기 위해 적어도 농한기에는 촌민들이 끼니를 죽으로 해결하는 것이 보편적인 현상이었다. 육유는 "가족들이 항상 죽 먹을 수 있다면, 금전 이야기는 하지도 않으리라(家能常食粥, 口固不言錢)"[19]라고 했는데 가끔 생계가 어려워 가족들로 하여금 죽을 먹게 할 수밖에 없었다며 탄식하기도 했다. 한번은 83세의 고령인 육유가 산책하러 나갔는데 이웃에 사는 사람이 평소보다 많이 수척해진 그의 모습을 보고 이상하다고 하자 육유가 "조포에 죽만 먹으니 이상할 것도 없다네. 치아가 흔들거리고 빠진 지도 수 년이 되었네(朝晡恃粥何勞歎, 齒脫牙搖已數年)"[20]라고 했는데, 이 시에서 그는 끼니마다 죽만 먹으니 마르지 않을 수 없다고 하면서 억울함을 털어놓았다.

밀가루는 산회지역 민중들이 쌀 다음으로 많이 먹는 주식이었다. 적

16) 『시고』 권85 「병에 걸리다(病來)」, 가정 2년 겨울, 제8책, 4519쪽.

17) 『시고』 권84 「병사(病思)」(제2수), 4495쪽.

18) 『시고』 권62 「시골취사(村炊)」.

19) 『시고』 권53 「서재잡영(書房雜詠)」(제2수), 가태 3년 봄, 임안, 제6책, 3126쪽.

20) 『시고』 권73 「산책하던 중 이웃이 보고 허약해짐을 의아해하는 것에 답하는 시를 짓다(散策門外鄰叟怪其瘦)」, 가희3년 겨울, 제7책, 4036쪽.

어도 육유의 시를 통해보면 밀이 보급됨에 따라 밀가루 음식이 저장성 동부 지역에서 상당히 보편화되었고, 이를 사회 각 계층이 받아들이면서 "북서지역 사람"에게만 국한된 음식이 아니었음을 알 수 있다. 이는 사람들이 식생활 구조를 주도적으로 조정하여 밀 보급에 적응하게 된 결과였다. 적어도 남부 지역 사람들의 식생활습관이 밀 보급에 따른 불편함이 필자가 예상한 것만큼 뚜렷하지는 않았다.

일반적으로 산회 지역 사람들의 밀가루 음식 제작법은 몇 가지로 고정되었다. 밀은 주로 면을 만드는 데 사용했다. "8월이면 쌀로 밥 지을 수 있네. 5월이면 밀을 벗길 수 있었네(八月黍可炊, 五月麥可磨)"라고 하거나, "구름처럼 넓게 자란 밀이 익어 햇 밀가루로 면을 만들어 먹고 고소한 연잎에 해물 튀김을 싸서 팔기 시작했다네(連雲麥熟新食面, 小裹荷香初賣鮓)"[21]라고 했다. 이때는 이미 강남이 장마철이라 육유는 「입매(入梅)」시에서 "금년에도 매우가 찾아오니, 먹구름이 빼곡히 덮혔네. 밀로 만든 국수 구수하니 북쪽에 난 창문에 기대어 잠을 청하네(今年入梅日, 雲腳垂到地. 芬香小麥面, 展轉北窗睡)"[22]라고 시를 지었다. 또한 날이 더워지면서 "붓으로 문장을 짓고 차 달여 졸음을 쫓네. 신선한 채소로 냉면을 만들고 능숙하게 여름 옷 지었네(試筆書盈紙, 烹茶睡解圍. 新蔬供冷面, 熟練制單衣)"[23]라고 하면서 방금 수확한 밀로 시원한 냉면을 만들어 먹었다고 했다. 물론 국수 외에도 밀로 다른 음식도 만들었다. "마을 곳곳에 밀이 익어 전병 향기 그윽하나, 돌아가신 모친은 그 맛을 볼 수 없네(連村麥熟餠餌香, 我母九泉那得嘗)"[24]라는 시처럼 전병을 만

21) 『시고』 권22 「강촌의 초여름(江村初夏)」, 소희 2년 여름, 제4책, 1666쪽.

22) 『시고』 권66 「입매(入梅)」, 개희 2년 여름, 제7책, 3749-3750쪽.

23) 『시고』 권71 「늦은 봄의 기분을 적는다(殘春無幾述意)」, 개희 3년, 제7책, 3946쪽.

들기도 했고, "밀로 시루떡 만들어 어른들 대접하며, 제철에 나는 채소를 이웃에게 나눠줬네(旋壓麥糕邀父老, 時分菜把餉比鄰)"[25]라는 시구처럼 밀로 떡을 만들기도 했다. 밀에 비하면, 보리는 섬유 함유량 높고 거친 편이라 사람들은 보통 보리를 부수어 밥을 지었다. "보리 싸라기로 밥을 짓다(屑麥作飯)"라는 시에서 보면 보리를 밥보리로 칭하기도 했다. 보리 수확철은 4월초다. 육유는 「초여름(初夏)」이라는 시에서 "부추를 자르고 냉이를 절인 다음 쌀로 국물을 만들었네, 보리밥을 새로 지어 온 동네에 향기가 가득나네. 선생이 취하여 황소 등에 앉아 종횡으로 얽혀 있는 논두렁 거닐며 극구경을 하네(翦韭醃薺粟作漿, 新炊麥飯滿村香. 先生醉後騎黃犢, 北陌東阡看戲場)"라고 묘사했다. 하지만 보리는 맛이 안 좋아서 보통 하층민들이 많이 먹었다. 육유가 이웃 농가를 언급하면서 "맞은편 울타리에 둘러싸인 초가 삼간에 채소 반찬과 보리밥으로 매일 내왕이 끊이지 않네(相對籬數掩, 各有茆三間. 芹羹與麥飯, 日不廢往還)."[26]라고 묘사했다. 하지만 그는 종종 보리밥을 먹는 것으로 자신의 안빈낙도(安貧樂道)를 드러내기도 했다. "안빈하여 보리밥을 짓고, 일하며 차잎을 씹어 먹네(安貧炊麥飯, 省事嚼茶芽)"[27]라고 하거나 "도기 그릇에 보리밥 짓고, 이웃에 사는 노옹과 벗이 되어 누런 버섯과 푸른 채소찬을 깨끗이 비운 뒤에야 젓가락을 내려놓았네(瓦盆麥飯伴鄰翁, 黃菌青蔬放箸空)"[28]라고 했다. 이 역시 관직에 있는 육유 집안에서도 보리밥

24) 『시고 · 방옹일고속첨 · 전이 타는 냄새 맡고서(詩稿 · 放翁逸稿續添 · 聞婆餅焦)』, 제8책, 4570쪽.

25) 『시고』 권34 「답답함을 풀어내다(排悶)」.

26) 『시고』 권37 「동서가(東西家)」, 경원4년 가을, 제5 책, 2389쪽.

27) 『시고』 권34 「즉사(即事)」, 경원2년 여름, 제5 책, 2257쪽.

28) 『시고』 권13 「채소밭잡영 · 파(蔬園雜詠 · 蔥)」, 순희 8년 10월, 제3책, 1090쪽.

이 주식중 하나였음은 말할 것도 없고 보리로 지은 음식이 산회 지역에서는 아주 보편적이었음을 증명해 준다. 육유네 집안에서도 메밀을 재배했는데 "소를 빌려 메밀농사를 지으니 배를 불러서 갈대 땔감 실었네(租犢耕蕎地, 呼船取荻薪)."[29]라고 했다. 메밀로 만드는 음식은 종류가 다양했던 것으로 보인다. 메밀국수가 있는가 하면 메밀떡, 메밀전병도 있었다. "메밀이 익어 산에 있는 승려들에게 박탁(餺飥, 메밀로 만든 수제비)을 만들어주고. 시냇가에 거주하는 친구가 배틀 타고 와서 땔감을 해줬네(蕎熟山僧分餺飥, 船來溪友餉薪槱)"[30]라고 했는데 여기서 박탁(餺飥)은 바로 메밀과 채소로 끓인 수제비로서 채면이라고도 불렀다. 메밀전에 관해서는 "메밀전을 새로 부쳐 구수하니, 미주를 마신 노옹 얼굴이 빨개졌네(蕎餅新油香, 黍酒甕面濃)"[31]라고 하였는데 이와 비슷한 묘사가 적지 않았다. "해가 서서히 지평선 너머로 저무는데 낙엽이 길가에 듬뿍 쌓였네. 시골 주막에서는 메밀 국수를 팔고 농가에서는 콩대로 불을 붙이네(夕陽下平野, 落葉滿荒街. 村店賣蕎面, 人家燒豆秸)"[32]라고 했는데 당시 산회의 농촌에서 밀가루 음식은 농가의 일상 먹거리였으며 시골 주막의 요리 메뉴에 들어가기도 했다.

특히 밀가루 음식은 명절풍속에도 깊이 융합되어 있었다. 육유의 기록에 따르면 산회 지역 민중들은 새해가 되면 "연박탁(年餺飥)", 즉 수제비를 먹는 풍습이 있었다, "시골 풍습에 따르면 한 밤에 제사를 지내

29) 『시고』 권78 「농가(農家)」(제4수).

30) 『시고』 권33 「암벽에 글을 쓰다(題庵壁)」(제2수), 경원 원년 겨울, 제4책, 2203쪽.

31) 『시고』 권33 「호상 어른들에게 18운을 지어주다(贈湖上父老十八韻)」, 경원 원년 겨울, 제4책, 2189쪽.

32) 『시고』 권28 「추운 밤 동쪽 마을에서 걸어서 왔다(晚寒自東村步歸)」, 소희 4년 가을, 제4책, 1929쪽.

고 어른 아이 할 것 없이 남긴 음식을 나눠먹으며 새해 첫날에는 반드시 수제비를 먹는데 이를 겨울의 훈툰이나 연박탁이라고 부른다(鄕俗以夜分畢祭享, 長幼共飯其餘, 又歲日必用湯餠, 謂之冬餛飩, 年餺飥)."[33] 이러한 풍습이 유래하게 된 데는 당연히 밀가루 음식이 한몫했다. 현지 민중들의 식생활 구조에서 밀가루 음식이 어느 정도 역사적 전통으로 발전해 왔고 여러 사회 계층의 식단에서도 상당히 보편화되었기 때문이다. 지금까지 사오싱 지역에는 "동지에는 훈툰, 하지에는 면"이라는 풍습이 여전히 존재하고 있었고 현지 사람들은 "박탁(餺飥)"을 "채협두(滯夾頭)"라고 부른다. 이는 아마도 남송 때부터 유래된 역사 전통일 것이다.[34] 한마디로 이러한 작품으로 봤을 때 강남 지역 사람들의 전통적인 식생활에 있어 밀가루 음식에 대한 반감정서는 전혀 없고 오히려 즐겨 먹었음을 알 수 있다.

벼와 밀 외에 많이 먹었던 것은 제((穄:직, 서(稷, 黍)), 조(粟), 콩, 토란과 같은 잡곡들이었다. 제나 조는 주로 밥을 짓거나 죽을 만들어서 많이 먹었다. 이와 관련하여 "황시 50척으로 옷을 만들어 입으니 편안하고, 검은 서 석되로 기장밥 지으니 향기롭네(黃絁五丈裁衫穩, 黑黍三升作飯香)"라고 하거나 "석되의 직으로도 굶주림을 달래지 못하고, 백발이 되도록 두 척 등잔 멀리하지 않았네(枯腸不飽三升稷, 皓首猶親二尺檠)"[35] 라고 했던 묘사에서 잘 보여준다. 그 외에 콩 요리법도 비교적 많았는데

---

33) 『시고』 권38 「세수서사(歲首書事)」, (제2수), 경원 5년 봄, 제5책, 2468쪽.

34) 왕치용(王致湧)의 『〈검남시고〉중의 소흥 풍물(〈劍南詩稿〉中的紹興風物)』를 참조, 중국 육유 연구회, 사오싱 육유 연구회가 편집한 『육유와 남송 사회-육유 890주년 생신을 기념한 국제 학술 포럼 논문집』, 중국사회과학출판사, 2017, 435-447쪽, 인용한 문구는 446쪽 참조.

35) 『시고』 권29 「춘야독서(春夜讀書)」, 소희 5년 봄, 제4책, 1991쪽.

바로 삶아서 밥을 대신하거나 메주로 만들어 먹기도 했다. 육유네 집안에서도 마찬가지로 "나이가 들어 여우털 모자를 쓰고, 새 콩을 부셔 주먹밥을 만드네(年邁狐裘帽, 時新豆搗團)."[36]라고 하거나 "메밀을 찧어 전을 만들고 콩을 쪄서 주먹밥으로 만들어 먹는다(春簸蕎供餌, 蒸炊豆作團)"[37]라고 하기도 했다. 하지만 콩은 쌀에 섞어 밥이나 죽을 만드는 경우가 더 많았다. "명아주 잎을 넣어 끓인 국은 소금이 적고, 콩을 섞은 밥엔 모래가 들어있네. 굶어죽지 않고 있어 우연히 술 얻으니 여전히 마음껏 마셨네(藜羹闕鹽酪, 豆飯雜沙磣. 偶然餓不死, 得酒猶痛飮)"[38]라고 하는가 하면 "어려운 처지에 팥죽을 먹는 일이 흔하니, 객사의 이부자리 없는 침대에 걸터 앉아도 한스러워 할 필요 없네(蕪蔞豆粥從來事, 何恨郵亭坐簀床)."[39]라고 하기도 했다. 장마와 가뭄 등 재해가 발생할 때마다 가난한 하층민들은 콩과 같은 잡곡에 의지해 굶주림을 견뎠다. "가뭄이 든지 오래 되어 콩을 섞어 배 채우고, 농민은 뽕나무 베고 송아지 팔았다오(十年水旱食半菽, 民伐桑柘賣黃犢)"[40]라고 그 상황을 묘사하기도 했다. 토란으로는 흔히 국을 만들어 먹었다. "토란 국 한 그릇으로 배를 불리니 아들들이 억지로 담아주었네(羹芋一杯吾自飽, 諸兒強為置盤飧)."[41]라고 묘사를하는가 하면 "한 소쿠리 밥으로 충분한테, 토란과 콩도 같이 넣었네(一簞吾已足, 芋豆亦加餐)"[42]라는 표현처럼 토란 국을

36) 『시고』 권64 「즉사(即事)」, 개희 원년 9월, 제7책, 3639쪽.

37) 『시고』 권73 「추동지교잡부(秋冬之交雜賦)」(제5수), 개희 3년 가을/겨울 사이, 제7책, 4022쪽.

38) 『시고』 권43 「술을 마시며(對酒)」, 경원 6년 가을, 제5책, 2700-2701쪽.

39) 『시고』 권15 「원공노전을 읽으며(讀袁公路傳)」, 순희 10년 8월, 제3책, 1174쪽.

40) 『시고』 권39 「희우가(喜雨歌)」, 경원 5년 여름, 제5책, 2520-2521쪽.

41) 『시고』 권46 「만흥(晚興)」, 가태 원년 여름, 제6책, 2808쪽.

42) 『시고』 권46 「가을 아침(秋旦)」, 가태 원년 가을, 제6책, 2841쪽.

끓일 때면 쌀을 함께 넣기도 했다. 크기가 큰 토란(우괴, 芋魁)은 가끔 구워먹기도 했는데 "사그라진 불에 우괴를 굽고 시루에는 콩꼬투리를 찌어내네(萮火煨芋魁, 瓦甑炊豆莢)"[43]라고 표현하기도 했다.

물론 쌀밥 외에 이러한 잡곡들이 다 맛있는 것은 아니었다. 특히 육유와 같은 지방 관리에게는 겨우 배를 채우는 "거친 양식"일 뿐이었다. 그래서 그는 항상 "육군이 스스로 생계를 제대로 도모하지 못해 70세가 되어도 거친 양식만 먹네. 쓴 책은 산더미나 몸은 빈털털이라네(陸君拙自謀, 七十猶糲食. 著書雖如山, 身不一錢直)"[44]라고 하면서 좋은 시절을 만나지 못했음을 한탄했다. 가끔 기분이 좋아져서 스스로를 너그럽게 대하는 태도를 나타내기도 했는데 "터진 옷 꿰매고 나니 더 따듯하고, 거친 음식 입에 맞아 남김없이 비웠네(破裘縫更暖, 糲食美無餘)"라고 호방한 시구를 남기기도 했다.[45] 가태 3년(1203)에 그는 비서감을 그만두고 시골로 돌아왔다. 조정의 "평지에 이는 풍파(風波起平地)"에 내심 불만을 품었던 그는 아들 자율(子遹)에게 시를 지어주었는데 "거친 밥으로 생계를 유지할 수만 있다면 대부를 공경하고 섬기는 것보다 훨씬 낫다(但令糲飯粗撑拄, 猶勝朱門常踧踖)"[46]라고 했다. 이는 거친 밥을 빌어 원대한 포부를 표현한 것이라고 할 수 있다. 따라서 주식 외에도 육류나 채소에 대해서도 논의해볼 필요성이 있겠다.

43) 『시고』 권73 「매시에서 해질 무렵 돌아오다(梅市暮歸)」, 개희 3년 겨울, 제7책, 4033쪽.

44) 『시고』 권32 「자규(自規)」, 경원 원년 봄, 제4책, 2137쪽.

45) 『시고』 권37 「병중에 읊다(病中作)」, 경원 4년 봄, 제5책, 2367쪽.

46) 『시고』 권57 「아들 자율에게 시를 지어주다(書懷示子遹)」, 가태 4년 3월, 제6책, 3319쪽.

2. 고기, 야채와 국

중국의 전통적인 농업사회에서는 곡식, 밀, 채소 등 음식을 주식으로 했는데 남송의 산회지역도 예외는 아니었다. 육유는 삼산별장 북쪽에 가족들을 먹일 수 있도록 일부러 채소밭을 가꾸어 먹거나 나머지가 있으면 가끔 내다 팔기도 했다. 새로운 것을 맛보고 싶거나 자기 집 채소밭에 없는 채소일 경우에는 시골 장터에서 사오기도 했다. "이웃집에서는 송아지가 태어나 즐거워하고, 시골 장터 다녀온 하인은 새로 나온 야채를 가져왔네(鄰家人喜添新犢, 小市奴歸得早蔬)"[47]라는 시구에서는 이러한 삶이 잘 보여 진다. 삼산별장의 채소밭에서는 배추, 순무, 파, 완두(완소, 豌巢), 토란, 겨자, 미나리, 부추, 오이, 와거(萵苣, 상추) 등[48]을 많이 심었다. 또한 왜황(矮黃)이라고 불렀던 채소에 대해서도 육유가 "오나라 지역의 채소(吳中菜名)"라고 설명했는데 바로 지금 말하는 유채이다.[49] 이 중에서 상대적으로 지역 특색을 가지고 있었던 채소는 회계의 산간지역에서 많이 나는 죽순을 꼽을 수 있다. "장터에는 죽순이 가득한데, 석양이 질 무렵 채능가가 들려오네(筍市連山塢, 菱歌起夕陽)"[50]라는 시구에서 잘 보여준다. 다음으로 꼽을 수 있는 채소는 평원의 호숫가에서 나는 고(菰)와 순채(蓴菜)이다. 고(菰)는 교백(茭白, 수생 채소)을 말하는데 산회 지역에서 보통 봄에 제배하고 가을에 수확한다. "가을에 물에서 건져내면 고는 옥보다 희고, 겨울에 냉이는 벽을 타고 올라오니

47) 『시고』 권35 「유회(幽懷)」, 경원 2년 가을, 제5책, 2278쪽.

48) 『시고』 권13 「채소밭 잡영(蔬園雜詠)」제5 수 (순희 8년 10월, 제3책, 1089~1090쪽), 권60 「자손들과 잔을 기울이다(與兒孫小飲)」, 권61 「소원(小園)」(개희 원년 봄, 제6책, 3504쪽) 참조.

49) 『시고』 권48 「자적(自適)」, 가태 원년, 겨울, 제6책, 2917쪽.

50) 『시고』 권53 「꿈을 기록하다(記夢)」, 가태 3년, 봄, 임안, 제6책, 3144쪽.

엿처럼 달다네(秋菰出水白於玉, 寒薺繞牆甘若飴)"[51]라는 시에서 고에 대해 언급하기도 했다. 순채는 다년생 숙근초본식물인데 시골 사람들이 배를 타고 다니며 채취하는 모습이 "가벼운 배를 타고 순채를 따는데 작은 장터에서 꾀꼬리 소리 들려오네(輕舟摘蓴菜, 小市聽鶯聲)"[52]라는 시에서 잘 보여준다. 순채는 싱싱하고 매끄러우며 부드럽고 콜라겐이 많이 함유되어 있어 순사(蓴絲)라고 부르기도 한다. 건도(乾道) 8년(1172) 11월, 육유는 익창(益昌)에서 검문(剑门)으로 가는 길에 「사귀인(思归引)」이라는 시를 지었는데, "순사가 시들어도 돌아가지 못하고, 오랜 굶주림 때문에 봉록이 필요하구나(蓴絲老盡歸不得, 但坐長饑須俸錢)"라고 한탄하기도 했다.[53] 하지만 그는 진나라의 장한(張翰)처럼 순로지사(蓴鱸之思)를 이유로 벼슬을 그만 두고 고향으로 돌아가지는 않았다. 그 외에 육유는 나물도 즐겨 먹었다. 다음의 시에서 잘 볼 수 있는데, "죽순이 갓 나올 무렵 반찬으로 먹었는데 철 지난 냉이도 상에 오르네(筍生初入饌, 薺老尚登盤)"[54]라고 하거나 "절인 채소 중에 가을에는 교백이 하얗고 국 가운데서 야생 비름이 제일 빨갛네(菹有秋菰白, 羹惟野莧紅)"[55]라고 하였는데, 냉이는 흔히 언급된 나물 중 하나이고 그 외에도 비름이 있었다.

산회지역에는 수로망이 밀집되어 수산물이 풍부하고 물고기, 새우, 꽃게, 조개 등이 상대적으로 저렴했다. "물가의 집들에서는 집집마다

51) 『시고』 권30 「가을 날 저녁(秋晩)」(제3수), 소희 5년 가을, 제4책, 2049쪽.
52) 『시고』 권50 「3월 22일에 짓는다(三月二十二日作)」, 가태 2년 봄, 제6책, 3022쪽.
53) 『시고』 권3 「사귀인(思歸引)」, 제1책, 266쪽.
54) 『시고』 권75 「채소밥(蔬飯)」.
55) 『시고』 권30 「채소밭에서 나는 야채에 농가에서 빚은 술을 마시며 즐거워 시를 지었다(園蔬薦村酒戲作)」, 소희 5년 가을, 제4책, 2042쪽.

낚시하고, 마을 곳곳에서 밥 짓는 연기 피어오르네(浦漵家家釣, 村墟點點煙)"(그림 6 참조)[56]라고 했는데 이는 사람들이 스스로 낚시로 고기를 낚았음을 말해준다. 따라서 육유는 "물고기와 새우가 작긴 하지만 내 가족 먹여 살리기에 충분하네(魚蝦雖瑣細, 亦足贍吾州)"[57]라고 적기도 했다. 평소에 가끔씩 얻은 물고기와 새우는 가난한 농민들의 식생활에서 단백질을 섭취할 수 있는 주요한 경로였다. 따라서 육유네 집 반찬에도 물고기와 새우가 당연히 빠지지 않았다. "마당에는 닭과 오리떼 돌아다니고 어장에는 물고기와 게들이 가득하네(既畜雞鶩群, 複利魚蟹賤)"라고 시구에서처럼 마을 장터에서 구입하거나 "어제는 손님이 불러서 동포에서 낚시하고, 오늘은 스님과 약속하여 북헌에서 바둑을 두었네(昨日客招東浦釣, 今朝僧約北軒棋)"[58]라고 하면서 심심풀이로 배를 띄우거나 항구에서 낚시하는 경우도 종종 있었다. 가정 원년(1208)에는 특별히 낚시배도 구입했는데 "누에실과 밀을 팔아 부세를 갚고 나니 낚시배를 살 돈 남았네(賣絲糴麥償逋負, 猶有餘錢買釣船)"[59]라고 표현하기도 했다. 심지어 "물고기와 새우를 매일 조리하니 이젠 질렸다네(魚蝦日日厭煎烹)"라고 하기도 했다. (그림 7 참조)[60] 따라서 육유는 물고기나 새우를 맛 좋은 요리로 생각하지 않았으며 대신 항상 육류를 선호했음을

56) 『시고』 권68 「추회(秋懷)」(제3수).

57) 『시고』 권44 「소숙당 여주북산 잡시를 읽고 차운하여(讀蘇叔黨汝州北山雜詩次其韻)」(제5수), 경원 6년 가을, 제5책, 2713쪽.

58) 『시고』 권62 「유년(流年)」, 개희 원년 여름, 제6책, 3539쪽.

59) 『시고』 권76 「초여름 잡흥(初夏雜興)」(제3수), 가정 원년 여름, 제8책, 4174쪽. 같은 책 권77 「추사(秋思)」(제8수) "채소밭 한 무를 임시로 임대하고, 천 관의 돈으로 낚시배를 샀네(一畝旋租畦菜地, 千錢新買釣魚船)." 가정 원년 가을, 제8책, 4213쪽 참조.

60) 『시고』 권84 「병사(病思)」(제3수).

알 수 있다.

청년시기와 중년시기 육유의 시작품에는 음식과 관련된 내용이 상대적으로 적었다. 순희8년(1181), 당시 57세였던 육유가 삼산에 거주하면서 가끔 고기 없어 어쩔 수 없이 채소로 술안주를 할 때가 있었다. 그는 "대장부는 가난이 자주 있는 일이요, 굳이 부귀를 강요할 필요 없네(丈夫窮達皆常事, 富貴何妨食萬羊)"[61]라는 호방한 시구를 남기기도 했다. 노년에 들어, 특히 소희 원년(1190)에 하담(何澹, 1146~1219)에게 탄핵당해 임안부(臨安府)에서 벼슬을 그만두고 고향으로 돌아간 후 그는 일상적인 삶을 더욱 중요하게 생각했다. 같은 해에 「산거 중에 매일 고기를 먹지 못해 육식이 없어 심심풀이로 적다(山居食每不肉戲作)」라는 시에서 "강가에 사는 친구가 물고기를 주었으나 차마 조리할 수 없네, 여생은 채소와 거친 쌀밥으로 보내리라. 화경으로 난 쌀 2승으로 향기로운 밥 짓고 채소밭에서 나온 배추로 담백한 국을 끓였다오(溪友留魚不忍烹, 直將蔬糲送餘生; 二升佘粟香炊飯, 一把畦菘淡煮羹)"[62]라고 자신의 삶을 묘사하기도 했는데 그 전에 비해 심경이 많이 달라졌음을 알 수 있다. 소희3년 그가 「채식을 하면서 심심풀이로 적는다(蔬食戲書)」에서 "새로 딴 초록색 부추는 천하에 둘도 없고 삼 척이나 자란 거위는 담황색을 띠었네. 동문의 돼지고기는 그 맛이 더 좋고 고소하며 육즙 많은 양고기 맛도 일품이네. 진귀한 음식이라 어찌 일상 음식과 비하랴만 땔감으로 율무밥 지으니 진주보다 더 이쁘네(新津韭黃天下無, 色如鵝黃三尺餘. 東門彘肉更奇絕, 肥美不減胡羊酥. 貴珍詎敢雜常饌, 桂炊薏米圓比珠)"라고도

61) 『시고』 권13 「촌에서 살며 술이 익자 고기 반찬이 없어 채소국을 끓여 술을 마셨다(村居酒熟, 偶無肉食, 煮菜羹飲酒)」, 순희 8년 10월, 제3책, 1080쪽.

62) 『시고』 권21 「시골에서 살면서 매끼 고기반찬이 없어 심심풀이로 적다(山居食每不肉戲作)」, 소희 원년 가을, 제3책, 1619쪽.

묘사했는데, 육유는 양고기, 돼지고기를 귀하고 맛있는 음식으로 여겼음을 알 수 있다. “동오에서 돌아오니 이러한 맛 다시 보기 힘들고 매일 조밥에 말린 물고기를 구워 먹었네(還吳此味那復有, 日飯脫粟焚枯魚)”라고 하거나 어쩔 수 없이 “육식은 이제부터 다 포기하고 저녁에는 백석을 삶고 병법을 기록하네(膻葷從今一掃除, 夜煮白石箋陰符)”63)라고 심경을 적기도 했다. 즉 육유는 말린 물고기, 즉 말린 수산물, 개구리 따위를 육류로 여기지 않았다. 그 뒤로부터 육유는 육식을 먹을 수 없는 자신의 신세를 많이 원망하고 있었다. 경원4년(1198) 가을, 그는 「햇곡식을 먹으며 누추한 집에서 오랫동안 채식하다가, 이제야 육식을 얻게 되어 그 감회를 적네(食新有感貧居久蔬食至是方稍得肉)」64)라는 제목으로 시를 지었으며 이듬해에는 “금년에는 더욱 가난해져서 고기 한번 먹어보지 못했구나(今年徹底貧, 不復具一肉)”65)라고 하기도 했다. 이는 경원4년 연말까지 그가 소희 원년부터 맡았던 건녕부 무이산 충우관(建寧府武夷山沖祐觀)이라는 벼슬에 해당하는 봉록을 3차례나 신청했으나 중단되어 집안의 경제사정이 한동안 어려워졌기 때문일 것이다. 경원6년(1200)에는 자신이 육류를 먹지 못한 날 수를 세기까지 했다고 한다. “가난함을 참는 것이 습관이 되고 채식만 한지도 10일이 되었네(忍窮端已慣, 蔬食又經旬)”66)라고 한 시와 비슷한 내용의 시들은 흔히 볼 수 있다. 예를 들어 가태(1204)4년, 「채소밭을 매다(鋤菜)」라는 시에서는

63) 『시고』 권24 「채식을 하며 심심풀이로 적는다(蔬食戲書)」, 소희 3년 봄, 제4수, 1737-1738쪽.

64) 『시고』 권37 「햇곡식을 먹으며 감회가 있어 적는다. 가난하게 살며 오랫동안 채식만 하다가 이제야 고기를 조금 얻게 되었다(食新有感. 貧居久蔬食, 至是方稍得肉)」, 경원 4년 가을, 제5책, 2387-2388쪽.

65) 『시고』 권29 「채식(蔬食)」, 소희 5년 봄, 제4수, 2001-2002쪽.

66) 『시고』 권43 「독서(讀書)」, 경원 6년 여름, 제5책, 2672쪽.

"집안이 가난하여 쌀밥과 고기 반찬이 부족하며, 몸이 아파 개구리와 물고기를 꺼렸네. 다행히 거친 밭이 있어 매일 호미로 기음을 매도 무방하네(家貧闕粱肉, 身病忌蛙魚. 幸有荒畦在, 何妨日荷鋤)"[67]라고 했는데 추가 설명은 따로 하지 않겠다. 각종 육류 중에서 육유가 가장 고급으로 여기고 군침을 참기 힘들어 했던 것은 역시 양고기였다. 때문에 그는 "동문의 돼지고기 맛이 이를데 없는데, 육즙이 가득하고 고소한 양고기 다 더욱 일품이라네(東門彘肉更奇絕, 肥美不減胡羊酥)"라고 했던 것이다. 「야채국(菜羹)」이라는 시에서도 "닭고기와 돼지고기 반찬마저 자주 먹지 못하는데 어찌 태관의 양고기를 바랄 수 있겠소(雞豚下箸不可常, 況復妄想太官羊)"[68]라고 하면서 어려운 집안 사정을 말 할 때도 양고기를 돼지고기나 닭고기 보다 더 귀하게 여겼다. 육유의 시에서 닭고기, 오리고기, 돼지고기와 양고기 외에 소고기는 거의 언급된 적이 없다. 그 이유는 소가 당시에 경작을 하는 생산도구였지 식용으로 하지는 않았기 때문이다.

"윤기 흐르는 고기는 값이 비싸니, 따르는 자는 경사진 언덕에서 구르는 구슬처럼 빨리 달려오네(煌煌肉食有高冠, 附者如馳順阪丸)"[69]라는 말처럼, 육식은 전통사회 사대부들의 지위를 상징할 뿐만 아니라 현실적으로도 사람들이 음식에 대한 심리적 인식이라고 할 수 있다.

이 외에 육유가 시구에서 가장 많이 다뤘던 것이 바로 술인데 다음 글에서 밝히고자 한다.

---

67) 『시고』 권59 「채소밭을 매다(鋤菜)」, 가태 4년 겨울, 제6책, 3428-3429쪽.

68) 『시고』 권59 「채소국(菜羹)」, 가태 4년 겨울, 제6책, 3437~3438쪽.

69) 강지(強至) 저, 『사부집(祠部集)』 권6 「장군이 길을 에돌아 찾아오니 짧은 글을 지어 받은 선물에 사례했다(張君枉道顧予因書短篇以答來貺)」, 『경인문연각사고전서(景印文淵閣四庫全書)』 제1091책, 62쪽.

3. 편안한 삶과 가업

앞에서 밝히다시피 육유가 주로 땅과 부동산 및 봉록으로 수십명의 가족을 먹여 살리고 일상생활을 유지했었는데 본 절에서는 해당 내용을 종합하여 추가로 분석하고자 한다.

대체로 훑어보면 육유가 "물려받은 유산이 중산층의 재산에 상당하여 집안이 그다지 빈곤하지 않았다(餘承先人遺業, 家本不至甚乏, 亦可為中人之產)"고 스스로 인정했지만 한편으로는 "육유는 장년이 되어도 가난하네(陆子壮已穷)"라고 하여 수시로 자신의 가난한 사정을 털어놓았다. 건도8년(1172)에 육유가 승상 우윤문(虞允文, 1110~1174)에게 글을 올려 관직을 청할 때도 "제가 가난한 사람이 아니라면 이 천하에 저보다 가난한 사람이 없을 것입니다(某而不為窮, 則是天下無窮人)"[70]라고 표현했다. 아마도 당시 육유네 집안은 아주 어려웠을 것으로 짐작된다. 그가 올린 글 때문인지는 몰라도 우윤문은 사천을 총괄하는 선무사(宣撫使)를 맡게 되자 육유를 사천 선무사 건판공사(司幹辦公事) 겸 검법관(檢法官)에 임명하기도 했다. 만년에 육유는 "가난함을 참는 것은 습관이 되었다(忍窮端已慣)"라고 자신의 신세를 표현했다. 소희5년(1194) 겨울, 아직 봉록을 받고 있던 그는 시를 읊으면서 "35년이 지나도 죽지 않았으나 천하에서 가장 가난한 사람이 되고 말았네(三十五年身未死, 卻為天下最窮人)"[71]라고 했다. 육유가 가난함을 하소연했던 첫번째 원인은 식구가 많다는 것이다. "배가 부르면 그만인데 어찌 또 음식을 가린단 말인가, 식구 백 명이 함께 미숫가루를 먹었네(得飽豈複擇, 百口同飯

70) 『문집교주(文集校注)』 권13, 『상우승상서(上虞丞相書)』, 제2책, 85쪽.

71) 『시고』 권31 「망영사릉(望永思陵)」, 소희 5년 겨울, 제4책, 2077쪽.

糗)"[72]라고 했듯이 항상 식구가 백 명이 넘는다고 했는데 과장된 표현이고 실제로 앞에서도 밝혔듯이 가장 많았을 때에도 40명 정도에 불과했다. 둘째로는 관료집안이라 어느 정도의 소비수준은 유지해야 했기에 후세 사람들은 그를 "억울하게 촌민으로 살았다(委其為鄕人)"라는 말에 동의하지 않았다.[73] 동시에 시서(詩書)가 대대로 이어지고 유교의 학문을 공부하여 집안을 일으키는 것을 변함없이 지켜왔기에 육유가 자기 아들이 부득이하게 공부를 중단하고 소작료를 받으러 가야 함에 대해서 동정을 보냈다. 그리하여 그는 "너희들이 반드시 가풍을 부끄럽게 하지 마라(汝曹切勿墜家風)"[74]라고 하거나 "대대로 전해 내려온 절각건을 바꾸지 말라(莫改家傳折角巾)"[75]라고 하면서 후손들에게 가풍을 지키라는 당부를 잊지 않았다. 육유는 후손들에게 남긴 가훈에서도 자신의 사후를 애기했는데 "후장은 결코 생존과 사망에 도움이 안 된다(厚葬於存歿無益)"라고 하기도 했으나 상류층에서 흥행하던 일본 목관에 대한 미련을 접지 못했는데, "왜선이 영파, 임안에 도착하면 돈 삼십관으로 좋은 관목을 살 수 있었다. 속으로 이 한가지만 이루려 했지만 옷이나 이불도 넉넉하게 마련할 여유가 안 되었네. 나중에는 꼭 이루기 바라네(四明, 臨安倭船到時, 用三十千可得一佳棺, 念欲辦此一事, 窘於衣衾, 亦未能及, 終當具之)"[76]라고 자신의 마음을 표현하기도 했다. 사실 관목을 구입하는

72) 『시고』 권47 「한밤중 자다가... 느낀 바가 있어 짓노라(中夜睡覚……感而有作)」.

73) 진착(陳著), 『본당집(本堂集)』 권80 「염교조실부(문병)의 편지에 대답하며(答剡教趙實父(文炳)書)」, 『경인문연각사고전서(景印文淵閣四庫全書)』 제1185책, 419쪽.

74) 『시고』 권49 「자손들에게 쓰노라(示子孙)」, 가태 원년 겨울, 제6책, 2943쪽.

75) 『시고』 권34 「원용이 보거라에게(示元用)」, 경원 2년 봄, 제5책, 2230쪽.

76) 육유 저, 「방옹가훈」, 151쪽.

데 필요한 돈 삼십관은 결코 적은 돈이 아니었다.

육유네 집안의 경제수입은 두 가지로 나뉜다. 하나는 땅과 같은 부동산의 일부를 임대하여 받는 소작료와 자체로 일꾼을 고용하여 땅을 경작한 수입이다. 땅이 얼마나 있는지에 대해 밝히지는 않았으나 그 규모가 적지 않았을 것으로 보인다. 나중에 석번(石帆)별장을 구입한 것을 보면 그곳에도 새로 장만한 땅이 있었기 때문이라고 짐작할 수 있다. 또다른 하나는 바로 봉록이었다. 그가 34세인 소흥 28년(1158)에 처음 벼슬길에 올라 영덕현 주부(主簿)로 있을 때부터 65세인 순희 16년(1189)에 하담(何澹)의 탄핵을 받아 관직을 그만두고 고향으로 돌아갈 때까지 대부분의 시간을 벼슬살이를 했고 한가하게 지냈던 시간이 별로 없었기 때문이다. 물론 초기에는 관직이 높지 않아서 봉록이 얼마되지 않았을 것이다. 65세 이후부터 가정3년(1210) 86세로 죽을 때까지 한가로이 보낸 시간이 많았고 벼슬에 있던 시간이 적었기에 오랫동안 사봉(祠祿)이나 반봉록만 받았다. 순희16년에 하담의 탄핵으로 관직을 그만두고 고향으로 돌아갔다가 이듬해 (소희 원년, 1990)에 중봉대부의 벼슬에서 파면당해 건녕부 무이산 충우관을 주관하게 되면서 사봉을 받기 시작했다. 그 후 네 번이나 글을 올려 재임을 청하기도 했는데 "성은이 망극하여 네 차례나 도관 사봉을 내려주셨네. 매번 부끄러움을 무릅쓰고 굶주림을 면하고자 봉록을 청하네(寬恩四賦仙祠祿, 每忍慚顔救枵腹)"[77]라는 시에서 잘 보여준다. 당시 봉록은 매달 80여민(緡, 민은 꿰미를 말한다, 한 민에 동전 1000밀이다)으로 그 수입이 적지 않았다. 소희3년 「배칙구호(拜敕口號)」에서는 "경호 그윽한 곳에 거주하며 무이산에

77) 『시고』 권38 「삼산에서 문 닫고 노래 지었네(三山杜門作歌)」(제1수), 경원 4년 겨울, 제5책, 2455쪽.

서 직을 맡았네. 매일 하는 일 없이 해마다 백만밀을 받았네(身居鏡湖曲, 銜帶武夷仙. 日絕絲毫事, 年請百萬錢)"라고 했는데 주석에 "봉록으로 받은 돈과 쌀, 솜, 비단이 한 해에 천민이 넘었다(祠俸錢·粟·絮·帛, 歲計千緡有畸)"[78]라고 한 내용을 통해서 알 수 있다. 소희5년(1194)에는 그가 다시 봉록을 청했으나 조정의 문서가 바로 내려오지 않아서 "끼니를 때우지 못하는(食且不繼)"[79] 지경에 이르렀다고 하기도 했다. 그는 78세 되던 가태2년(1202)에 조정으로부터 행도(行都)의 비서감을 제수받고 국사를 편찬하는 일을 맡게 되었고 이듬해 1월에 보모각대제(寶謨閣待制)를 제수 받았다가 5월에 벼슬을 그만두고 고향으로 돌아갔으며, 보모각대제에 해당하는 봉록의 반을 받기 시작했다. 개희2년(1205)에는 「역경(力耕)」이라는 시에서 "열심히 경작하니 1년에 곳간 한 곳에 쌀을 채울 수 있었으며 박봉이라 한 달에 3만 밀이 채 되지 않았네(力耕歲有一囷米, 殘俸月無三萬錢)"[80]라고 했는데 여기서 받은 봉록에 추가로 받은 쌀과 비단 등 실물을 더하면 실제로 반봉은 그전의 사봉보다 많았던 것으로 추정된다.

"박봉은 한 달에 삼만 밀이 채 안 되네(殘俸月無三萬錢)"라는 말은 전체적으로 어떤 수입수준을 말해주는 것일까? 당시 관아에서 민간 장인(匠人)을 고용하면 임금을 지불했는데, 예를 들어 개희년 간에(1205~1207), 호주(湖州)에서 장인을 불러들여 갑옷을 만들게 되어 "매일 돈과 쌀을 지불했다"[81]라고 했다. 그중 돈은 "일당 백 오육십밀에서

78) 『시고』 권26 「배칙구호(拜敕口號)」, (제1수), 소희 3년 겨울, 제4책, 1833쪽.

79) 『시고』 권30 「봉록을 청했으나 소식이 없어 끼니를 때우지 못했네(乞奉祠未報食且不繼)」, 소희 5년 가을, 제4책, 2063쪽.

80) 『시고』 권69 「역경(力耕)」, 개희 2년 겨울, 제7책, 3864쪽.

81) 완염 저,『쌍계문집(雙溪文集)』 권11 「상재집(上宰執)」,『송집진본총간』제63책,

이백밀"[82]이었다고 한다. 갑옷을 만드는 장인은 손재주가 좋아서 일당이 높은 편인데 쌀은 얼마 받았는지 밝히지 않아서 총수입은 계산할 수 없었다. 그리고 진구소(秦九韶)의 『수서구장(數書九章)』에 보면 "회안군에서 성벽 하나를 만드는데...매일 받은 수당이 신후이로 돈 백 밀이고, 쌀은 2.5승이다(問淮郡築一城......每工日支新會一百文, 米二升五合)"[83] 라는 기록이 있는데 여기에 나열된 여러 숫자는 가장 일반적인 상황을 반영했을 것으로 짐작된다. 성벽을 만드는 사람들의 수입은 상대적으로 낮아서 받은 돈이 신후이(新会)로서 기타 기록과 비교하자면 진구소는 이를 동전과 마찬가지로 간주하고 있음을 알 수 있다. 따라서 남송 중기에 노역자들은 일당이 쌀 2리터, 돈 백여 밀 정도였음을 알 수 있다. 쌀을 그 당시 가격으로 계산하면 한 석에 삼천밀 정도[84]이기 때문에 환산하면 2리터는 약 60밀에 달한다. 이를 통해 미루어보면 남송 조정에서 민중을 고용할 때 매일 지불하는 수당은 대략 160밀 정도이며 많아야 200밀이 채 되지 못함에 따라 매달 받은 수입은 약 5000~ 6000 밀 정도였음을 알 수 있다. "박봉이 한달에 삼만 밀 채 안 된다(殘俸月無三萬錢)"고 하는 것은 매달 25,000밀이라고 하더라도 정부에서 고용한 민중들의 수입에 비해 4배는 더 되며 여기에 쌀과 비단 등 실물을 합치면 받은 봉록은 매달 받는 봉록의 두, 세배에 달했다. 따라서 육유가 받았

선장서국, 2004, 영인청초본(影印清抄本), 170쪽.

82) 완염 저,『쌍계문집(雙溪文集)』 권16 「신재집구권거조갑(申宰執乞權住造甲)」, 254쪽.

83) 진구소(秦九韶), 『수서구장(數書九章)』 권7 하 「계정축성(計定築城)」, 『경인문연각사고전서(景印文淵閣四庫全書)』 제797책, 539쪽.

84) 바오웨이민(包偉民) 저, 「남송 국가 재정의 몇 가지 문제를 다시 논하다-유광임군에게(再論南宋國家財政的幾個問題-答劉光臨君)」참조, 『대만대학역사학보(臺大歷史學報)』제46기 (2010 년 12월), 177~229쪽.

던 수입은 일반 민중에 비해 10배는 더 되었다. 청민성(程民生)의 견해에 따르면 농촌 하층 소작민들이 하루 수입이 100밀에 불과하다[85]라고 했는데 이에 따르면 그 차이는 더 커진다. 조정에서는 봉록을 가끔 실물로 환산해 지급하기도 했다. 예컨대 경원3년(1197) 봄, 육유가 지은 「야부(夜賦)」에 단 주석에 따르면 "군(郡)에서 매달 술 90되로 환산해주니 일당은 마침 3승이 되었다(郡中月設折酒九門, 日恰得三升)"[86]라고 했다. 즉, 소흥부에서 매달 관리들의 봉록을 술로 대체했기에 육유가 받는 실제 봉록에도 영향을 받을 수밖에 없었다. 하지만 이는 당시 지방에서 봉록을 지급하던 보편적 상황이며 아주 심각한 수준은 아니었다.

육유네 집안의 봉록으로 얻은 수입은 육유의 봉록 외에도 자식들이 받는 봉록도 있었다. 그의 자식들도 연이어 벼슬을 하게 되었는데, 가태4년(1204)까지 부인 왕씨가 낳은 자식들은 전부 벼슬길에 오르게 되었다.[87] 관직은 높지 않았지만 그 봉록을 합치면 가계에 많은 보탬이 되었을 것이다. 하지만 육유의 집안 사정이 그다지 넉넉하지 못한 것도 사실이다. 가태4년 가을, 경제적으로 여유가 없어서 그는 "집안이 가난해서 술을 담글 수 없었다"라고 하면서 대신 그가 받아온 관주(官酒)는 너무 시다고 했다.[88] 개희 원년(1205)에는 "너무 가난하여 금년에는 종규를 새로 바꿀 수 없었네(予貧甚, 今年遂不能易鍾馗)"[89]라고 하기도 했는데

85) 청민성(程民生) 저, 「송대 물가 연구(宋代物價研究)」, 인민출판사), 2008, 559쪽.

86) 『시고』 권35 「야부(夜賦)」, 경원 3년 봄, 제5책, 2311쪽.

87) 『시고』 권65 「촌야(村夜)」에서는 "자거가 행거로 관직이 발탁되고 자용이 서릉에 제수되었다. 자수는 푸젠성에 있고 자탄은 해창에 있으며 나와 자포, 자율은 집에 있었다(子虡調官行在, 子龍阻風西陵, 子修在閩, 子坦在海昌, 予與子布, 子遹守舍)"라고 주석을 달았다. 개희 2년 봄, 제7책, 3693쪽.

88) 『시고』 권59 「침상(枕上)」, 가태 4년 가을, 제7 책, 3416쪽.

89) 『시고』 권61 「새해가 되니 연일 비가 오며 그치지 않았다(自開歲陰雨連日未

가정 형편이 어려워 새해에 대문에 붙이는 종규 초상을 바꿀 돈도 없었다는 것은 너무 과장된 표현이다. 특히 가정 원년(1208)에는 "가난함을 참고 반록을 포기했다(忍貧辭半俸)"[90]고 했고, 이후에는 생계가 더 어려워져서 집안 노비 몇명을 내보냈다고도 했다. "쌀을 받으니 땔감 걱정을 하네, 올해는 청빈하게 살려고 하오. 어린 노비와 맨발로 다니던 노비를 다 내보내니 노동의 삶 빈곤하지 않게 느껴지네(得米還憂無束薪, 今年真欲甑生塵. 椎奴跣婢皆辭去, 始覺盧仝未苦貧)"[91]라고 했는데 이를 통해 그의 삶의 모습을 엿볼 수 있겠는데, 포원(圃園)을 운영하는 것은 온화한 심성을 키우고 생계를 보태기 위해서였음을 알 수 있다.

앞에서 언급했듯이, 육유의 포원은 서쪽의 약초밭과 북쪽의 채소밭으로 이루어졌다. 채소밭에서 나온 채소는 주로 가족들이 먹었고 남은 것이 있으면 가끔 내다 팔기도 했다. "꽃을 꺾어 변변치 못 한 술 담그고, 채소를 심어서 팔거나 집에서 먹었다(折花持博酒, 種菜賣供家)"라고 했는데 약초밭은 그 크기가 얼마인지는 밝혀지지 않았으나 거기서 나는 약재 중 아주 적은 일부만 식용하고 나머지는 다 남들에게 나누어주거나 내다 팔았다. 남은 채소는 집안의 노비나 기타 가족 성원들이 장터에 내다 팔았지만 약재는 육유가 직접 판매해야만 가능했다.

전통사회에서 농촌에는 의사와 약재가 부족하여 사인들은 보통 이웃에게 의학과 관련된 지식을 전수하는 역할을 했다. 육유는 특히 의술에 능했는데 본인도 이를 자랑스럽게 여기고 종종 약초밭에서 나온 약재를 이웃에게 나눠주곤 했다. "매번 당나귀 등에 약가방을 싣고 다니면서

止)」, 개희 원년 봄, 제7책, 3481쪽.

90) 『시고』 권51 「자술(自述)」(제3수), 가태 2년 여름, 제6 책, 3030쪽.

91) 『시고』 권75 「가난과 병 때문에 심심풀이로 적는다(貧病戲書)」, 가정 원년 봄, 제8책, 4127쪽.

시골 곳곳의 사람들이 나와서 환영했다. 항상 다들 내 덕분에 목숨을 살렸다고 칭송하며 아들을 낳게 되면 육이라 이름을 지었다고 하네(驢肩每帶藥囊行, 村巷歡欣夾道迎. 共說向來曾活我, 生兒多以陸為名)"[92]라는 시구를 통해 알수 있다시피 촌민들은 육유가 약재를 나눠주고 병을 치료해주는 것을 아주 고마워했고 자식을 낳게 되면 육유의 성을 따서 이름을 짓는 경우가 많았다고 한다. 육유는 약재를 나눠주면서 종종 촌민들에게 약초에 관한 지식도 가르쳐주곤 했다. "시골 노옹이 읽은『본초(本草)』를 이해 못해 앞을 다투어 선생을 찾아 약초묘목을 분별하고자 했다(翁不解讀《本草》, 爭就先生辨藥苗)"[93]라고 기록하는가 하면, 일부 촌민들이 "사립문이 늘 쓸쓸하고 적막하다 하지 말게, 고향 사람들이 종종 약인을 청하러 온다네(柴門勿謂常岑寂, 時有鄉鄰請藥人)"[94]라고 남긴 바와 같이 육유의 약초밭을 찾아와서 약초에 대해 문의했다고 한다. 이렇게 약초를 설명해 주는 것이 유료인지 아니면 무료인지는 밝히기 위해 그의 시를 보자면 약초밭에서 나온 약초는 대부분 판매용이었다. 경원6년(1200) 봄 육유가「서재 벽에 쓰다(題齋壁)」라는 시에서 "성에서 나와 십리가 못 되는 곳에 집 여러 채가 있었는데… 운변의 장터에서 약초를 팔고 스님을 만나고자 비 그친 산속으로 찾아가네(出郭無十裏, 結廬才數間... 賣藥雲邊市, 尋僧雨外山)"[95]라고 묘사한 부분에서도 이를 잘 보여준다. 가정 원년(1208)에 84세 고령이 된 육유는 여전히 "아침이면 작은 장터에서 약초를 팔았고 밤이면 촛불을 켜고 책을 읽었다(小市

92) 『시고』 권65 「약초를 나눠주려고 산촌을 왕복하다(山村經行因施藥)」(제4수), 개희 원년 겨울, 제7책, 3674쪽.

93) 『시고』 권65 「약을 나누러 산촌에 왕복하며(山村經行因施藥)」(제5수).

94) 『시고』 권65 「칠십삼음(七十三吟)」, 경원 3년 여름, 제5 책, 2330쪽.

95) 『시고』 권43 「서재 벽에 글 쓰다(題齋壁)」, 경원 6년 봄, 제5책, 2665쪽.

朝行藥, 明燈夜讀書)"고 한다. 그리고 이 시에 「견고하고도 완강하네(堅頑)」라는 제목을 붙여 자신이 비록 나이가 많고 가난하지만 초심을 잃지 않았음을 강조했다. "밥만 있어도 충분하고 옷차림이 허름해도 태연하네. 견고하고 완강하다 탓하지 마오, 어찌 내 초심을 잃어버릴 수 있으리오(有飯已多矣, 無衣亦晏如. 堅頑君勿怪, 豈失遂吾初)"[96]라고 시에서 표현하기도 했다. 육유가 약초를 팔러 다닌 지역은 그 범위가 매우 넓었다. "마을마다 장이 서면 약초를 내다 팔았고 집집마다 밥 짓는 연기 피어올랐네(賣藥村村市, 炊粳處處家)"[97]라고 하는가 하면 "낚시하러 동강을 넘어가면 자고 오는데 약초 팔러 섬현에 갔다가 바로 돌아왔네(釣魚每過桐江宿, 賣藥新從剡縣回)"[98]라고 한 걸 보면 약초를 팔기 위해 이웃 현까지 다녀왔음을 알 수 있다. 옆에 있는 승현(嵊縣, 지금의 소흥 승주)에 갔다가 약초를 많이 팔지 못해 불만을 토로한 경우도 있었는데 이를 "문을 닫고 시를 지어 빚을 갚는데, 약 판 돈으로는 술값도 부족하네(閉門旋了和詩債, 賣藥不償沽酒資)"[99]라는 시구로 표현하기도 했다. 가끔 아들이 대신 약초를 판매하기도 했는데 개희3년(1207)에 육유가 다른 곳으로 부임하게 되자 큰 아들 자거(子虡)가 배웅하러 왔는데 작은 아들 자율(子遹)에게 "작은 아들과 노옹이 모두 도롱이 썼는데 큰 아들은 변새로 나가 갑모에 익숙하네. 나중에 다른 일을 해서 생계를 유지하려면 백체를 배워 약초를 팔아다오(稚子與翁俱袯襫, 大兒出塞習兜鍪. 它時別作謀生計, 賣藥惟當學伯體)"[100]라는 시를 지어주기도 했다. 즉 자율

96) 『시고』 권78 「견완(堅頑)」, 가정 원년 가을, 제8책, 4256쪽.

97) 『시고』 권84 「포구에 정박하며(舟次浦口)」, 가정 2년 가을, 제8책, 4517쪽.

98) 『시고』 권74 「즉사(即事)」, 개희 3년 겨울, 제7책, 4079쪽.

99) 『시고』 권77 「한가한 생각(閑思)」, 가정 원년 여름, 제8책, 4193쪽.

100) 『시고』 권70 「한가한 사고(정월 16일 자거를 매시로 배웅했다 돌아오는 배

에게 앞으로 큰형처럼 벼슬을 하지 못하면 자기처럼 약초를 파는 것도 괜찮다고 말해 주었던 것이다.

그 외에도 기타 농산물을 판매하는 경우도 종종 있었다. "만년은 스스로 판단하여 하늘에 묻지 않았다. 우리 같은 사람이 어디 순리에 따르지 않을 때가 있으랴…누에실과 밀을 팔아 밀린 세금 갚고 나니 낚시배를 살 돈이 남았네(自斷殘年莫問天, 吾儕何處不隨緣. ... 賣絲糶麥償逋負, 猶有餘錢買釣船)"라고 하기도 했는데 관련된 정보는 별로 없다.

이를 종합하면, 육유는 "중간 계층"에 속해 있어 부자에 비하면 못할 수도 있겠지만 일반 촌민이나 민중과는 비교가 안 될 만큼 훨씬 더 넉넉한 삶을 살았다. 다행히 본인도 이에 대해 제대로 인식하고 있었다. 경원 원년(庆元, 1195) 초봄에는 비가 많이 내린 것 같다. 그는 "입춘 후 10일중에 9일은 날씨가 흐르니, 쌓인 눈은 녹지 않고 비만 계속 내리네…작년에 심은 밀이 싹을 틔우지 못해 올해에는 쌀 값이 황금에 버금가네. 아들 죽음 비통해하는 할멈의 울음소리 차마 들을 수 없는데, 죽어도 덮을 이불조차 없다네(入春十日九日陰, 積雪未解雨複霪。……去秋宿麥不入土, 今年米貴如黃金. 老嫗哭子那可聽, 僵死不覆黔婁衾)"라고 비참한 민중의 삶을 그렸는데, 당시 소흥부 관리가 봉록을 받고 있는 육유에게 봄술을 보내주니 그는 더욱 부끄러워하면서 "자사부에서 기병을 보내 봄술을 가져다주었네, 마시려 하다가 안쓰러운 마음에 그만 두었네(州家遣騎饋春酒, 欲飲複止吾何心)"[101]라고 자신의 심경을 토로했다. 이는 그가 하층민들에 대한 동정심을 가지고 있었음을 말해준다.

에서 자율에게(正月十六日送子虡至梅市歸舟示子遹)」, 개희 3년 봄, 제7책, 3890쪽.

101) 『시고』 권31 「초춘 연일 비가 오다(首春連陰)」.

/ 제5장 /

상업과 교역 집중지 : 시골 점포에 내놓은 알이 꽉 찬 콩

나이가 드니 우스운 일도 적어져서, 일 년이 쉽게 가고 또 봄이 왔네.
다리 옆 장터엔 멜대 가득 순채가 매끄럽고,
시골 점포의 콩은 알이 가득 찼네.
물가의 숲 속에는 새들이 울고, 들에 가득한 담배 잎 흐느적거리네.
교외에서 거니니 더위가 느껴지고,
오동 그늘 아래에서 겹옷을 갈아입었네.

老去人間樂事稀，一年容易又春歸。市橋壓擔蓴絲滑，村店堆盤豆莢肥。
傍水風林鶯語語，滿原煙草蝶飛飛。郊行已覺侵微暑，小立桐陰換夾衣。
「初夏行平水道中」

농업 경제와 시장의 관계는 중국 전통 농촌을 살펴보는 중요한 시각의 하나이다. 양송(兩宋) 시기에는 상품 교환의 규모가 커졌기 때문제 학계에서는 이를 핵심적 토론 주제로 삼고 있다. 남겨진 역사 정보나 현대인들의 고찰에 따르면 농촌의 상품유통은 커다란 지역적 차이가 존재함을 엿볼 수 있으며 남송 시기 산회지역은 농촌이 발달한 지역이라는 것을 분명히 알 수 있다. 아깝게도 문헌자료가 부족하여 많은 현상이 명확하게 밝혀지지는 않았지만 다음과 같이 육유에 대한 관찰을 통해 그 일부를 밝혀보려고 한다.

1. 쌀과 소금 시장

중국 전통 농업사회의 경제구조에서는 항상 소상품 거래가 비교적 활발하게 이루어지고 있었다. 특히 5, 6 세기부터 강남지역 개발이 가속화됨에 따라 농촌시장도 나날이 번창해지고 있었다. 육유는 이를 "향시(乡市)"로 불렀는데 그의 「새벽에 일어나서(晨起)」라는 제목의 시에서 "향시에서는 한 줌의 땔감을 계시라고 하는데 아마도 약야계에서 나왔을 것이다(鄉市小把柴謂之溪柴, 蓋自若耶來也)"[1]라는 주석이 달려 있다. 따라서 우리도 "향시(鄉市)"로 그 당시의 향촌 시장을 총괄하여 가리키고자 한다. 이러한 시장은 기본적으로 시골 마을의 정기적인 장터나 가게들이 모여서 형성된 것이었고, 단순히 상업을 목적으로 하는 장터는 아니었다. 명청 시기 및 근대에 이르러 강남지역 농촌시장의 분포, 계층, 상품, 사람들의 시장 행위 등의 내용에 대해서 학계에서는 이미 깊이 있는 논의를 한 바있다.[2] 남송 시기 강남 농촌마을의 밀집 정도와 경제의 발전수준은 당연히 이 시기와 적지 않은 격차가 있었지만 기본 구조는 이미 형성되었다. 때문에 우리가 남송 시기 강남 지역의 농촌 시장을 분석할 때 전통사회 말기에 대한 인식을 참조할 수 있다.

저장성 복서지역 금단(金壇) 출신인 유재(劉宰, 1167~1240)는 육유보다 몇십년 늦게 태어났으며 자기가 잘 알고 있는 강남지역 농촌에 대해 "열 집이 모여 사는 곳에 필히 쌀과 소금을 거래하는 시장이 있다(今夫十家之聚, 必有米鹽之市)"[3]라고 했다. 쌀과 소금을 거래하는 시장이란

1) 『시고』 권21 「새벽에 일어나서(晨起)」.

2) 런팡 저, 「20세기 명청 시대 시, 읍 경제 연구(二十世紀明清市鎮經濟研究)」, 『역사 연구(歷史研究)』 2001년 제5기, 168~182쪽 등 참조.

3) 유재(劉宰) 저, 『만당문집(漫塘文集)』 권23 「정교태소관기(丁橋太霄觀記)」,

바로 농촌 사람들에게는 가장 기본적인 농산물이라고 할 수 있는 쌀을 가지고 저절로 생산할 수 없는 기본적인 생활필수품이자 생활 물자를 대표하는 소금과 교환하는 것인데 이것이 바로 소위 말하는 농촌 장터이다. 유재는 이런 농촌 장터가 곳곳에 존재하고 있다고 주장했다.

유재가 정착해서 살았던 영진(寧鎮) 지역은 지리적 환경과 경제적 발전수준이 산회 지역과 특히나 비슷했다. 육유의 향촌 세계를 통해 시장이 상대적으로 밀접되어 있다는 점을 알 수 있다. 삼산별장 근처를 예로 들어보기로 하겠다. 육유의 시에서 삼산별장 부근에 마을장터가 존재한다고 언급한 부분은 찾을 수는 없지만 3km 즈음 떨어진 동촌에는 장터가 있었다. 그의 「추운 밤 동쪽 마을에서 걸어서 돌아오다(晚寒自東村步歸)」라는 제목의 시에는 "시골 가게에서는 메밀면을 팔았고 일반 집들에서는 콩대를 태우고 있었네(村店賣蕎面, 人家燒豆秸)"라고 하기도 했고, 또한 "집은 작은 장터 서쪽에 자리잡고 있다(家居小市西)"[4]고 하기도 했다. 육유가 술을 좋아해서 항상 시골 주막에서 술을 마시고 취하곤 했다. "밤에 농촌 장터에서 송아지 타고 돌아가는 길에 누각에 올라 난간에 기대어 있었네(村市夜騎黃犢還, 卻登小閣倚闌幹)"[5]라고 한 걸 보면 아마도 동촌에서 돌아오는 길이었을 것으로 짐작된다. 가끔 "잡초가 우거진 채소밭에서 오크라와 겨자를 따고 근처 시장에서 닭고기와 돼지고기를 샀네(荒園摘葵芥, 近市買雞豚)"라고 하면서 근처 시장에서 음식을 사는 모습을 그리기도 했는데, 아마도 같은 장터를 말한게 아닌가 싶다. 서쪽으로 되돌아와 호수를 따라서 멀지 않은 곳에 유고묘(柳姑廟)가 있었는데 마을로 형성되지 않았지만 묘회(廟會)가 열리는 동안 장터가 섰

가업당총서본(嘉業堂叢書本), 제17쪽, B면.

4) 『시고』 권43 「초여름의 유거(幽居初夏)」, 경원 6년 여름, 제5책, 2674쪽.

5) 『시고』 권16 「저녁에 취해서 시골 장터에서 돌아오다(醉中夜自村市歸)」.

고 평소에서 물건을 파는 사람들도 자주 있었다. "유고묘 앞에는 물고기를 파는 노점들이 있었고 도사 정원 옆에는 임대할 수 있는 누각이 있었다(柳姑廟前魚作市, 道士莊畔菱為租)"[6]라고 했는데 유고묘에서 멀지 않은 곳에 바로 육유가 시에서 자주 언급했던 호상태(湖桑埭)라는 서촌이 있었다. 그는 이곳을 가끔 "소시(小市)"[7]라고 불렀지만 동촌보다 서촌의 시장 규모가 더 컸는데 이는 서촌이 강과 호수의 입구에 자리잡고 있어 교통이 편했기 때문이다. "물고기를 살 때면 나무 동이로 계산하고 냉이를 고를 때면 싸리나무 바구니에 채워서 담아준다(買魚論木盎, 挑薺滿荊籃)"[8]라고 한 것처럼 농촌 사람들은 솔직했고 물고기와 냉이와 같이 저렴한 상품을 구매할 때는 굳이 무게를 따지지 않고 용기로 대략 계산하고 거래했던 것이다. 일반적인 농산품을 제외하고, 사의(蓑衣)와 같이 중요한 생산물자를 구매할 경우에는 서촌 말고 동촌으로 가야 했다.[9] 서촌에서 앞으로 더 나아가서 삼산마을과 불과 1km 정도 떨어진 곳에 두포교(杜浦橋)가 있었는데 거기에도 물건을 거래하는 장터가 있

6) 『시고』 권11 「사고산(思故山), 순희 6년 여름, 건안(建安), 제2책, 858쪽.

7) 『시고』 권75 「가마 타고 호상태까지 가다(肩輿至湖桑埭)」 "대나무로 된 가마 타고 유유히 낡은 집에서 나오니 해는 서산에 졌으나 아직 어두워지진 않았네. 소시 옆 숲속에 묘가 있는데, 호수를 거닐다 보니 낮은 담장과 높은 버들 사이로 태서촌이 보이네(籃輿隨意出衡門, 日已沉山野未昏. 小市叢祠湖上路, 短垣高柳埭西村)."

8) 『시고』 권61 「날씨가 잠깐 개어 서촌을 거닐다(乍晴行西村)」, 개희 원년 봄, 제6책, 3500쪽.

9) 『시고』 권48 「원중작(園中作)」(제2 수) "서촌에서 송아지 두마리를 새로 사고 한가하여 이웃들이 모여 춘경을 논의하네(新買西村兩黃犢, 閑招鄰曲議春耕)." (가태원년 겨울, 제6책, 2915쪽) 같은 책 권44 「서촌(西村)」 "올해 4월 초여름 도롱이 사러 서촌을 다녀오다(今年四月天初暑, 買蓑曾向西村去)." (경원 6년 겨울, 제5책, 2723쪽.)

었다. 육유는 이곳에 대해 “지인을 찾아 우연히 금가준에 왔다가 쌀을 거둬 가면서 두포교를 거쳤네. 소시와 외딴 마을에는 닭 우는 소리가 들려오고 가파른 산과 골짜기에는 찬 비가 내리네(尋人偶到金家畯, 取米時經杜浦橋. 小市孤村雞喔喔, 斷山幽谷雨蕭蕭)”10)라고 묘사했다. 하지만 육유의 묘사는 상대적으로 적었는바 이는 아마도 두포교의 시장규모가 동촌보다 더 작았기 때문일 것이다. 결론적으로 삼산별장의 동쪽과 서쪽에는 걸어서 갈 수 있는 지점에 모두 장터가 있었고 이로 인해 촌민들의 생활은 아주 편리했다. (그림 8 참조)

사실 육유가 돌아다니며 지은 시 중에서 언급한 마을에는 거의 다 장터가 있었다. “진양언 소시(陳讓堰小市)나 매시, 가교(柯橋), 난정, 평수 등 규모가 상대적 큰 마을들도 마찬가지였다. 그가 사방을 돌아다닐 때면 항상 크고 작은 교통 노선을 따라 움직였는데 농촌 장터는 늘 교통 노선의 중간 지점에 자리 잡고 있었기 때문이다. 한마디로 후대와 비교하자면 격차가 존재하지만 남송 시기 산회지역 농촌 장터의 분포는 상대적으로 밀집했었다는 것은 틀림없는 사실이다.

전통사회 말기의 자료에 대한 학계의 연구에 따르면 보통 농촌시장을 여러 계층으로 나누었는데, 주로 가장 낮은 단계인 농촌 장터로부터 시작하여 부현(府縣)과 성읍(城邑) 등 세 단계로 나눈다. 부현과 성읍이 가장 중심에 있는 시장이고 농촌에서 현읍을 연결하는 지역 내에 위치한 상업중심이 바로 중간 시장 역할을 한다. 명나라와 청나라 시기에는 중간 시장을 보통 진(鎮)이라고 불렀다. 중간 시장 밑에 가장 기본적인 시골 장터가 있는데, 정기적인 장터와 매일 장이 서기는 하지만 규모가 작아서 촌민들의 일반적인 생산과 생활에 필요한 물품을 교환하는 시골

10) 『시고』 권85 「병중잡영10수(病中雜詠十首)」(제5수).

장터가 포함된다. 이런 시골 장터를 기층 시장이라고 불렀다. 명나라와 청나라 때에 이르러 기층 시장은 다시 시(市)로 불리기 시작했다.[11] 남겨진 자료가 부족한 탓에 남송 시기 산회지역 농촌 장터의 구체적인 상황을 자세히 묘사할 방법은 없다. 하지만 여러 방면의 정보를 종합해 보면 기층시장, 중간시장 및 중심시장이라고 단계별로 구분하는 것이 아마도 적합할 것이다. 동촌이나 "소시와 외딴 마을에서 꼬끼오 하고 닭이 우는 소리가 들린다(小市孤村雞喔喔)"는 두포교는 기층시장이었고, 교통의 중간지점에 있는 매시, 가교, 평수 등 시장은 중간시장에 속하며, 한 단계 올라가 중심시장의 역할을 한 것은 사오싱부였다.

산회평원 북쪽은 수향 평원이고 남쪽은 회계의 구릉지대이다. 평원에 위치한 마을은 수로망을 따라 펼쳐져 있었는데 중간시장은 모두 수로교통망의 중심지에 자리 잡고 있었다. 구릉지역의 특산물들은 산간지역을 흘러 평원지대로 들어가는 수로망을 통해서 운송되었기에 중간시장은 역시 대부분 수로를 따라 형성되었다. 특히 평원과 구릉의 접경지역에 있는 중요한 시장들은 산간지역의 특산물의 집산지이자 외부 상품을 전매(轉賣)하는 장소의 역할을 담당했다.

육유의 시에서 자주 나오는 항우묘(項羽廟)라는 이름이 붙여진 항리시(項裏市)는 "안개 자욱한 마을에 사람 소리 요란하자 시장은 영업을 시작하네(煙村人語虛市合)"[12]라고 표현되었다. 시장은 항상 절 근처에 세워졌는데 산음현 남쪽으로 십 리쯤 가면 항리계(項裏溪) 옆에 있는 "항리묘에 어시장이 있었다(項裏廟前是魚市)"[13]고 한다. 어시장에서 파

11) 바오웨이민 편집한 『강남 시, 읍 및 그 근대의 운명(江南市鎮及其近代命運)』 제1장 제1절 "전통 강남\ 시, 읍의 기본 구조(傳統江南市鎮的基本格局)", 지식출판사, 1998, 32~45쪽.

12) 『시고』 권55 「항왕사(項王祠)」, 가태 4년 겨울, 제6책, 3241쪽.

는 물고기는 당연히 항리계 또는 항리계와 연결되는 감호에서 잡은 것이었다. 지방지에 따르면 항리묘 "근처에는 인가 수십 채가 있었다(傍有聚落數十戶)"[14]고 했다. 그렇게 보면 이 시장은 규모가 크지 않았고 평상시에는 보통 마을 시장과 다름없었지만 장이 서는 날이면 토산물이 모이면서 색다른 모습을 띠게 되었다. 육유의 기록에 따르면 항리는 양메이(楊梅)의 집산지였다. "산 앞에는 오월이면 양메이가 시장에 나오고, 항리계 옆 항우사는 천년이 되었네(山前五月楊梅市, 溪上千年項羽祠)"[15]라는 시구에서 이를 잘 설명한다. 또한 매년 음력 5월은 양메이가 시장에 나오는 계절이라 육유는 "시골 장터까지 어둑어둑할 정도로 녹음이 지고, 붉은 열매가 주렁주렁 열려 길거리까지 늘어섰네(綠陰翳翳連山市, 丹實纍纍照路隅)"라고 감탄하기도 했다. 현지 양메이는 멀리 남송의 임시 수도인 임안부(臨安府)까지 판매되었는데 이를 두고 육유는 "머리 상투에 비스듬히 비녀를 꽂고 놀잇배를 구경하는데, 곱게 짠 대바구니는 상도로 보내지네(斜簪寶髻看遊舫, 細織筠籠入上都)"[16]라고 했다. 항리시 외에 육유가 자주 언급한 또 다른 곳은 산음현 동쪽에 위치한 평수시(平水市)이다. "경호 호수에는 36개의 발원지가 있는데 평수가 그중에 하나이다(鏡湖所受三十六源水, 平水其一也)"[17] 라는 말처럼 물길을 따라 세워진 평수시는 "현에서 동쪽으로 25리쯤 떨어진 곳에 있었는데(在縣東二十五裏)"[18] "다리 옆 장터엔 멜대 가득 순채가 매끄럽고, 시골

13) 『시고』 권77 「배 안에서 취해서 쓰다(舟中醉題)」, 가정 원년 가을, 제8책, 4233쪽.

14) 시숙 외, 『가태회계지』 권6 「능묘 · 산음현(陵寢 · 山陰縣)」, 6806쪽.

15) 『시고』 권43 「항리에서 양매를 구경하며(項裏觀楊梅)」, 경원 6년 여름, 제5책, 2684쪽.

16) 『시고』 권17, 순회 12년 여름, 제3책, 1316쪽.

17) 시숙 외, 『가태회계지』 권10 「물 · 회계현(水 · 會稽縣)」, 6881쪽.

점포의 콩은 알이 가득 찼네(市橋壓擔蓴絲滑，村店堆盤豆莢肥)[19]라고 한 시에서 육유는 평수시를 '소시(小市, 작은 시장)'라고 불렀지만, "주막이 마을 시장에 가깝고, 고기잡이 배가 포구 사이를 오가네(酒旆村場近, 罾船浦溆通)"[20]라는 시구를 보면 그 규모가 항리시보다도 조금 더 컸다. 그리고 시냇가에 있는 난정시(蘭亭市)도 육유의 시에서 등장하는 시장이었다. 난정시에서 북쪽으로 소흥부까지의 거리는 평수시와 비슷했다.[21] 전하는 말에 의하면 동진(東晉) 시기 서성(書聖) 왕희지(王羲之)의 원림이 난정시에 위치했기에 난정시는 문인들이 모이는 곳으로 알려졌다. 하지만 더 유명한 것은 난정시가 회계산 찻잎의 중요한 집산지라는 것이다. 따라서 육유는 "난정시 북쪽은 찻잎 시장(蘭亭之北是茶市)"이라고 하면서 "난정 호숫가는 하늘이나 다름없고, 차를 팔고 사는 상인들은 잇달아 찾아와서 비가 내리기 전에 장사를 하네(蘭亭步口水如天, 茶市紛紛趁雨前)"[22]라고 읊기도 했다. 그 밖에 묘당을 중심으로 사당으로 이루어진 우묘시(禹廟市)가 있었다. 가태 3년(1203), 임안에서 수국사(修國史)를 지냈던 육유는 꿈속에서 이렇게 추억했다고 한다. "객지에서 꾼 꿈속에 노닐던 곳 어디였을까? 분명 우묘 근처가 아니었던가. 농촌 봉록이 적음을 싫어하지 않고, 산나물의 풍미를 사랑하네. 죽순 시장은

18) 장호(張淏), 『보경회계속지(寶慶會稽續志)』 권3 「시 · 회계(市 · 會稽)」, 『송원방지총간(宋元方志叢刊)』, 제7책, 7124쪽.

19) 『시고』 권32 「초여름 평수 길을 거닐며(初夏行平水道中)」, 경원 원년 봄, 제4책, 2141쪽.

20) 『시고』 권15 「평수에서 잠깐 쉬며(平水小憩)」.

21) 시숙 외, 『가태회계지』 권10 「물 · 산음현(水 · 山陰縣)」, "난저가 현 남서쪽 25리에 있었다(蘭渚在縣西南二十五裏)", 6881쪽.

22) 『시고』 권81 「난정으로 가는 길에서(蘭亭道上)」(제2수), 가정 2년 봄, 제8책, 4391쪽.

골짜기까지 이어지고, 마름 노래가 석양에도 들려오네. 도롱이 하나만으로 즐기니 옷 입는 것 게으르다 말하지 마라(旅夢遊何地? 分明禹廟傍. 不嫌村餉薄, 但愛野蔬香. 筍市連山塢, 菱歌起夕陽. 一蓑元所樂, 枉道嬾衣裳)"[23]라는 시구에서 묘사한 곳이 바로 우묘였는데 이곳은 바로 시골에 선 장터였다. 산간 지역의 장터인 우묘 역시 시냇물에 인접해 있었다. 육유는 일찍이 다른 시인 「기몽(記夢)」에서 "꿈속에서 조각배를 띄워 유묘 앞에 도착하고, 중류에 찬바람이 얼굴을 스치니 쓸쓸하네(夢泛扁舟禹廟前, 中流拂面風泠然)"[24]라고 우묘를 읊기도 했다. 이 곳의 계곡들도 모두 북쪽으로 흘러 감호에 합류하기 때문에 지방지에서는 우묘가 "호수를 등진 채 남향으로 앉았다(背湖而南向)"[25]고 기술되어 있었다. 우묘시에는 산나물 시장 외에 죽순 시장도 있었다. 하지만 죽순은 각지에 있는 흔한 작물인지라 육유는 "산 앞 장터에는 죽순이 많았고, 강 인근 인가엔 밥 짓는 연기 피어올랐네(山前虛市初多筍, 江外人家不禁煙)"[26]라는 시에서 그 모습을 묘사하고 있다. 따라서 우묘의 죽순 시장은 그 규모가 상대적으로 컸음을 추정할 수 있다.

백묘법과 비슷한 서술 방법을 사용한 위의 내용은 남송 시기 산회 농촌이 농민들의 일상적인 음식인 쌀과 소금을 교환하는 기능과 대량 농산물을 외부로 중계 운송하는 기능을 담당하는 계층별 시장으로 이루어진 네트워크 체계를 기본적으로 형성하고 있음을 말해 준다.

23) 『시고』 권53 「기몽(記夢)」.
24) 『시고』 권5 「기몽(記夢)」, 순희 원년 7월, 촉주(蜀州), 제1책, 439쪽.
25) 시숙 외, 『가태회계지(嘉泰會稽志)』 권6 「능침 · 대우릉(陵寢 · 大禹陵)」, 6801쪽.
26) 『시고』 권76 「호수 위에서(湖上)」.

2. 개 짖자 시장 갔던 배 돌아오다

어떻게 하여 남송 시기 산회지역 농촌시장의 발전수준을 구체적으로 설명해야 할지는 고민해볼 만한 문제이다. 본 절에서는 이와 관련하여 촌민들이 시장에 가기 위해 이용한 '시선(市船, 시장으로 가는 배)'에 대한 육유의 묘사를 통해 분석해 보고자 한다.

중국의 저명한 사회학자 페이샤오퉁(費孝通)은 대표작인 『강촌경제(江村經濟)』에서 1930년대 태호(太湖) 남동쪽 연안의 카이셴궁촌(開弦弓村)을 비롯한 지역의 경제생활을 묘사하면서 다음과 같이 지적했다.

마을의 가게는 농민들의 일상적인 수요를 모두 만족시킬 수 없었다. 이를테면 마을에는 소금이나 설탕과 같은 중요한 물건을 파는 곳이 없었다. 이럴 때면 반드시 배를 타고 가서 사와야 했다. 배는 무료로 일상적인 서비스를 제공해 주고, 도시에서 필수품을 구입할 수 있게 하는 한 편 마을 사람들의 판매 대리인 역할을 하면서 수입을 창출하기도 했다. 그들은 마을 경제에서 중요한 역할을 맡고 있었다. 이러한 제도는 태호 주변 지역에서 매우 보편화되어 인근 도시의 특별한 발전을 촉진했다.[27)]

즉, 배의 존재로 말미암아 촌민들은 기층시장(마을장터)으로부터 기본적인 상업서비스를 제공받는 동시에 중간시장과 연결하기도 했다는 것이다.

페이샤오퉁의 서술에 따르면 카이셴궁촌에는 읍을 왕복하는 고정적인 배가 총 네 척이 있었다고 한다. 아침마다 배가 강을 따라 마을을

27) 페이샤오퉁(費孝通) 저, 「강촌경제(江村經濟)」, 『페이샤오퉁문집(費孝通文集)』 권2, 군언출판사(群言出版社), 1999, 176쪽. 같은 작품 제14장 '무역' 제5, 6절 참조.

떠날 때면 촌민들은 선주에게 "이 병에 동판(옛 동전) 20개짜리 기름, 저 항아리에 동판 30개짜리 술을 사주세요"라고 주문을 했다. 읍으로 가고자 했던 사람들은 배가 집 앞을 지날 때면 바로 올라타곤 했다. 배는 매일 아침 7시 즈음 출발하고 10시 즈음 읍에 도착한 배들은 모두 읍내의 일부 점포와 연결되어 촌민들이 주문한 상품을 구입한 뒤 오후 2시면 다시 출발해서 오후 4~5시에 마을에 도착했다. 배들이 지나갈 때면 촌민들은 문 앞에서 부탁했던 물건을 받기 위해 기다린다. 선주는 고객에게 서비스를 제공해 주고 돈을 버는 것은 아니었다. 또한 읍내의 점포 사장들이 정기적으로 선주에게 선물을 주거나 음식을 대접하지만 그 횟수도 제한되어 있었다. 선주들은 주로 촌민을 대신하여 농산물을 대리 판매하는 것으로 생계를 유지했다. 선주는 일반 촌민보다 판매경험이 많고 인맥도 넓었다. 이는 대부분 촌민들이 농산물을 팔기 위해 선주의 도움이 필요한 중요한 이유이기도 했다. 이에 대해 페이샤오퉁은 특별히 "하나의 오래된 제도"라고 특별히 지적하고 있다.[28)]

1930년대 태호 남동쪽 연안의 농촌과 시장의 연결은 당연히 남송 시기 산회지역과 시장의 연결보다 훨씬 긴밀했으나 그 구조는 같았고 구도가 변하지 않았으므로 후세에 보여 준 경제구조를 단서로 전대의 역사적 정보를 읽을 수 있다는 것이 가능했다. 육유의 작품 중 '시선(市船)'을 묘사한 시가 적지 않다. 그렇게 보면 이 '시선'은 산회지역 촌민들이 모종의 교통수단을 전문적으로 지칭하는 것이었다. 다음과 같이 시 여러 수를 예로 들어보고자 한다.

28) 페이샤오퉁(費孝通) 저, 「강촌경제(江村經濟)」, 『페이샤오퉁문집(費孝通文集)』 권2, 177쪽.

(1) 『시고』 권34 「초여름에 은거하다(幽居初夏)」(제3수): "모내기하는 날 노랫소리는 가늘도록 길게 이어지고, 펄럭이는 우산 들고 '시선'에 들어갔네.(長歌嫋嫋插秧天, 小繖翻翻入市船)" (경원 2년 여름, 제5책, 2251쪽)

(2) 『시고』 권67 「숲속에서 느끼는 바를 적다(林間書意)」: "삼삼오오 '시선'에서 돌아왔는데, 물가의 사립문은 아직 열리지 않았네(三三兩兩市船回, 水際柴門尚未開)" (개희 2년 여름, 제7책, 3755쪽)

(3) 『시고』 권68 「아침에 나가다(晨出)」: "늦게서야 '시선' 출발하는데 부지런한 하인은 벌써 밭을 갈았네. 길가엔 산나물 많으니 조금 따서 아침밥 짓네(市晚船初發, 奴勤地已耕. 道邊多野菜, 小摘助晨烹)" (개희 2년 가을, 제7책, 3824쪽)

(4) 『시고』 권68 「추석 저녁의 일을 적다(秋夕書事)」: "추석 저녁엔 이슬도 많고 어부집 사립문 반쯤 닫혔네. 까치가 날고 산에 달이 걸렸는데, 개가 짖자 '시선'이 돌아왔네(秋夕初多露, 漁家半掩扉. 鵲飛山月出, 犬吠市船歸)."(개희 2년 가을, 제7책, 3814쪽)

(5) 『시고』 권71 「만흥(晚興)」: "'시선'이 돌아올 때면 마을엔 개 짖는 소리 들리고, 사원의 누대는 어두운데 종소리 울려 까마귀 날려 보냈네(村市船歸聞犬吠, 寺樓鐘瞑送鴉棲)." (개희 3년 여름, 제7책, 3941쪽)

(6) 『시고』 권72 「가을이 되어오니 제법 서늘하네(秋近頗有涼意)」: "아침에 국수 몇 젓가락 먹고, 오후에 밥 한 그릇 먹었네. 겨우 버티면서 기나긴 세월 보내고, 서글피 바라보며 이른 가을 오기만 바라네. 둥근 부채에 시를 쓰고, 치건은 견본을 빌려 만드네. 물가에 앉아 오로지 '시선'이 올 때만 기다려지네(平旦面數箸, 晡時飯一杯. 枝梧長日過, 悵望早秋來. 團扇尋詩寫, 緇巾借樣裁. 惟應水邊坐, 待得市船回)"(개희 3년 가을, 제7책, 3978쪽)

(7) 『시고』 권83 「이로(羸老)」: "늙어서 쇠약했으나 죽지 않음이 다행이니 생계의 막막함 한탄하지 않네. 소는 한가롭고 목동이 누워

있는데, 개가 짖고 '시선'이 돌아오네(羸老幸未死, 敢嗟生理微. 牛閑牧童臥, 犬吠市船歸)."(가정 2년 가을, 제8책, 4459쪽)

이러한 시구들이 전하는 역사적 정보를 음미해 보면 '시선'들의 행적은 단지 '출발'와 '복귀' 뿐인 것을 알 수 있다. 어디서 출발하고 어디로 돌아오는 것은 분명한데, 관찰자인 육유의 시점으로 바라보면 육유가 있는 마을(즉 삼산마을)에서 출발하고 향에 있는 시장으로 갔다가 다시 향에 있는 시장에서 마을로 돌아오는 것이다. 관련 정보를 가장 명확히 알려준 작품은 위에 인용한 제6수인 「가을이 가까워져서 제법 서늘해졌다(秋近頗有涼意)」라는 시이다. 늦여름에 시인이 식후 이것저것 들었다 내려놓으며 심심해서 저택 근처의 강가에 앉아서 "'시선'이 돌아오는 걸 기다렸다(待得市船回)"는 사실로 보아 시인은 사공으로부터 '시장'의 소식을 듣고 번민을 떨쳐 버리고 싶었다(사진 9 참조). 아무튼 확실한 것은 이 '시선'들은 향촌의 시장을 연결시켜주는 역할을 했다는 것이다. 이는 페이샤오퉁이 묘사한 배와 흡사하다. 비록 남송 시기 산회지역의 마을들에는 페이샤오퉁이 언급한 바와 같이, 배 주인이 대리인이 되는 매매 관계가 형성되었는지는 알 수 없으나, '시선'을 매개로 향의 모든 마을을 연결시키는 일종의 시장 체계가 형성되었음은 확실하다. 그리고 이 '시선'으로 세워진 마을과 '시장'의 연동성은 아주 활발해 보인다.

향촌 시장의 자체발전 수준에 대한 문헌 자료나 관련 정보는 아주 적다. 그럼에도 불구하고 우리는 후대의 역사에서 그 계시를 받을 수 있었다. 필자는 수년 전 민국(民國) 연간 강남지역 농촌 시장의 경제발전 수준에 대해 연구했었는데, 1930년대 저장성 북부의 자싱현(嘉興縣)과 저장성 동부의 인현(鄞縣)을 모델로 삼아 발전 수준이 차이를 보이는 '자싱유형'과 '인현유형' 두 가지를 제시한 바 있다. 그중 '자싱유형'은 다음과 같은 특징이 있다. (1) 중간시장 인구수는 향촌 읍내 인구의 다수를 차지했다. (2) 읍내 상가의 절대다수는 매일 영업을 하였기에 읍내 도시화 수준 또는 준도시화 수준이 높다고 할 수 있다. (3) 읍내는 농업 인구가 상대적으로 적고, 읍은 도시 상업지역으로서의 '중앙성'이 뚜렷한데 특히 상업이 번성한 일부 중간시장에 속한 읍은 인구의 도시화수준이 향촌보다 더 높았다. 반대로 '인현유형'은 '자싱유형'과 큰 차이를 보이고 있다. (1) 규모가 크고 상업이 번성하며 인구가 만 명 정도에 이르는 특대급의 읍이 없었다. 이는 인현의 농촌 전문경제가 자싱 지역만 못하였고 이에 따라 현에는 전문적인 경제중심이 형성되지 못했음을 말해준다. (2) 중간시장이 적은데다가 기층시장의 수가 자싱보다 더 많고 분포도 더 넓어 현의 총 인구 중 읍내에 거주하는 인구가 자싱 지역보다 훨씬 낮은 비율을 차지했다. (3) 더 중요한 것은 인현 농촌 인구구조 중 여전히 농업인구가 대부분이며, 많은 읍이 아직 마을의 단일한 상업중심지역으로 성장하지 못했고, 오히려 농업과 상업이 동시 발전하며 도시와 향이 반반인 비율을 갖추면서 정기적으로 열리는 시장만 형성되었다. 이는 매일 장날이 서는 수준을 갖춘 '자싱유형'의 대부분[29] 지역과는 달리, 육유가 묘사한 "장이 서는 날(野市逢虛日)"[30]에만 사람들이 시장에 모여 장사를 했던 것이다.

이에 따라 추리해 보면, 남송 시기 산회지역 농촌시장의 발전 수준은 여전히 '인현유형' 수준에 머물러 있으며, 발전의 초기단계로 보인다. 이는 1930년대의 인현 지역만 못했던 것으로 추정되며, 이는 육유의 시문과 다른 일부 자료를 통해 입증할 수 있다.

---

29) 바오웨이민 주필, 『강남의 읍과 읍의 근대적 운명(江南市鎮及其近代命運)』 제7장 제1절 '두 가지 유형', 266-277쪽 참조.

30) 『시고』 권59 「강가의 정자에서(江亭)」, 가태 4년 가을, 제7책, 3425쪽.

송나라 말기에서 원나라 초기에 살았던 가흥부(嘉興府) 해녕현(海寧縣) 출신인 서악상(徐嶽祥, 1219~1298)은 만년에 마을에서 학생을 가르치며 「기몽(紀夢)」이라는 시를 지었는데, 시의 서문에 꿈속에서 본 마을의 광경에 대한 묘사한 부분이 있다. 꿈에 대한 묘사이기는 하지만, 당시 강남지역 마을 시장의 일반 상황을 보여주고 있다. "10월 12일 오경에 꿈을 꿨는데…. 처음에 마을 시장 같은 곳을 봤는데, 가게들은 모두 문이 닫혀 있었고 시장골목을 향한 대문은 모두 검은 칠을 했으며 창문에는 흰 창호지를 발랐다. 가게는 대략 30~40칸이 있었으며 가게 동쪽의 나루터 옆에는 정자와 같은 큰 집이 5칸이나 있었다(十月十二日五更夢... 初見一所似村市, 列肆門盡閉, 但步欄皆黑油, 窗用白紙糊, 約度可三四十間, 店之東有堂五間, 如津亭)"[31] 에서 말한 가게 30~40개와 검은 칠을 한 대문이 보이는 시장골목은 임시로 펼쳐진 노점이 아닌 고정으로 매일 여는 가게임을 알 수 있다. 그리고 그 시장 규모는 이미 기층시장보다 더 큰 중간시장의 규모임을 알 수 있다. 이에 근거하여 산회지역의 매시(梅市), 가교(柯橋)는 지역의 중간시장 정도임을 알 수 있으며 시장의 구체적인 상황도 상상해 볼 수 있다. 하지만 수가 많고 넓게 존재하는 기층 마을시장은 "마을엔 여러 개의 가게가 산 옆에 자리하고 있다(數家村店簇山旁)"[32]고 해서 아마 서악상의 꿈에서 봤던 시장의 규모에는 미치지 못했을 것이다. 그러한 시장은 대체적으로 다음과 같은 공통점이 있다.

첫째, 윗급 시장보다 훨씬 적은 상품을 제공해주며 문인과 사대부들

31) 서악상(舒嶽祥) 저, 『낭풍집(閬風集)』 권9 「기몽 · 서(紀夢 · 序)」, 가업당총서본(嘉業堂叢書本), 4B면.

32) 임포(林逋) 저, 『임화정시집(林和靖詩集)』 권2 「지양산점(池陽山店)」, 저장고적출판사, 1986, 79쪽.

로부터 "마을가게에는 별볼일이 없고, 가을 더위가 밤마다 찾아오네(村店事事無, 秋熱夜夜至)"33)와 같은 불만이 드러있다.

둘째, 가장 흔히 볼 수 있는 쌀과 소금을 바꾸는 시장 외에 일부 기층 시장은 농산물 임시판매처에서 성장하여 비교적 안정된 후에야 시장으로 발전했던 것이다. 예컨대 육유가 묘사한 무주(撫州) 전평(前平) 시장의 경우, "길 옆 작은 절의 이름은 전평이고, 늙고 쇠잔한 승려의 집 두 세칸은 이미 기울었네…마을 찻잎 장사는 장이 설정도의 규모이며, 나무숲에서 보리타작 하는 소리만 들릴 뿐이네(道邊小寺名前平, 殘僧二三屋半傾…村虛賣茶已成市, 林薄打麥惟聞聲)"34)라고 했다.

이는 무주에 관한 묘사이지만 산회지역의 상황도 유사했을 것이다. 이러한 임시 판매처가 여러 가지 이유로 장소가 바뀜에 따라 기층 마을 시장도 자리를 옮기는 경우가 있었다. 육유는 바로 "시장이 새로 산으로 옮겨갔고, 논밭이 옛 절터를 차지했네(市徙新山步, 耕侵古廟堧)"35)라는 시구로 이러한 상황을 묘사했다.

셋째, 기층 마을시장의 운영은 농사철의 영향을 많이 받는다. 풍년이 들면 촌민들이 자주 마을 시장을 찾았기에 시장이 상대적으로 번성했다. 반면에 농번기에 접어들면 촌민들은 항상 농사일에 바쁘다보니 시장에 자주 갈 수 없어 시장은 비교적 한산했다. 때문에 당시 시인인 양만리(楊萬裏)는 "마을 가게들이 농번기에는 반도 열리지 않으니, 시내로 들어간 나그네는 갔다 다시 왔네(村店農忙半不開, 入城客子去還來)"36)라

33) 양만리(楊萬裏) 저, 신경루(辛更儒) 전주 및 교정, 『양만리집전교(楊萬裏集箋校)』 권32 「마을가게의 대나무상에서(村店竹床)」, 중화서국, 2007, 1660쪽.

34) 『시고』 권12 「전평 마당에서 잠깐 쉬며 보이는 대로 적다(小憩前平院戲書觸目)」, 순회 7년 5월, 무주, 제3책, 966쪽.

35) 『시고』 권73 「가을과 겨울 사이에 잡부시를 쓰다(秋冬之交雜賦)」(제4수).

고 했다. 이 시는 강남서로(江南西路) 길주(吉州) 농촌에 대한 묘사인데, 산회지역의 상황도 아마 비슷했을 것으로 보인다.

넷째, 소수의 중간시장을 제외하고는 시장의 대부분을 차지하는 기층의 마을시장은 여전히 장터 수준에 머물러 있었다. 육유의 시구에서도 향촌시장의 집산(集散)에 대한 묘사를 많이 볼 수 있었다. 예컨대 경원 3년에 지은 「늦게 돌아와 배 안에서 짓다(晚歸舟中作)」라는 시에 "장이 끝나면 사람들이 다투어 강을 건넜고, 스님들은 사원으로 돌아가 문을 닫았네(市散人爭渡, 僧歸寺掩門)"[37]라는 시구가 있는가 하면, 개희 원년(1205)에 지은 「매시의 길에서(梅市道中)」라는 시에 "성 서쪽의 작은 장이 파하면 돌아가는 나룻배에는 저녁노을 비꼈네(城西小市散, 歸艇滿斜陽)"[38]라는 묘사도 있다. 또한 가정 원년(1208)에 지은 「문밖에 홀로 서며(門外獨立)」라는 제목의 시를 보면 "아침에 사람들이 장터로 나가고 저녁에 돌아오니, 행인을 헤아리며 사립문에 기대어 서 있네(朝看出市暮看歸, 數盡行人尚倚扉)"[39]라고 묘사한 구절이 있으며, 특히 개희 원년에 지은 「여름과 가을 사이에 조각배가 아침저녁 호수 위를 오감을 적은 절구(夏秋之交小舟早夜往來湖中絕句)」 제4수에는 "거래가 끝난 작은 장터엔 오가는 사람이 없고, 막막한 호수다리 위엔 달이 밝네(小市易散無人行, 茫茫湖橋惟月明)"[40]라는 구절이 있는데 모두가 장이 끝난 후 시장

36) 양만리(楊萬裏) 저, 신경루(辛更儒) 주해 및 교정, 『양만리집전교(楊萬裏集箋校)』 권40 「성안에 들어가 빗속에서 조길주를 보내며(雨中入城送趙吉州器之)」(제2수), 2131쪽.

37) 『시고』 권36 「늦게 돌아와 배 안에서 짓는다(晚歸舟中作)」, 경원 3년 여름, 제5책, 2333쪽.

38) 『시고』 권64 「매시로 가는 길에서(梅市道中)」, 개희 원년 9월, 제7책, 3632쪽

39) 『시고』 권76 「문밖에 홀로 서다(門外獨立)」, 가정 원년 여름, 제8책, 4164쪽.

40) 『시고』 권62 「여름과 가을 사이에 조각배가 아침 저녁 호수 위를 오가는 보

에 나갔던 촌민들이 돌아가는 장면을 묘사했다. 이는 마을시장에는 노점상 외에 매일 영업하는 가게가 없었기에 장터에 오가는 사람이 없을 정도로 텅 빈 광경이었음을 말해준다.

사실 각 계층의 고정된 시장 외에 육유의 시에 자주 등장하는 '시담(市擔, 짐장수)'과 같은 행상도 적지 않다.[41] 이 행상들은 장이 서는 날 장터에서 활동하거나 장이 서지 않는 날이면 마을을 돌아다니며 물건을 팔기도 했다. 그중에는 농산물을 파는 농민도 적지 않았다. 계차(溪茶, 찻잎의 일종)를 파는 여인, 산사자를 파는 시골 어린이, 장작을 파는 산속 나그네, 냉분(冷粉, 중국 전통 밀가루 국수)을 파는 짐장수, 물고기를 파는 어부, 그리고 "푸르고 빨간 떡을 멜대로 메고 다니며 파는 (擔頭粔籹簇青紅)" 짐장수가 있었다. (그림10 참조)[42] 어느 날 육유가 동촌으로 산책하러 갔는데 아는 촌민이 "집 뒷마당에서 바구니 들고 새싹 채소를 고르고, 문 앞에는 행상을 불러 배를 사서(舍後攜籃挑菜甲, 門前喚擔買梨頭)"[43] 술상을 차린 다음 육유를 대접했다고 한다. 그러고 보니 동촌과 같은 작은 마을에도 과일 행상이 수시로 다닐 정도로 많았음을 알 수 있다.

며 지은 절구(夏秋之交小舟早夜往來湖中絶句)」(제4수), 개희 원년 여름, 제6책, 3554쪽.

41) 『시고』 권16 「빗속에서 소산현 나룻터에 배를 정박하며(雨中泊舟蕭山縣驛)」: "가게의 나물밥이 다 되어 향긋한데 짐장수가 가져온 순채는 매우 매끄럽네(店家菰飯香初熟, 市擔蒓絲滑欲流)" 순희 11년 3월, 소산(蕭山), 제3책, 1264쪽.

42) 『시고』 권83 「추흥(秋興)」, 『시고』 권68 「나가서 노닐며(出遊)」(제2수), 『시고』 권27 「산야의 정취(野意)」, 『시고』 권66 「초여름에 은거하다(初夏幽居)」, 『시고』 권64 「저녁밥 먹고 밖에 나가 시냇가까지 산책하다 돌아오네(晩飯後步至門外並溪而歸)」, 『시고』 권39 「구리(九裏)」 참조.

43) 『시고』 권41 「동촌(東村)」(제2수).

그러나 집까지 찾아가 농산물을 수매하는 전문 장사꾼이 있었는지에 대해서는 시에서 명확히 얘기하지 않고 있다. 그럼에도 불구하고 다른 지역의 유사한 사례를 통해 그들의 발자취가 산회평원에도 남아 있음을 추정할 수 있다. 육유는 시에는 '고객(估客)', 즉 행상이 이곳을 돌아다녔다고 확실히 언급하고 있다. 순희 12년(1185) 겨울 어느 밤, 육유는 나루터 서흥(西興)에서 삼산으로 돌아가는 도중에 강둑옆 촌여관에 앉아 쉬다가 행상을 만나 즐겁게 이야기를 나누었다. "우연히 객을 만나 이름을 주고받고, 즐겁게 얘기 나누니 친구가 될 만하네. 잠깐 식사하고 각자의 길을 재촉했는데, 돛이 훨훨 날아오르듯 빠르게 움직였네(偶逢估客問姓字, 歡笑便足為交朋. 須臾一飽各散去, 帆席健快如超騰)"[44]라는 시구에서 보여주듯이 이 객(손님)은 산회지역을 오가며 장사를 하던 행상이었다. 경원 4년(1198) 가을에 육유는 "백초가 펼쳐진 강교에 해가 지고, 깃발이 걸려 있는 외딴 주막에 가을이 찾아오네. 고선객은 큰 소리로 부르는데, 우뚝 솟은 산 아래 사람은 벌써 취했다네(白草江郊暮, 青簾野店秋. 喧呼估船客, 嵬峨飲家流)"[45]라는 시로 강 연안의 풍경을 묘사했는데, 여기서 '고선객(估船客)'은 아마도 산회평원에서 각 향촌과 시장을 돌아다니던 행상이었을 것으로 짐작된다. 따라서 개희 2년(1206) 겨울밤, 육유는 "갑자기 창문 밖에서 비바람이 스쳐 지나던 소리가 들려왔다(忽聞風雨掠窗外)"고 하면서 자신이 타향에서 벼슬을 하던 옛일이 떠올라 "객사 몇 개를 지났는지 알고 있지만, 신세는 고객처럼 나이와는 상관없네(路過郵亭知幾處, 身如估客不論年)"[46]라고 절로 한탄하기도 했다.

결론적으로 보면 후세에 비해 많이 부족하지만, 육유의 향촌세계는

44) 『시고』 권17 「밤에 집으로 돌아가다(夜歸)」, 순희 12년 겨울, 제3책, 1339-1140쪽.

45) 『시고』 권37 「강교(江郊)」, 경원 4년 가을, 제5책, 2407쪽.

46) 『시고』 권69 「밤에 빗소리가 들리다(夜聞雨聲)」, 개희 2년 겨울, 제7책, 3847쪽.

주로 '시선(市船)'을 매개로, 그리고 짐장수, 행상 등을 통해 시장의 연계망이 이미 마을 곳곳에 스며들었고 물품 교환은 촌민들의 경제생활에서 아주 중요한 역할을 했음을 확실하게 알 수 있다.

3. 교역 내용

그렇다면 촌민들이 마을 시장을 통해 교환하는 물품은 어떤 것일까? 앞서 언급한 유재(劉宰)의 글에 따르면 촌민들이 마을의 쌀과 소금을 바꾸고 자기한테 없는 것을 시장에 있는 것으로 바꾸었다. 송나라 말기부터 원나라 초기에 이르기까지 방회는 가흥부 위당진(魏塘鎮)에서 생활하면서 관찰을 근거로 "소작인이 쌀 한 말 혹은 여러 승을 가지고 가게(왕문정이네 가족이 위탕진에에 설치한 가게)에 가서 향촉이나 제사 때 태우는 종이로 만든 말 그리고 기름, 소금, 간장, 식초, 전분, 밀기울 가루, 고추, 생강, 약 등을 교환했는데 모든 것은 쌀을 기준으로 했다(予見佃戶攜米, 或一鬥, 或五七三四升, 至其肆易香燭紙馬油鹽醬醯漿粉麩面椒薑藥餌之屬不一, 皆以米准之)"라고 묘사했다. 즉, 쌀을 가지고 읍에 있는 가게에 가서 자신이 필요하나 스스로 생산하지 못하는 일상용품을 교환했던 것이다. 상가의 경우에는 "하루에 수십 석의 쌀을 얻게 되는데 백 석씩 배로 항주, 수주, 남심, 고소로 실어다가 팔아서 돈을 벌었으며, 그 돈으로 다시 상품을 사다가 팔았다(整日得米數十石, 每一百石舟運至杭至秀至南潯至姑蘇糶錢, 複買物貨歸售)".[47] 물론 "쌀을 기준으로 한다

47) 방회 저, 『고금고(古今考)』 권18 「반고의 논 백무를 경작함에 대한 추론(附論班固計井田百畝歲入歲出)」(5).

(皆以米准之)”는 것은 당시 농촌에서 거래되는 보편적인 상황이며, 산회 지역 농촌의 경우도 비슷했을 것이다. 다음 문장에서 육유의 시에 근거하여 구체적으로 논의하고자 한다. 비록 관련 정보가 많지 않지만 그중 일부 복잡한 내용에 대해 구체적으로 설명하고자 한다.

육유집안은 관료집안이라 비교적 부유했고 마을에서 살면서 일부 고급물품에 대한 수요가 많은 것만 빼면 기본적인 시장거래는 다른 촌민들과 다를 게 없었다. 이는 역시 육유의 시작품에서도 엿볼 수 있다. 가정 2년 가을, 육유는 「가정 기사 입추에 격막질환에 걸려 한로가 가까워져서야 조금 나아졌다(嘉定己巳立秋得膈上疾, 近寒露乃小愈)」라는 시에서 “향촌의 집에는 맑은 물과 흰쌀이 있지만 소금과 유락은 여전히 작은 장터에서 구입해야 했다(清泉白米山家有, 鹽酪猶從小市求)”[48]라고 했다. 이는 직접적으로 시골 소금과 쌀을 취급하는 장터의 기본 특징을 반영했다. 또한 「거룻배는 모두가 집 앞까지 이르렀다(扁舟皆到門)」라는 시에서 육유는 “나무꾼은 아침에 땔감을 지고 시장에 가서 소금과 유락을 교환하느라 저녁이 돼서야 돌아온다(樵蘇晨入市, 鹽酪夕還舍)”[49]라는 시구에서 시골 촌민들이 농산물을 가지고 시장에 가서 소금과 유락 등 기본 생활용품을 교환하는 장면을 읊었다. 이외에 육유는 시에서 두 번이나 자신이 구매한 상품을 언급했다. 하나는 경원 4년 겨울에 「초겨울(初冬)」이라는 시에서 “다음 날에는 기름을 샀다(是日方買油)”라고 주석을 붙였는데 여기서 말한 기름은 “밝게 비출 수 있는 기름으로 긴

48) 『시고』 권84 「가정 기사 입추에 격막질환에 걸렸다가 한로가 가까워서야 조금 나았다(嘉定己巳立秋得膈上疾, 近寒露乃小愈)」(제10수), 가정 2년 가을, 제8책, 4492쪽.

49) 『시고』 권39 「원차산의...이웃들에게 보여주다(予讀元次山...亦以示予幽居鄰里)」(제4수), 「거룻배가 모든 집 앞에 이르다(扁舟皆到門)」, 제5책, 2519쪽.

밤을 지새웠다(剩貯明膏伴夜長)”는 구절이 보여 주듯 등유를 말하는데 보통 농가에서는 스스로 생산이 불가능하여 시장에서 구매할 수밖에 없었다. 또 하나는 소희 4년 봄 「탄식(寓歎)」이라는 시에서 “자탄이 신창현에서 목탄 이백 근을 가지고 왔다(子坦以新昌木炭二百斤來)”[50]라는 주석을 붙였는데, 아마도 아직은 초봄이라 시인은 목탄으로 불을 피워 추위를 막으려고 했던 것이다. 물론 시골 지역은 시장분포가 넓어 “시장이 멀어서 소금과 유락을 구하기가 어렵다(市遙鹽酪絕難求)”는 상황이 발생할 수도 있었던 것이다.[51]

이론적으로 보면, 농가 가정에서 생산한 물건이 이익이 되든 안 되든 생활수요에 따라 사람들은 그 물건을 가지고 시장에 가서 판매하여 생활필수품과 생산 재료를 교환했다. 앞서 인용한 “누에실과 밀을 팔아 부세를 갚았네(賣絲糶麥償逋負)”라는 시구에서는 농가의 또 다른 중요한 생산품인 누에실과 같은 방직물이나 밀이 있었음을 말해준다. 판매된 농산물 대부분은 방회가 말한 것처럼, 농촌 시장의 번잡한 중계 운송 과정을 거쳐 “배로 항주, 수주, 남심, 고소로 운반해 팔아서 돈을 벌었다(舟運至杭至秀至南潯至姑蘇糶錢)”라고 했듯이 결국은 도시의 시장에 공급한 것들이었다.

하지만 도시 근처에서 생산된 물품 외에 장거리 운송을 못해 향촌 시장에서만 판매되고 현지인들에게만 공급해 줄 수밖에 없는 신선한 제철 채소와 같은 농산물도 있었다. 앞서 언급한 「유회(幽懷)」라는 시에 “이웃집에서는 송아지가 태어나 즐거워하고, 시골 장터 다녀온 하인은 새로 나온 야채를 가져왔네(鄰家人喜添新犢, 小市奴歸得早蔬)”라고 했는

50) 『시고』 권26 「탄식(寓歎)」, 소희 4년 봄, 제4책, 1870쪽.

51) 『시고』 권61 「장맛비가 개였네(久雨初霽)」, 개희 원년 봄, 제6책, 3515쪽.

데 이는 바로 그런 경우를 묘사한 것이다. 비록 육유의 집에 채소밭이 있고 심은 채소를 가족들이 먹을 수 있지만 모든 종류의 채소를 다 심을 수 있는 것이 아니었다. 따라서 심지 않은 종류의 채소를 먹기 위해서는 어쩔 수 없이 시장에 가서 사 올 수밖에 없었다. 앞서 언급한 순채와 같은 채소는 호수에서 전문적으로 따야만 먹을 수 있었고 보통 집에서는 재배하기가 쉽지 않았다. 육유는 자주 "양매가 자줏빛을 띨 때서야 따면 늦고, 순채의 뿌리털이 길면 시장에 나올 때도 신선하네(楊梅線紫開園晩, 蒓菜絲長入市新)"[52]라고 말했다. 이외에도 육유의 시에서 언급한 신선한 채소가 더 있다. 그는 "오이와 줄기 상추는 먹기가 가장 적합하고, 4월이면 시장에 나와 밥상에 오르네(黃瓜翠苣最相宜, 上市登盤四月時)"[53]라는 시구도 있듯이 많은 채소를 언급했다. 이처럼 시장에 나온 새로운 채소를 사 먹는 것은 아마 일반 농가의 소비습관은 아니었으나 육유와 같은 관리집안사람들의 소비 특징을 반영한 것이다.

위 문장에서 언급한 바와 같이 육유는 고기에 대한 특별한 감정을 보였는데 이는 관리집안의 소비습관을 보다 더 잘 보여주는 것이라 하겠다. 그래서인지 육유는 "교외에 살고 시장과 멀어서 돼지고기, 양고기를 자주 먹지 못하네. 마당에는 닭과 오리 떼 돌아다니고 어장에는 물고기와 게들이 가득하네(郊居去市遠, 豬羊稀入饌. 既畜雞鶩群, 複利魚蟹賤)"라고 한탄했다. 때로는 집에서 키우는 닭과 오리의 공급이 부족하면 시장에 가서 사와야 하는 경우도 있었다. "황량한 농장에서 아욱과 갓을 수확하고 부근의 장터에서 닭과 돼지를 사 왔네(荒園摘葵芥, 近市買雞豚)" 하지만 장터에는 돼지고기, 양고기뿐만 아니라 판매되는 닭, 오리

52) 『시고』 권58 「가까운 마을로 가던 중 어쩌다 시를 짓다(出近村歸偶作)」, 가태 4년 가을, 제6책, 3366쪽.

53) 『시고』 권2 「신선한 채소(新蔬)」, 제1책, 190쪽.

등 가축도 많지 않았다. 특히 농촌의 기층 시장에서는 더욱 보기 드물었다. 이런 경우 사기 힘든 물건을 구하기 위해 멀리 떨어져 있는 중간시장이나 도시의 중심시장까지 가야 했다. 경원 6년(1200) 겨울, 육유는 「독처(獨處)」라는 시에서 "하인이 시장에 가서 저녁 되어도 돌아오지 않고, 적막함 속에 새 소리도 들리지 않네(一奴入市暮未返, 愔愔不聞鳥雀鳴)"라고 했다.[54] 심부름 하러 갔던 하인이 저녁에도 돌아오지 않았다고 하니 하인이 근처의 시골장터가 아닌 멀리 있는 중간시장이나 소흥부의 중심시장에 갔을 것으로 보인다. 개희 3년(1207)에, 육유는 「향촌의 일을 쓰며(書村落間事)」라는 시에서 "아들이 고기를 가지고 성에서 돌아오니, 며느리가 냄비와 솥을 씻고 칼과 수저 건네주었네(兒從城中懷肉歸, 婦滌鐺釜供刀匕)"[55]라는 시구를 통해 한 가족이 도시 중심시장에서 고기를 사 와서 온 가족이 기뻐하는 장면을 묘사했다.

소금, 유락, 채소와 고기 외에 육유의 시에 많이 등장하는 촌시와 관련된 상품은 바로 차와 술이다. 그 속에는 의미 있는 정보를 많이 담고 있다.

당나라와 송나라 때에 이르러 차가 보급됨에 따라 차를 끓여 함께 마시는 일도 점점 보편화되었고 손님들에게 전문적으로 차를 제공하는 다방(茶坊)이나 찻집이 유행하기 시작했다. 이런 가운데 사람들은 다방이나 찻집과 술집을 동등하게 취급했다. 이 역시 다방이나 찻집이 보편화되었음을 말해준다. 송나라 때에 이르러 큰 도시의 시장에는 다방이 집중되었으며 남송의 행정수도인 임안부(臨安府)에도 "곳곳에 다방과 술집이 있다(處處各有茶房酒肆)"고 할 정도로 발전했으며 일부 다방은

54) 『시고』 권45 「독처(獨處)」, 경원 6년 겨울, 제5책, 2764쪽.
55) 『시고』 권70 「향촌의 일을 쓰며(書村落間事)」.

자신의 전문 브랜드를 가지게 되었다. 이를테면 임안성에는 "장검열 차탕포(蔣檢閱茶湯鋪, 검열의 관직을 지냈던 장씨가 연 찻집)"가 있었다고 한다.[56] 농촌 장터에도 다방과 찻집이 많았다. "산간의 찻집에서 차를 끓이며 잠깐 이야기 나누고, 사원의 다리에서 내리는 비를 보며 약속을 기다리네(山店煎茶留小語, 寺橋看雨待幽期)"[57]라는 시에서 잘 보여준다. 하지만 도시와 농촌의 경제생활 방식이 달라서 양자의 다방과 찻집은 기능 측면에서 많은 차이가 생겼다. 근대의 역사적 경험을 통해살펴보자면 농촌 지역에서는 사람들이 흩어져 살다보니 다방이나 찻집은 어느 정도 사람들이 모일 수 있는 역할을 했음을 알 수 있다. 심지어 스스로 다구와 차를 가지고 찻집에서 시간을 보내는 손님도 있었다. 따라서 찻집은 차 자체를 제공한 것이 아니라 사람들이 모일 수 있는 공간과 서비스를 제공했다. 이러한 변화는 언제부터 시작되었을까? 남송 시기에 이미 조짐을 보이진 않았을까? 우리는 육유의 시작품에서 일부 정보를 찾을 수 있었다. 가정 원년(1208) 여름, 육유는 「마을 가게 벽에 쓰다(書村店壁)」라는 시에서 "찻잎을 가지고 찻집에서 끓이고, 오래된 버드나무 옆에서 당나귀 안장을 내리네(裹茶來就店家煎, 手解驢鞍古柳邊)"[58]라고 읊었는가 하면, 이듬해에는 「진양언 시장에서 우연히 만나... 연연한 마음 때문에 차마 떠날 수 없었다(陳讓堰市中遇……猶戀戀不忍去)」라는

56) 오자목(吳自牧), 『몽량록(夢粱錄)』 권13 「포석(鋪席)」, 상하이사범대학교 고적정리연구소가 편집한『전송필기(全宋筆記)』 제8편 제5책, 대상출판사(大象出版社), 2017, 220쪽.

57) 『시고』 권1 「묘담 고승이 지은 시에 화답하다. 묘담이 바둑을 잘 둔다고 그의 스승인 인공이 돌아가신 아버지와 출유할 때 말한 적이 있다(酬妙湛阇梨見贈. 妙湛能棋, 其師璘公蓋嘗與先君遊雲)」, 소흥 27년, 제1책, 27쪽.

58) 『시고』 권77 「마을 가게의 벽에 쓰다(書村店壁)」, 가정 원년 여름, 제8책, 4193쪽.

시에서 "옛 강둑 옆 찻집에서 차를 끓이는데 우연히 어른을 만나 나이를 편히 잊었네(就店煮茶古堰邊, 偶逢父老便忘年)"라고 읊기도 했다.[59] 이 시들에서 보여주다시피 손님들은 스스로 찻잎을 가지고 마을 찻집에 가서 차를 끓이고 마셨다. 그리고 앞에서 기술한 "차를 품에 안고 뽕잎 빌리는 일 이야기하네(懷中茶餅議租桑)"라는 시에서처럼 육유는 차를 가지고 마을 가게에서 다른 사람과 뽕잎을 빌리는 일을 상의했다. 사실 이는 우리에게 남송 시기에 산회지역 촌시의 다방과 찻집은 어느 정도 만남의 장소가 되었음을 말해준다.

중국 전통 문인들에게 있어서 술은 아주 중요한 생필품이었다. 육유는 자신을 주선(酒仙)이라고 하기까지 했으며[60] 거의 매일이디사피 술을 마셨다. 육유의 시작품에는 술 이야기가 가장 많고 그중에는 촌 장터에 관한 정보도 어느 정도 담겨 있다.

송나라에서는 엄격한 권주법(榷酒法), 즉 술 전매제도를 시행하고 있었다. 이 법에 따르면, "동경성에서 25리, 주에서 20리, 현이나 향진에서 10리 떨어진(去東京城二十五裏, 州二十裏, 縣鎮寨十裏內)" 곳은 금지(禁地)로서[61] 관주무(官酒務)가 전문으로 운영했다. 육유의 삼산별장이 자

59) 『시고』 권81 「진양언 시장에서 우연히 만나게 된 오씨 늙은이가 자신이 76세라고 하니 오랫동안 이야기를 나누었다. 헤어질 때에야 나를 놓아주니 시장을 지나도 연연한 마음이 들어 차마 떠날 수 없었다(陳讓堰市中遇吳氏老, 自言七十六歲, 與語久之. 及歸, 送餘過市, 猶戀戀不忍去)」, 가정 2년 봄, 제8책, 4362-4363쪽.

60) 『시고』 권8 「어쩌다 다시 완화계를 지나며 장난삼아 짓다(偶過浣花感舊遊戲作)」: "시장 사람들이 나를 몰라서 '주선'이라 하는데, 놀라운 일은 성에도 널리 알려져 있었네.(市人不識呼酒仙, 異事驚傳一城說)" 순희 4년 정월, 성도(成都), 제2책, 637쪽.

61) 사심보(謝深甫) 감수, 『경원조법사류(慶元條法事類)』 권28 「금각문일 · 주국(禁榷門一 · 酒麴)」의 "위금칙(衛禁敕)" 인용, 다이젠궈(戴建國) 점교, 395쪽.

리 잡고 있는 지역은 소흥부에서 10리 떨어진 곳에 있어 관주(官酒, 관아에서 쓰는 술)가 금지되어야 하는데 육유의 시를 보면, 적어도 그의 행적을 분석하자면 '촌주(村酒)'가 유통되던 지역에 속했다. 즉 주민들이 해마다 관아에 일정한 과세와 부세를 내고 마을 지역에서 지정한 범위 내에서 술을 팔 수 있는 경영권을 매박(買撲, 경쟁입찰)을 통해 구입할 수 있었다. 그러고 보면 권주(榷酒) 금지구역 범위에 관한 법령은 실제로 실시되는 과정에서 일정한 융통성이 있었음을 알 수 있다.

송나라의 주법(酒法)에 따르면 촌민들이 양조장에서 누룩을 구매하여 스스로 사용하는 것이 허락되었다. 하지만 적어도 육유의 시에는 촌민들이 양조장에서 누룩을 구매하는 모습을 찾아볼 수 없다. 육유는 집안 숙부인 여요(餘姚)사람 육원도(陸元燾)의 일에 대해 기술했는데 그는 사람이 신중하여 "술을 좋아하지만 직접 술을 빚지 않았다. 집에서 빚은 술을 보내도 받지 않았고 '법이 허락하지 않는다'고 하면서 사양했다(好飮酒, 然不肯自釀. 或饋以家所醞, 亦辭不取, 曰 '法不可也')"라고 평가했다.[62] 이를 통해 송나라에서는 개인이 누룩을 판매하는 것을 금지하는 가혹한 법령을 실시하고 있었으며 심지어 일부 지역에서는 "금주법령을 위반한 자를 도둑질보다 더 심한 벌로 다스렸다(捕酒之暴, 甚於劫盜)"고 한다.[63] 하지만 법을 지키고 금지 사항을 제대로 실행하는 것은 쉬운 일이 아니었다. 특히 넓은 지역에 분포된 마을의 경우, 비록 경성과 가깝고 소흥부에서 10여 리가 떨어진 곳이라고 할지라도 촌민들이 직접 술을 빚을 수 있었는데 그러고 보면 금주법령의 구속을 거의 받지

62) 『문집교주』 권23 「숙부 육원도전(族叔父元燾傳)」, 제3책, 37쪽.

63) 누약(樓鑰), 『공괴집(攻媿集)』 권91 「부문각 학사 선봉대부가 관직에서 물러나자 특진 왕공에게 행장을 보내며(敷文閣學士宣奉大夫致仕贈特進汪公行狀)」, 저장 고적출판사, 2010, 제5책, 1611쪽.

않았음을 알 수 있다.

"집에서 직접 빚은 술을 살짝 기울이고, 필사본을 자세히 읽었네(淺傾家釀酒, 細讀手鈔書)"[64]라는 시구에서처럼 육유네 집에서도 술을 빚었다. 따라서 육유는 가끔 "낮은 소리로 옛 시율을 바꾸고, 작은 글자로 새로운 술 빚는 방법을 여유 있게 베껴 쓰네(清吟微變舊詩律, 細字閑抄新酒方)"[65]라고 하기도 했다. 이웃들이 집에서 직접 빚은 술이 익으면 환호하는 장면도 육유의 시에서 자주 볼 수 있다. "집집마다 빚은 술이 맛이 좋고, 이웃들이 서로 요청해서 술 맛을 보게 하네(家家新釀美, 鄰里遞相邀)"[66]라는 시구라든가 "강 동쪽에 사는 친구네 술은 익었고, 집 북쪽 채소밭에는 줄풀이 잘 자라네(水東溪友新酒熟, 舍北園公菰菜肥)"[67]라는 시구에서도 잘 보여준다. 하지만 그가 시에서 가장 많이 묘사한 것은 역시 향촌 술집에서 술을 사서 마시는 장면이다. (그림 11 참조) 그중 가장 중요한 이유는 아마도 양조는 전문적 기술이 필요해서 집에서 빚은 술이 술집에서 빚은 술보다 못했기 때문이다. 따라서 가끔 집에서 빚은 술이 잘 나오면 육유는 시를 써서 자랑했다.[68]

마을의 매박 술집은 구체적으로 어떻게 술을 나눠 팔고 경영했는지에 대한 문헌자료는 거의 찾아볼 수 없다. 남아 있는 지방지에도 산회지역 농촌의 술집 매박제도(買撲制度)에 관한 정보가 충분하지 않다. 법령

64) 『시고』 권47 「성사(省事)」.

65) 『시고』 권13 「북창(北窗)」, 순희 8년 윤3, 4월 사이, 제3책, 1037쪽.

66) 『시고』 권47 「가을 저녁 촌사에서 이것저것 읊다(秋晚村舍雜詠)」(제2수), 가태 원년 가을, 제6책, 2886쪽.

67) 『시고』 권36 「병이 낫자 가까운 마을을 돌아다니며(病起遊近村)」, 경원 3년 가을, 제5책, 2336쪽.

68) 『시고』 권74 「집에서 빚은 술이 좋아 장난삼아 짓다(家釀頗勁戲作)」, 개희 3년 겨울, 제8책, 4061쪽.

에 따르면 향촌의 부자가 매박(買撲, 경쟁입찰)을 통해 술 경영권을 따낸 후 술 판매를 독점한 지역이 하나의 마을이나 시장 한 곳에만 국한될 리가 없었고, 일정한 지역을 포함하고 있는 것으로 추정된다. 즉 관아에서 설치한 전매 시장은 한 곳 또는 몇 곳의 중간시장, 그리고 일정한 숫자의 기층 시장을 포함하고 있었을 것이다. 중요한 것은 전매권을 보유한 큰 술집은 중간시장에 있었고 기층 시장인 시골장터는 그 대리점 역할을 했다는 것이다. 육유의 시에 따르면 이 두 가지 술집은 차이가 있었다고 했다. 예컨대 개희 2년(1206)에 육유는 「추흥(秋興)」이라는 시에서 "춘주는 새콤달콤하고 시장에서 파는 술은 탁한데 종일 빈 술잔만 보는 것보다 나았네(村酒甜酸市酒渾, 猶勝終日對空樽)"[69]라고 했는데 여기서 육유는 "촌주"와 "시주"를 비교했으나 뚜렷한 차이는 보이지 않았다. 좀 더 자세히 읽어보면 육유가 말한 '촌주'는 아래와 같이 명확한 특징을 가지고 있었다.

첫째, 당시 풍년이 들어 기분이 좋아진 육유는 촌주와 관련한 시들을 지었는데, "마을 술집에는 아름다운 술이 많아, 잔뜩 취해서 변하는 계절에 답하네(村坊多美酒, 爛醉答年光)"[70]라고 하는가 하면 "풍년이라 곳곳의 촌주가 맛이 좋고 상호의 순채가 쇨 때까지 기다리지 않네(豐年處處村酒好, 莫教湘湖蓴菜老)"[71]라고 하면서 찬사를 아끼지 않았다. 사실 전체적으로 봤을 때 촌주의 품질은 그리 좋지 않았다. 이 때문에 육유는 자주 "허름한 수레를 끌고 원근을 가리지 않고 다니며 사 온 촌주가 새콤달콤하네(閑駕柴車無遠近, 旋沽村酒半甜酸)"[72]라고 하거나 "맛없는

69) 『시고』 권68 「추흥(秋興)」(제2수), 개희 2년 가을, 제7책, 3810쪽.

70) 『시고』 권81 「나가서 노닐며(出遊)」(제2수), 가정 2년 봄, 제8책, 4383쪽.

71) 『시고』 권17 「비 오는 날 번민을 물리치며(雨中排悶)」, 순희 12년 가을, 제3책, 1326쪽.

촌주를 싫어하지 않아, 자주 촌주에 취해 몸을 가누지 못하네(不嫌村酒惡, 也複醉如泥)"[73]라고 하기도 했다. 그리고 "붉고 푸른 들꽃이 봄을 다투는데, 촌주가 새콤달콤하여 사람을 취하게 하네(野花紅碧自爭春, 村酒酸甜也醉人)"라고 하기도 했다.[74] 마을 술집은 시설도 간단했고 누추했을 것이다. 남송 시기 홍매(洪邁, 1123~1202)의 설명에 따르면, "현재 도성과 군, 현의 주무 및 술을 파는 가게에 모두 청색과 백색의 천으로 만든 큰 깃발이 걸려 있었다. 가게 규모에 따라 깃발의 높이와 크기가 각각 다르다. 마을 가게에는 병이나 표주박 또는 빗자루 대가 걸려 있었다(今都城與郡縣酒務及凡鬻酒之肆皆揭大簾於外, 以青白布數幅為之. 微者隨其高卑小大, 村店或掛瓶瓢標帚稈)"[75]라고 했다. 하지만 육유의 시를 보면 시골 장터의 술집에는 대부분 깃발이 걸려 있었다. "나무꾼이 장작더미 메고 걸으며 노래로 어둠을 물리치네, 술집에는 깃발이 길을 막았고 한창 새로 거른 술을 팔고 있었네(樵擔行歌沖暝色, 酒旗遮路賣新篘)"[76]라고 한 것은 물론 중간시장에 위치한 큰 술집에서 파는 술은 보다 더 진하고 깔끔하다고 했다. 이를 두고 육유는 "번육은 향기롭고 술맛은 진하니, 식량과 밭갈이에 대해 이야기를 나누네(膰肉芬香坊酒釅, 因來聊得餉春耕)"[77]라고 하는가 하면 "소강의 채소는 맛이 좋았고, 매시의 술은 맛이 진하네(小江齏餅美, 梅市將酒釅)"[78]라고 하기도 했다. 앞에

72) 『시고』 권68 「자술(自述)」, 개희 2년 가을, 제7책, 3810쪽.

73) 『시고』 권69 「배 안에서(舟中)」, 개희 2년 겨울, 제7책, 3853쪽.

74) 『시고』 권67 「잡제(雜題)」(제3수), 가정 원년 봄, 제8책, 4148쪽.

75) 홍매(洪邁) 저, 『용재속필(容齋續筆)』 권16 「주막의 깃발(酒肆旗望)」, 중화서국, 2005, 상권, 417쪽.

76) 『시고』 권48 「식사 후 호상언 동쪽 장터를 산책하다(行飯至湖桑堰東小市)」, 가태 원년 가을, 제5책, 2912쪽.

77) 『시고』 권50 「서촌의 농민들(西村勞農)」, 가태 2년 봄, 제6책, 3020쪽.

서 말한 바와 같이 매시촌은 소흥성 서쪽, 절동운하와 연결된 요충지에 위치한 중요한 중간시장이었다.

둘째, 각 촌락에 있는 술집은 큰 술집에서 술을 도매해서 파는 것이 아니고 각자가 술을 빚어서 팔았던 것으로 보인다. 따라서 육유는 "시장 곳곳에 나는 새 술을 칭찬하니 말없이 꽃그늘 아래서 술에 취해 잠들었네(市壚處處誇新釀, 且就花陰一醉眠)"[79]라고 하면서 "호수에 있는 마름과 가시연밥이 여물고, 작은 장터의 새로 빚은 술 진하네(陂湖菱芡熟, 小市新酒美)"[80]라는 시구를 짓기도 했다. 이렇게 새로 빚은 술은 모두 마을 주막들이 스스로 양조한 것이기에 주인이 자주 술을 자랑하면서 손님을 끌었다. 이런 제도 하에서 입찰자들은 서로 다른 계층의 술집에서 운영 관계를 어떻게 처리하는지가 주목을 받게 되었다.

셋째, 규범화되고 융통성 없는 관아의 주무가 정한 정가에 비해, 입찰자가 운영하는 마을 술집의 가격은 시장에 따라 조절되었기에 유연성을 가지고 있었다. 때문에 육유는 가끔 "마을 장터의 술이 비싸서 외상으로 사지 못하고, 주머니를 열고 해진 장포를 뒤집으며 돈을 찾았네(村場酒貴賒不得, 且解布囊尋弊袍)"[81]라고 하거나 "나라가 안정되니 길에는 종소리 적게 들리고, 풍년이라 시장의 술은 헐값이네(時平道路鈴聲少, 歲樂坊場酒價低)"[82]라고 했으며, "나라가 안정되니 술값이 물처럼 싸고, 병이 낫자 늙은 몸은 구름처럼 한가하네(時平酒價賤如水, 病起老身閑似

78) 『시고』 권53 「집에 돌아가고 싶어 자율에게 쓰다(思歸示子聿)」, 가태 3년 봄, 제6책, 3122쪽.

79) 『시고』 권81 「호수 위에서(湖上)」, 가정 2년 봄, 제8책, 4384쪽.

80) 『시고』 권63 「가을비(秋雨)」, 개희 원년 가을, 제6책, 3570쪽.

81) 『시고』 권57 「비가 오는 날에 짧게 시를 짓다(雨中短歌)」, 가태 4년, 제6책, 3342쪽.

82) 『시고』 권84 「매시(梅市)」, 가정 2년 가을, 제8책, 4512쪽.

雲)"[83]라고 기쁜 마음을 표현하기도 했다. 손님들이 인지할 수 있는 술값의 높고 낮음은 경제사정과 기분 등 주관적인 요소의 영향을 받았을 뿐만 아니라 명절이나 시장가격의 영향을 받아 객관적으로 변동되기도 했다.

넷째, 마을 술집에서 술을 사고파는 것은 향촌 장터의 거래 모습을 일부 반영하기도 했는데 여기서 주로 설명할 것은 외상제도이다. 육유는 향촌 명인이었을 뿐만 아니라 마을 술집의 단골이라 외상으로 술을 사는 상황이 대부분이었고 이를 술집 주인도 받아들였다. 육유는 항상 "술집 단골이라 외상으로 술사기 쉽고, 들에 있는 절에서 스님과 한가로이 바둑을 둘 수 있네(旗亭人熟容賖酒, 野寺僧閑得對棋)"[84]라고 하거나 "술집마다 외상으로 술을 살 수 있고, 꽃구경을 할 때면 곳곳에서 나를 만류하네(賖酒家家許, 看花處處留)"[85]라고 자랑하기도 했다. 몰론 꼭 자신이 직접 술집에 가서 술을 살 필요가 없으니 "남촌의 술이 익었다고 들었으니 심부름꾼에게 술을 외상으로 사오라 시켰네(南村聞酒熟, 試遣小僮賖)"[86]라고 하는 시구도 있다. 때로는 시인이 "외상으로 술을 사고 묵은 빚이 늘 때마다 부끄러워하고, 책을 많이 읽더라도 공을 세우기 위한 것이 아니네(賖酒每慚添舊券, 讀書何計策新功)"[87]라고 하면서 "절

83) 『시고』 권44 「술집 벽에 시를 쓰며(戲題酒家壁)」(제3수), 경원 6년 겨울, 제5책, 2735쪽.

84) 『시고』 권23 「막추서사(暮秋書事)」, 소희 2년 가을, 제4책, 1707쪽.

85) 『시고』 권30 「호숫가를 산책하다 배 타고 집에 돌아오며(步至湖上寓小舟還舍)」(제3수), 소희 5년 가을, 제4책, 2036쪽.

86) 『시고』 권35 「집 북쪽의 나뭇잎 떨어지는 경치가 유난히 아름다워 우연히 짓다(舍北搖落景物殊佳偶作)」(제2수), 경원 2년 겨울, 제5책, 2284쪽.

87) 『시고』 권31 「겨울밤에 재미삼아 쓰다(冬夜戲書)」(제3수), 소희 5년 겨울, 제4책, 2086쪽.

반의 봉록으로 술 빚을 점차 갚았고, 헌옷으로 낚시할 때 입을 도롱을 바꾸었네(半俸漸償賒酒券, 故衫已換釣魚蓑)"[88]라고 신세타령을 하기도 했으나 기껏해야 농담 반 진담 반일뿐이었다. 외상 판매 및 외상 구입은 향촌 사회의 상품을 거래하는 관례가 되었으며 일반 촌민들도 이런 방식으로 거래했던바 이는 육유와 같은 관리계층만 가졌던 특권이 아니었다. 육유는 개희 원년(1205)에 「어부(漁父)」라는 시에서 "문을 두드리고 외상으로 사는 술을 마시니 쉽게 취하고, 그물을 올려 물고기를 잡을 수 없어도 큰 소리로 노래 부르네(敲門賒酒常酣醉, 擧網無魚亦浩歌)"라고 하며 어려운 처지에 있더라도 의기소침하지 않고 호탕한 성격을 가진 어부를 칭찬했다.[89] 술 외에도 외상으로 매매되는 상품은 더 있었다. "초심으로 할 수 없었던 일은 땔나무를 빌리고 외상으로 쌀을 사면서 이웃에게 폐를 끼치는 일뿐이다(未遂初心惟一事, 乞薪賒米惱吾鄰)"[90]라는 말처럼 외상으로 구매한 것은 술이 아닌 쌀이었다. 물론 외상 거래는 신용거래의 일종으로, 일단 신용관계를 유지하는데 악영향을 받게 되면 외상으로 구매하는 자는 자신을 곤경에 빠뜨리기 쉽다. 이를테면 외상 판매자는 외상 구매자가 빚을 갚을 수 있을지에 대해 의심을 가지게 된다면 앞서 "마을 시장의 술이 비싸서 외상으로 사지 못하고, 베주머니를 열고 해진 장포를 뒤집어 돈을 찾네"라는 구절에서처럼 입장이 어렵게 될 것이다. 그러고 보니 나이가 들고 의기도 소침해진 시인이 "머리카락이 하얗게 되어서야 늙었음을 말해주고, 외상으로 술을 살 수 없어야 가난함을 깨달았네(發無可白方爲老, 酒不能賒始覺貧)"[91]라고 감탄한

---

88) 『시고』 권72 「산속의 절(野寺)」, 개희 3년 겨울, 제7책, 3979쪽.
89) 『시고』 권63 「어부(漁父)」(제2수), 개희 원년 가을, 제6책, 3576쪽.
90) 『시고』 권65 「춘일잡부(春日雜賦)」(제3수), 개희 2년 봄, 제7책, 3703쪽.
91) 『시고』 권36 「73음(七十三吟)」.

부분도 이해가 된다.

이를 종합해보면, 우리의 사고와 관찰방식 때문인지 육유의 향촌세계에서 보여준 시장모습은 이미 중국 군주제 말기와 비슷한 모습을 보이고 있었다. 바꾸어 말하면, 군주제 말기에 향촌시장의 최초의 모습은 남송 시기에 이미 형성되었다고 할 수 있다. 옛 현인들이 논한 근대 중국은 "송나라 때 사람들이 만들었다고 해도 과언이 아니다(為宋人之所造就, 什八九可斷言也)"[92]라고 했는데 이는 육유의 향촌세계를 통해서도 엿볼 수 있다.

92) 옌푸(嚴復) 지음, 왕스(王栻) 주필, 『옌푸집(嚴復集)』, 3권, 「서신 · 슝춘루에게 보내며(書信 · 與熊純如書)」(52), 중화서국, 1986, 668쪽.

/ 제6장 /

시골살이 : 두건 쓴 모습 멋스러워 모두가 쳐다보다

가랑비 자욱하니 경치는 신비로운데, 우연히 등나무 지팡이 짚고
동쪽 언덕 지나네.
두건 쓴 모습 멋스러워 앞다투어 바라보고, 나막신 신고 지낸 세월에
마음이 서럽네.
가난한 귀신 영험하여 쫓아내지 못하고, 사신은 힘이 많아
끝없이 쫓아다니네.
돌아오는 길에 문을 보고 웃으며, 시 같고 부평초 같은 인생을
이야기하네.

小雨空蒙物象奇，偶扶藤杖過東陂。
墊巾風度人爭看，蠟屐年光我自悲。
窮鬼有靈揮不去，死魔多力到無期。
歸來笑向應門說，且了浮生一首詩。
「雨中過東村」

마지막 장에서는 육유가 향촌세계에 미친 사회적 역할에 대해 살펴보고자 한다.

1. 서신을 주고받음

가태 2년(1202) 여름, 78세인 육유가 「자술(自述)」이라는 시 세 수를 지어 자신의 삶에 대한 감회를 적었다.[1] 당시 육유는 송나라 조정으로부터 임안부 비서감(秘書監)을 담당하라는 명을 아직 받지 않았을 때로 짐작된다. 시구를 통해 육유의 정신세계를 살펴보면, 그는 시골 생활의 즐거움, 촌주 및 야외여행, 가족과 가족애를 강조했다. "친구가 계정에서 술을 마시자 약속했고, 승려가 죽원에서 바둑을 두자고 요청하네. 모두가 한가한 일일지언정 출사했을 때보다 더 낫네(客約溪亭飮, 僧招竹院棋. 未為全省事, 終勝宦遊時)"(제2수)라고 하는가 하면 원대한 포부를 가지고 있었으나 결국 이루지 못하게 된 자신에 대한 아쉬움이 잘 드러나 있다. 그는 "나는 날로 늙어가지만 여전히 새로운 공적을 세우고 싶은 마음 금할 수 없네(吾年雖日逝, 猶冀有新功)"(제1수)라고 자신의 심경을 표현하기도 했다. 이는 오히려 자신의 늙음과 가난에 대해 특히 신경을 많이 쓰게 만들었다. 사실 이러한 감회는 육유의 만년 작품에서 가장 중요한 주제로 되면서 많은 시들에서 반복적으로 나타났다. 시골 생활의 즐거움을 강조하는 것은 자신을 위로하고자 하는 부분도 있지만 원대한 포부를 이루지 못한 우울함이 창작의 주류가 되고 있음을 알 수 있다. 따라서 「자술(自述)」(제3수)에서 육유는 시골살이의 다른 측면인 외로움에 대해 지적하기도 했다. (그림 12 참조)

벼슬을 그만두고 은거하니, 외로움 속에서 양생을 도모하네.
가난함 참고 반봉록 포기하지만, 옛것을 배워 심신을 다지네.
서태촌의 촌주는 맛이 진하여, 동쪽 언덕 외나무다리 건너왔네.

---

1) 『시고』 권51 「자술(自述)」.

가볍게 걸으니 정취가 더하여, 아이라도 함께 갈 수 있었네.

屛跡歸休後，頤生寂寞中。忍貧辭半俸，學古得全功。

西埭村醅釅，東陂小彴通。經行有佳趣，稚子也能同。

육유가 외로움을 느꼈다는 것은 이해할 수 있는 일이다. 그 원인을 따져보면 무엇보다도 그가 정치 및 문화 중심인 도시를 떠나면서 친구 사귀기가 어려워지고 정보가 부족하여 외면을 당하고 버림받은 느낌이 들기 마련이었기 때문이다.

위진 남북조 시기 이래로 도시에서 생활하는 사대부는 점점 많아졌다. 이에 대해 학자들은 이미 충분한 연구를 진행해 왔다. 육조 시기에 이르러 도시와 농촌은 분화와 대립의 상태에 처해 있었고 사족들은 벼슬을 하는 동안 도시에서 살았지만 근거지는 여전히 농촌에 있었다. 한성(韓昇)의 말에 따르면, 위진 남북조 시기에 이르러 사족의 정치 권력이 강해진 근본원인은 사족들이 농촌에서 커다란 사회적 세력과 문화적 우위를 점하고 있었기 때문이다. 북위(北魏) 정권이 안정된 후 적지 않은 화북의 사족들은 점점 정부와 협력하게 되면서 벼슬을 함과 동시에 도시로 이주하는 경향을 보였으나 그 숫자는 많지 않았다. 하지만 당나라 때에 이르러 상황이 크게 달라졌다. 중앙정권이 강화됨에 따라 사족들이 잇달아 출사하고 도시경제의 발전과 함께 삶의 여건도 날로 좋아졌으며, 특히 과거제도가 추진됨으로써 도시로 유입한 사족들이 지속적으로 늘어나고 있었다. 천하에 유명한 명문집안들은 장안(長安)과 낙양(洛陽)을 중심으로 대도시로 모여들었을 뿐만 아니라 지방의 명문대가도 장안과 낙양 이외의 지역의 중심도시로 이주하기 시작했다. '안록사의 난(安史之亂)' 이후에는 더 많은 사족들이 남방의 도시들로 이주했다. 사족들이 농촌에서 도시로 이주하는 정치적 이동은 점차 경제, 문화 및 생활적인 면에서의 이동으로 확대됨에 따라 사족들의 농촌 근거지도 사족 정치와 함께 분할되었다. 양송 시기에 이르러 문인 사대부 계층이 도시에서 생활하는 것은 더욱 보편적인 현상이 되었다. 홍매(洪邁)가 말했듯이 "농촌 출신 사대부들이 공경이 되고 나니 조상의 옛집에서 살기가 적절하지 않다고 여겨 새로운 집으로 이주하는 경우가 많았다. 또한 의사를 찾기 힘들고 약과 음식을 구하기 어렵다고 하면서 농촌에서 읍으로, 읍에서 군으로 이사하는 경우도 많아졌다(士大夫發跡壟畝, 貴為公卿, 謂父祖舊廬為不可居, 而更新其宅者多矣, 複以醫藥弗便, 飲膳難得, 自村疃而遷於邑, 自邑而遷於郡者, 亦多矣)"[2] 량겅야요(梁庚堯)는 송나라 문헌을 정리하면서 세대를 내려오면서 도시에서 살았던 관원과 사인에 대한 기록을 많이 발견하게 되었다. 그들은 몇 대를 내려오면서 도시에서 살았으며, 수백 년이라는 세월을 거치면서 거대한 가족을 형성하기도 했다. 이러한 도시 거주자들은 수당 시기부터 도시에서 살기 시작했던 사족의 후손이었을 것이다. 그 외에 량겅야요는 송나라 사인들이 문화적인 요인으로 인해 도시로 이사한 사례를 들어 한성의 분석에 호응하기도 했다.[3]

2) 홍매(洪邁) 저, 『용재수필 · 속필(容齋隨筆 · 續筆)』 권16 「사영시(思穎詩)」, 쿵판리(孔凡禮) 점교, 중화서국, 2005, 상권, 415쪽.

3) 다니가와 마치오(谷川道雄), 『중국 중세기 사회 및 공동체』 제4편 제2장 "육조 시대 도시 및 농촌의 대립 관계", 마뱌오(馬彪) 옮김, 중화서국, 2002, 286-330쪽. 한성(韓昇), 「남북조에서 수당에 이르기까지 도시로 이주한 사족과 사회변천(南北朝隋唐士族向城市的遷徙與社會變遷)」, 『역사연구(歷史研究)』 2003년 제4기 49-69쪽에 게재. 량겅야오(梁庚堯) 저, 「남송의 관호 및 사인의 도시살이(南宋官戶與士人的城居)」, 『송대사회경제사론집(宋代社會經濟史論集)』 하권에 게재, 윈천문화실업주식유한회사(允晨文化實業股份有限公司), 1997, 165-218쪽 참조.

산음의 육씨 집안은 당시 사대부의 "농촌에서 읍으로, 읍에서 군으로 이사한다"는 현상을 잘 보여주고 있었다. 오호십국시기에 산음으로 이사온 후 육씨 집안은 산음의 서쪽에 있는 노허촌에 정착하여 대대로 살아왔다. 육유의 말처럼 육씨가문의 "선조는 원래 노허의 농가였다(予先世本魯墟農家)" 후에 북송 전기에 이르러 육유의 고조부 육진(陸軫)이 진사에 합격하면서 흥하기 시작하여 집안이 점차 군성(郡城)쪽으로 이사하게 되었다. 쩌우즈팡이 인용한 육씨가문의 족보를 보면, 육전(陸佃)이 상서좌승상(尚書左丞)으로 승진한 후 조정에서 군성 사교방(斜橋坊, 후에 중정방中正坊이라고 함)에 위치한 집을 하사 받았는데 그 집이 바로 육유가 어린 시절에 살았던 소흥성 '옛집(故廬)'이었다.[4] 후에 육씨의 집안은 가족들이 흩어져 살았으며 그중 적지 않은 가족들은 도시로 이사했기에 노허에 남은 사람은 한 명도 없었다. 일찍이 친구가 "성안에서 살자고 여러 번 권했지만(屢勸居城中)"[5] 육유는 여전히 교외에 있는 삼산별장을 고집했다. 이는 육유의 개인적인 취향이기도 했지만 경제적인 이유 때문에 도성에서 살기가 쉽지 않았기 때문이다.

사대부인 육유가 시골 생활에서 직면한 가장 큰 문제는 도심과 멀리 떨어지는 것과 소식에 어둡다는 것이었다. 증기(曾幾)의 둘째 아들인 증체(曾逮)에게 써 준 편지에서 육유는 자신이 "농촌에서 사는 것은 한마디로 말하면 불통이다(村居, 凡百遲鈍)"라고 하면서 "편벽한 시골에서

4) 『문집교주』 권27 『「조제요람(朝制要覽)」발문』: "돌아가신 아버지 회계공이 만년에 이 책을 보셨는데... 옛집에서 이 책을 찾았다(先君會稽公晚歲觀此書... 統得此書於故廬)." 제3책, 175쪽.

5) 『시고』 권1 「증원백이 성에서 살자고 여러 번 권했다. 하지만 나는 매산에서 운문으로 갈 참이었다. 오늘 술 취하여 우연히 시를 지어 증원백에게 보내주었다(曾原伯屢勸居城中, 而僕方欲自梅山入雲門, 今日病酒, 偶得長句奉寄)」, 융흥(隆興) 원년, 제1책, 63쪽.

경성까지는 역참이 세 곳밖에 안 되지만 만 리처럼 멀게 느껴졌다(顧以野處窮僻, 距京國不三驛, 邈如萬裏)"라고 했다.[6] 사실 삼산별장은 관도 옆에 자리하고 있어 성 안까지는 불과 10리밖에 안 되었기에 하루에 왕복할 수 있다. 그리고 수도인 임안부까지도 100리에 불과하여 역참이 세 곳밖에 안 되었으며 배를 타면 하루에도 도착할 수 있었기에 멀리 떨어진 외딴 시골마을은 아니었다. 하지만 중심지와 멀리 떨어져 있어 느끼게 되는 소외감을 도저히 떨쳐낼 수 없었던 것은 확실하다.

이 때문에 육유는 최대한 여러 수단을 통해서 도시, 사대부, 그리고 조정과 연락을 유지했다.

양송 시기 정보 유통에 대하여 학계에서는 깊이 있게 논의되어 왔다. 육유가 외부 정보를 얻은 첫 번째 경로는 기타 촌민들처럼 민간에서 떠도는 소문을 듣거나 관아의 통보를 읽는 것을 통해서였다. 가태 원년(1201) 겨울, 육유는 「올올(兀兀)」이라는 시에서 "외로운 고촌객, 유유한 두 세대... 옛집의 주인은 바뀌고 도성엔 골목이 새롭네(兀兀孤村客, 悠悠兩世人... 故里簪纓換, 都門巷陌新)"라고 읊었다. '고촌객'으로서 "도성의 골목이 새로워졌다(都門巷陌新)"는 소식을 알게 된 이유에 대해서 육유는 "임안부가 큰 화재를 겪은 후 재건 및 보수가 시작됐다고 들었다(聞臨安火後, 興葺漸舉)"[7]라고 단 주석에서 잘 보여준다. 여기서 말하는 화재는 그해 3월에 임안부에 발생한 화재 사건을 가리켰을 것이다. 당시 화재는 임안부에서 일어난 화재 중 규모가 가장 컸으며, 불길이 민가

6) 『문집교주 · 일저집존 · 증체에게 보여주다(文集校注 · 逸著輯存 · 與曾逮書)』(2), 제4책, 286-297쪽.

7) 『시고』 권49 「올올(兀兀)」, 가태 원년 겨울, 제6책, 2968쪽. 작가 미상, 『속편양조강목비요(續編兩朝綱目備要)』 권6 "가태 원년 삼월 무인"일 기록, 중화서국, 1995, 109쪽 참조.

외에도 어사대(禦史臺), 사농사(司農寺), 황성사저물고(皇城司諸物庫) 등 중요한 관아의 창고에까지 확산되어 5만 2,000여 가구와 관아의 창고 및 18만 6,000여 명의 인구가 손해를 입었던 화재로서 사망자도 59명이나 되었다. 그 후 송나라 조정에서도 이재민을 구제조치를 내 놓을 정도였다. 이렇게 큰 사건이 도성과 가까운 산회지역에도 전파되지 않을 리가 없다. 그리고 건축 자재 등 재건에 필요한 물자공급으로 인한 시장 상황의 변화를 통해서도 산회지역 사람들은 화재 소식을 알게 되었을 것이다.

그 외에 일부 정보는 지방 관청이 붙이는 방문을 통해 알 수 있었다. 소희 4년(1193), 산회지역에 가뭄이 들어 늦벼 수확이 안 좋았기 때문에 조정에서는 일부 조세를 면제해줬다. 육유는 이런 기쁜 소식을 듣고 「수촌곡(水村曲)」이라는 시를 지었는데 "올해 가뭄으로 산촌의 늦벼 수확이 좋지 않아 조정에 조세 절반을 감면해 달라는 상소를 올렸다. 후에 방문을 보니 수촌에 비가 많이 내려 농작물 수확이 안 좋으니 백성을 위로하기 위해 조세의 3할을 면하도록 하라고 하니 돌아와서 춤을 추고 노래하며 태평성대의 좋은 조정이라 너도나도 기뻐하네...(山村今年晩禾旱, 奏下民租蠲太半. 水村雨足米狼戾, 也放三分慰民意. 看榜歸來迭歌舞, 共喜清平好官府)"[8]라고 하였다. 이 시는 육유가 방문을 보고 돌아와 기뻐하며 지은 것이 분명하다.

개희 2년(1206)에 권신 한탁주(韓侂冑, 1152~1207)는 경솔하게 출병하여 북벌했는데 이를 바로 '개희북벌(開禧北伐)'이라고 부른다. 얼마 뒤에 송나라 군대는 패했고, 한탁주는 살해되었으며 송나라와 금나라가 다시 화친했다. 이 사건은 당연히 조정 군신이 비밀리에 논의한 후 얻은

---

8) 『시고』 권29 「수촌곡(水村曲)」, 소희 4년 겨울, 제4책, 1972쪽.

것이고 남들은 잘 알 수가 없었다. 그러나 한탁주가 정무를 주관했던 송나라는 군사 격려의 차원에서 조치를 내놓았는데, 백성의 부세를 면제하던지, 군사를 모집하여 병력을 증가하던지 모두 백성들에게 널리 알리도록 하는 것이 필수였다. 따라서 육유는 산음 시골에서도 "산촌이 편벽하다고 비웃지 말라. 자주 내려온 조령을 들을 수 있었네. 백성에게 관대하고 부세는 면제하며, 변경을 지키기 위해 사병을 모집했네...(莫謂山村僻, 時聞詔令傳. 寬民除宿負, 募士戍新邊)"라고 감회를 적는가 하면 "새로운 조서에 군사를 모집하고, 공거로 책략을 수집한다고 거듭 말했네(傳聞新詔募新軍, 複道公車納群策)"[9]라고 당시 상황을 기록했다.

물론 육유는 은퇴한 관리로서 일반 촌민들보다는 정보를 얻는 방법이 더 많은 것은 당연하다. 그중 조정에서 지방으로 내린 저보(邸報)는 비교적 중요한 경로였다. '개희북벌'을 사례로 보면, 당시 한탁주는 사천에 있는 송나라의 군대를 출동시켜 금나라를 공격하고 관중(關中) 지역을 빼앗기 위해 오정(吳挺)의 아들인 오희(吳曦)에게 사천선부부사(四川宣撫副使)에 임명하고 병력을 맡기고자 했다. 그러나 오희가 이 틈을 타서 금나라와 결탁하였고 사천에서 촉왕(蜀王)으로 자처하였다. 이것이 바로 "오희투항(吳曦降金)"사건이며 개희북벌이 실패하게 된 중요한 원인의 하나였다. 개희 2년 겨울, 육유는 「사천의 군대가 화주를 수복했다는 소식을 듣고(聞西師複華州)」라는 제목으로 시 두 수를 썼다.[10] 청나라 시기의 조기(趙冀, 1727~1814)와 같은 사람들은 이 시의 창작 연대에 대해 논의하기도 했다. 개희 2년에 송나라 군사가 관중에 들어가지

9) 『시고』 권68 「촌사에서 근래 소식을 듣고 감회가 깊었다(村舍得近報有感)」. 동책 권73 「추일촌사(秋日村舍)」, 개희 3년 가을, 제7책, 4009쪽.

10) 『시고』 권69 「사천군대가 화주를 수복했다는 소식을 듣고(聞西師複華州)」, 개희 2년 겨울, 제7책, 3852쪽.

않았기 때문에 이 시는 아마 소흥 32년(1162)에 농상(隴上)의 십육주(十六州)가 수복된 사건을 쓴 것이었기에 개희 2년이라는 것은 잘못된 기록이라고 했다. 『시고』의 '해제(題解)'에는 육유가 "와전된 소식을 듣고 지은 것이며, 젊었을 때 지은 작품을 기록한 것은 아니다(得諸訛傳, 未必補錄少時舊作)"라고 했다. 사실 「사천의 군대가 화주를 수복했다는 소식을 듣고」라는 작품이 나오기 며칠 전에 육유는 「책상머리에서 지은 시(書幾試筆)」라는 시를 지었는데, 아마도 「사천의 군대가 화주를 수복했다는 소식을 듣고」와 같은 조(組)에 편입되었을 것으로 짐작된다. 시 뒤에는 다음과 같은 설명을 덧붙였다. "우연히 사천 군대가 관중의 군현을 수복했다는 소식을 적은 보고문을 보았는데, 예전에 자주 중조산(中條山), 화산(華山)에 은거할 생각이 있었기에 이 소식을 알게 되었다(偶見報西師複關中郡縣, 昔予常有卜居條, 華意, 因及之)"[11]는 말에서 소흥 말년에는 육유가 아직 촉나라에 부임하지 않았다. 때문에 "예전에 자주 중조산, 화산에서 은거할 생각이 들었다(常有卜居條, 華意)"고 한 것은 합리적인 표현이 아니며, 따라서 두 편의 시는 육유가 젊었을 때 지은 것이 아니라는 것을 알 수 있다. 육유가 늘 사천을 잊을 수 없다고 한 것은 건도 5년(1169)부터 사천에서 8년 동안 벼슬을 한 후에 있었던 일이다. 해석에는 "우연히 보고문을 보았다(偶見報)"라고 되어 있는데 여기서 '보고(報)'는 송나라 조정의 저보라고 짐작할 수 있다. 『시고』의 편년에 따르면 이 두 편의 시는 개희 2년 겨울에 쓴 것이고 구체적인 월, 일을 밝히지 않았다. 사실은 그해 12월 23일, 오희가 이미 사천에서 금나라에 투항하고 왕으로 자처했다. 육유가 저보를 통해 알게 된 소식은 지연되었고, "서사가 관중 군현을 수복했다(西師複關中郡縣)"는 소식

11) 『시고』 권69 「책상머리에서 지은 시(書幾試筆)」, 개희 2년 겨울, 제7책, 3848쪽.

도 전선으로부터 전해졌다는 것은 사실이 아니다. 따라서 이듬해 2월, 양거원(楊巨源), 이호의(李好義) 등 의병들이 군사를 모아 오희의 반란을 평정하고 오희의 효수하여 수급을 임안부로 보냈으며 그 해 여름에 육유는 「촉땅의 도둑들을 평정하고 괴수의 수급을 묘사에 올렸다는 소식을 듣고 기뻐서 시를 짓다(聞蜀盜已平獻馘廟社喜而有述)」라는 시에서 "늙은이가 은퇴를 스스로 한탄하고 이 몸을 나라 위해 바칠 곳이 없었네(老生自憫歸耕久, 無地能捐六尺軀)!"라고 한탄했다.[12] 그는 촉땅을 마음에 두고 수복할 뜻을 품었으며 자신의 시작품에서 사건의 발전 과정을 기술했다. 그리고 사천의 반란이 평정되고 오희의 효수가 임안부에 보내졌다는 소식도 당연히 저보를 통해서 알게 되었을 것이다.

그러고 보면, '기술적'인 문제는 육유가 어떤 방식으로 저보를 접하게 되었을까 하는 것이다. 송나라의 저보는 진주원(進奏院)에서 편집·인쇄·발행하여 지방관청으로 보낸 것으로 현대의 정무공보(政務公報)와 비슷한 것이지만 신문처럼 공개된 것이 아니었다. 그리고 대사(大赦), 부역(賦役), 훈계(訓誡)와 같은 민생과 관련된 법령은 지방관청이 방문의 형식으로 민중들에게 알려주었지만 실제로 저보는 대부분 주, 현에 보관되고 관리들만 열람이 가능했다. 편벽한 시골에서 살고 있었던 육유의 신분으로는 관청에서 전문적으로 사람을 파견하여 그에게 저보를 보낼 리가 없었다. 그러고 보면 육유가 저보를 보기 위해서는 본인이 직접 성에 들어가거나 친구가 전달해주는 방법 외에는 따로 없었다.

사실 친구가 집에 찾아오든지 아니면 서신을 보내든지 육유가 사대부들과 연락한 것은 그가 외부의 정보를 얻는 주요한 통로가 되었다.

---

12) 『시고』 권71 「촉땅의 도둑을 평정하고 수급을 묘사에 바쳤다는 소식을 듣고 기뻐서 시를 짓다(聞蜀盜已平獻馘廟社喜而有述)」, 개희 3년 여름, 7권, 3952쪽.

그리하여 성곽의 서쪽에 위치한 삼산별장에서 생활했던 육유는 친구의 방문을 좋아했다. 외로움도 풀 수 있었고 외부의 소식도 쉽게 들을 수 있었기 때문에 항상 친구의 방문을 기다리고 있었다고 해도 과언이 아니다(그림 13, 14 참조). 육유의 시작품 중에는 손님이 찾아온 일, 손님을 기다리는 일, 그리고 한가할 때면 손님이 없어 외로움을 달랠 길 없음을 표현한 일을 쓴 작품이 많았다. 그중에서 재미있는 시 몇 편이 있어 소개하고자 한다. 순희 10년(1183) 11월, 육유는 가주(嘉州)에서 벼슬할 때 알게 된 옛친구 장자(張镃, 자는 공보功甫)가 육유에게 방문할 의향을 비친 편지를 보내왔다. 편지를 받은 육유는 기쁘기도 했지만 마음 놓지 못하기도 했다. 따라서 서둘러 「장공보가 방문을 청하니 곧 시로 약속을 하네(張功甫許見訪以詩堅其約)」라는 시로 화답했다. 시에서 그는 "나는 이 만남을 오랫동안 기다려 왔으니, 늙은이의 눈을 마주하면 놀라움만 남지 않을까 싶네(吾曹此事期千載, 老眼相逢剩要驚)"[13]라는 말로 장자에게 약속을 잊지 말고 꼭 찾아올 것을 전했다. 육유는 친구의 방문을 학수고대하며 기다렸는데 애걸복걸이라도 할 정도였다. 그리고 손님이 찾아오면 육유는 늘상 시를 지어 그 일을 기술하곤 했다. 소희 5년 (1194) 가을, 서거후(徐居厚), 왕숙잠(汪叔潛), 정당로(鄭唐老)가 잇따라 찾아오자 육유는 「서거후, 왕숙잠이 술을 들고 와서 감사의 뜻을 전하다(謝徐居厚汪叔潛攜酒見訪)」라는 시와 「정당로가 방문해서 기뻐하다(喜鄭唐老相過)」라는 시 두 편을 지어 친구들의 방문을 기술했다.[14] 때로는 시골의 교통조건이 좋지 않아서 손님이 찾아오기 힘든 경우도 있었다. 경원 5년(1199) 여름, 산회지역에 오랫동안 비가 내려 길이 많이

13) 『시고』 권15 「장공보가 방문하겠다고 하자 바로 시를 지어 약속하다(張功甫許見訪以詩堅其約)」, 순희 10년 11월, 제3책, 1229쪽.

14) 『시고』 권30, 제4책, 2055-2056쪽 참조.

질척였다. 특히 삼산별장은 호수와 가까워서 통행이 더욱 불편했기에 손님이 마을 근처까지 왔다가도 육유를 만나지 못하고 부득이 되돌아 간 적도 있었다.

올해는 비바람이 많으니 평지가 수렁이 되고 말았네.
내 집이 낮은 곳에 있어 고인 물에 둘러싸였네.
성에서 손님이 찾아왔으나 멀리서 마주보고 돌아가네.
시종은 배 잡고 웃다 넘어지고 우산 들고 나막신 신었네.
각자 집에 돌아가 부뚜막 앞에서 옷을 말리네.

今年風雨多，平陸成沮洳。
吾廬地尤下，積水環百步。
客從城市來，熟視卻複去。
僮奴笑欲倒，繖屐知無路。
計其各還家，對灶燎衣褲。

이런 경우를 두고 육유는 시를 지어 기술하지 않을 리가 없었다. 그는 자신이 비록 "청아한 이야기를 나누지는 못했지만, 늙은 자신은 이미 만족했네(清言雖不接, 亦足慰遲暮)"[15]라는 말로 감사의 뜻을 전했다. 그 외에 손님이 없을 때면 그는 주로 울적한 마음을 표현하곤 했다. 이를테면 소희 3년(1192) 겨울에 「한가하고 손님이 없어 종이와 필묵에 의지하여 지내며 시를 짓다(閒居無客, 所與度日筆硯紙墨而已, 戲作長句)」라는 시에서 그는 "물은 겹겹이 둘러싸이고 산은 첩첩한데, 오는 객이 드물어 문방사보의 일에 열중하며 홀로 있네(水複山重客到稀, 文房四士獨相依)"[16]

15) 『시고』 권39 「오랫동안 비가 내려 길이 통하지 않으니 찾아온 벗이 집에 오지 못하다(久雨路斷, 朋舊有相過者, 皆不能進)」, 경원 5년 여름, 제5책, 2507쪽.

라고 자신의 심경을 묘사하기도 했다. 가태 원년(1201) 봄에 육유는 「초봄의 감회를 읊다(初春感事)」라는 시에서 손님이 없는 날 수를 세기도 했는데, "곳곳에 말 발굽소리와 수레 소리 요란하건만, 열흘 째 찾아오는 손님이 없네(馬跡車聲是處忙, 經旬無客到龜堂)"라고 한 것에서 잘 보인다.[17] 하루는 춘곤 때문에 답답했던 육유가 아들이 들어와서 어떤 스님이 문을 두드리고는 명자(名刺)만 두고 갔다고 하자 기쁜 마음에 "아들이 스님이 와서 명자를 두고 갔다고 하니, 방문하는 손님이 없다고는 할 수 없네(兒報山僧留刺去, 未為無客到吾門)"[18]라는 시구를 짓기도 했다.

가끔 육유도 외출해서 친구를 찾곤 했다. 하지만 그의 시에서 보면, 대부분 외출해서 한가롭게 노닐다 친구를 만나거나 우연히 산승(山僧), 야옹(野叟), 촌로(村老), 초부(樵夫) 등을 만났다는 이야기가 주를 이룬다. 이는 아마도 그가 발자취를 남긴 마을에서 생활할 적에 사대부 친구가 많지 않았기 때문일 것이다. 육유는 때론 소흥성에 가기도 했는데 관련 기록은 많지 않다. 경원 5년(1199) 봄, 육유는 시에서 자신이 정사년(丁巳年)에 큰 화재가 발생한 뒤로 처음 소흥성에 들어왔다고 했다.[19]

16) 『시고』 권26 「한가하고 손님이 없어 종이와 필묵에 의지하여 지내며 시를 짓다(閒居無客, 所與度日筆硯紙墨而已, 戲作長句)」, 소희 3년 겨울, 제4책, 1860쪽.

17) 『시고』 권45 「초봄에 감흥을 읊다(初春感事)」, 가태 원년 봄, 제5책, 2773쪽.

18) 『시고』 권42 「경신년 새해에 생각나는 대로 읊다(庚申元日口號)」.

19) 『시고』 권39 「수년을 오지 않았던 나는 정사년 화재 이후 처음으로 소흥성을 찾았다(予數年不至城府丁巳火後今始見之)」, 경원 5년 봄, 제5책, 2484쪽. 시숙 외, 『가태회계지』 권7 「궁관사원(宮觀寺院)」: "대선사… 경원 3년 11월, 사원이 승려의 실수로 화재가 나서 하루만에 잿더미가 되고 나한천왕당, 욕당, 경원고당만 남았다(大善寺… 慶元三年十一月, 寺僧不戒於火, 一夕煨燼. 惟羅漢天王堂, 浴堂, 經院庫堂僅存)" 6825쪽 참조.

그리고 설명하기를 정사년이 경원3년(1197)이라고 한 걸보면 육유는 거의 2년 동안 소흥성에 들어간 적이 없음을 말해준다. 그 외에 가태 3년(1203) 겨울, 소흥성에 들어가 일부러 시를 지었다고 기록한 걸 보면,[20] 그가 자주 소흥성에 가지 않았음을 알 수 있다. 만년에 행동이 불편해진 육유가 소흥성에 들어간다는 것은 더욱 힘든 일이었기에 "성에 들어가지 않은 지 3년이 넘었다(不入城門三歲餘)"고 할 때도 있었는데 "3년 동안 소흥성에 들어가지 않았다(三年不入城)"라고 시에서 표현하기도 했다.[21] 그리고는 자신을 다음과 같이 평가하기도 했다. "상서랑을 그만두고 감호 옆에서 살다 보니 자꾸 군목부사자를 몰라보았네. 현의 대부도 농사와 낚시에 마음을 의지하고 행적을 감추니 어찌 감히 왕래하겠는가? 산음의 장군탁, 회계의 왕군과는 가끔 만날 수 있어 기뻐하니 오래된 친구처럼 편하게 지냈네(自尚書郎罷歸, 屏居鏡湖上, 郡牧部使者多不識面, 至縣大夫以耕釣所寄, 尤避形跡, 弗敢與通. 惟兩人曰山陰張君橐, 會稽王君時會, 相從歡然如故交)"[22] 이를 보면, 육유가 자주 소흥성에 가지 않은 것은 자신의 행적을 감추고자 꺼려하고 싫어한 의도도 담겨 있었다. 그러고 보면 육유는 주로 친구와 주고받은 편지를 통해서 외부 소식을 얻어들었음을 알 수 있다.

『시고』에는 육유가 친구와 수창(酬唱)한 작품이 많이 수록되었는데 정리한 바에 따르면, 육유와 긴밀한 관계를 유지했던 선비들은 대략 세

20) 『시고』 권55 「입성(入城)」, 「출성(出城)」, 「반년동안 성안에 들어가지 않음을 시를 지어 읊었다(不入城半年矣作短歌遣興)」, 가태 3년 겨울, 제6책, 3242쪽, 3243쪽 참조.

21) 『시고』 권73 「촌옹(村翁)」, 개희 3년 겨울, 제7책, 4026쪽. 권78 「선배가 새해에 준 운을 빌려 가을에 읊었다(秋日次前輩新年韻)」(제3수), 가정 원년 겨울, 제8책, 4228쪽.

22) 『문집교주』 권37 「왕계가 묘지명(王季嘉墓誌銘)」, 제4책, 140쪽.

가지 부류로 나눌 수 있다. 첫째는 소흥부 출신이거나, 소흥부에서 생활한 적 있거나, 벼슬한 적이 있어 여러 가지 이유로 육유를 알게 되어 친하게 지낸 선비들이다. 이를테면, 북송의 명신 한기(韓琦, 1008~1075)의 손자 한소주(韓肖胄, 1075~1150)와 한응주(韓膺胄)가 남송 시기에 소흥에서 지냈는데, 육씨 집안과 왕래하면서 친하게 지냈다. 육유는 한씨 집안의 후손들과도 많은 왕래가 있었는데 한소주의 아들인 한희도(韓晞道)와 수창한 작품이 『시고』에 수록되기도 했다.[23] 육유와 교류가 제일 많았던 것은 당연히 소흥부에서 벼슬을 지냈으며 육유가 은사로 모셨던 증기(曾幾, 1084~1166)와 그의 제자들이었다. 『시고』에는 증기를 회상하고 그리워하여 지은 시, 그리고 증기의 후손들과 주고받은 시들이 수록되었다. 이를테면, 가정 원년(1208)에 84세의 고령인 육유는 「꿈에 문청공 증기를 만났네(夢曾文淸公)」라는 시에서 "도에는 '진'을 만법의 근원이라고 하니, 이는 우뚝 솟은 용과 같아 감탄이 절로 나네. 아침에 닭울음소리에 놀라서 깨어나니, 하룻밤 청담을 다 나누지 못해 아쉬웠네(有道真為萬物宗, 巉然使我歎猶龍. 晨雞底事驚殘夢, 一夕清談恨未終)"[24]라고 하면서 만년에 꿈에서 은사를 만나 간절하고 깊은 감정을 나누었음을 말해주고 있다. 육유는 증씨 집안의 후손들과도 서로 시를 주고받았는데, 주로 앞에서 언급했던 증체와 증기의 증손인 증안(曾黯)과도 많은 교류가 있었다. 다른 하나는 육유가 임안부에서 공부하고 시험을 보는 기간 동안 알게 된 친구들이었다. 그중 연락을 많이 하는 친구는

23) 『시고』 권43 「강동의 한조희가 양정수의 시에 운을 붙여 시를 보내오자 그 시에 화답하여 지었다(江東韓漕曦道寄楊庭秀所贈詩來求同賦作此寄之)」, 경원 6년 여름, 제5책, 2679-2680쪽.

24) 『시고』 권79 「꿈에 문청공 증기를 만나서(夢曾文淸公)」, 가정 원년, 제8책, 4303쪽.

당연히 선배인 부송경(傅崧卿), 이광(李光), 증기 등 십여 명과 동갑이었던 호기(胡杞), 진공실(陳公實), 엽암(葉黯), 사마극(司馬伋), 증봉(曾逢), 왕명청(王明清), 주필대(周必大), 범성대(範成大), 왕십붕(王十朋), 한원길(韓元吉) 등 약 30여 명이었다. 이를 두고 육유는 "젊은 시절에 훌륭한 인재들과 함께 하니, 나중에 모두가 나라의 중요한 벼슬을 차지했네(早歲從諸傑, 森然盡國華)"[25]라고 했다. 만년에 접어들어 84세이던 해에 육유는 「홀로 앉으며(獨坐)」라는 시에서 "60년 전에 알던 옛 친구들은 찾을 수 없다(六十年前故人盡)"라고 하고 그 뒤에 "소흥성을 오가는 친구도 이젠 하나도 없네(紹興中往還朋舊, 今乃無一人在)"라고 설명을 덧붙이며 한탄했다.[26] 마지막으로는 육유가 사천에서 8년 동안 벼슬을 하면서 사귀었던 친구들이다. 그중에는 문경지교라고 할 수 있는 친구도 있었는데 특히 장인(張縯)과 가장 친하게 지냈다. 장인의 자는 계장(季長)이고 촉주(蜀州) 강원현(江原縣, 지금의 스촨 충저우 장위안) 출신이며, 당시 흥원부(興元府)에서 사천선무사사(四川宣撫使司)에 부임한 육유와 알게 되면서 평생을 친구로 지냈다. 경원 5년 육유는 「초겨울의 감흥을 적다(初冬有感)」라는 시에서 "장계장이 당안에 살면서 자주 편지를 주고받았다(張季長居唐安, 歲常通書)"라고 설명했다.[27] 그리고 몇 편의 시를 해석할 때도 "올해는 장계장에게 편지를 보내지 않았다(張季長今年尚未通書)"라고 했고 또 "장계장이 오랫동안 편지를 보내주지 않았다(張季長久不得書)"라고 했다.[28] 개희 3년(1207) 봄 장인은 강원에서 세상

25) 『시고』 권28 「소흥에 갔다 왔다 친구들을 만났던 일을 그리워하며(懷紹興間往還諸公)」, 소희 4년 겨울, 제4책, 1963쪽.

26) 『시고』 권79 「홀로 앉아서(獨坐)」, 가정 원년 가을, 제8책, 4271쪽.

27) 『시고』 권41 「초겨울의 감흥을 적다(初冬有感)」, 경원 5년 겨울, 제5책, 2589쪽.

28) 『시고』 권44 「침대에 누워서 짓다(枕上作)」, 경원 6년 가을과 겨울 사이, 제5

을 떠났다. 이에 육유는 「홀로 앉아서(獨坐)」라는 시에서 “800리 밖에서 온 편지가 드물어졌네(八千裏外寄書稀)”라고 했고, “장계장이 떠난 후엔 사천에서 온 편지가 거의 없었네(自張季長下世, 蜀中書問幾絕)”라는 설명을 덧붙이기도 했다.

송나라 초기부터 조정에서는 관리의 개인 서신도 체포(遞鋪, 송나라 때 공문을 전달하던 기구)에 포함시켜 전송할 수 있게 했다. 하지만 관리들은 전문인원(專人)을 파견하거나 인편을 통해 소식을 전하는 경우도 더러 있었다. 육유와 지인들 사이에도 아마도 이런 식으로 편지가 오갔을 것이다. 인편은 늘 있는 것이 아니었고, 전문인원을 파견하려면 비용이 너무 많이 들었기에 송나라 관리들은 주로 체포를 통해 서신을 전달했다. 때문에 서신을 전달하기 위해 전문인원을 먼 곳에 파견하는 것은 당연히 상대방과 보통의 사이가 아님을 더욱 부각시켰다. 경원 6년(1200) 12월 21일, 여섯째 아들 자포(子布)로부터 온 편지가 육유에게 전달되었는데 자포는 편지에서 “이미 양양로에 무사히 도착했고 곧 구강에 이를 것입니다(已取安康襄陽路, 將至九江矣)”라고 했다. 만감이 교차한 육유는 긴 시를 지어 이를 기록했다. 자포의 편지는 바로 그가 파견한 서화주(西和州, 지금의 간쑤 룽난)의 병졸이 보내온 것이었다.[29] 책상자를 지니고 먼 길을 떠나다보니 고향으로 돌아가기가 쉽지 않아 병졸을 파견하여 편지를 전달하게 함으로써 아버지의 걱정을 덜어내려

책, 2718쪽. 『시고』 권45 「유년(流年)」, 경원 6년 겨울, 제5책, 2755쪽 참조.

29) 『시고』 권45 「경신 12월 21일, 서화주에서 보낸 자부의 편지를 받았다. 편지에서 자부가 양양로에 무사히 도착했고 곧 구강에 이를 거라고 했다. 만감이 교차하여 장편시를 짓는다(庚申十二月二十一日, 西和州健步持子布書, 報已取安康襄陽路, 將至九江矣. 悲喜交懷, 作長句)」, 경원 6년 겨울, 제5책, 2765쪽.

는 자식의 마음은 충분히 이해할 만하다. 또한 소희 5년(1194) 겨울, 육유는 「문을 닫네(閉戶)」라는 시에서 "사천의 병졸이 찾아와서 장계장이 당안 강원으로 돌아갔다는 편지를 전해주었다(蜀兵來, 得張季長歸唐安江原書)"라는 설명을 덧붙였는데 그러고 보면 이 편지도 전문인원을 파견하여 전달한 것이었다. 이를 통하여 장인과 육유의 정이 아주 깊었음을 알 수 있었으니 가히 "만 리 길 떨어져도 편지 한 통에 마음이 통한다(萬里知心一紙書)"[30]라고 할만하다.

그렇다면, 육유가 친구들과 주고받은 편지에서는 주로 어떤 내용을 이야기했을까? 평생 소원이 국토를 수복하는 것이었던 육유는 시작품에서 자연히 나랏일을 많이 언급했지만, 친구와 서로 주고받은 편지에서는 자연이나 우정에 대한 내용이었을 뿐 시대 정치에 관한 내용은 거의 없었다. 단 한 편만은 예외였는데, 순희 8년(1181) 11월에 지은 「원회 주제거에게 보내며(寄朱元晦提擧)」이다.[31] 그해 가을 소흥지역은 수해를 심하게 입었고 따라서 기근도 유례없이 심각했다. 당시 절동로제거상평관(浙東路提擧常平官)으로 부임했던 주희는 구제업무를 주관하고 있었는데 육유는 시를 지어 주희에게 보냈다.

장터는 황량하기 짝이 없고 마을엔 헐벗고 굶주린 이 많은데
남은 식량을 나누라 권했으나 유통이 안 돼 쌀을 구하지 못하네
백성들이 몹시 기다리는데 관아의 행동은 왜 이리도 늦는가?
부세는 곡식을 수확하는 가을까지 관대하게 처리하면 좋겠네.

市聚蕭條極，村墟凍餒稠。

30) 『시고』 권31 「문을 닫다(閉戶)」, 소희 5년 겨울, 제4책, 2092쪽.

31) 『시고』 권14 「원회 주제거에게 보내며(寄朱元晦提擧)」, 순희 8년 11월, 제3책, 1104쪽.

勸分無積粟，告糴未通流。
民望甚饑渴，公行胡滯留？
征科得寬否，尚及麥禾秋。

육유는 주희가 구제를 지체한 게 아닌지 비판하면서, 주희가 조정에 현지의 세금징수를 완화하는 제안을 제출하기 바랐다. 이는 역시 재난 상황이 심각하기에 급한 마음이 들어 솔직하게 말한 것이라 할 수 있다. 그 외에는 이렇게 지방 행정을 '간섭'하는 편지는 더 찾아볼 수 없었다. 또한 육유는 자신과 마찬가지로 꽤나 명성을 가지고 있었으며 뜻이 맞는 신기질(辛弃疾, 1140 ~ 1207년)과도 서신왕래를 많이 했다. 가태 3년(1203년) 6월부터 12월까지 신기질은 소흥의 지부로 부임하였고 재임하는 동안 육유와 많은 왕래가 있었다. 개희 원년 (1205)에 육유는 「초당(草堂)」이라는 시에서 "신유안이 나를 위해 집을 지어 준다고 할 때 마다 사양하며 그만두게 했다(辛幼安每欲為築舍, 予辭之, 遂止)"라는 주해를 덧붙였다.[32] 이는 신기질이 소흥지부로 재임하는 동안이나 그 뒤의 일이었을 것이다. 아마도 당시 삼산별장을 방문했던 신기질이 별장의 상황을 돌아본 후에 "집을 지어 준다"고 제안했을 것이다. 신기질이 지부로 있다가 명을 받들고 조정으로 돌아갈 때도 육유는 작별시를 지어 선물했다.[33] 현전하는 두 사람의 서신을 보면 시정에 관한 내용은 없었다. 육유는 여러 가지 이유로 조정의 권력자나 지방 관리들과 서신왕래나 사무 부탁을 피할 수 없었지만, 문집과 시고에 남아 있는 내용은 극히 드물다. 그 이유는 두 가지다. 하나는 원래 많지 않았을 것이고, 다른

32) 『시고』 권61 「초당(草堂)」, 가희 원년 봄, 제7책, 3488쪽.

33) 『시고』 권7 「조회에 나간 신유안 전찬에게 보내며(送辛幼安殿撰造朝)」, 가태 4년 봄, 제6책, 3314-3315쪽.

하나는 관련 내용을 쓰긴 했지만 양이 적어 나중에 시문집을 편집할 때 의도적으로 삭제하였기 때문이다. 한차주(韓侂胄)를 대신하여 쓴 「남원기(南園記)」가 바로 그 예라고 할 수 있다.

이를 보면 육유는 시골에 살면서 관아와 왕래할 때면 자신이 말한 것처럼 일부러 절제하고, '행적을 감추었으며' 될 수 있으면 지역 사회에 정치적인 영향을 주지 않으려고 노력했다.

2. 8대째 선비로서의 삶

육유는 수십 년 동안 시골에 살았는데, 말년이 되어서는 쇠약한 몸과 가난한 집안에 갇혀 가업을 일으키지 못한 것에 통탄했으며, 임종 직전에도 "구주가 하나 됨을 보지 못해 한스럽구나(但悲不見九州同)"라고 한탄했다. 큰 뜻을 품었지만 결국 국토를 수복하는 위업은 이루지 못하게 되어 한없이 실망했고 답답함을 느꼈다. 때문에 가끔은 시골 농부의 삶이 착실하고 평온하다고 부러워했고 벼슬을 통해 가문을 일으키는 엘리트 코스에도 미련이 남아있었으며, 자식이 과거 시험을 보도록 고집을 부리기도 했다. 이 때문에 그는 자주 갈등에 빠지기도 했다. (그림 15 참조)

육유 시집에는 과거시험을 보는 것이 농사일뿐만 아니라 공업과 상업에 종사하는 것보다 못하다고 원망하는 작품들이 많았는데 그중에서 순회 10년 10월에 지은 「서생탄(書生歎)」이 대표적이다.

그대는 못 봤는가 장사꾼이 열심히 경영하니,

마실 것과 먹거리 팔아 여유 있네.

밤이 되어 이유도 없이 친구를 부르니,
술에 취해 그대로 길에서 잠들었네.
또 그대는 못 봤는가 밭머리에 호미 잡은 나그네는
글을 몰라 농부라 부르건만,
육신이 피곤해도 근심이 적어, 일년내내 즐겁게 먹고 지내네.
가엾은 선비가 제일 가난하니, 평생을 가방 속 책으로 먹고사네.
출세하면 질투를 한 몸에 받으니 중도에 그만두려 해도 방법이 없네.
글 읽다 시골에서 굶어죽으면, 남 탓 말게나,
본인이 미련하기 때문이네.
오호라! 남 탓 말게나, 본인이 미련하기 때문이라네,
동방삭을 어찌 난쟁이에 비하겠는가!

君不見城中小兒計不疏，賣漿賣餅活有餘。
夜歸無事喚儔侶，醉倒往往眠街衢。
又不見壟頭男子手把鉏，丁字不識稱農夫.
筋力雖勞憂患少，春秋社飲常歡娛。
可憐秀才最誤計，一生衣食囊中書。
聲名才出眾毀集，中道不復能他圖。
抱書餓死在空穀，人雖可罪汝亦愚。
嗚呼，人雖可罪人雖可罪汝亦愚，曼倩豈即賢侏儒[34)]

당시 육유는 사관(祠官)에 제수받아 삼산(三山)에서 한가하게 지내고 있었는데, 기분이 울적해서 "가엾은 선비가 가장 잘 살지 못한다(可憐秀才最誤計)"라고 탄식했다. 후에도 그는 계속 한가롭게 지내다가 말년에 이르러서는 이러한 한탄이 점점 더 많아지게 되었다. 소희 2년(1191)에 「아들에게(示兒)」라는 시에서 그는 "아들들이 앞으로 힘써 농사일에 전

34) 『시고』 권15 「서생탄(書生歎)」, 순희 10년 10월, 제3책, 1219-1220쪽.

념함으로써 생계 걱정이 없길 바랐고, 책 만 권을 읽은 들 어디에 이롭겠는가(願兒力耕足衣食, 讀書萬卷真何益)"라고 했고, 경원 4년(1198)에는 「잡감(雜感)」이라는 시에서 "그대여 아무 글도 배우지 말게, 이 일로 얼마나 많은 사람들이 힘들었는가(勸君莫識一丁字, 此事從來誤幾人)"라고 하기도 했다. 가태 원년에는 「일곱째 조카가 설날에 손자들과 함께 오니 우연히 장편시를 지었다(七侄歲莫同諸孫來過偶得長句)」라는 제목으로 시를 지었는데, "황제가 네 번 바뀌는 동안 평생 가난하게 살았고, 8대를 내려오며 벼슬을 하니 집안은 가난을 면치 못했네(四朝遇主終身困, 八世為儒舉族貧)"라고 하는가 하면 85세의 고령인 가정 2년(1209)에 지은 「춘일잡흥(春日雜興)」에서는 "평생 먹을 것과 입을 것이 충분하다면 앞으로 세세대대로 농사지어도 무방하네(一生衣食財取足, 百世何妨常作農)"[35]라고 했다.

이와 동시에, 육유는 수시로 자식들의 과거시험을 독려하는 걸 잊지 않았다. 앞서 인용한 가태 원년 여름에 지은 「집 서쪽의 해가 저무는 것을 바라보며 아들 자율에게 가르치다(舍西晚眺示子聿)」에서 말한 것처럼, 그는 막내 아들에게 "오랫동안 녹귀에 빠져 산 이 삶을 한탄하는데, 가련하게도 아직도 아버지가 보낸 편지를 읽고 있구나. 서쪽의 우두산을 바라보니 하늘 끝이 아득한데, 선조께서 집안 일으켰을 때를 오래토록 생각하노라.(嗟予久合墮鬼錄, 憐汝猶能讀父書. 西望牛頭渺天際, 永懷吾祖起家初)"라고 격려의 글을 남겼다. 자단(子坦)과 자율(子遹, 즉 자율子聿)이 어쩔 수 없이 책을 내려놓고 소작농에게 소작료를 거두러 나갔

35) 『시고』 권22 「아들에게(示兒)」. 『시고』 권36 「잡감(雜感)」2, 경원 4년 봄, 제5책, 2354쪽. 『시고』 권49 「일곱 째 조카가 설날에 자손들을 데리고 오니 우연히 장구를 지었다(七侄歲莫同諸孫來過偶得長句)」, 가태 원년 겨울, 제6책, 2953쪽. 『시고』 권81 「춘일잡흥(春日雜興)」, 가정 2년 봄, 제8책, 4358쪽 참조.

을 때도 육유는 큰 위로를 표했다. 막내아들 자휼은 항상 책을 밤늦게까지 읽었는데, 육유는 "들을 때마다 마음에 들어 모든 근심을 잊는다(每聽之輒欣然忘百憂)"고 했다.[36] 또한 손자 원용(元用)에게는 "신명이 주신 훌륭한 문장을 읽어 문장 짓는 실력도 출중하니, 대대로 전해 내려온 절각건을 바꾸지 말라(會看神授如椽筆, 莫改家傳折角巾)"라는 부탁을 잊지 않았다.[37] 가끔 그는 자신의 생애가 성공적이지 못하다고 불평했지만, 아들들이 유업(儒業)을 지킬 수 있음에 대해서는 "아들들에게 건상사업을 맡겨두니, 사람을 만나 한숨을 쉴 필요가 없네(小兒可付巾箱業, 未用逢人歎不遭)"[38]라고 칭찬하기도 했다. 사실 육유는 유생으로서 엘리트 신분을 포기할 수 없었고, 후손들이 속인이 되는 것도 원치 않았으며, 벼슬을 통해 가문을 부흥하는 일에 집착했다. 그보다 더 중요한 것은 유교 전통의 치국평천하(治國平天下) 이념에 대한 그의 견해였다. 소희 2년(1191) 「오경에 책 읽으며 아들에게 보여주다(五更讀書示子)」라는 시에서 밝힌 바와 같이, "내 아들이 어리석지만 가업을 이어갈 수 있으니, 이 늙은이와 함께 채소의 뿌리로 배를 불리네. 많은 봉록을 받는 벼슬은 말할 것도 없고 기회만 되면 백성을 살리는 일에 전념하라(吾兒雖戇素業存, 頗能伴翁飽菜根. 萬鐘一品不足論, 時來出手蘇元元)"[39]고 했다. 육유는 언제든 시운이 돌아옴을 기대하며, 후손들이 백성을 어려운

36) 『시고』 권50 「자율이 강일에 『역』을 읽고, 유일에 『춘추』를 밤늦게까지 읽었다. 들을 때마다 마음에 들어 모든 근심을 잊어버리니 장구를 지었다(子聿以剛日讀〈易〉, 柔日讀〈春秋〉, 常至夜分. 每聽之輒欣然忘百憂. 作長句示之)」, 가태 2년 봄, 제6책, 2992쪽.

37) 『시고』 권34 「원용에게(示元用)」.

38) 『시고』 권23 「겨울밤의 독서(冬夜讀書)」, 소희 2년 겨울, 제4책, 1717쪽.

39) 『시고』 권23 「오경에 책 읽으며 아들에게 보여주다(五更讀書示子)」, 소희 2년 겨울, 제4책, 1725쪽.

상황에서 구해줄 수 있길 바랐는데, 이 역시 자신의 평생 이루지 못한 뜻을 자식들에게 기탁한 것으로 보인다.

자손들의 과거 시험을 위해 육유는 어쩔 수 없이 상당한 힘과 재력을 쏟아야 했다. 소희 5년(1194) 겨울에 그는 아들이 입성하여 스승을 찾던 장면을 시로 적어서 보여주었다. "아들이 허름한 모자 쓰고 스승을 구하니, 늙은 아비는 추운 밤 난로를 쬐며 시를 지었네(小兒破帽出求師, 老父寒爐夜畫詩)".[40] 여기서 어느 아들인지는 설명하지 않았지만, 아마도 막내 아들인 자휼일 것으로 짐작된다. 자손들은 육유만큼 박식해도 과거 시험을 대비하기 위해서는 다른 사람에게 가르침을 구해야 했다. 육유 자신은 나이도 많고 기력도 부족한 것이 이유가 될 수 있지만, 더 중요한 것은 남송 시기에 과거시험 대비를 위해 설치된 교관(教館)은 이미 전문직업이 되어 많은 시험을 준비할 수 있는 기교를 가르쳐 줄 수 있었기 때문이다. 게다가 도시는 과거 시험 동향에 관한 소식을 접할 수 있는 중심지였다. 이 역시 앞서 언급한 바와 같이 당시 사대부들이 도시생활을 추구하게 된 가장 큰 이유였다. 육유는 시문에서도 그가 후손들과 함께 책을 읽는 모습을 자주 묘사했지만, 결국 후손들의 교육은 숙사(塾師)에게 맡겨야 했다. 가태 2년(1202)에 지은 「춘효(春曉)」에서는 "늙고 병이 잦아 가르치는 일을 그만두었고, 숙사와 함께 책 읽는 학생을 부러워하네(老病自憐猶嗜學, 誦書家塾羨諸生)"라고 묘사했고, 그 뒤에는 "신관에 손님이 오니 손자들은 아침에 신나게 입학하여 글 읽는 모습이 성황을 이루었다(新館一客, 諸孫晨興入學, 誦書頗盛)"라고 주석을 달았다.[41] 육유는 남송의 산회지역 농촌에는 겨울이면 석 달 동안 자식을

40) 『시고』 권31 「작은 아들이 입성하다(小兒入城)」, 소희 5년 겨울, 제4책, 2096쪽.
41) 권50 「춘효(春曉)」, 가태 2년 봄, 제6책, 3000쪽,

서당에 보내어 "소학"을 공부하게 하는 풍조가 있었다고 했다. "잡자, 백가성과 같은 책을 읽는 것을 '촌서'를 읽는다고 한다(所讀雜字百家姓之類, 謂之村書)"라는 구절이나 "글 깨치는 것은 세금과 부역을 감당할 정도면 족하다(識字粗堪供賦役)"[42]라는 구절에서 보여주다시피 글을 읽는 목적은 아이가 커서 관리들과 쉽게 왕래할 수 있게 하기 위해서였다. 그러나 육씨 집안의 서당은 '촌서'만 읽힌 것이 아니라 후손들이 과거 시험에 응시할 수 있도록 많은 공부를 시키는 곳이었다. 때로는 육유는 아이들이 밤에 책 읽는 소리가 너무 커서 이웃들의 휴식에 지장을 줄까 봐 "아녀자는 아침밥 짓기 위해 물을 길어 쌀 씻으며, 어린아이는 밤중에 글을 읽어 이웃을 시끄럽게 하네(婦女晨炊動井臼, 兒童夜誦聒比鄰)"라고 하면서 걱정하기도 했다. 말년에 육유는 가난하다고 거듭 탄식했지만, 여전히 자식들을 위해 전문직업을 가진 훈장을 초빙했다. 이로써 가정교육은 시골에 사는 관리집안의 중요하고 필수적인 생활 지출이었으며, 이들 가정의 경제적 지출은 일반 농민과 같은 수준으로 볼 수 없음을 알 수 있다.

안타깝게도, 이렇듯 지속적인 심혈을 기울였음에도 불구하고 지방지의 기록에 따르면 적어도 손자 대까지 육유의 후손들은 과거 시험에서 별달리 성공을 거두지 못했다. 이는 과거시험에 있어서 수직적인 유동성(사회적 지위)이 이전 세대보다 현저히 커졌음을 보여주는 사례이며, 유생을 자처하고 "대대로 내려온 절각건을 바꾸지 말라(莫改家傳折角巾)"라고 한 것은 사대부 계층이 남송의 향촌세계에서 그 존재의 의미와 사회적 특성을 보여 주는 것이라고 할 수 있다.

42) 『시고』 권1 「시골 어린 아이가 시냇가에서 물장난하는 걸 바라보며(觀村童戲溪上)」, 간도(乾道) 3년, 제1책, 103쪽. 『시고』 권25 「가을날 성 밖에서 지내며(秋日郊居)」(제7수) 참조.

3. 사회적 역할 수행

그렇다면 육유를 비롯한 유생을 자처하는 사대부들은 당시 향촌 세계에서 다른 계층과 어떤 관계를 유지하고 또 어떤 사회적 책임을 지고 있었을까?

육유는 산회지역 시골의 벼슬아치를 대표한다고 할 수 있다. 앞에서 설명한 바와 같이 육유의 시문에는 일상생활에서 그와 교류했던 지방 사대부들은 상대적으로 적었고 대부분이 시골 촌민들과 교류하는 사대부인 자신의 모습이 많이 등장한다. "두건 쓴 모습 멋스러워 앞다투어 바라보고, 나막신 신고 지낸 세월에 마음이 서럽네(墊巾風度人爭看, 蠟屐年光我自悲)"43)라고 했고 특히 만년에는 "아침에 작은 당나귀 타고 연기가 자욱한 마을에 갔는데, 80세 노구를 구경하러 나온 사람들이 길을 메웠네(朝騎小蹇涉煙村, 擁路爭看八十身)"44)라고 했는데, 보기 드문 장수노인이 특히나 촌민들의 관심사가 되었던 것이다.

요약하면, 사대부 신분을 부각시키는 사회활동으로는 두 가지가 있었다.

그중 하나가 바로 육유가 가르침을 베풀면서 스스로 즐기는 것이었다.

앞에서 언급했듯이, 남송 시기 절동지역 농촌은 촌민 어린이들이 "겨울 석 달 동안 잠시 글 배울 수 있게 하는(三冬暫就儒生學)" 풍속이 비교적 보편화되었다. 육유는 한가롭게 지내는 시간 외에 항상 이런 겨울 학습기한 동안 가르침을 베풀어 스스로 즐거워했다. "삼동에 어린 아이들이 공부해서 이웃들을 시끄럽게 하는데, 책상 앞 어리석은 선비는 오히려 스스로를 소중히 여기네. 수업이 끝나면 문을 닫고 자서 일 년 내

43) 『시고』 권16 「빗속에서 동촌을 지나며(雨中過東村)」, 순희 11년 가을, 제3책, 1289쪽.

44) 『시고』 권58 「어쩌다 가까운 마을에 갔다가 시를 짓다(出近村歸偶作)」.

내 사람을 보지 않았네(兒童冬學鬧比鄰, 據案愚儒卻自珍. 授罷村書閉門睡, 終年不著面看人)"[45]라는 시는 남에 대한 조소일 뿐만 아니라 자신에 대한 조소이기도 했다. 따라서 "나그네가 돌아와 나에게 무엇을 했는지를 물으니, 어린 아이들에게 『효경』이나 『논어』를 가르쳤다고 일렀네(客歸我起何所作, 《孝經》《論語》教兒童)"[46]라는 시구도 있다. 자식들에 대해 육유는 "세상에 널리 전하는 시와 책은 다 있으니 아이들은 밖에서 구하지 말라(垂世詩書在, 兒童勿外求)"[47]고 자랑했지만, 이웃에 대해서는 "하찮은 재능이지만 마을 위해 바치고, 박학했으나 어린 아이들을 가르쳤다(薄才施畎畝, 樸學教兒童)"[48]라고 했다. 시골 서당의 보편화는 주로 '글 깨치는 것은 세금과 부역을 감당할 수 있기'를 위함이라고 하지만, 결국 과거(科擧)를 위한 유가 사상이 기층 사회에도 깊은 영향을 미치게 된 중요한 통로라고 할 수 있다. 그 가운데 육유와 같은 시골살이를 하고 있는 사대부들이 큰 역할을 하고 있었다.

때로는 이러한 수업 활동에 향촌의 어린 아이들뿐만 아니라 성인들까지도 참여했다. 예를 들면 「동촌 어른의 말을 적으며(記東村父老言)」에서는 "가고 또 가니 동촌으로 향하는 길에서 부로와 함께 말할 수 있었네. 손님을 맞기 위해 옷을 입었고, 토란과 밤을 조리했네. 자기 집이 근교에 있어 평생에 관청을 모른다고 하네. 효서에 관심이 많으니, 공부하고 싶으면 거절하지 말라고 했네. 나 또한 흔쾌하니 책을 열어 시작부터 꼼꼼히 가르쳤네. 강의가 편이하니 보탬이 될 수도 있네… (行

45) 『시고』 권25 「가을날 성 밖에서 지내며(秋日郊居)」(제7수).

46) 『시고』 권57 「농사일을 쉬는 시간에 짓다(農事稍閒有作)」, 가태 4년 여름, 제6책, 3324쪽.

47) 『시고』 권35 「가을밤 회포를 풀다(秋夜紀懷)」(제2수), 경원 2년 가을, 제5책, 2273쪽.

48) 『시고』 권78 「농가(農家)」, 가정 원년 가을, 4247쪽.

行適東村，父老可共語．披衣出迎客，芋栗旋烹煮．自言家近郊，生不識官府．甚愛問孝書，請學公勿拒．我亦為欣然，開卷發端緒．講說雖淺近，於子或有補...)"[49]라고 묘사하기도 했다. 성인을 향한 가르침은 그 영향이 더 컸다. 물론 직접 "책을 열어 시작부터 꼼꼼하게 수업했다(開卷發端緒)"고 하기 보다는 육유가 촌민들에게 가르침을 주는 것은 주로 일상적인 소통을 위한 것이었다.

다른 한 가지 사회활동은 문화 지식과 관련된 것이었다.

육유의 시문에는 마을 이웃에게 약초를 증여하는 내용이 많이 기록되어 있다. 송나라 때의 많은 사대부들은 의서(醫書) 읽기를 좋아했고, 여유 시간에는 의학을 공부했다. 그중에서 육유가 대표적인 인물이라고 할 수 있으며 이와 관련해서는 이미 앞글에서도 논의하였다. 특히 "마을 노인이 『본초』를 이해하지 못하고, 선생과 약초 싹을 구분하기 위해 다투네(村翁不解讀本草，爭就先生辨藥苗)"라는 구절에서 보여주듯이 육유는 촌민에게 의약 지식을 보급하기도 하였다. 재미있는 것은 「산골에 약을 베풀며(山村經行因施藥)」 제3수에 "아이가 한 노인을 부축하고 시냇가에서 기다리는데, 아이가 두풍이 오랫동안 치유되지 않아 그런 거라고 했네. 내가 시를 읽어주면 스스로 깨어나니 궁지가 필요하지 않아도 된다고 했네.(兒扶一老候溪邊，來告頭風久未痊．不用更求芎芷輩，吾詩讀罷自醒然)"[50]라고 기술된 부분이다. 물론 여기서 시를 읽어 두풍을 치료하는 것은 농담이고 실제로는 약 처방을 통해서 치료해야 했다. 하지만 이 사례 역시 육유의 사대부 신분과 그를 대표로 하는 지식이 마을 사회에 유형무형의 영향력을 미치고 있었음을 직관적으로 보여준다.

49) 『시고』 권55 「동촌 어른의 말을 적으며(記東村父老言)」.

50) 『시고』 권65 「산골에서 약초를 나누어주며(山村經行因施藥)」(제3수), 가희 원년 겨울, 제7책, 3674쪽.

그외에 육유는 일상생활에서 문서 작성이나 문장 쓰기와 같은 일에도 참여해 왔다. 예컨대 “개학을 하면 우경을 가르치고, 시장에 앉아 당나귀 계약서를 쓰네(開學教牛經, 坐市寫驢券)”[51]와 같은 시구에서 알 수 있다시피 그는 농학 고전에 근거하여 이웃에게 ‘우경’ 지식을 전수했을 뿐만 아니라[52] 향시에서 다른 사람을 대신하여 소와 당나귀 등 대형 가축의 거래에 필요한 계약서를 써주기도 했다. 또한 「농가(農家)」 시 제4수에 “스님이 사탑 비문을 새겨 달라 부탁하고, 무당이 새토신 행사를 위해 나를 초청하네(僧乞銘師塔, 巫邀賽土神)”[53]라고 묘사된 것처럼 초청에 응하여 스님을 위해 비문을 작성하거나 마을 제사 행사에 참가하는 것도 사대부들이 마을 활동에 참여하는 중요한 내용들이었다. 이외에도 늘 이웃을 대신하여 삽앙가를 지어주기도 했다. “오나라 소금이 눈꽃처럼 하얗고, 마을의 술과 음식이 맛있다네. 긴 노래를 지어 답하니, 구성지고 빈풍(豳風, 『시경』 중의 하나)이 들어가 있었네(吳鹽雪花白, 村酒粥面濃, 長歌相贈答, 宛轉含豳風)”[54]라는 시구에서도 사람을 청해 노래를 불러주었음을 보여준다.

가끔 육유는 마을 농부에게 시를 선물하고 글을 통해 그들과 직접

51) 『시고』 권72 「서실잡흥(書室雜興)」(제4수), 가희 3년 가을, 제7책, 4006쪽.

52) 설명: 육유는 이웃에게 전수한 ‘우경(牛經)’이 어느 책인지 확실히 밝히지 않았다. 그의 「석범의 여름(石帆夏日)」(제1수)에 “기나긴 날 보내기 위해 자신을 비웃으면, 이서는 『상우경』에 새로 수록되었네(自笑若為消永日, 異書新錄《相牛經》)” (『시고』 권62, 가희 원년 여름, 제6책, 3534쪽)라고 되어 있는데, 이에 의하면 당시 유행되던 서언의 지은이가 ‘영척(寧戚)’인 『상우경(相牛經)』이라는 책으로 추정된다. 마단림(馬端臨) 저, 『문헌통고(文獻通考)』 권220 「견적고 47(經籍考四七)」, 중화서국, 2011, 제10책, 6115쪽 참조.

53) 『시고』 권78 「농가(農家)」(제4수).

54) 『시고』 권29 「여름 4월 몹시 가물어 파종에 해가 될까 이웃을 대신하여 삽앙가를 지었네.(夏四月渴雨恐害布種代鄉鄰作插秧歌)」.

의사소통을 하기도 했다. 비록 농부들이 반드시 읽을 수 있음은 아니지만, 한 시대를 대표하는 문호(文豪)의 시를 받을 수 있다는 것은 그 문화적 호소력이 더할 나위 없음을 말해주기도 한다. 예를 들어, 앞글에서 인용한 「산행을 하다가 산속의 노인에게 시를 지어 보내다(山行贈野叟)」가 바로 대표적이다. 개희 2년(1206) 겨울 어느 날, 배로 돌아다니던 육유는 금가갱촌(金家埂村)을 지나다가 늙은 나무꾼 왕씨를 만나 시를 지어 주었다. "땔나무를 팔면 저절로 소금과 유장을 해결할 수 있고, 밭을 다스리면 과일과 채소를 재배해도 무방하네. 나는 늙고 무딘 데다 완고하여 봉록의 반을 신청하니, 비교해 보면 결국 이보다 잘하지 못했다네(賣薪自可了鹽酪, 治地何妨栽果蔬. 我老鈍頑請半俸, 比渠只有不能如)"[55]

그렇다면 이러한 사회활동이 '육유'와 같은 사대부들이 시골 사회에서 어떤 '권력'을 행사할 수 있었을까? 이 역시 생각해볼 만한 문제이다.

육유는 신분 지위로 인해 반드시 지방 관청과 어떠한 관계를 유지했을 것으로 짐작된다. 마치 "주의 관아에서 기병을 파견하여 춘주를 보내오다(州家遣騎饋春酒)"라는 구절에서 보여주듯 그러한 관계로 인해 그는 직접적으로 지역사회에 상당한 영향을 미쳤던 게 틀림없다. 예를 들어, 원래 육씨의 공덕원이었던 소흥부 서쪽에 위치한 법운사(法雲寺)는 남송 초기에 전쟁으로 훼손되고 나중에 여러 주지가 의연금을 모아 재건했지만 결국 예전만 못했다. 순희 연간 사천에서 귀향하게 된 육유는 관청에 대해 말했기에(始言於府)' 책임지지 않는다고 생각하는 주지를 파면하고, 따로 계이(契彝) 스님에게 주지를 맡겼으며, 법운사의 '큰 방에 네 개 기둥을 세워 관음대사전으로 삼는다(以大屋四楹施以為觀音大

55) 『시고』 권69 「배로 금가갱을 지나다가 땔나무 장수 왕씨 노옹에게 지어주노라(泛舟過金家埂贈賣薪王翁)」(제3수), 개희 2년 겨울, 제7책, 3872쪽.

士殿)'고 하여[56] 옛 규모를 기본적으로 회복시켰다. 그렇기 때문에 육씨 가문의 지방에서의 영향력도 확장되었다. 그가 때로는 지방 관청사람이 자신에게 소홀한 것에 대해 몇 마디 푸념을 하기도 했는데, 이는 자신의 역할에 대한 기대를 보여주었을 것일 수도 있다. 그러나 "아들을 불러 조세를 납부하고 독촉한 관문서가 오기까지 기다리지 말라하네(呼兒了租賦, 莫待縣符催)"[57]라는 구절을 통해 육유가 자제하고 심성을 닦으며 품성을 함양하는 처세 원칙을 지켰음을 잘 알 수 있었다.

앞에서 인용한 「보장의 백봉선을 우연히 빌려 마을 근처에 가서 놀다가 시를 짓다(小舟白竹篷蓋保長所乘也偶借至近村戲作)」라는 시에서 마을 도보정과 같은 아전을 달리 보게 된 이유는 바로 그들이 마을에서 국가권력 대리인이기 때문이라고 육유는 지적하곤 했다. 이는 적어도 남송 시기의 산회 지역에서 종족의 권리와 향신의 권리는 향신의 손에 집중되었음을 알 수 있다(集族權, 紳權於一身的鄉紳勢力)'.[58] 마을 사회를 파악했다는 상상은 과장된 것이고, 마을 사회의 다양한 권력 관계의 핵심은 여전히 향리 조직과 그 우두머리였다.

종합하자면, 향촌 세계에서 육유와 같은 사대부들은 엘리트 문화를 대표하는 사회적 역할을 담당하고 있었다. 제왕적 왕권제도가 수립된 이래, 후기에 접어들어 유학을 핵심으로 하는 엘리트 문화는 당연히 기층 사회에 침투하는 과정에서 육유와 같이 은거 중이던 사대부들이 가장 중요한 추진자 역할을 수행했다.

---

56) 『문집교주』 권19 「법운사 관음전기(法雲寺觀音殿記)」, 제2책, 268쪽.

57) 『시고』 권31 「유거(幽居)」, 소희 5년 겨울, 제4책, 2086쪽.

58) 린원쉰(林文勳), 구경유(穀更有) 저, 『당송시기 향촌 사회의 역량 및 기층 통제제도(唐宋鄉村社會力量與基層控制)』, 윈난대학출판사(雲南大學出版社), 2005, 182-183쪽.

결 론

육유의 향촌세계는 "벼"문화를 중심으로 한 농업경제가 성숙된 농경사회를 가리킨다.

성숙된 발전양상은 주로 다음과 같은 몇 가지 상징점을 보여준다. 첫째, 산회평원의 수로망은 이미 충분하게 개발되었고, 당시 기술조건에서 이미 거의 포화상태에 이르렀다. 남쪽의 구릉지대를 위주로 하는 산간지역의 경제 확장도 이미 상당한 수준에 이르면서 평원 지역과 조화를 이루며 농업경제의 정체성과 다양성에 우수한 기반을 제공해 주었다. 둘째, 주요 농작물인 벼는 품종이 다양하고, 무(畝)당 생산량이 전 왕조에 비해 현저하게 향상되었다. 이 외에도 밀, 메기장, 콩과 같은 적지 않는 작물들도 벼와 함께 완정한 재배 시스템을 갖추게 되었다. 셋째, 양잠과 마 등 방직품의 생산이 풍부하고 기술 수준도 향상되었다는 것이다. 넷째, 자급자족의 소농경제(小農自足經濟)에 걸맞은 여러 계층의 시장이 사방에 펴져 있어 상품교환에 필요한 네트워크가 시골까지 깊숙이 침투되었기에 촌민들이 일상적인 쌀, 소금의 교환은 물론 대량의 농산물을 외부로 운송하려는 수요도 충족시킬 수 있었다. 다섯째, 농업경제가 발전할 수 있는 전제조건은 현지 농민들의 근면한 노동습관이다. 백성들의 일상생활을 보면 그다지 부유하지는 않았지만, 여전히 어느 정도 잉여가 있었기에 지역 인구는 지속적으로 증가되었다. 발달된 농업 경제를 바탕으로 형성된 지역 사회의 관리 메커니즘은 외부에서 국가기관을 통해 표현된 조정의 관리든, 향민들이 내부에서 자체로 만든 조직이든, 모두가 이미 상당히 성숙되고 복잡한 구조를 형성함으로써 그 뒤로 800년 동안 중국의 가장 발달한 지역적 지위를 오랫동안 유지하고 있었던 장강삼각주에게 있어 항상 필수적인 구성 요소가 되었다.

그 외에 발달된 농업경제가 우수한 사상문화를 키워냈다는 것도 아주 중요하다. 이는 민속과 민풍을 위주로 하는 민간문화와 사회 상류층의 엘리트 문화가 서로 어우르며 보완하는 형태로 표현된다. 육유를 비롯한 사대부 계층은 바로 엘리트 문화(북송 전기부터 전환하기 시작한 유학(儒學), 물론 문학과 기타 방면도 포함)의 주류를 대표하고 있다. 이들의 노력이 있었기에 봉건제도(帝制) 후기에 이르러 중국은 유학이 기층 사회에 침투하는 장거리 여행을 시작하게 되었고, 그 결과 중국은 유학화 된 사회로 전환되었다. 이 과정에서 사대부들의 '외진 시골살이'에 대한 추구는 중요한 추진력으로 작용하였다.

송나라 시기의 향촌에서 권세를 가진 인물들의 사회적 역할에 대해 학자들은 일부 유형을 귀납했지만, 실제 생활에서 사람들의 성격이 다면성과 복잡성을 가지고 있기에 무조건 개념화된 유형에 부합되지는 않는다. 하지만 육유의 시골살이를 통해 우리는 남송 시기에 벼슬에서 물러나 마을로 낙향한 사대부의 구체적인 사례를 찾아볼 수가 있다. 그리고 이러한 사례는 아래와 같은 몇 가지의 특징이 비교적 뚜렷하다.

첫째, 육유는 '악세력'이 아닌 '장자(長者)'의 부류에 속한 게 분명하다. 식량을 소작인에게 빌려주면서 "소작인과 지주가 서로 더욱 의지하네(客主更相依)"라고 강조하였고 집안의 몇몇 노비들과 사이좋게 지냈으며 "고용된 농부와 함께 식사하고, 소작인과 지주가 함께 밥을 짓는다(傭耕食於我, 客主同爨炊)"라고 했듯이, 이웃과 사이좋게 지내며 "어려운 가운데 교분은 점점 두터워지고, 나이가 많아지니 이웃과 더욱 친해지네(交好貧尤篤, 鄉情老更親)"라고 하는 이 모든 것들이 그의 '장자' 신분을 말해준다. 물론 이러한 묘사들은 모두가 육유 본인이 한 것이고 어쩌면 자화자찬했을 수도 있지만 육유는 명인으로 만약 그의 품성에 결함이 있다면 반드시 문헌상에 흔적이 남았을 것이나 결국 다른 문헌에서조차 반증을 찾지 못했다.

둘째, 양송시기에 벼슬에서 물러나 마을로 낙향한 일부 사대부들은 조정에서 멀리 떨어져 있었지만, 실제로는 여전히 유생으로서의 치국평천하의 초심을 잊지 않았고, 시정에 관심이 많았으며, 특히 지방 사무에 적극적으로 참여해 왔다. 그러나 시골에 은거했던 육유는 그들과 달리, 비록 국사와 관련하여 매사에 관심을 가지고 있었지만 은거자의 입장을 지켰고, 처세와 시문에 최대한 정치를 언급하지 않도록 주의했으며, 특히 지방 사무에 끼어들지 않으면서 “특별히 형적을 피하도록(尤避形跡)” 노력했다. 이는 아마도 조정에 몸담고 있을 당시 관직과 그가 여태껏 맡았던 직무의 특징과 관련이 있었을 것이다. 어찌되었든 간에 은거가 시작된 후에 육유와 같은 처세술을 취했던 사대부들이 많았던 것도 간과해서는 안 될 부분이다.

셋째, 육유가 한 세대를 대표하는 문호(文豪)였으며, 당시의 시종(詩宗)으로 추앙되었기에 비록 시골에서 살았지만 여전히 문단에 큰 영향을 미칠 수 있었다는 점은 그의 독특한 부분이라고 할 수 있다. 이는 아마도 빈곤과 노쇠에 시달리던 그의 향촌 생활에서의 중요한 정신적 지주가 되었을 것이다. 옛 친구들과 지속적으로 시로 화답하는 것 외에 육유의 명성을 사모한 사람들이 잇달아 찾아와 물건을 선물하며 시를 구한 것은 바로 그러한 영향력의 표현이라고 할 수 있다. 현재 『시고』에 수록된 「제형 왕언광의 방문과 선물한 차에 감사의 마음을 전하며(謝王彥光提刑見訪並送茶)」, 「강동 한조희는 양정수가 지어준 시의 운에 달아 시를 지어달라고 부탁했고, 이에 시를 지어 화답하다(江東韓漕曦道寄楊庭秀所贈詩來求同賦作此寄之)」, 「뇌양령 증군이 화보와 농기보 두 권을 보내며 시를 구했다(耒陽令曾君寄禾譜農器譜二書求詩)」, 「송도조가 여러 번 시를 보내며 봐달라고 청하자 이에 시로 화답하다(宋都曹屢寄詩且督和答作此示之)」와 같은 많은 시작품[1]이 바로 확실한 그 증거라고 할 수 있다.

마지막으로, 필자는 육유의 작품을 읽으면서 시구의 평이함과 참신함, 그리고 시골 생활에 대한 세밀한 읊조림을 즐겼고, 그 외에 가난한 빈민들에게 보낸 그의 동정을 더 높게 평가하며, "백성들은 배부르면 이렇게 부지런한데, 관아로부터 식량을 얻어먹을 때마다 부끄럽게 생각하네(齊民一飽勤如許, 坐食官倉每惕然)"[2]라든가 "그러나 나는 배불리 먹고도 고기 생각을 하니 남들이 비웃지 않아도 절로 알리라(吾儕飯飽更念肉, 不待人嘲應自知)"라고 하는 시구들에서 보여준 각오와 자제력에 대해 더욱 탄복하게 되었다. 어쩌면 바로 이렇게 흔치 않은 자신에 대해 파악한 것이야말로 그의 시편으로 하여금 영원한 생명력을 갖게 한 것이다.

물론 육유도 그가 가진 모든 사회적 지위와 영향력이 봉건국가의 황권에서 나옴을 똑똑히 알고 있었다. 이로부터 알 수 있는바 육유의 향촌세계는 의심할 여지가 없는 조씨의 송나라(趙宋) 영토 안에 있었으며, 조정의 권력이 미치지 못하는 은둔처는 더더욱 아니었다.

1) 『시고』 권1, 제1책, 72쪽. 권43, 제5책, 2679-2680쪽. 권67, 제7책, 3771쪽. 권79, 제8책, 4276쪽 참조.

2) 『시고』 권37 「한데 앉다(露坐)」(입추 전 오일)(제2수), 경원 4년 여름, 제5책, 2384쪽.

참고문헌

1. 서적

강지(強至), 『사부집(祠部集)』, 『경인문연각 사고전서』 제1091책, 타이베이, 타이완상무인서관, 1983.

나준(罗濬) 외, 『보경사명지(寶慶四明志)』, 『송원방지총간(宋元方志叢刊)』 제5책, 『송원사명육지(宋元四明六志)』, 중화서국, 1990, 함풍(鹹豐) 4년 영인본(1854).

누약(樓鑰), 『공괴집(攻媿集)』, 저장고적출판사, 2010.

두우(杜佑), 『통전(通典)』, 중화서국, 1988.

두의(竇儀), 『송형통(宋刑統)』, 법률출판사(法律出版社), 1999.

루쉰(魯迅), 『루쉰전집(魯迅全集)』, 인민문학출판사(人民文學出版社), 1980.

마단림(馬端臨), 『문헌통고(文獻通考)』, 중화서국, 2011.

문천상(文天祥), 『문산집(文山集)』, 장시인민출판사(江西人民出版社), 1987.

반고(班固),『한서(漢書)』, 중화서국(中華書局), 1962.

방회(方回), 『속고금고(續古今考)』, 『경인문연각 사고전서』 제853책, 타이베이, 타이완상무인서관, 1983.

범성대(範成大), 『범석호집(範石湖集)』, 상하이 고적출판사(上海古籍出版社), 2006.

사마천(司馬遷), 『사기(史記)』, 중화서국, 1959.

사심보(謝深甫) 감수, 『경원조법사무류(慶元條法事類)』, 양이판(楊一凡), 톈타오(田濤) 주필, 『중국진희법률전집 속편(中國珍稀法律典籍續編)』 제1책, 헤이룽장인민출판사(黑龍江人民出版社), 2002.

상유(桑瑜), 『홍치상숙현지(弘治常熟縣誌)』, 『사고전서존목총서(四庫全書存目叢書)』 사(史)부 제185권, 제로서사(齊魯書社), 1997.

서간(徐幹), 『중론(中論)』, 『사부총간(四部叢刊)』 초판, 상무인서관(商務印書館), 1936.

서송집(徐松輯), 『송회요집고(宋會要輯稿)』, 류린(劉琳) 외 교정, 상하이 고적출판사, 2014.

서악상(舒嶽祥), 『낭풍집(閬風集)』, 가업당총서본(嘉業堂叢書本).

송기(宋祁), 『경문집(景文集)』, 『경인문연각 사고전서』 제1088책, 타이베이, 타이완상무인서관, 1983.

시숙(施宿) 외, 『가태회계지(嘉泰會稽誌)』, 『송원방지총간(宋元方誌叢刊)』 제7책, 가경(嘉慶) 13년(1808) 영인본, 중화서국, 1990.

양만리(楊萬裏) 지음, 신경루(辛更儒) 주해 및 교정, 『양만리집전교(楊萬裏集箋校)』, 중화서국, 2007.

여남공(呂南公), 『관원집(灌園集)』, 『경인문연각 사고전서』, 제1123책, 타이베이, 타이완상무인서관, 1983.

여정덕(黎靖德) 편집, 『주자어류(朱子語類)』, 중화서국, 1994.

역도원(酈道元) 지음, 천차오이(陳橋驛) 교정, 『수경주교증(水經注校證)』, 중화서국, 2007.

옌푸(嚴複) 지음, 왕스(王栻) 주필, 『옌푸집(嚴複集)』, 중화서국, 1986.

오자목(吳自牧), 『몽량록(夢粱錄)』, 상하이사범대학고적정리연구소 엮음, 『전송필기(全宋筆記)』 제8편 제5책, 다샹출판사, 2017.

오증(吳曾), 『능개재만록(能改齋漫錄)』, 상하이 고적출판사, 1979.

완염(王炎), 『쌍계문집(雙溪文集)』, 『송집진본총간』 제63책 영인청초본(影印清抄本), 선장서국, 2004.

왕십붕(王十朋), 『매계집(梅溪集)』, 중간위원회(重刊委員會) 엮음, 『왕십붕전집(王十朋全集)』, 상하이 고적출판사, 1998.

왕우칭(王禹偁), 『왕황주 소축집(王黃州小畜集)』, 『송집진본총간』 제1책, 선장서국, 2004, 영인송소흥각본(影印宋紹興刻本).

왕치등(王穉登), 『객월지(客越誌)』 권 상, 『왕백곡집(王百穀集)』 19종 40권, 『총서집성속편(叢書集成續編)』 제65책, 상하이서점(上海書店), 1994, 명각본.

원채(袁采), 『원씨사범(袁氏世範)』, 톈진고서출판사(天津古籍出版社), 1995.

위수(魏收), 『위서(魏書)』, 중화서국, 1974.

유극장(劉克莊) 저, 신경루(辛更儒) 주해 및 교정, 『유극장집전주(劉克莊集箋註)』, 중화서국, 2011.

유재(劉宰), 『만당문집(漫塘文集)』, 가업당총서본(嘉業堂叢書本).

유후(劉昫), 『구당서(舊唐書)』, 중화서국, 1975.

육유 지음, 마아중(馬亞中), 투샤오마(塗小馬) 교주, 『위남문집 교주(渭南文集校注)』, 저장고적출판사, 2015.

육유 지음, 첸중련 교주, 『검남시고교주(劍南詩稿校注)』, 상하이 고적출판사, 2005.

육유 지음, 첸중련(錢仲聯), 천구이성(陳桂生) 교주, 『방옹사교주(放翁詞校注)』, 『육유전집교주(陸遊全集校注)』 제8책, 저장교육출판사(浙江教育出版社), 2011.

육유(陸遊), 「방옹가훈(放翁家訓)」, 리창셴(李昌憲) 정리, 상하이사범대학고적정리연구소(上海師範大學古籍整理研究所) 엮음, 『전송필기(全宋筆記)』 제5편 제8책, 다샹출판사(大象出版社), 2012.

이강(李綱), 『이강전집(李綱全集)』, 왕루이밍(王瑞明) 교정, 악록서사(嶽麓書社), 2004.

이도(李燾), 『속자치통감장편(續資治通鑒長編)』, 중화서국, 2004.

이원필(李元弼), 『작읍자잠(作邑自箴)』, 『역대관잠서(歷代官箴書)』, 제1책, 황산서사(黃山書社), 1997.

임포(林逋), 『임화정시집(林和靖詩集)』, 저장고적출판사(浙江古籍出版社), 1986.

장작(莊綽), 『계륵편(雞肋編)』, 중화서국, 1983.

장호(張淏), 『보경회계속지(寶慶會稽續志)』, 『송원방지총간(宋元方志叢刊)』

제7책, 가경 13년(1808) 각본 영인본, 중화서국, 1990.
저자 미상, 『명공서판청명집(名公書判清明集)』, 중화서국, 1987.
정초(鄭樵), 『통지이십략(通志二十略)』, 중화서국, 1995.
정필(程珌), 『정단명공명수집(程端明公洺水集)』, 『송집진본총간』 제71책, 선장서국, 2004, 영인가정간본(影印嘉靖刊本).
조언약(曹彦約), 『창곡집(昌谷集)』, 『경인문연각 사고전서(景印文淵閣四庫全書)』 제1167책, 타이베이(臺北), 타이완상무인서관(臺灣商務印書館), 1983.
주희(朱熹), 『회암선생 주문공 문집(晦庵先生朱文公文集)』, 『주자전서(朱子全書)』수정판 제20-25책, 상하이 고적출판사, 안후이교육출판사(安徽教育出版社), 2010.
진관(秦觀) 저, 쉬페이쥔(徐培均) 주해, 『회해집전주(淮海集箋註)』, 상하이 고적출판사, 1994.
진구소(秦九韶), 『수서구장(數書九章)』, 『경인문연각 사고전서』 제797책, 타이베이, 타이완상무인서관, 1983.
진부량(陳傅良), 『진부량문집(陳傅良文集)』, 저장대학출판사(浙江大學出版社), 1999.
진순(陳淳), 『북계선생대전집(北溪先生大全集)』, 『송집진본총간(宋集珍本叢刊)』 제70책, 선장서국(線裝書局), 2004, 영인명초본(影印明鈔本).
진저(陳著), 『본당집(本堂集)』, 「경인문연각 사고전서」 제1185책, 타이베이, 타이완상무인서관, 1983.
진조(陳造), 『강호장옹집(江湖長翁集)』, 『송집진고총간』 제60책, 선장서국, 2004, 영인만력각본(影印萬曆刻本).
탈탈(脫脫), 『송사(宋史)』, 중화서국, 1977.
풍계분(馮桂芬), 『교빈로항의(校邠廬抗議)』, 선윈룽(沈雲龍) 주필, 『근대 중국사료 총간(近代中國史料叢刊)』 제62집, 문해출판사(文海出版社), 1996, 광서(光緒) 23년 취풍방(聚豐坊) 각본.
홍매(洪邁), 『용재속필(容齋續筆)』, 중화서국, 2005.

홍적(洪適), 『반주문집(盤洲文集)』, 『송집진본총간』 제45책, 선장서국, 2004, 부증상(傅增湘)이 교정한 청나라 광서(光緖) 각본 영인본.
황간(黃榦), 『면재선생 황문숙공 문집(勉齋先生黃文肅公文集)』, 『송집진본총간』 제67책, 선장서국, 2004, 영인원각본(影印元刻本).
황언평(黃彦平), 『삼여집(三余集)』, 「총서집성속편(叢書集成續編)」 제127책, 타이베이, 신문풍출판회사(新文豐出版公司), 1998, 남성의추관(南城誼秋館) 각본 영인본.
황진(黃震) 저, 장웨이(張偉), 허중리(何忠禮) 정리, 『황진전집(黃震全集)』, 저장대학출판사, 2013.
[일]성심(成尋), 『삼천대오대산기 신교주본(新校參天臺五臺山記)』 권1, 왕리핑(王麗萍) 교점, 상하이 고적출판사, 2009.

2. 논문

량겅야오(梁庚堯), 『남송 시대의 농촌 경제(南宋的農村經濟)』, 타이베이, 연경출판사업회사(聯經出版事業公司), 1984.
량겅야오, 『송대사회경제사론집(宋代社會經濟史論集)』, 타이베이, 윈천문화실업주식유한회사(允晨文化實業股份有限公司), 1997.
런팡(任放), 「20세기 명청 도시 및 읍의 경제 연구(二十世紀明清市鎮經濟研究)」, 『역사연구(歷史研究)』 2001년 제5기.
리건판(李根蟠), 「장강 하류에서 벼과 맥류의 다모작의 형성 및 발전-당송 시대를 중심으로 검토(長江下遊稻麥復種製的形成和發展-以唐宋時代為中心的討論)」, 『역사연구(歷史研究)』 2002년 제5기.
린원쉰(林文勳), 구경유(穀更有), 『당송 향촌 사회의 역량 및 기층 통제(唐宋鄉村社會力量與基層控制)』, 윈난대학출판사(雲南大學出版社), 2005.
바오웨이민 주필, 『강남 시, 읍 및 그의 근대 운명(江南市鎮及其近代命運)』, 지식출판사(知識出版社), 1998.
바오웨이민(包偉民), 「송나라 마을(宋代的村)」, 『문사(文史)』, 2019년 제1집.

바오웨이민, 「남송 나라 재정의 몇 가지 문제 재논의-유광임군에게(再論南宋國家財政的幾個問題-答劉光臨君)」, 『타이완대학역사학보(臺大歷史學報)』 제46기, 2010년 12월.
성훙랑(盛鴻郎) 주필, 『감호 및 소흥 수리(鑒湖與紹興水利)』, 중국서점(中國書店), 1991.
유슈링(遊修齡), 「점성도에 대한 질의(占城稻質疑)」, 『농업고고(農業考古)』 1983년 제1기.
중국육유연구회와 소흥시 육유연구회 주필, 『육유와 남송사회-육유 탄신 890주년 기념 국제 학술 회의 논문집(陸遊與南宋社會-紀念陸遊誕辰890周年國際學術研討會論文集)』, 중국사회과학출판사(中國社會科學出版社), 2017.
쩌우즈팡(鄒志方), 『육유에 대한 연구(陸遊研究)』, 인민출판사, 2008.
쩡슝성(曾雄生), 「중국 고대 벼농사에 대한 점성도의 영향 시론(試論占城稻對中國古代稻作之影響)」, 『자연과학사연구(自然科學史研究)』 1991년 제1기.
쩡슝성, 「송나라 '도맥이숙'설 분석(析宋代"稻麥二熟"說)」, 『역사연구(歷史研究)』 2005년 제1기.
쩡슝성, 「송나라의 이모작 벼(宋代的双季稻)」,『자연과학사연구(自然科學史研究)』 2002년 제3기.
천차오이, 「역사시기 소흥 지역 마을의 형성과 발전(歷史時期紹興地區聚落的形成與發展)」, 『지리학보(地理學報)』 1980년 제1기.
청민성(程民生), 「송대 물가 연구(宋代物價研究)」, 인민풀판사(人民出版社), 2008.
페이샤오퉁(費孝通), 「강촌경제(江村經濟)」, 『페이샤오퉁문집(費孝通文集)』 권2, 군언출판사(群言出版社), 1999.
푸쥔(傅俊), 『남송의 촌락 세계(南宋的村落世界)』, 박사학위논문, 저장대학교, 2009.
한성(韓昇), 「남북조수당 도시로 이주한 사족 및 사회변천(南北朝隋唐士族

向城市的遷徙與社會變遷)」, 『역사연구(歷史研究)』 2003년 제4기.
황구이(黃桂), 「차오저우 금성도에 대한 연구(潮州金城稻考)」, 『농업고고(農業考古)』 1999년 제1기.
[미]스키너(G. William Skinner) 주필, 『중화제국 만기의 도시(The City in Late Imperial China)』, 예광팅(葉光庭) 외 옮김, 중화서국, 2000.
[일]다니가와 마치오(谷川道雄), 『중국 중세기 사회 및 공동체』, 마뱌오(馬彪) 옮김, 중화서국, 2002.
[일]요시노부(斯波義信), 『송나라의 강남 경제사에 대한 연구』, 팡젠(方健)과 허중리(何忠禮) 옮김, 장쑤인민출판사(江蘇人民出版社), 2001.

맺는말

이 책은 같은 제목의 논문을 바탕으로 보충하고 고쳐 쓴 것이다. 처음에 초고를 완성했을 때 한 젊은 친구에게 의견을 요청했는데, 그 친구는 단행본으로 고쳐 쓰라고 제안했다. 필자도 해 보려고 했지만, 세상사에 휘말려 한동안 착수하지 못했다. 올해 춘절에 앞서 필자는 저우산(舟山)에 가서 친척을 방문했는데, 뜻밖에도 코로나19 사태가 발생했다. 그로 인해 항저우(杭州)에 돌아갈 수 없게 되었다. 코로나19 사태가 심화되면서 마음이 초조해지고 외딴 섬에 거주하는 데다 손에 책도 없어 더욱 지루하게 되어 매일 그냥 가만히 앉아 있을 뿐이었다. 그럼에도 불구하고 자신에게 컴퓨터 하드디스크에 저장된 자료를 이용하는 것을 강요하고 이 책을 쓰기 시작했다. 그러다 한 달 반 정도 지나 저우산을 떠날 수 있을 때에는 반 이상을 썼다. 그러나 항저우로 돌아온 후 어머니가 그동안 앓던 병이 다시 악화되어 어쩔 수 없이 어머니를 병원에 입원시켰다. 코로나19 사태로 인해 병원에서의 어려움과 불편함이 많아져 필자는 분노하기도 하고 고통스러워하기도 했다. 이런 가운데 필자는 더 이상 자세히 궁리하지 못한 채로 황급히 원고를 완성하였다.

이 책의 서술 형식에 관해서는, 육유 시작품의 아름다움을 빌려 최대한 더 많은 독자에게 맞추려고 노력하였다. 그리고 이 책에서는 육유의 시구를 많이 인용하였는데 주로 학계에서 이미 제기한 일부 학설을 더 논증하거나 보완하기 위해서였고, 본인의 독창적인 견해는 그다지 많지 않다. 하지만 '이론' 분석에 집중하는 것에서 역사 서술에 초점을 맞추는 것까지, 국가 제도에만 국한한 것에서 일상생활 분야에 깊숙이 들어가는 것까지, 이러한 부분들은 최근 몇 년 동안 학문에 대한 필자의 사고를 확실히 비교적·집중적으로 반영했다. 따라서 내용을 최대한 알기 쉽게 쓰는 한편, 기본적인 학술 규범을 지키려고 하기도 했다. 예를 들어, 직접 인용문의 경우 모두 학술 규범에 따라 엄격하게 문헌 출처를 명시하였다. 앞사람의 경험에 따르면 양쪽 모두에게 잘 보이려고 하였으나 결국 모두 잘할 수 없는 법이다. 그런데도 다시 다듬고 싶지도 않고 일단 원고를 인쇄에 넘기고 발행하도록 하며 나머지는 독자가 판단하도록 하겠다.

경원 2년(1196) 봄, 육유는 「소회를 읊다(感事)」라는 시 네 수를 지었다. 그중 제2수에는 "위풍당당하고 용맹한 한세충과 악비 두 대장, 중용하면 중원을 수복할 수 있거늘, 조정에서 세운 계책은 동진 시기의 왕도만 못하고 금릉을 북문으로 삼다니(堂堂韓嶽兩驍將, 駕馭可使復中原. 廟謀尚出王導下, 顧用金陵為北門)"[1]라고 되어 있다. 이는 육유의 현존 시 작품 중 조정에 대해 직접 울분을 토해내어 불만을 토로하는 보기 드문 작품이다. 이는 또한 방웅이 세상에 대한 경계를 삼았던 것이다. 조정에서 일을 도모하는 것은 모든 백성과 밀접한 관계가 있으니 신중하지 않고서야 가하겠는가?

바우웨민

2020년 3월 22일 항저우 샤오허산(小和山)에서

부언: 하루 전 항저우시 코로나19 방역통제지휘부에서 생산·생활 질서가 조속히 정상화되도록 코로나19 방지 조치를 조정하고, 각 사업장, 건물, 관광지, 호텔, 쇼핑몰, 지하철, 공공버스, 택시 등 공공장소와 교통수단을 위한 '체온측정+건강코드 확인' 등 통제 조치를 취소하는 공지를 발표했다.

1) 『시고』 권34 「소회를 읊다(感事)」, 경원 2년 봄, 제5책, 2246쪽.

| 지은이 소개 |

바오웨이민包伟民

1988년 북경대학교 역사학부를 졸업했다. 다년간 절강대학교 교수로 재직하였으며, 현재 중국인민대학교 역사학원 장강학자로 재직 중이다. 2014년부터 중국 송사(宋史) 연구회 회장을 맡고 있으며, 박사학위를 획득한 후부터는 중국 송사(宋史)와 중국 고대경제학사(古代經濟學史) 및 근대 남동지역사(東南地域史) 연구에 매진하고 있다. 저서로 『강남의 도시와 향진의 근대 운명』(지식출판사, 1998), 『송나라 지방재정사연구』(상해고적출판사, 2001), 『전통 국가와 사회 : (960~1279)』(상무인서관, 2009), 『송대 도시 연구』(중화서국, 2014), 『자각(自覺)을 지향— —중국 근고 역사연구논집』(중화서국, 2019)이 있으며, 대형 역사 총서인 『용천사법당안선집(龍泉司法檔案選編)』 5집 96권(중화서국, 2012~2019)을 집필하였다. 최근에는 주로 중국 근고 시기의 향촌(鄕村)사회문제를 연구하고 있다.

| 옮긴이 소개 |

이영남李永男

중국 연변대학교에서 문학박사학위를 받았으며, 현재 중국 광서사범대학교 한국어학과 교수로 재직 중이다. 2024년에 중국 중청년(中青年) 우수번역가로 선정되었으며, 현재 한국어 교육 및 중한번역과 연구에 매진하고 있다. 저서로는 『정약용의 한시와 청대문화 관련 연구』, 『정약용의 문학과 중국문학 관련 연구』 등이 있으며, 역서로는 『정약용의 철학사상 연구』, 『중국 과학고고학의 흥기』, 『서남민족지역 관광도시화 과정에서 신형 농촌 형태 변화연구』와 같은 학술역서와 『속세기인』, 『천곡수필집』, 『마르코폴로의 연인』, 『한국의 멋과 미』, 『삼성웨이』, 『이건희』, 『황금의 꽃 향기가 땅에 떨어졌을 때』 등 일반역서가 있다.

육유의 향촌세계

초판 인쇄 2024년 7월 15일
초판 발행 2024년 7월 25일

지 은 이 | 바오웨이민(包伟民)
옮 긴 이 | 이영남
펴 낸 이 | 하운근
펴 낸 곳 | 學古房

주　　소 | 경기도 고양시 덕양구 통일로 140 삼송테크노밸리 A동 B224
전　　화 | (02)353-9908 편집부(02)356-9903
팩　　스 | (02)6959-8234
홈페이지 | http://hakgobang.co.kr/
전자우편 | hakgobang@naver.com
등록번호 | 제311-1994-000001호

ISBN 979-11-6995-493-8 93820

값 : 25,000원